陽羨詞派新論

侯雅文 著

臺灣學生書局印行

自　序

從「社會學」的觀點，重構中國文學史上的流派經驗，是我長期以來學術努力的方向。這樣的研究取向，來自對文學本質與功能的重新思考。文學，固然可被視為一種藉由改造日常語言，以喚起新鮮存在感受的表現形式，但應不止於此。固然也可被視為一種訴諸直覺的純粹審美感動，但亦應不止於此。文學，更可被視為一種促使人與人之間應機交往與動態聚合的語言行為。據此，文學乃以人群的連帶感為本質，而具有可群性的社會功能。或許，可以從這個角度重新理解、詮釋《論語・陽貨》所謂「詩可以群」的意義吧。

基於此一文學本質與功能的新思考，我格外關注文學流派的經驗，因為從中可以更加具體地觀察到文學所具有的連帶感與可群性的特質。回顧這項研究的開端，當從讀博士班算起，首次接觸的文學流派是常州詞派。基於把文學流派視為社會群體的認知，因此，我對常州詞派的研究，不再僅是延續學術史所慣持的詮釋進路：此即把常州詞派從實存的社會文化情境之中抽離出來，使之成為觀念史或風格史之中的一個片段；而是希望能夠藉由常州詞派這個範例的分析，對促使中國古代特定文人群體的聚合、分化乃至消散的各種文學社會因素與條件，提出原理性的解釋。2003 年我以《常州詞派的構成與變遷》為題，完成博士學位論文。之後，在博士論文既有的成果之上，再增入文學流派研究所必要的方法論，於 2009 年由大安出版社印行，更名《中國文學流派學初論——以常州詞派為例》。

至此，建構中國文學流派學的研究目標與進程，逐漸清晰明朗。初期的研究成果，在於提出「實構性文學流派構成與變遷理論」，據此對常州詞派進行重構。中期的研究目標，在於一方面應用上述的理論，對文學史上的其他重要流派經驗，逐一重構，以印證此一理論的詮釋效力；另一方面則轉進「文學流派聚眾的社會性因素與條件」的研究，規劃系列性論題，優先探討領袖地位的形成。

文學流派的聚合模式，大體可分為「共主中心」與「群英並起」兩種。常州詞派為「共主中心」的聚合模式，提供很好的範例。在「共主中心」的聚合模式裏，創始領袖的文學主張及實踐是核心要素。因此在常州詞派的研究之後，我對文學史上其他重要流派經驗的重構，也是持續著「共主中心」的模式認知，著重在文學流派領袖的文學主張、文學成就與社會性格的分析建構。具體的成果，如《李夢陽的詩學與和同文化思想》，乃以明代復古派或格調派領袖李夢陽為研究對象，2009 年由大安出版社印行。2006 至 2015 之間以晚清民初桂派領袖朱祖謀為研究對象，發表多篇期刊論文。2007 年以文學流派領袖的「社會性格」及其「聚眾效力」為題，提出一個創造性論點：文學流派領袖的「理想型社會性格」，必須兼備「社會運動面向」、「社會交際面向」、「文化理想面向」三個條件；論文已在期刊發表。這些研究成果，都是傾向以領袖本身內具的條件與成就為基準，解釋文學流派的構成與變遷。

直到深入了解陽羨詞派之後，我對「群英並起」的聚合模式，有了更為濃厚的研究興趣。又經過執行 2013 年至 2015 年科技部專題研究計畫兩年期：〈「詞」與「經」、「史」的會通：陳維崧詞學綜論〉，以及 2017 年至 2019 年科技部專題研究計畫兩年期：〈陽羨詞學的別向與重構：以詞選本為考察對象〉，深感陽羨詞派的構成由「群英並起」轉向「共主中心」的動態聚合模式，是過去偏重「共主中心」聚合模式的學術史，較少關注的一個面向。此外，文學流派之中的追隨者，對於領袖地位的形塑與流派構成的積極作用，也是過去偏重領袖本身內具條件與成就的學術史，較少重視的一個面向。是故，將執行上述兩項專題研究計畫的首批成果加以統整，撰成《陽羨詞派新論》，對於這些尚少獲得關注與闡釋的學術議題，提出一些創發性的思考。

自 1993 年，嚴迪昌出版《陽羨詞派研究》至今，已過二十六載。學說日進，卓識紛出；但是，大多屬於以某一專題撰寫的期刊論文、專書或會議論文，少見通論型的陽羨詞派研究專書。本書承此機緣撰作，冀望能開拓新視域與新方法，對陽羨詞派的研究，可有些許的貢獻。

二〇一九年己亥八月國立政治大學

IV　陽羨詞派新論

陽羨詞派新論

目　次

緒論

中國古代的文學流派，乃是基於對文學與文化的共有意向而凝聚的社會群體，其聚合消散的現象，即為一時代集體心靈對特定人文價值理念趨避的表現。因此，對中國古代文學流派的現象構成，提出原理論述，實有助於掌握中國古代文學與社會更代演進的規律。構成，含有生成與建構的兩重義。前者指向歷史經驗因特定時空而生成；後者指向此一歷史經驗生成的意義，必有待後人的追認與詮釋建構。基此，筆者長時投入「中國古代文學流派學」的建構，首期已藉由「常州詞派」的範例研究，闡明中國古代文學流派的構成模式之一：共主中心的流派構成。除此之外，還有另一種構成模式：此即群英並起的流派構成。清初「陽羨詞派」的構成，正體現了由「群英並起」轉向「共主中心」的兩階段動態歷程，而兼有上述兩種構成模式。是故，筆者取為範例研究，並基於自身研究主體的自覺，重新認知歷史上實有的「陽羨詞派」經驗，詮釋它之成為一套知識的時代價值，藉此參與「陽羨詞派」學術史的延續。

任何一套知識的產生，都是源自一種認知事物的新角度。因此，在陳述一套知識的內容之前，理應就其所預設的認知角度及所採用的論證方法，加以說明，此即研究的「方法論」自覺。筆者對「陽羨詞派」所提出的「新論」，當然也預設一種認知「陽羨詞派」的新角度：此即如上所述由兩階段的動態歷程，重新界定「陽羨詞派」的構成，以及據此提出詮釋陽羨詞學文本的新論證方法。為了詳細說明此一「方法論」，故特立緒論。

此一「方法論」的導出，固然來自「反思」學術史用以界定「陽羨詞派」的認知角度及其詮釋陽羨詞學文本的論證方法。不過，目的不在於推翻前說，而是希冀提供能夠互補且兩全的新觀點與新方法，這是本文繼「反思」之後，對「陽羨詞派」的「重構」所持有的立場。

一、「陽羨詞派」學術史的反思

本文所稱的「學術史」，乃指對已成過去的經驗現象，進行後設的反思與評論，並採用具有推理性及概念化的現代學術語言，加以表述，藉此解構與建構知識的交替過程。則「陽羨詞派」的學術史，包含了第一序對「陽羨詞派」的歷史經驗加以後設的指認、界說與評論而建構的「陽羨詞派」知識，以及第二序對第一序所建立的「陽羨詞派」知識，加以接受認可或反思解構進而提出重構，因此所衍生的「陽羨詞派」認知模式交替過程。再者，此一學術史表面雖為「陽羨詞派」的知識建構過程，然而過程之中前後知識建構結果的更代消長，卻非受著「後出必然轉精」的因果律所支配，實則此一更代消長的推進乃由人為的意向所主導，是故變遷的方向未必可以預測，而與各時期的人們建構各類人文知識時所共享的「知識型」變遷，密切相關。

「知識型」（Episteme）一詞出自法國傅柯（Michel

Foucault, 1926-1984）的《詞與物》（*Les mots et les choses*）[1]，本指同一時代不同學門科別的群體對於知識的建構，內在深層存有一致性的認知模式與真理信仰。本文受此學說的啟發，於反思「陽羨詞派」學術史的同時，亦就其內在深層所據各期人文知識建構之共有認知模式的轉變，加以考察，以明原由。是故，可說「陽羨詞派」的學術史，也就是不同時期「知識型」的角力與更代過程。據此，縱使有清一代，對於陽羨詞人及其詞學的評論不少，但是由於大多屬於直觀或印象式的洞見與體悟，少見推理性而概念化的系統理論，是故暫不列入本緒論「反思」的對象。及至民國初年，以具有推理性而概念化的現代學術語言建構「陽羨詞派」的知識，才告確立，由此正式進入「陽羨詞派」學術史的開端。本文對此一學術史的「反思」，不止於描述「陽羨詞派」既有知識的建構過程，還要揭明此一建構過程內在深層所據的「知識型」變遷。

不過，民國以來對「陽羨詞派」的知識建構，並非全然空無依傍，實亦前有所承。因此下文對「陽羨詞派」學術史的追溯，需先稍涉清代後期。此時，可見若干文人學者以「派」的概念和名稱，簡單指認含有陽羨詞人在內的群體及其詞學。如清末譚獻（號復堂，1832-1901）《篋中詞・正集》即云：「錫鬯、其年出，而本朝詞派始成。顧朱傷於碎，陳厭其率，流弊亦百年而漸變。錫鬯情深，其年筆重，固後人所難到。嘉慶以前，為二家牢籠者，十居七八。」[2]譚獻的《篋中詞・自序》寫於光緒四年

[1] 傅柯（Michel Foucault, 1926-1984）撰，莫偉民譯：《詞與物——人文科學考古學》（上海：三聯書店，2001 年）。

[2] 譚獻：《篋中詞》（清光緒間仁和譚氏刊本），卷 2，頁 8。

（1878），序文述此《正集》云：「二十餘年，而後寫定」[3]，可知集中對清初詞人的評論思考，早於咸豐、同治以來即有。錫鬯，指朱彝尊（1629-1709）的字；其年，指陳維崧（1625-1682）的字。譚獻之說雖然已藉「詞派」之分，對朱、陳兩人的詞史地位，加以建構，可是只言「詞派」，尚未對陳維崧所在之派，逕稱「陽羨詞派」。譚獻的若干見解，後來由弟子徐珂（字仲可，1869-1928）繼承而另有發揚。徐珂所撰《清代詞學概論》於民國十五年（1926）出版，書中特稱「清初之詞，最著者為朱竹垞、陳其年，兩人並世齊名」，又云：「其年之筆重，所作詞天才豔發，辭鋒橫溢，其蔽為粗率」[4]。此一評論所言的「筆重」、「粗率」，皆紹承譚獻之說，不過相較於譚獻，乃更加顯揚陳維崧的「天才」，而另與稍前晚清陳廷焯（字亦峰，1853-1892）的評論，有所契合。

陳廷焯曾前後對陳維崧提出不同的評論：早出的《詞壇叢話》（1874，同治十三年）即云：「陳其年詞，縱橫博大，海走山飛，其源亦出蘇、辛」、「其年才大如海」、「每讀其年詞，則諸家盡皆披靡。以其情勝，非以其氣勝也。蓋有氣以輔情，而情愈出。情為主，貴得其正；氣為輔，貴得其厚。後人徒學其矜才使氣，殊屬無謂」[5]，此一評論，特以「才大」、「源出蘇、

3 譚獻：《篋中詞・序》，頁 1。

4 徐珂：《清代詞學概論》（臺北：廣文書局，1979 年），第一章總論，頁 2。

5 陳廷焯：《詞壇叢話》，收入孫克強主編，孫克強、張海濤、趙瑾、楊傳慶輯校：《白雨齋詞話全編》（北京：中華書局，2013 年），頁 10-11。

辛」界說陳維崧詞的特色，肯定陳維崧詞以「情勝」，而非以「氣勝」。及至後出的《白雨齋詞話》（1891，光緒十七年）則屢云：「國初詞家，斷以迦陵為巨擘」、「迦陵詞氣魄絕大，骨力絕遒，填詞之富，古今無兩。只是一發無餘，不及稼軒之渾厚沈鬱」、「發揚蹈厲，而無餘蘊」[6]，這些評論雖仍推崇陳維崧是清初大家，卻轉向凸顯陳維崧的「氣魄」，而致力於辨析陳維崧詞與蘇、辛詞的差異，對陳維崧時有貶責。前時所持的「情勝」說，至此不復強調。

自譚獻歷陳廷焯以至徐珂諸人的論述，則陳維崧以「才大」之勢，躍居清初大家，而為詞派之宗的知識，在民國初年已逐漸構成。不過，這類論述並非一味推許陳維崧，反而施加不少批判，其所預存的立場乃如譚、陳兩人的自述：「予欲撰《篋中詞》，以衍張茗柯（張惠言號）、周介存（周濟字）之學」[7]、「皋文（張惠言字）唱於前，蒿庵（莊棫號）成於後。風雅正宗，賴以不墜。好古之士，又可得尋其緒焉。」[8]係出於瓣香紹繼張惠言為領袖的常州詞派以為價值分判的基準。譚獻、陳廷焯之後，清朝結束進入民國，此時明確地以「陽羨派」之名，指認以陳維崧為領袖的詞人群體，才日益普及。只是，其發言的預設立場，已非盡如上述譚獻、陳廷焯一般，而是轉向出於對當代人文理念的深層反思：此即對 1919 年五四新文化運動以來所高揭

6　陳廷焯撰，屈興國校注：《白雨齋詞話足本校注》（濟南：齊魯書社，1983 年），卷 4，頁 327-331。

7　譚獻：《復堂日記・丙子》，收入唐圭璋主編：《詞話叢編》（臺北：新文豐出版公司，1988 年），《復堂詞話》，冊 4，頁 3999。

8　陳廷焯撰，屈興國校注：《白雨齋詞話足本校注》，卷 10，頁 749。

的「平民化」、「去格律（套）」之理念及循此以建構一切人文知識所共享的「知識型」，提出反動。[9]此可以王易（號簡庵，1889-1956）《詞曲史》的論述為代表。該書對「陽羨派」的評論如下：

> 陽羡一派當以陳維崧為首。維崧字其年，號迦陵，宜興人。舉鴻博，授檢討，有《烏絲詞》三十卷，所存最富，大致以蘇、辛為宗，偏尚才氣，然時失於粗，乃近二劉。迦陵、竹垞並世齊名，合刻《朱陳村詞》。迦陵序《浙西六家詞》云：「儻僅專言浙右，諸君固是無雙；如其旁及江東，作者何妨有七。」可以見其標榜自負之概。陳氏兄弟皆能詞，維眉有《亦山草堂詞》，維岳有《紅鹽詞》，維岱有《石閭詞》，所就皆不及其大。其友人吳綺，字薗次，自號聽翁，又號紅豆詞人，江都人，有《藝香詞》，大致似迦陵而較平適，自謂「兒女子皆能習之」。同時如

---

9 民國初年，留美的中國學人梅光迪、吳宓、胡先驌等人，以南京為中心，於 1922 年創辦《學衡》雜誌，鼓吹「昌明國粹」，弘揚中國固有文化，持此理念聚合的學人群體，被稱為「學衡派」，有別於推行新文化運動，而主張西化，倡導白話文的學人群體。下文引述的王易是「學衡派」的成員之一。關於「五四新文化運動」的歷史意義，見龔鵬程：〈傳統與反傳統——晚清到五四的文化變遷〉，見龔鵬程：《近代思潮與人物》（北京：中華書局，2007 年），頁 90-118。關於「學衡派」的歷史意義，見沈松僑：《學衡派與五四時期的反新文化運動》（臺北：國立臺灣大學出版委員會，1984 年）、沈衛威：《回眸學衡派：文化保守主義的現代命運》（臺北：立緒文化事業有限公司，2000 年）。

> 曹亮武，字渭公，宜興人，與迦陵為中表，有《南耕詞》、《荊溪歲寒詞》。萬樹，字花農，號紅友，宜興人，作《詞律》，有《堆絮園集》、《香膽詞》，自謂「宗眉山大蘇，分寧黃九」，其別體集句皆工。謝章鋌謂其「排宕處頗涉辛蔣藩籬，一瀉千里，絕少縈洄，『詞論』之譏，正恐不免。」皆迦陵之儔也。[10]

據周岸登於丁卯年為《詞曲史》所寫的序云：「南昌王子簡盦，十年來倚聲摯友也。去年教授心遠大學，撰《詞曲史》一編，用作教程。蓋感於廢學、新潮，羣言淆亂」[11]，簡盦（庵），王易的號。丁卯，民國十六年（1927）。可知《詞曲史》撰於民國十五年（1926），用於教程，則其所傳布之理念，自為某些群體所共享。上引「陽羨一派當以陳維崧為首」、「大致以蘇、辛為宗，偏尚才氣，然時失於粗」的評論，雖然仍沿續著晚清以來文人對陳維崧的看法，不過，已經很明確地以「陽羨派」指認稱呼以陳維崧為首的詞人群。如按近現當代史的分期：1840-1919 為近代，1919-1949 為現代，1949 迄今為當代，可知在民國十五至十六年左右的現代，學者們對清詞史的反思與建構，頗留意詞派的地域性，不止王易，前引徐珂亦是，其所持有的地方意識，已不僅僅沿襲中國古代方志傳統所積存的地方或鄉土觀點，更受清末民初新興之「合地方以成共和國家」[12]的政治

---

10 王易：《詞曲史》（臺北：廣文書局，1997 年），頁 469-470、472。

11 周岸登：〈詞曲史序〉，收入王易：《詞曲史》，頁 4。

12 清末民初，中國處於南北分裂，學界有感於此，復基於「全天下之私，以成天下之公」的理念，掀起書寫地方、鄉土的風潮，這種「均質

理念激發。此外，較前人不同之處在於，王易更為詳細地羅列「陽羨派」的其他成員：陳維眉（一作嵋）、陳維岳、陳維岱、吳綺、曹亮武、萬樹。並且一方面特意指明上列成員與陳維崧或同為宜興人，或具有親友的社會關係；另一方面，主要由其詞風之「似迦陵」、「皆迦陵之儔」，肯認眾人因「類同」陳維崧而聚合成派。

從廣義上說，「詞學」可以含括詞論、詞選批評，及詞創作在內。如上引的譚獻以「率」、「筆重」評論陳維崧，陳廷焯以「才大如海」、「氣魄絕大」評論陳維崧，皆偏就陳維崧的詞作風格而發，時或肯定後人學之，難以超越。這類評論，不盡以「情深」為陳維崧詞及宗之者的特色所在。及至王易稱陳維崧「效法蘇、辛，惟才氣是尚」，其意既有明指陳維崧的詞作風格與內在才氣近於蘇、辛的意思，也可能暗指陳維崧的詞論曾提倡蘇、辛詞風，而以才氣為要。王易提出「失於粗」的批判，固然接受譚獻的觀點而來，是故《詞曲史》於上引的評論之後，曾轉錄譚獻《篋中詞・正集》云：「陳厭其率」一段為證。[13]此外，即便王易沒有明言，從文本的比對，亦可推知他另外選擇性接受

化」、「以一人之力寫就全國」的地方觀，不同於傳統方志。可以林傳甲為代表，他於 1916 年加入中國地學會之後，發起「全省之人，共研全省地理，全國之人，共研全國地理」，而計畫編寫《大中華地理志》以成「共和國教科書」。自撰寫至出版，歷經 1918-1921。見劉龍心：〈地志書寫與家國想像——民初《大中華地理志》的地方與國家認同〉，《臺大歷史學報》第 59 期（2017 年 6 月），頁 130、132-133、146-147。不過，林傳甲所書寫的地理志「詳於地質」，相較於南昌王易遍寫陽羨、浙派、常派的文學流派史「詳於人物」方向略有不同。

13　王易：《詞曲史》，頁 474。

晚清以來持「源出蘇、辛」及「才大」、「氣魄絕大」以定位陳維崧詞的觀點；並且由此界說「陽羨派」的特色所在。

王易詳論包含「陽羨派」在內的清代各詞派特色及其偏隅之弊，表面上看，似乎與譚獻相同，其實《詞曲史》的評論立場不在於衍常派張惠言之學，而是為了對顯清末的朱祖謀堪為詞壇領袖，其詞學「專宗夢窗，訂律精微，遣詞麗密，而託體高曠，行氣清空，尤能一掃餖飣之弊」，藉此揄揚朱祖謀是「有清二百六十餘年詞壇之殿軍，而為茲世之導師」[14]。則王易認定陽羨派「主豪宕」，只是「稍近於聲律」而流於「粗」[15]，實乃相對於朱祖謀詞學的「精微」、「麗密」之「絕」而言，此一評論呈現「專宗夢窗」優於「以蘇辛為宗」，其內在所據的深層理念：係「精微於律」優於「偏尚才氣」。

周岸登的序文，便提示王易對清初詞派的價值分判，是「感於廢學、新潮，羣言淆亂」而來。此一「新潮」，應指向批判南宋吳文英之專宗格律，淪為「詞匠」的白話文學論述，可以胡適（字適之，1891-1962）為代表。早在 1922 年胡適就於《晨報副刊》以「南宋的白話詞」為題，針對吳文英提出批判，其云：

> 一派專在聲調字句典故上做工夫；字面越文了，典故用的越巧妙了，但沒有什麼內容，算不得有價值的文學。這一派古典主義的詞，我們可用吳文英作代表。[16]

14　王易：《詞曲史》，頁 490-491。

15　王易：《詞曲史》，頁 460。

16　胡適：〈南宋的白話詞：國語文學史的第三篇第五章〉，《晨報副刊》第 9 版，1922 年 12 月 1 日。

此後，胡適透過選詞，有系統地重構詞史，對宋詞與清詞，分別提出諸多評論，茲就其中關於蘇辛詞、吳文英詞與陳維崧詞者，擇要列舉如下：

> 到了十一世紀的晚年，蘇東坡一班人以絕頂的天才，采用這新起的詞體，來作他們的「新詩」。從此以後，詞便大變了。……這一段落的詞是「詩人的詞」。這些作者都是有天才的詩人；他們不管能歌不能歌，也不管協律不協律，他們只是用詞體作新詩。這種「詩人的詞」，起於荊公、東坡，至稼軒而大成。……
> 從此以後，詞便轉到音律的專門技術上去。史梅溪、吳夢窗、張叔夏都是精於音律的人；他們都走到這條路上去。他們不惜犧牲詞的內容，來牽就音律上的和諧。……他們只求音律上的諧婉，不管內容的矛盾！這種人不是詞人，不是詩人，只可叫做「詞匠」。……在這個時代，張叔夏以南宋功臣之後，身遭亡國之痛，還偶然有一兩首沈痛的詞（如〈高陽臺〉）。但「詞匠」的風氣已成，音律與古典壓死了天才與情感，詞的末運已不可挽救了。……
> 清朝的學者讀書最博，離開平民也最遠。清朝的文學，除了小說之外，都是朝著「復古」的方面走的。他們一面做駢文，一面做「詞的中興」的運動。陳其年、朱彝尊以後，二百多年之中很出了不少詞人。……他們很有用全力做詞的人，他們也有許多很好的詞，這是不可完全抹殺的。然而詞的時代早過去了四百年了。天才與學力終歸不能挽回過去的潮流。三百年的清詞，終逃不出模仿宋詞的

境地。[17]

這些論見，最後整合於胡適在民國十五年（1926）為自己所編著的《詞選》撰寫的序文及選入的詞人小傳之中。由上引的段落來看，胡適明確將蘇、辛的「詩人之詞」與吳文英的「牽就音律和諧」而為「詞匠」對立起來，揚蘇、辛而抑吳。其對蘇、辛的肯認，尤在於他們能以「天才」掙脫音律的束縛，「用詞體做新詩」。由於胡適對「天才」的觀點如此，又以「三百年」一詞的論斷，統包全清的博學詞人，是故，他對陳維崧的天才不能認同，其原因是「逃不出模仿宋詞的境地」，不如蘇、辛的勇於創新。又胡適對陳維崧以學力填詞也不能認同，其原因是耽於「博學」而「離開平民也最遠」。「博學」可說是一般文人相較於平民而特有的涵養，至於「音律」則更是文人之中少數詞人的「專門技術」。由此來看，胡適對吳文英詞、陳維崧詞的批評，意在響應新文化運動所提倡的「衝決過去歷史之網羅」、「開啟民智」、「普及知識」的理念以及循此建構新道德、新思想、新制度、新創作之各種人文知識共享的「知識型」。

表面上看，王易和胡適一樣，都對陳維崧詞提出批判；實則兩人所持的理由並不相同。王易批評陳維崧詞「粗」的理由之一，乃基於認可「訂律精微」的理念而來，不是「模仿」或「離開平民最遠」，可見其對陳維崧與朱祖謀的抑揚比較，實隱涵著對新文化運動所持「平民化」、「去格律」之理念的反動意向，

---

[17] 胡適：〈詞選序〉，見胡適選注、劉石導讀：《詞選》（北京：中華書局，2010年），頁3、5-7。

而與王易推重專門之學，反抗勉強而故作自然的文學觀一致，其《詞曲史‧導言》便云：「文學者，學之專門者也；詞曲者，又文學之專門者也。專門之事，不能責之眾人；然而百夫之所不能扛者，烏獲可一臂而勝，無害也。無韻自然之詩，不禁人為；欲遂掃其固有之美，強天下而盡從其後，於勢亦有所不可能矣。」詞曲，如王易所嘆，在時人眼中是「格律最嚴，聲調最複」，以致遭受「章甫適越」不合時宜之誚。[18]

胡適的《詞選》，自民國十二年（1923）始編，至民國十六年（1927）由商務印書館率先出版。從 1928 年到 1930 年短短兩載，就達第三版，可見影響不小。[19]是故，龍沐勳（字榆生，1902-1966）曾於 1933 年寫的〈論賀方回詞質胡適之先生〉指出：「自胡適之先生《詞選》出，而中等學校學生，始稍稍注意於詞；學校中之教授詞學者，亦幾全奉此書為圭臬；其權威之大，殆駕任何詞選而上之。」[20]《詞選》對「陽羨派」著墨甚少。故「陽羨派」的知識主要靠王易這類著作傳布。王易基於反新文化運動的理念，建立晚清詞為正統的詞史觀，獲得蔡楨（字嵩雲，號柯亭，1883-1948 後）沿續。

蔡嵩雲《柯亭詞論》，曾云：「陽羨派倡自陳迦陵，吳薗

---

18 上述兩段引文，見王易：《詞曲史》，「導言」，頁 4-5。

19 胡適《詞選》編纂出版的經過及其影響，見劉石：〈胡適的詞學思想與《詞選》〉，收入胡適選注、劉石導讀：《詞選》，頁 6、14、16。

20 龍沐勳：《龍榆生詞學論文集》（上海：上海古籍出版社，1997 年），頁 304。文末龍沐勳自署「1933 年 3 月 12 日，脫稿于真如暨南村寓舍。（原載《詞學季刊》第 3 卷第 3 號，1936 年 9 月）」。

（一作園）次、萬紅友等繼之，效法蘇、辛，惟才氣是尚」[21]，句中的迦陵，指陳維崧的號，此一評論，庶幾王易之說的摘要。據蔡嵩雲自述《柯亭詞論》乃錄「己卯、辛巳」以來的「論詞之言」[22]，可知時為 1939-1941。該書對「陽羨派」的論述，亦如王易一般立基於詞史的建構，而提出「清詞派別，可分三期」：此即以浙西派與陽羨派，並列「第一期」，後續接以「常州詞派」為「第二期」，「桂派」為第三期。[23]

此按「詞派」的消長，所建構的清詞史論述，也是意在標舉「晚出」而「以守律為用，故詞法頗嚴」的「桂派」，才是「今世詞學正宗」、「餘皆少所樹立，不能成派」[24]，蔡嵩雲自述所認定的「桂派」是循葉恭綽（號遐庵，1881-1968）的「戲呼」，指「創自王半塘」、「和之者有鄭叔問、況蕙風、朱彊村等」，即由王鵬運（自號半塘老人，1849-1904）、鄭文焯（號叔問，1856-1918）、況周頤（晚號蕙風詞隱，1859-1926）及朱祖謀（號彊村，1857-1931）所組成的詞人群體。

因此，蔡嵩雲雖然也按時代前後描述派別分期，卻不盡為客觀的清詞史建構。不過，蔡嵩雲對倡自陳維崧的陽羨派「惟才氣是尚」乃保留評價而不置可否，與王易逕予「粗」的批判微別。由於這類詞派的論述，對各派詞學方向的指認與區辨，內含滿足「特定價值分判」的主觀預設，此即崇尚「守律」的晚清詞。因

21　蔡嵩雲：《柯亭詞論・清詞三期》，收入唐圭璋主編：《詞話叢編》，冊 5，頁 4908。

22　蔡嵩雲：《柯亭詞論》，書末自識，頁 4917。

23　蔡嵩雲：《柯亭詞論》，頁 4908。

24　蔡嵩雲：《柯亭詞論》，頁 4908。

此，只顯各詞派足可對照彼此差異的一面，未必需要兼顧與詳述各詞派內部因分化而具動態發展的總體全面歷程。據此可知其對「派」之名的用法，乃偏向二義：一方面指稱不同群體之間的區別概念；另一方面指稱同一群體內部同宗共源的類同概念。於是，在這種「詞派」認知之下，自譚獻、王易以至蔡嵩雲，前後相沿逐漸形成一種對「陽羨詞派」構成的認知角度：此即獨推陳維崧為始源共主，以陳維崧的詞學為中心，其詞學只顯「效法蘇、辛，惟才氣是尚」的一面。前引蔡嵩雲對於陽羨詞派成員吳薗次、萬紅友的詞學敘述，便著意凸顯他們向陳維崧繼承而類同的一面。

與上述「陽羨詞派」構成的認知角度形成同時，另有從集合眾體的角度，提出推崇陳維崧的評論，此可以吳梅（字瞿安，1884-1939）的《詞學通論》為代表，其曰：

> 清初詞家，斷以迦陵為巨擘。……世之所以抑陳者，不過詆其粗豪耳。而迦陵不獨工於壯語也。〈丁香〉「竹茹」、〈齊天樂〉「遼后妝樓」、〈過秦樓〉「疏香閣」、〈愁春未醒〉「春曉」、〈月華清〉諸闋，婉麗嫻雅，何亞竹垞乎。即以壯語論之，其氣魄之壯，古今殆無敵手。〈滿江紅〉、〈金縷曲〉多至百餘首。自來詞家有此雄偉否。雖其間不無粗率處，而波瀾壯闊，氣象萬千。即蘇辛復生，猶將視為畏友也。[25]

---

[25] 吳梅：《詞學通論》（臺北：臺灣商務印書館，1988 年），第九章概論四，頁 162。

吳梅早年編有《詞學入門》，1912 年由東南大學刊印。自 1922 年起任教於多所大學，1926 年為授課需要編著《詞學講義》，另外還編有《詞選》，這些編著後來彙整更名為《詞學通論》，由商務印書館於 1932 年出版。[26]這意指《詞學通論》的內容早於 1932 年之前就已陸續發布。該書自第六章至第九章以概論為題，評論唐五代至明清的重要詞家，書中云：「詞至清代，可謂極盛之期。惟門戶派別，頗有不同。二百八十年中，各遵所尚。雖各不相合，而各具異采」[27]，由「門戶派別」一句，可知吳梅對於譚獻、徐珂、王易等文人，秉著詞派消長的觀點建構清詞史，並非一無所知。不過，吳梅對於各派所尚，不強分高下，故云：「各具異采」；因此既不如徐珂猶循其師譚獻所持常州詞派的立場而偏向貶抑陳維崧，也不似王易基於反思新文化運動的理念，轉向推崇晚清詞而貶抑倡自陳維崧的「陽羨派」。吳梅貶抑陳維崧少，稱讚陳維崧多，尤其著力於揭明陳維崧詞作風格既「工於壯語」又「婉麗嫻雅」的多面向，藉此消解過去「揚朱而抑陳」的評論史對陳維崧成就的片面認知，其所預設的理念實近於崇尚「唯通才能備其體」的文學觀。又吳梅既知清詞素有「門戶派別」之分，其對陳維崧的評論，卻不稱「詞派由之始成」或「陽羨派」之首，而是稱「清初詞家，斷以迦陵為巨擘」，此說除了暗承晚清文人的論見，亦應別有用意，此即不將陳維崧的地位限定在一派之宗主，而更以清初一代巨擘特加推

26　吳梅《詞學通論》的成書過程，見李保陽：〈胡士瑩錄吳梅《詞選》油印本考述及輯校——兼談《詞學通論》的成書過程〉，《中國文哲研究通訊》第 24 卷第 3 期（2014 年 9 月），頁 183-192。

27　吳梅：《詞學通論》，頁 154。

崇。如此評論，當與時人對「派」之名的認定與用法，乃傾向各持一端的派分戶別，不無關連。基此，若局於「一派之首」指認、界說陳維崧的地位，無疑會窄化陳維崧通才的成就。

倘循吳梅的論述而下，或可對民國以來所持「流派」的概念，進一步反思，藉此導出另一種更為整全的「流派」概念，以補足文學史的敘述對於包含詞人在內的歷代文學家及文學群體所下的片面評斷。可惜吳梅之說，後續的發展有限。在吳梅之後，續對陳維崧的氣魄及其雄壯的詞風，加以肯定者，可以龍沐勳為代表。其《中國韻文史・詞曲》對陳維崧的評論如下：

> 陳維崧與朱彝尊齊名，而二家風格迥異。陳廷焯謂：「國初詞家，斷以迦陵為巨擘；後人每喜揚朱而抑陳，以為竹垞獨得南宋真脈」又云：「迦陵詞沈雄俊爽，論其氣魄，古今無敵手；若能加以渾厚沈鬱，便可突過蘇、辛」（《白雨齋詞話》）維崧作品之多，殆為古今詞家之冠；其《湖海樓詞集》，兼綜各體，而短調「波瀾壯闊，氣象萬千」（陳說）亦開古今小令未有之奇。如〈點絳脣〉云：「悲風吼，臨洺驛口，黃葉中原走。」〈好事近〉云：「別來世事一番新，只吾徒猶昨！話到英雄失路，忽涼風索索。」並於「平敘中峯巒忽起，力量最雄。」（陳說）其長調縱筆所之，雄傑排奡，不復務為含蓄，一如「元祐體」之詩；詞體之解放，蓋至維崧而達於最高頂矣。其尤可注意者，則《迦陵詞》中，不特開蘇辛未有之境，且以社會思想，發之於詞。例如〈賀新郎〉「縴夫詞」，直似張籍、王建樂府。詞至迦陵，應用無方，而人

> 多不留意於此。……
>
> 清初人詞，大抵不出二派。一派沿明人遺習，以《花間》、《草堂》為宗，而工力特勝；其至者乃欲上追五代；如王士禛、納蘭性德、彭孫遹諸人是。一派宗蘇、辛，發揚蹈厲，以自寫其胸中磊砢不平之氣，其境界乃前無古人；如曹貞吉、陳維崧諸人是。自浙、常宗派之說起，而風氣為之一變；雖詞體益尊，氣格益醇，而清初委婉博大之風，不可復覩矣。[28]

龍沐勳的《中國韻文史》於民國二十三年（1934）由上海商務印書館初版。當時龍沐勳猶受新文化運動所倡導之理念的影響，著重於闡揚詞人勇於突破傳統，開「未有之境」的創新。直到後期，約 1949 年「新中國」建立以後，龍沐勳的詞學才轉向肆力於探求詞體在句法和韻位的藝術特徵。[29]然而，不同於胡適對清詞的態度，龍沐勳乃致力於闡揚陳維崧對「詞體之解放」的貢獻，其境界能「前無古人」而「開蘇辛未有之境」，藉此洗刷前時胡適對陳維崧「逃不出模仿宋詞的境地」之譏；以及扭轉更早的陳廷焯對陳維崧詞「若能加以渾厚沈鬱，便可突過蘇、辛」的惋惜之憾。此一揄揚陳維崧的態度，不是如吳梅一般，出於崇尚「唯通才能備其體」的文學觀，蓋龍沐勳雖以「兼綜各體」指認陳維崧的詞作成就，實則此一「各體」只是對《湖海樓詞集》

28　龍沐勳：《中國韻文史》（上海：商務印書館，1934 年），下篇，頁 209-210。

29　龍沐勳的詞學轉變歷程，見謝桃枋：《中國詞學史》（成都：巴蜀書社，2002 年），第六章現代的詞學研究，頁 533。

能兼作小令、長調而不似清初其他詞人「專以小令擅勝」的如實描述。[30]由文中特許陳維崧諸作「波瀾壯闊」、「力量最雄」、「雄傑排奡，不復務為含蓄」卻未施以「粗率」的貶詞來看，可知龍沐勛乃專持「雄詞」的立場肯認陳維崧詞的特色，不似吳梅猶兼持「壯語」及「婉麗嫻雅」。據此，可見龍沐勛的評論，亦含有對王易反新文化運動之理念加以辯駁的意味。此外，在評論陳維崧時，龍沐勛相較於胡適，更加強調那些反映「社會思想」的詞創作「尤可注意」，故其所關注的陳維崧詞，乃是以暴露人民生活困苦為主題的刺惡之詞，如文中所舉的〈賀新郎〉「縴夫詞」等詞。不是胡適指為離平民甚遠而尤顯「博學」的那類詞作。因而重塑了陳維崧詞的特色。

如此，使得龍沐勛對於陳維崧所在之「派」的認定，不再如王易那般著眼於里籍相同或親友關係所在的「陽羨」地域特性。而是另外基於詞風之雄及社會思想寄託的類同，將河南安丘人曹貞吉（字升六，1634-1698）與陽羨（又名宜興）人陳維崧聚合成派，指為「宗蘇辛」之派，據此和清初「宗《花間》、《草堂》一派」，以及「浙、常宗派」相互區分。因此，亦重塑了以陳維崧為首的詞人群體內容。如龍沐勛這樣對「派」之名的認知及用法，所認定的派內成員，已突破成員之間需要具有並時性的社交關係，而朝向基於後起評述者對流派成員「類同」的主觀認定，將不同歷史時期的作家撮合成派，如蘇軾、辛棄疾、曹貞吉、陳維崧，便因此被建構成具有前後紹繼傳承關係的「統緒」。這種「詞派」內部所涵有的「同宗共源」係出於後人主觀

---

[30] 龍沐勛：《中國韻文史》下篇，頁206。

建構的成分，益發顯著。

1937 年至 1945 年中日戰爭爆發，主張愛國抗戰的理念一時流行，成為該時期人們建構各類知識所共持的認知模式。據此，蘇辛詞被提舉出來，做為文學典範的代表，尤其是辛棄疾詞，格外受到注目。縱使後來戰事結束，不過這股抗暴的思想風潮，沒有因此立即消歇，而仍持續。前時由龍沐勳以「宗蘇、辛」而反映「社會思想」的觀點評說陳維崧詞的論述，至此獲得延續，並且另由「歌頌抗暴」的主題，發揚陳維崧詞所具有的社會意義，由此重構陳維崧的詞史地位，乃是一方面前抗明末陳子龍的婉麗詞風，另一方面後啟清代中葉的常州詞派，這類論述多見於 1949 年「新中國」建立之後的大陸學界，如錢仲聯（號夢苕，1908-2003）〈論陳維崧的湖海樓詞〉云：

> 反映人民疾苦，揭示不同階級的生活鴻溝，批評殘暴黑暗的政治，歌頌正義英勇的鬥爭，這是《詩》三百篇以來符合現實主義精神的詩歌傳統。這一傳統在古代詩歌史上到唐代杜甫的〈三吏〉、〈三別〉，白居易諸人的新樂府而有了發展。遺憾的是，這一傳統精神在古典的詞作中卻沒有體現，至少可以說為數寥寥。可是，《湖海樓詞》卻把香山樂府的精神和表現手法移植到倚聲領域中來，這不能不說是一個創舉。……
>
> 在作者出生第二年的明王朝天啟六年，蘇州就有過五人抗暴的義舉。作者晚年借著憑弔五人，對人民的抗暴行為，作了激情的歌頌，對殘暴的統治者作了無情的譏嘲。顯然，矛頭是指向當時的統治者的。……

> 揭露動亂時代的社會現實，運用杜甫、白居易的樂府神理入詞，這是《湖海樓詞》主要的特色。另一特色，則是《湖海樓詞》充分表現了作者的個性。作者是這樣的悲歌慷慨，具有烈士暮年、壯心未已的胸懷，是這樣的孤往兀傲，具有睨睥王侯公卿的氣概，又是那樣的回腸蕩氣地深於兒女之情，淒涼掩抑地彈下淪落之淚。但豪邁的性格，則是作者性格中主要的特徵。……
>
> 就江蘇來說，《湖海樓詞》上承吳偉業《梅村詩餘》的蘇派宗風而大大加以擴展，跟明末以婉麗標宗的陳子龍《湘真詞》對張了旗幟。同時，顧貞觀的《彈指詞》也能「不落宋人圈襀」（貞觀自語）；沈雄的《柳塘詞》、陳崿的《呵壁詞》，可以說是同屬此宗。清中葉常州詞派興起，左輔、張惠言，仍然有與迦陵宗風一脈相通之處。[31]

此文發表於 1965 年，文中基於上述觀點，舉以為證的陳維崧詞主要有兩類：其一乃是以明末清初時事為題目的詞作，如〈賀新郎〉「縴夫詞」、〈水調歌頭〉「夏五大雨浹月南畝半成澤國而梁溪人尚有畫舫遊湖者詞以寄慨」、〈賀新郎〉「五人之墓」、〈八聲甘州〉「客有言西江近事者感而賦此」等，略及懷古主題。其二乃是以寫懷、感懷為主題或題目的詞作，如〈夜遊宮〉「秋懷」四首、〈賀新郎〉「秋夜呈芝麓先生」、〈賀新郎〉「冬夜不寐寫懷用稼軒同甫倡和韻」、〈賀新郎〉「中秋感

[31] 錢仲聯：〈論陳維崧的湖海樓詞〉，見錢仲聯：《夢苕盦論集》（北京：中華書局，1993 年），頁 316、318、321、326。

懷再和前韻」等。少見前引吳梅所列舉「婉麗嫻雅」的陳維崧詞。錢仲聯認為陳維崧的詞是「追求宏偉的風格、瑰奇的形象，新異的境界，擺脫傳統的羈束的」，雖「不是『詞家本色』」，卻也不該「硬要貶低」[32]。此一評斷固然宣示《湖海樓詞》的「藝術特徵」之一是「蘇、辛與周、姜詞的結合」[33]，實則傾向於強化陳維崧詞的風格乃是雄傑宏偉的印象。又認定「常州詞派與迦陵宗風一脈相通」，可見對於前時文人建構清詞史的歷程乃是「陽羨派」、「浙西派」與「常州派」分立而更代的詞史觀，有所消解。稍後，1970 年吳宏一撰寫《常州派詞學研究》指出「陽羨派是否可以稱之為派，實在頗成問題，據我個人的看法，我認為把它當成常州派的前身是最為恰當的」[34]，這項論見與錢仲聯的「一脈相通」說，前後呼應。

1949 年至 1965 年其間，雖然亦有其他文人學者的著作延續前時的「陽羨派」論述，不過在數量上相較於 1962 年後起專論陳維崧的研究風潮而言，銷聲許多。前者如寓居新加坡的賀光中，於民國四十五年（1956）丙申撰《論清詞》評述「陽羨派」如下：

> 陽羨一派，以陳維崧其年迦陵為首。曹秋岳云，「其年與錫鬯，並負軼世才，同舉博學鴻詞，交又最深，為詞亦工力悉敵，《烏絲》、《載酒》，一時未易軒輊也」。其年

---

[32] 錢仲聯：〈論陳維崧的湖海樓詞〉，頁 325。

[33] 錢仲聯：〈論陳維崧的湖海樓詞〉，頁 324。

[34] 吳宏一：《常州派詞學研究》，見吳宏一：《清代詞學四論》（臺北：聯經出版事業公司，1990 年），頁 106。

> 與竹垞合刻《朱陳村詞》，流傳海內，康乾間言詞者，無不歸心響往。惟其年論詞宗蘇、辛，以五代、北宋為歸，與竹垞異趣。竹垞得樊榭揚其波，一時風靡，而浙派之名以立。其年則不以派名，而宗之者不少。儻就其別於浙派者而言，則固足以領袖詞壇，不言派而派自成，亦猶蘇、黃並稱，呂本中尊黃為江西詩派之祖，蘇則無人稱之為派，而實則本支百世，卓然自成一宗也。
>
> 論朱、陳二家之同異，則朱情深而才多，佳處在高秀超詣，綿密精美，其弊為餖飣。陳氣盛而筆重，佳處在天才豔發，辭鋒橫溢，其弊在粗率。朱、陳二家之別，亦即浙西、陽羨二派之所由分。兩派自朱、陳而後，分道揚鑣，各暢其緒。宗朱者前已言之。其年詞，另見專篇。宗之者則吳綺、曹亮武、萬樹、楊芳燦、洪亮吉、黃景仁、史承謙等。厥後末流之失，流於粗獷叫囂，力矯其弊而稍變其格者，則吳翊鳳以高朗見稱之枚庵詞也。[35]

上述引文標點悉依原書。由上引內容提及「陽羨一派，以陳維崧其年迦陵為首」、「宗蘇、辛」、「天才豔發」、「其弊在粗率」以及所列的「宗之者」名單，顯然偏向王易、蔡嵩雲之說，不過，另有新見：此即一方面指出「其年則不以派名，而宗之者不少」，據此肯認「陽羨派」之初未有其名而實質存在。另一方面指出「其年論詞宗蘇、辛，以五代、北宋為歸」，句中

35 賀光中：《論清詞》（臺北：鼎文書局，1971 年），上編通論五，頁 14-15。

「論詞」二字，乃明指陳維崧的「詞論」而言，非專言其詞作風格，又新增「標舉五代、北宋詞」為陳維崧的詞學特色。基此，賀光中對陳維崧「詞作風格」的專論，相較於王易、蔡嵩雲，更向吳梅所持的多面向風格說靠攏，故該書下編專論「陳維崧」時，除了列舉陳維崧詞集中「詞之似蘇者」而如「蘇詞實兼豪放婉約二格」，又列舉陳維崧詞集中「得辛之豪壯綿麗雋逸」，以及擬清真者，而「調極似清真」。因此，特別引錄陳廷焯及吳梅的評語，而稱「亦峰評其年詞，至為精當，吳瞿安亦能扼要」[36]。

賀光中對以陳維崧為首的「宗之者」，亦多述其「近迦陵」、「亦不減陳」的類同處。不過，時而將此一類同處指為「纏綿宛麗」的詞風，[37]並沒有明確地肯斷這些「宗之者」是否皆如陳維崧「論詞宗蘇、辛」。此一論述為往後界定陽羨詞派成員的類同，在判斷上究該依循何種詞風或詞論為憑準的爭議，埋下伏筆。

後者對陳維崧的專論，乃以評述陳維崧詞為主，而多延續先前認定陳詞「粗」或「近於蘇辛詞」的成說。如鄭騫（字因百，1906-1991）〈成府談詞〉前後評論陳維崧云：「若夫其年之粗獷叫囂，則詞中之天魔夜叉也」、「評其年處，語氣雖稍過，意見則今昔無大異」，前句撰成於 1940 年，後句乃續寫於 1962 年的識語。[38]又 1978 年初春夏承燾（字瞿禪，1900-1986）撰成

36　賀光中：《論清詞》，下編專論一，頁 37、39、46。

37　賀光中：《論清詞》，上編通論五，頁 15。

38　鄭騫：〈成府談詞〉，見鄭騫：《景午叢編》（臺北：臺灣中華書局，1972 年），上集，頁 249、263-264。文末自註：原刊「《現代學苑》6 卷 1 期」。

〈瞿髯論詞絕句〉八十餘首，1983 年續增十八首。由夏承燾的夫人吳無聞注釋與題解。其評陳維崧云：「趙魏燕韓指顧中，涼風索索話英雄。燕丹席上衣冠白，豫讓橋頭落照紅。」[39]這首論詞絕句據吳無聞的注釋，可知乃檃括陳維崧〈點絳脣〉「夜宿臨洺驛」、〈好事近〉「夏日史蘧庵先生招飲」、〈南鄉子〉「邢州道上」的詞句及語境而來，主題兼有懷古及詠懷，已不似先前龍沐勳、錢仲聯那般看重反映「社會思想」、「歌頌抗暴」的陳維崧詞。據吳無聞的題解云：「陳維崧曾遊歷北方各地，寫了不少懷古詞，燕趙游俠悲歌慷慨的形象，躍然紙上。他的詞風格豪放，雖小令亦寫得波瀾起伏，是清代詞壇上的蘇辛派大家。」由此來看，夏承燾對陳維崧詞的評述，實反映了一種認知蘇辛豪放的特定觀點：即以「懷古」的情意經驗，體現「豪放」。並且在此一觀點下重塑陳維崧詞宗尚蘇辛的印象。

這種傾向陳維崧詞專論的趨勢，到了八〇年代，有所改變，轉向為對「陽羨詞派」的再次聚焦論述。由嚴迪昌（1936-2003）發起。1983 年上海舉辦第一次全國詞學討論會，嚴迪昌提出〈論陽羨詞派〉，1990 年嚴迪昌於所撰《清詞史》專立「陳維崧與陽羨詞派」一章，做為闡釋「清詞中興」的示例之一，[40] 1993 年嚴迪昌出版《陽羨詞派研究》專書。至此，「陽羨詞派」之名更普遍地進入後人撰寫的清詞史中，被認定為是

---

[39] 夏承燾撰，吳無聞注：〈瞿髯論詞絕句〉，見夏承燾：《夏承燾集》（杭州：浙江古籍出版社、浙江教育出版社，1997 年），冊 2，頁 574-575。

[40] 嚴迪昌：《清詞史》（南京：江蘇古籍出版社，1999 年），第二編第一章，頁 167-242。

「清初極為重要的一個詞派」[41]。

嚴迪昌亦以「陽羨詞派」之名，指認以陳維崧為領袖的詞人群體。表面上看，似與前人王易之說相承，一皆留心文學群體的聚合所本據的地域性因素。而且也如王易一般，將此一地域性因素指向里籍、親誼。是故，嚴迪昌特別將明清時期包含「陽羨詞派」在內之「群落的構成機制」，界定如下：

> 唐宋以前流派成員更多地呈縱向的歷時性形態，而唐宋以後則大抵為橫向的共時性形態。特別是明清時期，地域性、氏族血緣紐帶關係尤見加重，包括宗親、姻親等組構而成的這種網絡，是對單純的師承淵源的補充，進而隔代私淑或心儀瓣香的縱向時空延續現象，更多地為橫向為主、縱橫交錯的扇形群落實體所取代。[42]

由上述引文所謂「包括宗親、姻親等組構而成的這種網絡」、「更多地為橫向為主」、「群落實體」，可知嚴迪昌欲藉著強調流派成員的並時性社交網絡，來證成如「陽羨詞派」一般的明清地方文學流派乃為實有，以破除「有論者徑謂『陽羨無派』」的偏見，對「清詞之有『陽羨』一派的史實，近世並未獲得確認」提出積極的學術苴補。[43]其對「派」所持有的理念，已

---

[41] 嚴迪昌《陽羨詞派研究》的成書經過，及倡論陽羨詞派是「清初極為重要的一個詞派」的觀點，見馬興榮：〈陽羨詞派研究序〉，收入嚴迪昌：《陽羨詞派研究》（濟南：齊魯書社，1993 年），他序頁 1。

[42] 嚴迪昌：《陽羨詞派研究》，「引論」，頁 5。

[43] 嚴迪昌：《陽羨詞派研究》，頁 2。

非如前人偏向由風格的相似而主觀撮合，並且較王易的論述，更加自覺地以「實有性」認知與界定「派」的概念。[44]

然而，嚴迪昌之標舉「陽羨詞派」，不是出於王易的論述所本據的「知識型」：此即清末民初新興之「合地方以成共和國家」的政治理念；而是呼應八〇年代以來，由歐州學者所提出的「文化」與「地理／空間」相互定義的新認知模式，在大陸學界所激起的迴響。如此顯示一種被當代學界所共享而用以建構文學與地理知識的新「知識型」代之而起。[45]此一「知識型」被應用在文學領域之上，始於小說的研究，繼而擴展於宏觀文人的地理分布、地方風物、鄉土歷史等要素，對於地方特色形成的影響；藉此扭轉地方特色僅由「地理環境決定」的片面觀點。

---

[44] 此處的「實有性」係指流派的屬性，具有客觀事實的成分在內，不是純粹虛構而成，此一「實有」所指乃派內成員依循社會交往及認同自覺的事實而聚合。可稱為「虛構性文學流派」，相對於此，則由後人主觀撮合而成的文學群體，可稱為「實構性文學流派」。「實構性文學流派」與「虛構性文學流派」的區分，見侯雅文：《中國文學流派學初論》（臺北：大安出版社，2009 年），第二章實構性文學流派構成與變遷理論，頁 69-70。

[45] 大陸學界自八〇年代以來，直越中間的學術斷層，而上接二十世紀初近現代中國學者如梁啟超、劉師培等人所提出的「文學地理」論述，形成一種普遍運用於研究中國古代文學、現代文學的詮釋觀點，此一學術走向實因響應六〇年代於西方歐洲學界興起的文學地理學所致，其間的發展亦呈現階段性的變化：此即由早期著重「歷史傳統」與「地理空間」的互動觀，轉向「文人風格分布結構和流動」與「地理空間」的互動觀，又向「文人主體觀景」與「地理空間」的互動觀後續發展。見陶禮天：〈略論文學地理學的過去、現在和未來〉，《文化研究》第 12 輯（2012 年），頁 257-284。

此外，嚴迪昌對於「陽羨詞派」的構成，亦著重於共主中心及成員之間的「類同」，此乃循著他對「文學流派」之概念所須具備的條件和因素界定而來，其云：

> （一）要有一面足資號召或卓具權威性的旗幟，也即需要有一個盛名四揚、成就卓絕的具有強大凝聚力的領袖人物為宗主；（二）在這領袖人物周圍聚合起一個創作實踐異常活躍，頗有影響的人數可觀的作家群落；（三）這個作家群落儘管各自有一己獨擅的藝術風采和個性特點，但從群體形態上卻有著較為一致的共同追求的審美傾向；（四）群體性的藝術觀念或大體相近的審美主張，集中體現於類似流派宣言式的選本或作品總集中。[46]

基於上述，嚴迪昌對陳維崧是「陽羨詞宗」的指認，固然早有譚獻、王易、蔡嵩雲、賀光中等人之說在前，而言之有據，不過由於嚴迪昌乃以「陽羨詞宗」印證流派的構成規則之一：一個「具有強大凝聚力的領袖人物為宗主」，因此能為前人成說所持的「共主中心」模式，提供學理依據。復基於流派的構成規則之二：「一致的共同追求的審美傾向」、「群體性的藝術觀念或大體相近的審美主張」，可見嚴迪昌固然也知陽羨詞派內部成員存在著歧異，然而他更關注於成員「類同」的一面，據此闡釋流派的構成。上述引文對於文學流派行為的屬性認知，在於「藝術風采」、「個性特點」、「審美傾向」、「藝術觀念」、「審美主

[46] 嚴迪昌：《陽羨詞派研究》，「引論」，頁4。

張」，如此敘述，隱涵著由「美學」的觀點，強化文學流派屬性的思維，而呼應了五〇、六〇年代大陸學界對早出西方唯心主義美學論與後起馬克思唯物主義反映論的美學觀折衷調節的論戰。[47]循此，自然未必要涉入文學流派對特定中國古代社會文化傳統思想的唯心選擇認同。

這並非斷定嚴迪昌對「陽羨詞派」的研究，無涉「陽羨詞派」的「社會性」。如據前述嚴迪昌對「陽羨詞派」的「地域性、氏族血緣紐帶」等「史實」的重視及考索，可知他也注重「陽羨詞派」的「社會性」，不過，此一「社會性」乃集中於人際關係的實有社交網路，以及外在的大時代社會環境，較少涉及流派成員對特定社會文化傳統思想加以接受或反抗的主體意識。受嚴迪昌此一觀點的影響，之後有陽羨詞人家族聯姻及其社群形成的專題研究繼起。[48]

嚴迪昌對陽羨詞人的詞風及詞論，近於陳維崧的「類同」處，也不再如王易一般，偏重於「以蘇、辛為宗」，而是另外兼列「獨崇真情的風格兼容論」。據嚴迪昌的自述，此一重塑陽羨詞學內容及其意義的論述，係出於「通變的切合實際的史學觀」[49]，欲藉此破除「古代傳統的文學批評方法之一種的推源溯流」那般「簡單著眼於是否步武兩宋某某大家，宗法某某風格」、

---

[47] 大陸學界以 1949 年為界，前後流行的美學觀點彼此之間的對立與論戰，可見趙士林：《當代中國美學研究概述》（天津：天津教育出版社，1988 年）。

[48] 邢蕊杰：《清代陽羨聯姻家族文學活動研究》（北京：中國社會科學出版社，2015 年）。

[49] 嚴迪昌：《陽羨詞派研究》，「引論」，頁 2。

「僅是復古」[50]，重新闡明包含「陽羨詞派」在內的清初詞壇於文學史上的「中興」意義。此一「獨崇真情」的論點，相對於先前七〇年代大陸學界普遍傾向唯物主義的學術思潮，已呈現轉變之勢，而呼應1970年以來，由旅美漢學家陳世驤、高友工提出「抒情」之為中國文學特質的認知模式，陳、高之說後經反覆推闡，成為當代建構中國古代各類詩歌「美典」的重要「知識型」。[51]

50　嚴迪昌：《陽羨詞派研究》，「引論」，頁3。

51　1971年旅美漢學家陳世驤於美國亞洲學會年會發表〈中國的抒情傳統〉，為中國文學「抒情傳統」建構的論述開端，嗣後高友工〈律詩的美學〉、〈中國戲曲美典初論——兼談「崑劇」〉等文，致力於建構中國詩歌的抒情特質及其傳統，歷經臺灣學界蔡英俊《比興物色與情景交融》所論〈「抒情自我」的發現與情景要素的確立〉、呂正惠《抒情傳統與政治現實》所論〈物色論與緣情說——中國抒情美學在六朝的開展〉、〈中國文學形式與抒情傳統〉、張淑香《抒情傳統的省思與探索》所論〈抒情傳統的本體意識——從理論的「演出」解讀「蘭亭集序」〉、龔鵬程《文學批評的視野》所論〈從《呂氏春秋》到《文心雕龍》——自然氣感與抒情自我〉、〈論李商隱的櫻桃詩——假擬、代言、戲謔詩體與抒情傳統間的糾葛〉、柯慶明《中國文學的美感》所論〈中國文學之美的價值性〉、〈中國古典詩的美學性格——一些類型的探討〉、〈從「現實反應」到「抒情表現」——略論〈古詩十九首〉與中國詩歌的發展〉、鄭毓瑜《文本風景——自我與空間的相互定義》所論〈〈詩大序〉的詮釋界域——「抒情傳統」與類應世界觀〉、〈身體時氣感與漢魏「抒情」詩——漢魏文學與楚辭、月令的關係〉等，新加坡學界蕭馳《中國抒情傳統》所論〈化之影跡，非覆即變：中國古典詩歌律化過程之觀念背景〉、〈中國抒情傳統中的原型當下：「今」與昔之同在〉等文。香港學界陳國球〈抒情中國：論中國抒情傳統〉等文，旅美漢學家孫康宜《抒情與描寫：六朝詩歌概論》，尚有美國漢學家宇文所安（Stephen Owen）、林順夫、蒲安迪（Andrew H. Plaks）等學者的論述，對中國文學的抒情傳統，從各種不同的面向拓展建構，形成一基於「獨崇真情的風格兼容論」，嚴迪昌對陳維崧的詞論闡述，則旁通其「詩論」而主性情的文學觀；並且列舉「抒民生之苦哀」、「悼家國之淪喪」、「鄉情綿邈的風土民俗詞」、「憂生傷逝的親情友情詞」的各類主題創作，[52]以證陽羨詞派創作成就的多面總貌，藉此呼應陽羨詞人「風格兼容」的主張。同時，特就陳維崧詞的「藝術風格」，闡明其「詞風演變的歷程」；並且考辨「陳維崧生平行迹」，以說解其詞風演變之由。[53]

嚴迪昌並未完全否認前此對陽羨派「論詞以蘇、辛為宗」的認知模式，而是在亦肯定「陽羨詞派在當時是突出了對『蘇、辛』的尊崇」之前提下，特就陳維崧所撰而最能表現此一尊崇蘇辛之陽羨詞論所在的〈今詞選序〉（一作〈今詞苑序〉）（客或見今才士所作文），揭示這篇序文「不啻是陽羨派的宣言和理論綱領，所以特具其代表性」[54]。基此，嚴迪昌認定陽羨詞派的詞論特色，除了主張「獨崇真情」之外，又「力尊詞『意』的本體

「論述譜系」。而黃錦樹、王德威更將此一抒情傳統的建構論述，延展至現代文學研究。此一「論述譜系」所形成的「詮釋典範」，見顏崑陽：〈從反思中國文學「抒情傳統」之建構以論「詩美典」的多面向變遷與叢聚狀結構〉、〈從混融、交涉、衍變到別用、分流、佈體——「抒情文學史」的反思與「完境文學史」的構想〉，收入顏崑陽：《反思批判與轉向——中國古典文學研究之路》（臺北：允晨文化實業公司，2016 年），頁 95、109-110、114-121、185-186。

52 嚴迪昌：《陽羨詞派研究》，第五章陽羨詞派創作成就總論，頁 114-157。

53 嚴迪昌：《陽羨詞派研究》，第六章第一節陳維崧生平行迹考辨、第二節陳維崧的藝術風格，頁 158-195。

54 嚴迪昌：《陽羨詞派研究》，第四章陽羨詞派的詞學觀及其理論建樹，頁 93-97、106。

功能」，其推尊詞體可與經、史並列的「理論」意義，實非前人「簡單地作推流溯源而論定陽羨詞派是清代的『蘇辛派』、『豪放派』云云」可以確比。[55]並且依據上述論點，嚴迪昌提出一份陽羨詞派的成員名單，名為「陽羨詞人群傳論」，計有：陳維崧、陳維嵋、陳維岳、陳維岱、陳枋、陳履端、任繩隗、徐喈鳳附徐翽鳳、史惟圓、萬樹、曹亮武附吳白涵、曹瑚、曹臣襄、蔣景祁、董儒龍、僧弘倫、僧原詰、僧隨時、僧超正。[56]被賀光中歸入陽羨派的吳綺，不在其中。吳宏一認為萬樹不必列入陽羨派。自此以後，形成一種對前述「陽羨詞派」構成認知角度的中幅調整：此即獨推陳維崧為始源共主，以陳維崧的詞學為中心，其詞論由主張「效法蘇、辛」而追求「詞與經史的會通」，又獨崇真情，其詞作乃為風格兼容。成員係基於上述詞論與詞風的類同而聚合成派。

1995 年之後，學界對陽羨詞派的研究，復逐漸集中於宗主陳維崧的詞學。其間所提出的論點，多有呼應嚴迪昌之處，亦不無出入之見。如 1996 年葉嘉瑩出版《清詞選講》第四講論述「陳維崧」，首先便援引嚴迪昌《清詞史》為據，稱「陽羨派以陳維崧為領袖」，並以陳維崧的〈今詞苑序〉（客或見今才士所作文）做為考察其詞論的主要文獻。又肯定「陳維崧的詞裡面有些佳作，則是既有他本來天生豪縱的一面，而同時也有相當的盤旋沈鬱，保留了詞所要求的曲折深隱之美感的」[57]，故而也非主

55 嚴迪昌：《陽羨詞派研究》，頁 100。

56 嚴迪昌：《陽羨詞派研究》，第七章陽羨詞人群傳論，頁 205-245。

57 葉嘉瑩：《清詞選講》（臺北：三民書局，1996 年），頁 77、85-86、91。

張只就一端認知陳維崧的詞作風格。同年，葉嘉瑩應中央研究院中國文哲研究所的邀請，和陳邦炎合撰《清詞名家論集》，由陳邦炎執筆撰寫〈評介陳維崧及其詞論詞作〉，此文雖未直接引述嚴迪昌的論見，不過同樣都由陳維崧的生平遭遇，闡釋其詞風形成之由，關注陳維崧撰寫的〈今詞苑序〉，以及指出陳維崧「對風格不同的作家、作品其實是兼容並蓄的」[58]。另與嚴迪昌不同之處，在於陳邦炎更旁涉陳維崧為他人詞集所撰寫的多篇序跋表述的詞論，以及提出如下關於「陽羨詞派」的界定問題：

> 清初的陽羨也存在著一個人數不少的詞人群，而維崧在清初詞壇上，特別在陽羨詞人群中固有其廣泛的影響。但在當時和以後，是否形成了一個「陽羨詞派」，則詞論家的看法迄未取得一致。蓋詞人群與詞派，固為兩個不同的概念，而某一大家之影響了一批詞人與其開創了一個詞派，在概念上自也有所不同；這或許是一個首先應辨明和研討的問題，而卻不在本文的論述範圍之內了。[59]

2005 年蘇淑芬出版《湖海樓詞研究》亦持「陽羨詞宗陳維崧」的認知，特就陳維崧《湖海樓詞》的各種主題內容：「『今古事，堪悲詫』的家國之思」、「『今年米價減常年』的社會詞」、「『銅官崎麗』的風土民情詞」、「『香詞一篋，人間那

---

58 陳邦炎：〈評介陳維崧及其詞論詞作〉，見葉嘉瑩、陳邦炎：《清詞名家論集》（臺北：中央研究院中國文哲研究所籌備處，1996 年），頁 53。

59 陳邦炎：〈評介陳維崧及其詞論詞作〉，頁 78。

得』的婦女詞」、「『諸弟隔，羈鴻唱』的昆仲詞」[60]以及「《湖海樓詞》的寫作技巧與特色」[61]，闡明陳維崧詞的「題材與主題的擴大」與「風格多樣」。同時，兼論陳維崧的「詞學歷程」而以詞風的早中後期轉變為考察的主軸；[62]並條列陳維崧的詞學理論計有「尊崇詞體」、「提升詞品，存經存史」、「詞貴獨創」、「標榜豪放、婉約同列」、「論詞窮而愈工」、「強調詞應寄寓亡國之恨」、「重視聲律、詞韻」七項，[63]復對「陳維崧與清初詞壇的關係」加以考察。[64]該書對陳維崧詞的分類觀，於呼應嚴迪昌之外亦另出別見，對陳維崧詞論的歸納，也旁涉多篇陳維崧為他人詞集所撰寫的序跋而來。

2005 年方智範、鄧喬彬、周聖偉、高建中合著《中國古典詞學理論史》專節論述「陽羨派詞論」，也以陳維崧的詞學主張為代表，取〈今詞選序〉（客或見今才士所作文）為據，而評此序云：「不啻是陽羨開派樹幟的宣言和理論綱領」[65]，此一觀點幾與嚴迪昌相同。

---

[60] 蘇淑芬：《湖海樓詞研究》（臺北：里仁書局，2005 年），自序頁 1，第五章《湖海樓詞》內容探析，頁 193-351。

[61] 蘇淑芬：《湖海樓詞研究》，第六章《湖海樓詞》的寫作技巧與特色，頁 353-390。

[62] 蘇淑芬：《湖海樓詞研究》，第二章第一節詞學歷程，頁 47-69。

[63] 蘇淑芬：《湖海樓詞研究》，第二章第二節詞學理論，頁 69-98。

[64] 蘇淑芬：《湖海樓詞研究》，第三章陳維崧與清初詞壇的關係，頁 99-142。

[65] 方智範、鄧喬彬、周聖偉、高建中：《中國古典詞學理論史》（上海：華東師範大學出版社，2005 年），下編第一章第二節陽羨派詞論，頁 184。

此外，自 1990 年以來出版不少陳維崧年譜的著作，可見與嚴迪昌對「陳維崧生平行迹」的考辨進路相呼應。如 1991 年出版丁惠英〈陳維崧先生年譜〉[66]、1994 年出版陸勇強《陳維崧年譜》[67]、2007 年出版馬祖熙《陳維崧年譜》[68]、2012 年出版周絢隆《陳維崧年譜》[69]，諸譜逐年詳細條列鋪陳陳維崧的生平際遇、著作，有助於彰明陳維崧詞學的演變之迹。嗣後，為數眾多的期刊、專書、學位論文、會議論文，乃至於詞史、清代詞學史，或以陳維崧的特定詞學為專題，或以「陽羨詞派」的詞學為專章，其對「陽羨詞派」持有的認知模式，大抵未超出上述，故暫不一一詳述。

回顧百年來的「陽羨詞派」學術史，因應不同的「知識型」而建構的「陽羨詞派」知識，確能豐富與深化此一文學群體經驗的歷史意義。不過，也正因為所據的「知識型」不同，是故對「陽羨詞派」的認定，各有所得，互有出入。諸說雖有歧見，卻非必要強分是非，以其皆能發明「陽羨詞派」構成的一面。循此，本文乃在肯認「陽羨詞派」為實有文學群體的前提下，思索如何為會通前述諸說，提供一套詮釋觀點，這是本文注意所在之一。又前述諸說雖有歧見，然不乏共同的認知：此即獨推陳維崧為共主，以其詞學為代表，宗之者基於「類同」陳維崧的詞學而聚合成派。然而，由檢閱陽羨詞人的著作，卻見不少陽羨詞人於

---

[66] 丁惠英：〈陳維崧先生年譜〉，《文藻學報》第 5 期（1991 年 3 月），頁 1-21。

[67] 陸勇強：《陳維崧年譜》（北京：中國社會科學出版，2006 年）。

[68] 馬祖熙：《陳維崧年譜》（上海：上海古籍出版社，2007 年）。

[69] 周絢隆：《陳維崧年譜》（北京：人民出版社，2012 年）。

特定時期裏，未必全然認同陳維崧的詞學主張，也未必尊之為共主領袖，可是他們和陳維崧一起主持詞學活動，彼此對詞壇及特定社會文化思想的反省有著相同的理念。此種聚合的構派現象，已非前述的共主中心模式可以含括，尤其相聚的成員之間詞學內容差異顯著。是故，如何重新建構陽羨詞派的生成，即為本文注意所在之二。基此，本文承接陽羨詞派的既有學術史基礎，另拓詮釋視域及方法論而展開「新論」。

二、「陽羨詞派」的重構

「流派」一名，兼有縱向變遷和橫向分化的兩重意義，乃相對「源頭」而成立。是故「流派」之名，既含有類聚群分之義，也有源流變遷之義。以「流派」指特定群體時，既可以指不同群體的區別，也可以指同一群體內部分化的區別。同時，可以指不同群體共源的類同，也可以指一群體間各分子共源的類同。因此，「流派」所指的群體在構成上應兼有類同性與差異性。[70]又「流派」的總體存在實相，一旦成為過去，就無法全幅再現。後人對流派的敘述與評論，都不可避免地涵有主觀的建構在內。不過其間情況有異，需作分別：倘若「流派」構成的類同性與差異性，主要出於後人的主觀認定，未必基於流派成員的文學社會交往以及認同自覺的事實，則此種文學群體可稱為「虛構性文學流派」。倘若「流派」構成的類同性與差異性，雖不免有後人的主

70　「流派」一名兼有「類同性」和「差異性」，見侯雅文：《中國文學流派學初論——以常州詞派為例》，第二章實構性文學流派構成與變遷理論，頁 61-69。

觀認定，然仍以流派成員的文學社會交往以及認同自覺的若干事實為據，係主客視域交融的結果，則此種文學群體可稱為「實構性文學流派」。

回顧百年來「陽羨詞派」學術史所建構的流派知識，固然不免有近於「虛構性文學流派」的結論，如前述龍沐勛提出的「宗蘇辛」之派；但其他學者對於以陳維崧為首的詞人群體之指認，所依據的同籍或親友社交，就未必純屬主觀建構，而亦兼融若干地域因素或成員自覺聚合的客觀事實。基此，本文乃有條件地依循特定前說，用「陽羨派」或「陽羨詞派」一名指認以陽羨（宜興）為基地而聚合的詞學群體，視此一群體為「實構性文學流派」。

不過，本文對於「流派」一名所指涉的概念及用法，已不止於前述「陽羨詞派」學術史對「派」之名的用法所偏向的二義：其一指稱不同群體之間的區別概念；其二指稱同一群體內部同宗共源的類同概念。而還要另就同一群體內部實際存在著由「分化」而來的「差別」，卻尚未獲得學界足夠的關注，提出新的論述，尤其著重從「動態歷程」對此一「差別」概念的內涵加以界說，具體論點在於：揭明「陽羨詞派」除了基於「類同」而聚合，其內在也含有眾成員詞學分化的「差異性」，個別成員詞學更迭的「歷程性」，以及領袖認同的「機動性」。

基此，「流派」的構成，未必只有推尊共主，一體類同的聚合模式，亦可存有群英並起，包容「差異」的聚合模式。從歷時性的動態過程來看，一個流派可因上述兩種構成模式的更代消長而兼有之。同時，個別流派成員本身的詞學，也有著一個動態更迭的「歷程」，此一歷程又往往含納於該成員所持有的社會身分認同及其對社會文化情境認知的總體存在意識變遷之中，互為表裏。因此，成員之間的投契相聚，「有特定時機之緣，未必終身相合」。而投契的原由，亦不止於一端：或是單純基於文學志趣的相同，或是僅僅基於對特定文學風尚與社會文化的反抗共識，而未必有相同的文學主張，或是基於文學主張的相近與文化認同的共趨兩者兼備。基此，流派領袖的形成，就未必固定地基於領袖內具某一面向的文學成就條件而來，亦受不同時地的追隨者「機動」選擇接受的領袖印象之推助。由此構成一群體內部的分化差別。

回顧前述「陽羨詞派」學術史對「陽羨詞派」知識的建構，各有出入，多可以成立，實因諸家各自依從所信仰的「知識型」，而分別與不同時期生成的「陽羨詞派」，相互對應。此一會通諸家之見的論述，需以「動態歷程」的概念所顯題化的流派「新論」為前提方能成立。前述嚴迪昌的研究，固已觸及流派領袖本身詞學發展的動態更迭歷程，不過主要聚焦於陳維崧的詞風變遷，尚少擴及陳維崧的詞論及其詞論相與係聯的總體社會文化存在意識變遷。此外，由於嚴迪昌的論著，對流派的概念認知，乃以「共主中心的類同」為據，是故該書的主論在於闡明陳維崧之為共主領袖所本具的文學成就條件，並據此建構陽羨詞派成員於詞學的類同處；因此未必需要詳論建構陽羨詞派內部諸位成員間的詞學分化、彼此社會文化認同差異的動態歷程，以及追隨者對領袖認同的機動選擇。

基此，本文乃對陽羨詞派構成的認知角度加以重構，創新之處在於對過去學術史偏重以陳維崧為「共主中心」的詮釋模式，進行調整，轉向由「群英並起」到「共主中心」的新視域，重構陽羨詞派為「兩階段構成」的動態歷程：此即陽羨詞派構成的前階段，乃群英並起，尚未產出定於一尊的共主領袖。此時，成員之間，主要基於對抗特定文化思想與詞學的態度投契而聚合，至於訴諸具體的詞學行為實踐時，不僅成員之間各有堅持，同一成員在不同時期的詞學行為內容亦有所改變，如此所導致的差別與分化，會使得流派內部除了類同性之外，還兼有差異性及歷程性。

過去的研究，很少詳論這個「前階段」的陽羨詞派成員，因為分化而在詞學上所呈現的差異性及歷程性。所以，本書對陽羨詞派的「新論」，乃側重於呈現陽羨詞派的詞學因分化而來的差異性，並據此重建該派構成前階段的類同性：此即成員多基於反抗對象的態度共識而聚合，少因具體行為實踐的類同而聚合。

陽羨詞派構成的「後階段」，才走向定於一尊的領袖，由追隨領袖陳維崧，從而建立起類同性詞學。過去的研究往往從領袖內在本具的條件，解釋領袖地位形成的原由，因此多認定陳維崧領袖地位的形成，全得力於他本身的文學條件。本書對此一詮釋模式，進行調整，增添追隨者的認同，也是領袖地位形成的重要助因，據此轉向關注陽羨詞派的追隨者對陳維崧的領袖印象與領袖論述。由於追隨者各有立場，則其對領袖認同的角度，也就隨之變異，是故流派的領袖認同具有「機動性」。當然，也會因此產生分化，但其原由已不同於前階段。此一重構的理念，「目的不在於推翻前說，而是希冀提供能夠互補且兩全的新觀點與新方法」。

本文由陽羨詞人所持總體社會文化存在意識變遷的動態歷程，重新詮釋陽羨詞派的構成，此一預設的研究理念，不是基於紹承「清末民初新興之『合地方以成共和國家』的政治理念」、或「響應歐州學者提出『文化』與『地理／空間』相互定義」的「知識型」，而是本著希望「補足文學史的敘述對於包含詞人在內的歷代文學家及文學群體所下的片面評斷」，呼應當代通識全人的生命存在理念，而對中國古代文學社群是內含於中國古代社會文化傳統之中而為一不可分割的存在整體之學術認同自覺而來。[71]

循此，以「陽羨（宜興）」之地為詞派命名，雖非陽羨詞人當下自提，而每每出於後起評述者的追認。不過，此一追認涵有

---

[71] 五四新文化運動以來，學界因反傳統而信仰的「知識型」，隨著政經環境的改變，在兩岸各有不同的實踐呼應：大陸學界於 1949 年新中國建立後，先後接受馬列主義階級鬥爭的唯物史觀、新馬克思主義、新歷史主義、文化研究、俄國維謝洛夫斯基的「歷史詩學」、巴赫金的「社會學詩學」，從而建立「文化詩學」的詮釋方向。臺灣學界在國民黨政府遷臺後，一方面延續 1949 年之前由朱光潛譯介義大利克羅齊等西方學者的論著而傳入的唯心主義美學，另一方面，尚有旅美漢學家陳世驤所領起的中國抒情傳統建構的詮釋典範。對此一兩岸學術走向的分歧，顏崑陽已提出詳細的剖析與反思，基於此一反思，顏崑陽對當代學界提出「建置『自體完形結構系統』的民族文學知識，乃二十一世紀中國文學研究重要的任務」的新「知識型」，而以「完境文學史」為理想藍圖。其學說的核心理念在於：「內造建構」以生產民族自體性的文學理論，擺脫「挪借西方理論」的停滯；回歸文學家存在的「歷史性」，秉持文學「總體觀」與「動態歷程觀」，對本文的研究理念多所啟發。見顏崑陽：〈當代「中國古典詩學研究」的反思及其轉向〉、〈中國文學抒情傳統再反思——中正大學中文系座談會〉、〈從混融、交涉、衍變到別用、分流、佈體——「抒情文學史」的反思與「完境文學史」的構想〉，見顏崑陽：《反思批判與轉向——中國古典文學研究之路》，頁77-81、175、205-220。

肯認詞派乃為實有的意義，不是純粹由後人主觀虛構。此一「實有」的根據，在過去的研究裏，往往以流派成員的里籍或社交的客觀事實記錄為主，本文則在此一基礎上，對此一「實有」的根據稍做調整，轉向兼顧由流派成員自述所事詞學行為乃本諸對陽羨的地方認同而來，故而此一詞學行為，涵有成員的鄉土意識自覺在內，雖未以陽羨自名群體，實有自居陽羨代表之實而可當陽羨詞派之名。本文對於陽羨詞派一名，所應涵有的「成員文化主體」與「地方／空間」的相互定義，固然有受當代文化地理學的啟發，卻無意以陽羨詞派之例，響應印證由西方學者基於「文化」與「地方／空間」相互定義的新認知模式所導出的「知識型」，而是意在回歸中國古代文人固有的地方自覺傳統。

流派成員之間的交流，固然以特定的詞學行為為基礎，然亦可兼有其他文類的文學行為交流，這些不同類別的文學行為交流，其深層所共同依循的社會文化認同，為流派成員的人際連結，提供更為根本的紐帶。是故，成員之間的聚合，不止於同里籍或社交的關係而已。循此對陽羨詞派的詞學詮釋，往往難以忽視其所因依的「總體社會文化存在情境」。現今學術社群對流派知識的建構，或預存著學科分門的立場，是故多聚焦於陽羨詞派在單一詞類的主張及成就表現，藉此區分、建構不同文類的流派知識，此一後設的流派觀點，誠有意義，然而未必會涉及流派實有的「總體社會文化存在情境」。本文所提出的「方法論」，乃是在肯認現今學術社群對流派研究所持有的後設觀點之前提下，復將流派的「總體社會文化存在情境」納入輔助詮釋，期能呼應中國古代文學社群乃內含於中國古代社會文化傳統之中而為一不可分割的存在整體。

從現存的史料來看，陽羨詞派構成的前後階段轉變，大約發生在康熙十八年（1679）到康熙二十一年（1682）這段時間。康熙十八年以前，乃由陳維崧、曹亮武、吳逢原、吳本嵩、潘眉等陽羨詞人共同領起，諸人年輩雖略有前後之分，但彼此論學、創作乃平等相待，係屬群英並起的陽羨詞派構成前階段。至於康熙十八年後，陳維崧高中博學宏詞，社會地位不可同日而語，其為共主領袖的態勢益見顯著。及陳維崧辭世，諸親友為其立傳，又為其著作出版撰序，其間多見形塑陳維崧超凡的領袖印象。至此，陳維崧是陽羨詞宗的地位才更加確定。

陽羨詞派構成的「前階段」，陳維崧還不是群體的共主，不過，曾多次鳩集眾人，一起從事詞學活動，除了一般傳統文人聚會慣見的唱和創作，[72]還有詞選集的編纂、以及為他人的詞別集撰寫序跋，後兩者尤其重要。蓋唱和創作，不免一時興至，未必基於特定的理念而凝聚，至於詞選集的編纂，則往往有意透過詞選序文傳達詞觀，當中可見編選者自覺地宣示基於特定的理念而聚合。詞別集的序跋，更是陽羨詞人對外傳布一己的詞論理念，以訴求同道的常用管道。因此，本文對「陽羨詞派」構成的認知角度重建，係以這類偏向「詞論」型態的詞別集序跋以及詞選集序跋，為主要的史料文獻依據，其間由陳維崧之外的陽羨詞人所撰寫的詞選集序文，甚少獲得學界的詳論，又陳維崧為他人的詞別集所撰寫的序文，雖已獲得許多研究，不過這類詮釋的結果，尚少從總體社會文化存在情境的感知及社會身分認同的歷時變遷

[72] 康熙十八年之前陳維崧所在的唱和群體，見劉東海：《順康詞壇群體步韻唱和研究》（上海：上海古籍出版社，2013 年），第八章「陳維崧唱和群體」的創作意義，頁 217-276。

這些角度，闡釋陳維崧諸序所蘊涵的意義。本文乃循著「動態歷程」的流派概念界定，重新闡釋這類文獻所內涵陽羨詞學的差異性及類同性，藉此提出有別於百年來「陽羨詞派」學術史的論證方法。

主論由四篇論文組成，乃依據本文所提出的詮釋視域及方法論，重新闡釋陽羨詞派的詞學構成，及其領袖認同的動態歷程。主論之一，闡釋「才士認同」觀念主導之下的陽羨詞學。這篇論文以陳維崧為主，詳析他的才士認同轉向及詞論變遷。創新處之一，在於特就陳維崧的「詞論」，揭明其詞學不是靜態凝固的集合，而是處於動態的變遷歷程，此一結論可與既有陳維崧「創作歷程」的研究成果互補。藉此更加完整地彰顯陽羨詞人詞學更迭的歷程性。

陳維崧是陽羨詞派中很重要的詞人，他的詞論更迭歷程，是考察陽羨詞派內在分化的動態歷程，不可或缺的參照指標。然回顧百年來的「陽羨詞派」學術史，大多聚焦於概括陳維崧詞的風格特色或建構其創作歷程的演變，雖然已不乏涉及陳維崧為他人的詞別集撰寫的多篇序跋所表述的詞論，不過較少詳述陳維崧的詞論每因帶著「昨非今是」的自省而展現的動態變遷歷程，不盡為恆常「兼容並蓄」的圓融。又此一動態歷程的發生原由，實與陳維崧一生的際遇起伏及其才士認同的轉向，有著密切的關係。陳維崧對才士的認同，係基於反對鄙薄言情、能文的文學觀以及唯經生、宿儒、顯宦是高的社會身分認同而來。基此，這篇論文的創新處之二，在於揭明陳維崧的詞論變遷及其所持「才士認同」的總體社會文化存在意識變遷。

陳維崧的祖父陳于廷，是明朝的御史大夫、左侍郎，東林黨中堅，陳維崧的父親陳貞慧，曾與冒襄、侯方域、方以智並稱為復社四公子。因為這樣的家世背景，使得陳維崧負有望族名門之後的自覺。再因父親的人脈之助，陳維崧年少便得以結織許多文壇名流，向陳子龍學詩，又因天賦資優，而獲吳偉業的讚譽稱為「江左三鳳凰」之一。詩酒風流之餘，文壇聲譽也隨之鵲起。年少的陳維崧以清狂自恃，認同「縱情肆志而為文能工」的才士，據此提倡豔體本色的詞論，在創作上則呼應此一詞論，致力於追求「語工」，以此展現「技藝」與「雕繪」的功力。

及至順治十三年（1656）陳貞慧病逝，家道中落益衰，陳維崧才算開始步上四方浪遊的辛酸歷程，此時，陳維崧 32 歲。為謀生計，立足社會，陳維崧只好離家，投靠文壇長輩友人，尋求援助。曾轉徒於吳越、南京各地，在江蘇如皋水繪園寓居，約自順治十五年（1658）冬至康熙四年（1665）春，總計八年。離開如皋之後，於康熙七年（1668）北上京城，尋求政壇名流龔鼎孳（號芝麓，1616-1673）的幫助。因龔鼎孳的介紹，同年底離京轉赴河南佐幕。其間亦著意參與科考，自順治十七年（1660）起，陳維崧參加鄉試，經康熙二年（1663）、康熙五年（1666）、康熙八年（1669），卻屢試不第。才與命的強烈背反，使他轉向認同「具備恨人自覺」的才士，據此提倡溫庭筠詞為模範的詞論。

康熙十年（1671）至十六年（1677），陳維崧的遭遇更加坎壈，康熙十一年（1672）、康熙十四年（1675）、康熙十六年（1677）再次參加科考，仍一連落第。至親二弟、一子獅兒一一凋零，妻妾不睦，種種磨難，幾令陳維崧殆無意人間世。此時，陳維崧已屆 47 歲至 53 歲的中年，人生態度有所改變，從而轉向認同「具備睿智襟抱」的才士，據此提出反辨體本色的詞論並高倡崇今理念，不僅專意填詞，甚至「不作詩」。康熙十年，陳維崧、吳逢原、吳本嵩、潘眉四人同選的《今詞苑》（一名《今詞選》）刊行。陳維崧撰〈今詞苑序〉，推尊詞體可與經、史、詩並重，高舉蘇辛長調為典範，批判模習溫庭筠詞、南唐詞、周邦彥詞而以香弱為本色的詞風。肯認敢於「類體越界」而「超越辨體」的創造。

康熙十七年（1678）陳維崧北上入京，因大學士宋德宜的推薦，參加博學宏詞考試。康熙十八年（1679）四月中選，授檢討，任《明史》纂修官，時 55 歲，距卒年 58 歲，宦途只有短短 4 年。看似如錦的前途，卻未帶給陳維崧實質的人生幸福。康熙十九年（1680），妻儲氏病故於宜興。這是繼康熙十五年（1676）獅兒夭折、十七年長女去世之後的再次喪親悲慟。京城生活，「芒鞋布襪」，經濟困窘，又不諳官場，迭受「厚抑」，「竟至淹滯」。可知陳維崧的恨人自傷，當更甚前時。不過此刻他的社會身分已非昔日寒士，又肩負《明史》纂修的重任，眼界已超越個人得失。這使得他轉向認同「老於閱歷」的才士，據此提倡以綺麗之體抒發盛世興亡感受的詞論。

這篇論文主要依據的史料是陳維崧的著作，包含詩、詞、散文、駢文，以及後人所編纂的陳維崧年譜。康熙二十一年（1682）陳維崧辭世，生前曾將所著囑付三弟維岳（字緯雲，1635-1712）、四弟宗石（字子萬，1643-1719）、蔣景祁（字京少，1646-1695）等親友潤色刪定付梓。康熙二十二年（1683）起，陳宗石向四方搜求陳維崧的散佚文稿。康熙二十二年（1683）至二十三年（1684）之間，由蔣景祁、曹亮武等親友率先陸續刊行《陳檢討詩集》，以及詩詞文合集的《陳檢討集》，名為「天藜閣刻本」。之後，陳宗石將四方裒集獲致的文稿，與三兄維岳校訂，於二十七年（1688）至二十九年（1690）陸續刊刻《湖海樓詩集》（二十七年）、《陳迦陵文集》（二十八年）、《迦陵詞全集》（二十九年），名為「患立堂刊本」。患立堂是陳宗石任安平知縣時所取的堂名。至乾隆六十年（1795），陳維崧三世從孫陳淮刊行《湖海樓全集》，並《迦陵填詞圖》。康熙三十一年（1692），程師恭註《陳檢討四六》（一名《陳檢討集》）。[73]本書主論對陳維崧駢文的解讀，多有參考程註之處。今人陳振鵬標點、李學穎校補《陳維崧集》[74]，乃以上述「患立堂刊本」為底本，取蔣景祁「天藜閣刊本」及其他選錄陳維崧作品的典籍校勘。

陳維岳、陳宗石兄弟收集、校定陳維崧諸作，殊為用心周整，所得「視京少天藜閣所選為備」[75]。然而，若干文稿的作者歸屬不無疑義。如陳宗石所輯《陳迦陵文集》收錄〈今詞苑序〉兩篇：一入散體，首句為「客或見今才士所作文」[76]，一入儷

73　陳維崧著作的刊行過程，見周絢隆：《陳維崧年譜》，下冊，康熙二十一年至乾隆六十年的譜記，頁 693-713。

74　陳維崧撰，陳振鵬標點，李學穎校補：《陳維崧集》（上海：上海古籍出版社，2010 年）。

75　陳維岳：〈湖海樓詩集序〉，見陳維崧撰，陳振鵬標點，李學穎校補：《陳維崧集・附錄》，下冊，頁 1821。

76　陳維崧：〈今詞苑序〉，見陳維崧撰，陳振鵬標點，李學穎校補：《陳維崧集・陳迦陵散體文集》，上冊，卷 2，頁 54-55。

體，首句為「原夫鐘鳴谷應」[77]。其中儷體一文，既未見於陳維崧臨終前託付蔣景祁，而由蔣景祁、曹亮武共同校定的《陳檢討集》駢文之中；也不見於程師恭所注的《陳檢討四六》。此序另見於《今詞苑》，可見於今日北京國家圖書館館藏清康熙十年（1671）徐喈鳳南磵山房刻本重修本，作者署名潘眉。此散、駢二序所表述的詞學理念，差異甚多。今既不見陳維崧自述為《今詞苑》撰寫兩篇序文的證據，又《今詞苑》明確標示儷體一文作者是潘眉，[78]因此不免誤收的可能。筆者乃以《今詞苑》為據，判定〈今詞苑序〉（原夫鐘鳴谷應）儷體一文作者為潘眉，依此重新論證陽羨詞派詞學分化的「差異性」。

主論之二，闡釋「存異認同」觀念主導之下的陽羨詞學。以其他陽羨詞人：吳逢原、吳本嵩、潘眉為主要考察對象，詳析他們曾在某一時期對「存異」之基源價值的認同及據此所提出的詞論，實有別於同時期陳維崧對「新正統」之基源價值的認同及據此所提出的詞論。不過，這兩種陽羨詞學的歧向，同樣都出於對抗晚明清初以陳子龍、王士禛為領袖，本著儒家經典聖說而倡導的「正統」基源價值及據此所提出的詞論。

這篇論文主要依據的史料是《今詞苑》書前所錄的編者序跋，計有四篇，刊刻者徐喈鳳的序文暫不計入。其中，陳維崧的〈今詞苑序〉已於主論之一加以闡釋。這篇論文仍作援引，但闡釋的角度與前篇論文不同，兩處可以互補照應；闡釋的重點主要

---

77 見陳維崧撰，陳振鵬標點，李學穎校補：《陳維崧集．陳迦陵儷體文集》，上冊，卷 7，頁 397-398。

78 陳維崧、吳逢原、吳本嵩、潘眉同選：《今詞苑》（清康熙十年（1671）徐喈鳳南磵山房刻本重修本）。

在於方便對照吳逢原、吳本嵩、潘眉所撰〈今詞苑序〉的具體詞學主張，與陳維崧〈今詞苑序〉的不同。

吳逢原，字枚吉，宜興人，生平傳略流傳甚少。吳本嵩，原名天麟，字天石，宜興人，生卒年不詳，著有《都梁詞》，布衣身分。本嵩之弟吳梅鼎，原名雯，字天篆，生於明崇禎四年（1631），卒於康熙三十九年（1700），著有《醉墨山房賦稿詞稿》，其中〈陽羨茗壺賦並序〉廣為流傳。本嵩之父吳洪化，明崇禎九年中舉人，據《瑤華集》載官爵「廣文」[79]，可知曾任教諭一職，著有《屑雲詞》。由吳本嵩於〈今詞苑序〉稱吳逢原為「家季」，吳逢原於〈今詞苑序〉稱吳本嵩為「家孟」[80]，可知吳逢原的行輩晚於吳本嵩。

潘眉，生卒年不詳，《全清詞》云：「生於明崇禎十七年（1644）」[81]，字原白（一作元白），號蒓庵，宜興人。其父潘瀛選，字仙客，順治己丑進士，授中書舍人。《重刊宜興縣舊志・治績》載潘眉以附貢生教習鑲白旗，期滿授溆浦令。時值吳三桂為首的三藩之事（1673-1681，康熙十二年－康熙二十年），眉奉清將之命運糧有功，後擢升大名府同知兼署濬縣。因賑饑稱職，縣民稱快，以卓異獲賜蟒袍一襲擢興化府知府，卒於任。[82]

---

[79] 蔣景祁：《瑤華集》（北京：中華書局，清康熙二十六年天藜閣刊本，1982 年），上冊，「瑤華集詞人姓氏里爵集」，頁 2。

[80] 上引二吳所撰〈今詞苑序〉，見陳維崧、吳逢原、吳本嵩、潘眉同選：《今詞苑》。

[81] 南京大學中國語言文學系《全清詞》編纂研究室：《全清詞・順康卷》（北京：中華書局，2002 年），冊 14，頁 8326。

[82] 胡觀瀾、阮升基、甯楷：《重刊宜興縣舊志・人物志》（臺北：新興書局，1965 年），卷 8，「治績」，頁 44。

據《漵浦縣志》記載：「康熙二十三年知縣潘眉創建堂室，功未竟而去」，可略知陳維崧歿後，潘眉的活動行跡。潘眉長於詩古文詞，曾經參評武進知名評點家吳見思所著《杜詩論文》[83]，著有《樗年集》。

《今詞苑》的編選，始於康熙八年（1669）秋天。據吳逢原〈今詞苑序〉云：「今秋陳其年歸自中州，家孟天石、潘子元白，亦自燕歸，相聚談心，慫恿為此選。」可見應指陳維崧為了應鄉試而自商丘返回。復據陳維崧〈今詞苑序〉云：「余與里中兩吳子、潘子戚焉，用為是選」，「里中」二字，可見此次四人同選的編纂活動，涵有鄉親的地方認同自覺在內，所謂的「戚焉」明示編者們的聚合，主要基於同對某種時風的憂慮與不滿。

至於如何改造時風，四人的主張並不相同：陳維崧基於認同「具備睿智襟抱」的才士，而提出反辨體本色的詞論並高倡崇今理念，專宗蘇辛長調，藉此發揚「新正統」的基源價值，扭轉先前的詞壇領袖本著儒家經典聖說而倡導的「正統」基源價值及據此所提出的詞論。潘眉則基於認同《莊子》「齊一」的理念，與吳逢原、吳本嵩主張多元的詞體風格，不主一家，據此肯定今詞得以超越古詞，藉以發揚「存異」的基源價值，而扭轉先前的詞壇領袖本著儒家經典聖說而倡導的「正統」基源價值及據此所提出的詞論。基此，這兩種殊異的文化認同路線以及詞論主張，一度構成陽羨詞學的兩大主軸。

主論之三，闡釋「存異認同」觀念主導之下的通代詞史重

---

83 吳見思撰，潘眉、董元愷評：《杜詩論文》（中央民族大學圖書館藏常州岱淵堂刻本，清康熙十一年（1672））。書首有潘眉〈杜詩論文序〉。

構，以潘眉〈荊溪詞初集序〉為主據。

《荊溪詞初集》，共七卷，選調二百多個，詞作八百餘首，詞家九十多人。其中本籍者約八十人左右，流寓者約九人上下。由曹亮武、陳維崧、潘眉、蔣景祁同選，吳雯（吳本嵩弟）評。初集刊行多年之後，蔣景祁復加更定改編。今日可見此集序文，計有四篇，由曹亮武、潘眉、蔣景祁、吳雯分撰，各篇撰成時間不一。[84]潘眉、吳雯的生平已見前述。茲就曹亮武、蔣景祁的生

---

[84] 蔣景祁、曹亮武、潘眉同選，吳雯評：《荊溪詞初集》（清康熙十七年（1678）刻本，北京大學圖書館館藏）。《荊溪詞初集》現存有「初編本」及「改編本」之分。今日流傳可見的版本，大抵分屬這兩種編本，又各本選入的詞家與詞作有不少差異。有的是抄本，有的是刻本。茲就主要的四種版本加以介紹：版本一：收藏於北京國家圖書館，已製成膠卷，刻本，只存第 4 卷到第 7 卷，有圈點。版本二：收藏於北京大學圖書館，線裝書，1 函 2 冊，清乙未初春酣睡軒抄本，共 7 卷，書前註明同里曹亮武南耕、陳維崧其年、潘眉原白同選，吳雯天篆評，無圈點，有詞家姓氏目錄，無各卷收錄詞牌目錄，僅見曹亮武序。版本三：收藏於北京大學圖書館，線裝書，1 函 2 冊，刻本，共 7 卷，書前註明同里蔣景祁京少、曹亮武南耕、潘眉原白同選，吳雯天篆評，有圈點及各卷收錄詞牌目錄，無詞家姓氏目錄，可見蔣景祁序、曹亮武序、潘眉序、吳雯賦并序。北京大學圖書館收藏的這兩種版本，所錄詞作的題序、內文字句有若干差異，不過兩者於第 4 卷到第 7 卷所錄的詞家與詞作，大致都與北京國家圖書館所藏膠卷相合。版本四：收藏於上海圖書館，線裝書，共 4 冊，刻本，共 7 卷，書前註明宜興陳維崧鑒定，同里蔣景祁京少、曹亮武南耕、潘眉原白同選，吳雯天篆評，有圈點、詞家姓氏目錄及各卷收錄詞牌目錄，可見蔣景祁序、曹亮武序、潘眉序、吳雯賦并序。所錄詞家、詞作與前述北京國家圖書館、北京大學圖書館所藏版本，差異甚多。據各本所錄詞作可供繫年者為準，則前述北京國家圖書館、北京大學圖書館所藏版本，較接近「初編本」，上海圖書館所藏版本較接近「改編本」。關於《荊溪詞初集》各版本的館藏存見、選入詞

平稍作敘述。

曹亮武（1637－卒年不詳），原名璜，字渭公，號南耕，宜興人。祖父曹應秋，明朝進士，歷任太常寺主簿、河南兵備道。其父曹茂勤，有秀才名，妻陳于廷之女，故曹亮武與陳維崧有中表兄弟之親。曹亮武詞集名《南耕詞》有陳緯雲跋云：「南耕及僕中表兄弟行也，南耕僅小僕二歲。少日共讀書南山中，相得歡甚」，曹茂勤過世，曹亮武投靠陳貞慧，故自小便與陳維崧兄弟關係密切。少年時曾奉侯方域為師。三十歲前以作詩為主，三十歲後才致力填詞。有十年之久，浪遊於外，隱居匡廬讀書兩年，始歸鄉里，致力填詞。歸里後居荊溪支流罨畫溪畔的梅廬，往來於荊溪銅官山北麓最高峰的南嶽山，行跡一如「奇士」、「神仙中人」，因以自署。雖曾因「貢舉俟詮司訓」，而以鄉貢之士的身分，等候縣學教諭詮敘，然終生未以仕宦立名。康熙二十九年（1690）仍在世。[85]

蔣景祁（1646-1699），初名玘、祁復，後改名景祁。初字次京，又字京少、荊少，晚號炳學，宜興人。祖父蔣如斗，是明代諸生。其父蔣永修，字慎齋，順治四年中進士，康熙十七年任

家詞作的同異，以及「初編本」的判斷，今人閔豐已有初步的研究，不過未及上海圖書館館藏版本，也還未全面校對各版本所錄序文、詞作的題序和內文字句的差異。見閔豐：《清初清詞選本考論》（上海：上海古籍出版社，2008 年），頁 358-367。筆者實地考察比對四種版本的內容，並對《荊溪詞初集》進行全面的校注。本書對《荊溪詞初集》編者序文的引用，係以北京大學圖書館所藏刻本為底本，校以北京大學圖書館所藏抄本及上海圖書館所藏刻本。

85 張琛：《曹亮武詞研究》（重慶：西南大學文學院碩士論文，2012 年），第一章曹亮武的家世、生平和詞籍，頁 3-9。

湖廣提學副使，後升陝西參政，未赴而卒。蔣永修，與陳維崧俱為宜興「秋水社」社友，緣此父執之誼，蔣景祁曾獲侍陳維崧多年。十六歲時入大雅社，與陳維崧、曹亮武、徐喈鳳等唱和甚密，文名顯著。自康熙五年（1666）起參加鄉試、十六年（1677）參加京城闈試、十七年（1678）赴博學宏詞考試、二十二年（1683）應吏部謁選，屢遭落第落選，際遇坎坷，類近陳維崧。康熙十八年（1679）刊刻於京城復出的《樂府補題》，康熙二十一年（1682）受陳維崧託付刊印遺著，又曾撰〈迦陵先生外傳〉而以「陽羨後學」自署。其詞集名《梧月詞》、《罨畫溪詞》，其詞選集《瑤華集》，選錄清初至當代詞人詞作，編定於康熙二十五年（1686），康熙三十八年（1699）辭世。[86]

據曹亮武〈荊溪詞初集序〉云：

> 今年春，中表兄其年客玉峰，郵書於余，曰：「今之能為詞遍天下，其詞場卓犖者，尤推吾江浙居多。如吳之『雲間』、『松陵』，越之『武陵』、『魏里』，皆有詞選行世。而吾荊溪，雖蕞爾山僻，工為詞者多矣，烏可不彙為一書，以繼雲間、松陵、武陵、魏里之勝乎？子其搜輯里中前後諸詞，吾歸當與子篝燈丙夜，同硯而論定之。」余許之，而未敢以為然也。……
>
> 未幾而其年兄奉博學弘詞之召，夏六月，有司趣行，不穫卒業。乃與京少、原白共其事。又數越月，大抵殫終歲之

86 趙紅秀：〈清初詞人蔣景祁行年簡譜〉，《南陽師範學院學報》第 7 卷第 5 期（2008 年 5 月），頁 40-43。

勞瘁，始告成焉。計選詞八百餘首。吳子天篆又從而較讐之、點次之，遂鳩工而付之梓。[87]

可知此集的編選構想最初由陳維崧提出。之後，陳維崧因奉博學弘（宏）詞之召，而「不穫卒業」，由潘眉續後；以及蔣景祁〈荊溪詞初集序〉自述「選未竟而浪遊」[88]，可知，這部選本實則由曹亮武主編，故蔣序起句便云：「曹子南耕選刻荊溪詞始自戊午」。由「戊午」可知該集於康熙十七年（1678）始編；另據曹序末署「康熙歲次戊午臘月朔」[89]，可知當年編成。嗣後，由蔣景祁再次改編。蔣景祁〈荊溪詞初集序〉寫於改編之時。《荊溪詞初集》今存版本分屬「初編本」和「改編本」兩種不同的系統，選入詞家、詞作差異不少，可以坐實蔣景祁在序中所述「復稍為更定之」的「更定」之說。[90]

由上引的曹亮武〈荊溪詞初集序〉轉引陳維崧云：「吾荊溪，雖蕞爾山僻，工為詞者多矣，烏可不彙為一書」[91]的動機自陳來看，可知此一編選活動，正出於對陽羨的地方認同意識而來。除了陳維崧之外，曹亮武〈荊溪詞初集序〉云：「夫吾邑在銅官、兩溪之間，山水頗秀麗，今諸君之詞，各有可觀」[92]、潘

87 曹亮武：〈荊溪詞初集序〉，頁 1-2。「乃與京少、原白共其事」一句，抄本作「乃與潘子原白共其事」。

88 蔣景祁：〈荊溪詞初集序〉，頁 1。

89 曹亮武：〈荊溪詞初集序〉，頁 3。

90 蔣景祁：〈荊溪詞初集序〉，頁 1。

91 曹亮武：〈荊溪詞初集序〉，頁 1。

92 曹亮武：〈荊溪詞初集序〉，頁 2。

眉〈荊溪詞初集序〉亦云：「即我荊南之僻壤，亦沿騷雅之餘波」[93]，以及後出的蔣景祁〈荊溪詞初集序〉云：「甚哉！吾荊溪之人文之盛也」[94]，可知上述諸位編選者之所以參與地方詞選，一皆出於鄉土地方認同的自覺。然而，由於各人對荊溪（即陽羨宜興）認同的實質內涵有別，因此意見多有對立交鋒。

如曹亮武於〈荊溪詞初集序〉對荊溪所在的「諸君之詞，各有可觀」之由，提出「非徒風氣，或以地勢使然」的觀點。[95]此一對「荊溪地勢」的認同，已不似陳維崧所持「蕞爾山僻」的地理特徵而已，實則更敏銳地覺察到陽羨的望族文人群體，乃從過去貴遊名宦才士英雄的社會身分，向狂士隱士恨人畸人的身分認同轉向，以及荊溪一地乃由過去洋溢著風流文明的人文輝光，轉向如今宜於幽隱避世之自然景色的地勢消長，兩者所存在的互涉關係。[96]如此使得曹亮武由「地勢使然」所認知的荊溪陽羨，獨具「流散無常」的動態地域感，相對於持「帝都」、「王化」為中心的天下一統觀而納陽羨地方於王土之內的理念，無疑具有顛覆的意味。曹亮武所持有的這種獨特地勢觀，自不同於陳維崧所

93　潘眉：〈荊溪詞初集序〉，頁 5。

94　蔣景祁：〈荊溪詞初集序〉，頁 1。

95　曹亮武：〈荊溪詞初集序〉，頁 2-3。

96　《荊溪詞初集》的編選涉及當代詞家與中國古代隱逸傳統的連結。關於中國隱逸或歸田傳統的研究，參王文進：《仕隱與中國文學——六朝篇》（臺北：臺灣書店，1999 年）、楊玉成：〈田園組曲：論陶淵明《歸園田居》五首〉，《國文學誌》第 4 期（2001 年 2 月）、廖美玉〈「歸田」意識的形成與虛擬書寫的至樂取向〉，《成大中文學報》第 11 期（2003 年 11 月）、曹淑娟：〈杜甫浣花草堂倫理世界的重構〉，《臺大中文學報》第 48 期（2015 年 3 月）。

持有的鄉邑地理認同，循此對詞作的選錄態度、取向也就殊異。這一點，曹亮武自覺甚深，故序云：「余許之，而未敢以為然也」，明確表示對陳維崧的編選理念及取向，不能完全認同。過去學界對於曹亮武的〈荊溪詞初集序〉雖不乏研究，但很少對此序提出「地勢使然」的意義詳加闡述。

又如蔣景祁於〈荊溪詞初集序〉云：「今生際盛代，讀書好古之儒，方當銳意向榮，出其懷抱，作為雅頌，以黼黻治平」，並對首次參與此集的編選，表示「自悔」之意；[97]可知蔣景祁後來對《荊溪詞初集》的「更定」改編，另以趨符「黼黻治平」之意為衡，乃出於儒士的身分認同，已非曹亮武的編選原意。更與蔣景祁後來編選《瑤華集》，胸中時存「天朝聲教」之念，脈絡相連。此時，距《荊溪詞初集》初編已過數年。此一《荊溪詞初集》的改編足可呈現陽羨詞人內部的詞觀差異所呈現的橫向分化。

蔣景祁〈荊溪詞初集序〉又云：

> 荊溪，故僻地，無冠蓋文繡為往來之衝也，無富商大舶移耳目之誘也。農民服田力穡，終歲勤動。子弟稍俊爽者，皆欲令之通詩書，以不文為恥。其文人率多鬬智角藝，閉戶著書。蓋其所好然也。好之專，故其氣常聚，而山川秀傑之致，面挹銅峰之翠，胸滌其雙溪之流。宜其賦質淳遜，塵滓消融也。……近則其年先生，負才晚遇，僦居里門近十載，專攻填詞，學者靡然從風。[98]

---

97 蔣景祁：〈荊溪詞初集序〉，頁 2。

98 蔣景祁：〈荊溪詞初集序〉，頁 1-2。

據上述引文可知蔣景祁對「荊溪」一地的認同，不是如同曹亮武一般，凸顯荊溪之轉為宜於幽人隱士棲居的地勢變化，而是肯認此地素有「農民服田力穡」、「以不文為恥」、「閉戶著書」的好學儒風，誠乃利於培養「賦質淳遜，塵滓消融」的理想學者品格。蔣景祁是由這個「博學」的觀點，對陳維崧的「負才」加以推崇。

因此，本應將曹亮武及蔣景祁的〈荊溪詞初集序〉亦納入本書的論證範圍。唯因這兩篇序文的編選理念，尤須和作品的選錄與更定結果相互參證。不似前引的四篇〈今詞苑序〉及潘眉的〈荊溪詞初集序〉所表述的詞論，既可與作品的選錄結果參看，亦不妨獨立出來解讀。尤其蔣景祁〈荊溪詞初集序〉所流露的儒士身分認同，乃至於理念相連的《瑤華集》逐漸淡薄對陽羨的地方認同及兼重陳維崧朱彝尊的領袖地位，在在都觸及到陽羨詞派的「變遷終界」[99]。基於考量本書所指定的史料文獻，以闡釋詞論的觀念意義為主，已足可提供論證陽羨詞派構成內部所具差異性、歷程性與機動性的論題所需。兼以陽羨詞人的編選實踐及流派「變遷終界」的論題，可與本文所聚焦的構成論題分批探討，最後再加以統整。故將陽羨詞學研究未竟的課題，留待未來，繼《陽羨詞派新論》之後，擬規劃推出續論。

據潘眉〈荊溪詞初集序〉云：「惠我郵筒，何啻雲間赤鳳，用登初集，敬俟新篇」[100]，可知此序並非完成於《荊溪詞初

---

[99] 「變遷終界」指流派的分化可被容許的臨界點，其存在為浮動的狀態，隨派內成員的認知主體轉變，未必可指為一個固定的時間。見侯雅文：《中國文學流派學初論——以常州詞派為例》，頁 52-56。

[100] 潘眉：〈荊溪詞初集序〉，頁 6。

集》編成之時，而是在編選的過程，用來邀請荊溪同道詞人惠稿的廣告。其所表述的編選理念，固然可與後來編選當代荊溪詞的結果相互印證，復因該序通評歷代詞作，而不限於明末清初荊溪一地的詞創作，是故不妨與編選結果分開解讀。此序列舉、評述歷代詞人詞作，儼然一篇微型的通代詞史，是潘眉在延續前作〈今詞苑序〉所持有的詞論與存異基源價值的基礎上，進一步的展演。

序文以駢體鋪陳自六朝迄清初歷代詞人故實，善用前人權威的詞論做為參照，透過詭辭、對比、改寫、重組前人詞評、詞句的筆法，含蓄地表達褒貶時風的用心，可謂「敘事以藏義」。其所據以敘史的「多焦統合史觀」，按源頭、拓宇、更代、鬱起，各期詞史的特徵，全面描述詞體盡變的各種面向；其觀點兼攝樂制、文學傳統、社會群體、時代政治、文壇領袖等各種促進詞體盡變的因素與條件；透過通代詞史的重構，以展現「存異」的詞學觀。確能與當日詞壇走向「經典化」、「聖教化」與「律法化」，而本諸「正統」，不容「存異」的復古詞學觀對峙。相較於晚明詞學家僅限於風格多元統合的「詞統」論述，則潘序的歷史視野，顯然高超許多。

主論之二、之三的創新之處，在於深入解讀長久以來被詞學界所忽略的陽羨詞論文本，揭顯他人所未見的要義，而展現陽羨詞學並非只有陳維崧一人的聲音。透過主論之一與之二、之三的論題對照，便於彰顯陽羨詞派內含成員分化的差異性。

主論之四闡釋「超凡印象」與陳維崧領袖地位的形成，以蔣景祁等追隨者的領袖論述為主。詳論在陽羨詞派構成的「後階段」，追隨者如何透過「神聖妙才敘述」，形塑「超凡陳維崧」

的領袖印象。創新之處，在於改變過去學界偏主「領袖內具條件」的觀點，轉向考察「追隨者賦加印象」對陳維崧領袖地位之形成所具有的推助作用，以凸顯流派內部「領袖」與「追隨者」的對待關係，乃隨成員認知主體的轉移而變動，不是靜態固定；藉此可以彰顯陽羨詞派領袖認同的機動性。

這篇論文主要依據的史料是後人為陳維崧及其著作所寫的傳記、序跋，以及對迦陵填詞圖的題詠。所持論點在於：凸顯「領袖者」與「追隨者」的關係界定，需顧及身分動態變化的歷程。所以一名文士，可因其是否「體驗」與「傳述」領袖的「神聖性」，而產生追隨者身分具足與否的變化。基此，前述「陽羨詞派」構成的前階段，諸位成員對陳維崧原持平等相待的態度，隨著際遇的變化，可以產生改變。其中，以蔣景祁最專意於形塑陳維崧超凡的領袖印象。此一印象形塑，尤其在康熙十八年至二十三年之間格外顯著。蔣景祁既於〈荊溪詞初集序〉提出「近則其年先生，負才晚遇，僦居里門近十載專攻填詞，學者靡然從風」，刻意傳播陳維崧獲眾人擁戴的印象，復於〈陳檢討詞鈔序〉闡述《迦陵詞》的超凡，一如迦陵鳥「其羽毛世不可得而見，其文彩世不可得而知」[101]，以及先後撰寫兩篇〈迦陵先生外傳〉弘揚陳維崧的「神聖性」。康熙十七年陳維崧高中博學宏詞之前，由釋大汕為陳維崧所繪的〈迦陵填詞圖〉及當代名流圍繞此圖題詠所共同形塑、賦給陳維崧的社會印象：此即時而為放浪形骸的狂徒（客）、時而為超然禮教之外的風流名士。相較於

---

101 蔣景祁：〈陳檢討詞鈔序〉，收入陳維崧撰，陳振鵬標點，李學穎校補：《陳維崧集・附錄》，下冊，頁 1832。

此，蔣景祁對陳維崧的社會印象形塑，無疑具有改造的意義。此一領袖印象的重造，實涵有流派正源以及追步摹擬的效應。及至《瑤華集》編成之後，蔣景祁獨尊陳維崧為領袖的態度，又有所調整。凡此顯示蔣景祁這類追隨者的領袖認同所具有的動態變遷歷程。

「才士認同」觀念主導下的陽羨詞學

陽羨詞學是因應「總體社會文化存在情境」下的產物。在陽羨詞派構成的「前階段」，派內的成員主要基於共同對抗經生、宿儒視域下的文學觀而凝聚，不過，由於各人所認同的文化理念不相一致，循此所表述的詞學也就不相一致。大別有兩種方向：其一乃是基於「才士認同」的觀念而提出相應的詞學，以陳維崧為代表；其二乃是基於「存異認同」的觀念而提出相應的詞學。以吳逢原、吳本嵩、潘眉等陽羨詞人為代表。由此形成「群英並起」的聚合型態。茲先論述陽羨詞學的第一個方向。陳維崧一生詞論多變，這和他的「才士認同」轉向有密切的關係，是故，詮釋陳維崧的詞學，宜先掌握此一動態歷程，識其總體。由於過去學界對於陳維崧詞論的動態歷程，較少詳究，故本文提出重構。

一、陳維崧詞學的新詮釋：循動態歷程開展的總體詞論

回顧百年來的「陽羨詞派」學術史對陳維崧詞論的敘述，或以為陳維崧的詞論重心在於「論詞宗蘇、辛」，或以為在於「獨

崇真情的風格兼容論」，而認定陳維崧「堅持一種剛柔並重，雄健與清婉相濟的觀點」[1]，不似前說偏主陳維崧論詞宗蘇、辛。循此，更進一步指明陳維崧所以肯認雄健之外的清婉詞風，與「他早年的創作經歷有關」[2]。

若由現存的陳維崧全集觀之，可見陳維崧的詞論內容，實為重層而多面：除了獨標蘇辛與兼容雄健清婉之外，尤其偏重香豔綺麗，談論的次數，不少於前面兩種。循此，陳維崧亦曾頻頻對《花間》、《蘭畹》，表示推崇，實不同於獨標蘇、辛時，不屑矜《花間》香弱的論見，詳下文引陳維崧〈今詞選序〉[3]。這顯示陳維崧的詞論，處於變遷的動態歷程，不是靜態凝固的集合。對於追隨陳維崧的文人而言，或只與歷程當中的一面相契，因此形成不同的「宗之者」群體。

現當代學者對「陽羨詞派」的論述，所以見解不一，乃是因為各據陳維崧詞學的某一面向或是特定的「宗之者」群體為準，循此界定「陽羨詞派」的構成。這類論述往往隱涵著如下的詮釋預設：一名文學流派領袖的詞學對追隨者的感召，必然是普同而無分別，因此文學流派的風尚，乃以領袖為依準，眾人向領袖的特定詞論主張或某一創作風格共趨，流派的形成就是建立在此一共趨的詞學基礎之上。

本文的寫作，即是對此一既有的詮釋預設提出反思，而以陳維崧的詞學為例，包含陳維崧的詞論及其基於詞論主張而自覺的

---

1 嚴迪昌：《陽羨詞派研究》，頁 104-105。

2 蘇淑芬：《湖海樓詞研究》，頁 80、83。

3 陳維崧：〈今詞選序〉，見陳維崧撰，陳振鵬標點，李學穎校補：《陳維崧集・陳迦陵散體文集》，卷 2，頁 54。

創作實踐。藉此揭明文學流派領袖一生的理論與創作，往往呈現動態的歷程變化：不僅前後時期的理論與作品風格可能不同；此外，縱使出現理論與作品風格復返的現象，但是因為前後時期的創作理念與心境不同，則結果絕非依然如故。循此，對追隨者的感召方向，亦因機緣之異，而不拘一端。

此外，更可注意的是，領袖與追隨者的關係，只是文學流派成員的聚合模式之一，不是唯一。因為文學流派的成員也可基於平等相待的關係而聚合，此時儘管彼此的理論和作品風格未必一致，但是由於共同對抗某一文學社會風尚，仍可相聚成派。這種聚合模式，乃是群英並起。過去的學術史對於這兩種不同的文學流派聚合模式，較少分辨。據此，當論及陳維崧所在的陽羨詞派之時，不應忽略這種模式。

上述陳維崧參與其中的群體經驗，不完全是同時並存，亦順隨前後時勢之變，應機而生，這個動態分化的歷程，共同構成陽羨詞派的總體。在這些不同時期的群體經驗裏，陳維崧所持有或是被認可的詞學理論或作品風格，並非始終如一，不過，仍有一個基調存在：此即以才士認同為本。是故，單純執持陳維崧的某一詞學理論或作品風格，做為界定陽羨詞派的基準，其實只能得到陽羨詞派總體的一端。

依上所述，則如欲探究「陽羨詞派」的總體構成與陳維崧的領袖地位確立，皆需以陳維崧的「總體詞學動態歷程」為參照基礎。前此，已有不少學者的著作，論及陳維崧的「詞作風格」變遷。其所依據的史料，主要是陳維崧四弟陳宗石（字子萬）〈湖海樓詞跋〉以及蔣景祁（字京少）〈陳檢討詞鈔序〉兩文。〈湖海樓詞跋〉云：

伯兄少年，見家門烜赫，刻意讀書，以為謝郎捉鼻，麈尾時揮，不無聲華裙屐之好，多為旖旎語。未幾鼎革，先大人裹足窮鄉，誓墓不出，家日以促。至丙申先大人棄世，家益落，且有視予兄弟以為釜中魚、几上肉者，各散而之四方。或孤蓬夜雨，轆軻歷落；或風廊月榭，酒鎗茶董；或逆旅饑驅；或河梁賦別；或千里懷人；或一堂燕樂；或鬚髯奮張，酒旗歌板，詼諧狂嘯，細泣幽吟，無不寓之于詞。甚至俚語巷談，一經鎔化，居然典雅，真有意到筆隨，春風物化之妙。[4]

〈陳檢討詞鈔序〉云：

其年先生幼工詩歌，自濟南王阮亭先生官揚州，倡倚聲之學，其上有吳梅村、龔芝麓、曹秋嶽先生主持之。先生內聯同郡鄒程村、董文友，始朝夕為填詞。然刻於倚聲者，過輒棄去，間有人誦其逸句，至噦嘔不欲聽，因厲志為《烏絲詞》。然《烏絲詞》刻而先生志未已也。向者詩與詞並行，迨倦遊廣陵歸，遂棄詩弗作，傷鄒、董又謝世，間歲一至商丘，尋失意返，獨與里中數子晨夕往還，磊砢抑塞之意，一發之於詞，諸生平所誦習經史百家古文奇字，一一於詞見之。如是者近十年，自名曰：《迦陵詞》。[5]

---

4 陳宗石：〈湖海樓詞跋〉，見陳維崧撰，陳振鵬標點，李學穎校補：《陳維崧集・附錄》，頁 1830。

5 蔣景祁：〈陳檢討詞鈔序〉，見陳維崧撰，陳振鵬標點，李學穎校補：《陳維崧集・附錄》，頁 1831-1832。

據上引兩文，可知對於陳維崧詞風的動態歷程敘述，清初就已開始。尤其敘述者陳宗石與蔣景祁皆親近陳維崧，其對陳維崧詞風歷程的敘述自然可靠，因此後來的學者對於陳維崧詞風歷程轉變的建構，大多以上引陳宗石與蔣景祁所撰兩文為據。並採早期、中期、後期的階段區分，建構陳維崧的「創作風格」變遷歷程，略及陳維崧的詞論。然而，陳宗石與蔣景祁對陳維崧詞風歷程的敘述，畢竟出於旁觀一己之見，未必已經曲盡陳維崧詞風的所有轉折階段；又其說偏由外在「際遇」的角度解釋陳維崧詞風轉變的原由，對於陳維崧自述創作理念的改變，敘述較少。因此，對於陳維崧詞學的轉變過程及其轉變的原由，還可以有更多的補充詮釋。是故，本文改以陳維崧的主體自覺為據，對陳維崧詞學的動態歷程，提出重構。

據史料可知，陳維崧的「詞論」變遷歷程，時而與其「創作風格」的轉變歷程密合，時而轉折更多，是故在重構時，未必能夠一循過去學者所提出的早期、中期、後期三階段。此外，若再就此一「詞論」的「動態歷程」發生原由深入追究，可見與陳維崧的一生際遇起伏及其「才士認同」的轉向，有密切的關係。這一點，也還未獲得闡明。

綜合上述，本文乃承學界對陳維崧創作風格變遷歷程的既有研究成果，復從「動態歷程」的角度，全面建構陳維崧的詞論變遷。同時，不再僅僅沿襲學術史對於陳維崧詞風變遷之由所持有的慣見：「際遇決定論」，即偏重人生際遇對陳維崧詞風的形成與改變所具有的決定性作用。而要另外依據陳維崧對「社會身分認同」的自覺轉變，及其對詞學歷程的自我建構，詮釋與建構其詞學變遷的原由和歷程。此一新的詮釋觀點可與既有的詮釋觀點並存，一外一內，形成雙向思考。相對於先前學術史所慣持的「作家際遇決定論」，本文把此一新的詮釋觀點，稱為「作家自覺建構論」。下文便循著上述新的詮釋觀點，就陳維崧的「總體詞學動態歷程」及其「才士認同轉向」兩者的對應，提出詮釋與重構，冀能為各家論述陳維崧的詞風及「陽羨詞派」界定的爭議，提供一個可以會通的觀點。

二、陳維崧所對抗的文學觀與社會身分認同

陳維崧的詞論發生，所以肇因於才士認同，不盡出於抒情詠懷的本然自覺，另有向當時特定的文學觀及社會身分認同表示反抗的意味。此一特定的文學觀，乃指基於經生、宿儒、顯宦的社會身分認同，對能文言情的才士施以批判鄙薄的觀點。因此，陳維崧對於詞體的論述，往往旁及其他文類，就其間共同存在的偏執文學觀，加以指明與駁斥。如陳維崧於〈今詞苑序〉批判當時的文風，云：「客或見今才士所作文，間類徐庾儷體，輒曰此齊梁小兒語耳，擲不視。是說也，予大怪之。又見世之作詩者，輒薄詞不為，曰為輒致損詩格。或強之，頭目盡赤。是說也，則又大怪」[6]。此序雖以選詞論詞為題，不過篇首即通論以儷體和填詞「作文」的「才士」，同遭時人鄙薄的怪象。從這個角度來看，陳維崧所以對詞體的定位提出重建，乃是基於通盤檢討文學社會風氣的全視域而來。因此，本文的論述，就不僅僅拘限於陳

6 陳維崧撰，陳振鵬標點，李學穎校補：《陳維崧集・陳迦陵散體文集》，卷 2，頁 54。

維崧論詞的史料。

首先，陳維崧對於時人輕視能文的才士加以批判，此舉不是流於意氣相向。他對文人才士所以招來謗議的原由，曾深入剖析，可見於〈劉沛玄詩古文序〉云：

> 今天下能文章，善詞賦，非所稱文人才士哉？然而遭世訾議，與物鑿枘，遘會蹈機，動而獲咎，興思事故，實亦有三：一者標致誕逸，神智曠邁，接引聲勢，抗立崖岸，楊子幼懟狷之傷，杜周甫峭激之累。二者詞氣英俊，姿制清綺，濬自才鋒，了非依傍，耗歲月於藩溷，棄形骸於土木，一篇之工，萬事都廢。三者揮斥世資，惑溺上靈。體撰宮殿，則般輸集於鉛槧；形狀歌舞，則牙、涓輳於毫素。莫不炫等空花，幻同海東。盛憲於以夭其年命，王勃於以絕其榮華。以是三者，瑕隙所搆，行路見尤；輕華之譏，里閈不齒。至於紆青拖紫之彥，剖符分竹之人，愈相駭愕，每加離異。[7]

首句由「能文章，善詞賦」定義文人才士，即表明能夠創作抒情美文，是文人才士所以有別於其他社會身分的本領。這種論見，言之有據，而和以屈原為典範的「妙才」傳統有著潛在的關聯。此一傳統的建立始於漢代班固的〈離騷序〉，其稱屈原「雖非明智之器，可謂妙才者也」，又指明「其文弘博麗雅，為辭賦

7 陳維崧：〈劉沛玄詩古文序〉，見陳維崧撰，陳振鵬標點，李學穎校補：《陳維崧集．陳迦陵散體文集》，卷 1，頁 13。

宗」[8]，初步確立了「博學」與「擅辭賦麗文」的本領乃是文人才士的身分所專有。之後，南朝劉勰《文心雕龍・辨騷》引述班固這段話，使得此一觀念得以延續，不過將「辭賦宗」寫成「詞賦之宗」[9]，已不限於班固專指辭賦之體的原意，而擴大泛指抒情美文，不盡同於說理以垂示教訓的經典。由此肯認屈原為妙才，可與睿智的聖人，同為「文心」之源。[10]

如劉勰這類評論家，已經指出屈原深具「原創性」的「奇想」而體現的妙才，雖有「因承、學習經典常道」之處，實以溢出經典的「奇變」，對後人影響「至鉅」[11]。據此，可知陳維崧所以稱文人才士「標致誕逸，神智曠邁」，誠對此一妙才所展現的奇變思力有所認識。蓋「標致」與「神智」，皆指向個體本於

8　屈原撰，洪興祖補注：《楚辭補注》（臺北：臺灣中華書局，1981年），卷1，頁40。

9　劉勰撰，周振甫注：《文心雕龍注釋》（臺北：里仁書局，1998年），頁63。

10　睿智聖人與詞賦英傑，同為多才，不過亦有差別：聖人具生知之才，能體察常道，而創生文化或文明，建立經典彝訓。英傑具奇變之才，而自鑄偉辭，雖非生知常道，但能繼承經典而加以創造。在先秦漢魏流行的論述裏，「聖人與文人才子被視為一體」，才子被視為具有神聖性的創作能力。見龔鵬程：〈釋才子〉，見龔鵬程：《才》（臺北：臺灣學生書局，2006年），頁31-34。及至南朝《文心雕龍》，乃依據特定的先秦漢魏文化論述，而建構二重「文心」之源：睿智聖人與詞賦英傑，並對兩者內涵相承而又互異的關係加以辨析。見顏崑陽：〈《文心雕龍》所隱涵二重「文心」的結構及其功能〉，《人文中國學報》第26期（2018年6月），頁5-16。

11　顏崑陽：〈《文心雕龍》所隱涵二重「文心」的結構及其功能〉，頁14。

才性而展現的韻度和靈思，「誕逸」與「曠邁」，皆涵有詭於常道，不受拘束的超奇之意。「詞氣英俊，姿制清綺，濬自才鋒，了非依傍」，更指出此一妙才的原創性，必向外展現為「英俊」與「清綺」的美文語言樣態，換而言之，即為此一美文創作的內在深層動因，故云：「濬自才鋒」。

然而，創作活動不單純只是由作家先天的才性直注於文字而成，還受自外物的交感，而興起的內中情緒所形成的寫作動機，因此，創作不止是作家個人的自我抒情而已，往往也是指向他人，而帶有功利性或道德性意向的「社會行為」[12]。只是文人才士每以忠實或標榜自我的感受為要，時或疏於理性節制與世故應酬，故其所抒之情與出奇的原創，未必能見容於禮教衛道的社會，甚至因此罹尤，如班固〈離騷序〉曾議論屈原「露才揚己」。陳維崧此序，亦由此反思文人才士「動而獲咎」的原因。如舉西漢楊惲（字子幼，？－前 54）高調抒憤的「慹狷」，其作〈報孫會宗書〉曾激怒漢宣帝，[13]以及東漢杜密（字周甫）勇

12 近代以降，學界受五四新文化運動與西方唯心主義美學的影響，從而將中國古代文人的創作定位成「抒情」與「純粹審美」的論述，顏崑陽對此一既有學術路向加以反思，進而重新揭明「中國古代知識階層以『詩式語言』進行互動，既是具有『意向性』的『社會行為』，又是並時性甚而歷時性多數人反覆操作的『文化行為』」，見顏崑陽：〈從混融、交涉、衍變到別用、分流、佈體——「抒情文學史」的反思與「完境文學史」的構想〉、〈用詩，是一種社會文化行為模式——建構「中國詩用學」初論〉，俱見顏崑陽：《反思批判與轉向——中國古典文學研究之路》（臺北：允晨文化實業公司，2016 年），頁 191、頁 259。

13 宋朝洪邁指出漢宣帝惡楊惲〈報孫會宗書〉有「君喪送終」之喻。見洪邁撰，孔凡禮點校：《容齋隨筆．四筆》（北京：中華書局，2005 年），卷 13，「漢人坐語言獲罪」。

於軒輊人物的「峭激」，終受黨錮之禍的牽連，[14]做為文人才士負傷受累的例證。「接引聲勢，抗立崖岸」兩句就含有如上憑藉依恃自身的才氣聲望而孤傲不群的意思。又指文人才士或耽溺於創作冥想，以致於外表嗒然若喪，宛如土木偶人，究其所得只是一篇技藝的高超，卻荒廢無數治生要務，得失不成比例，「一篇之工，萬事都廢」即為此意。甚且，窮其心力，只為了把宮殿、歌舞等娛樂事物摹寫得很工巧，縱使能如知名工匠公輸盤和樂師俞伯牙、師涓一般的神技，令人驚嘆，可惜此技「揮斥世資」，而無助於世代功業的積累，又「惑溺上靈」，汩沒神明，而無助於消災遠禍，是故這類創作誠然美哉，卻如「泡影空花」和「安琪海棗」一般虛華空無。據此，陳維崧續以三國盛憲和初唐王勃為例，進一步對身為文人才士，不僅危害自己，還會連累他人，發出感慨。就如盛憲（字孝章）「好士」，故天下文士附之以求揚聲，可見於孔融〈論盛孝章書〉云：「今孝章實丈夫之雄，天下談士依以揚聲，而身不免於幽執，命不期於旦夕」。據唐呂向注：「天下談文史之士，皆依倚孝章以發揚美聲」[15]，可知盛憲所好之士，尤為精通文史的才士。不過，盛憲卻因普獲文史才士的擁戴，被當權者所忌，因此早逝。又如王勃因撰寫〈乾元殿頌〉、〈滕王閣序〉，獲主事者讚為「奇才」，卻昧於官場險

14 東漢杜密因勇於品論人物，被指為李膺「黨人」，獲罪免官，見范曄撰，劉昭補志，李賢注：《後漢書》（臺北：臺灣中華書局，1984年），卷97，〈黨錮列傳・杜密傳〉，頁10。

15 孔融：〈論盛孝章書〉，收入蕭統編，李善等六臣注：《文選》（臺北：藝文印書館，1983年），卷41，書上，頁22。

惡，妄草〈檄英王雞文〉，被「斥出府」[16]。據此兩例，則身為文人才士，反而有損世道所看重的「年命」與「榮華」。

文人才士固然如上所述有時疏於顧忌社會，反之社會對於文人才士亦可能因此而預存惡感。於是，士子一旦以文才為能事，則「瑕隙所搆，行路見尤」，乃指小人便乘機對其羅織罪名；「輕華之譏，里閈不齒」，則指鄉里士紳便對其抱持成見，譏為輕薄浮華；至於「紆青拖紫之彥，剖符分竹」的當塗權貴，對其更加避之惟恐不及，詆為異端。這是陳維崧此序為梁溪友人劉沛玄極具文才，卻「少失意」，發出「文人才士三者之為累」的深慨原由。

此序乃針對劉沛玄的詩、古文評述，特稱其作「歌歎辛苦，鋪敘清婉」，兼有抒情與美文，可見文才，據此，則陳維崧對時人輕視才士能文的省思，似乎只因詩、古文的創作而起。其實不然，參酌陳維崧為知交吳綺的文集所撰寫的序文，可見反對輕視能文，乃是他一貫的文學觀。〈吳園次林蕙堂全集序〉云：

> 君顧挽余，吾其語汝。昔者結繩而降，代有篇章；雨粟以還，人多撰述。自俗學之師心，致前型之偭矩，原其流失，厥有二端：紇庫干運筆成錐，斛律金署名類屋。宿儒老子，高談〈內則〉、《歸藏》；末學小生，粗識《孝經》、《論語》。上車不落，便尊唐宋而薄周秦；體中何如，輒譽開元而卑大曆。是則胸無故實，笥鮮縹緗，裸民

16　王勃戲作〈檄英王雞〉文。高宗怒，斥出府。又勃作〈滕王閣序〉，都督觀之，矍然曰「天才也」。詳宋祁：〈王勃傳〉，見宋祁、歐陽修：《新唐書》（臺北：臺灣中華書局，1971 年），卷 201，頁 7。

> 誚霧縠為太華，矉女憎西施之巧笑。此其為弊一也。或則僅解蟲鐫，差工獺祭，悔讀《南華》之卷，不精《爾雅》之篇。倣蘭成碑版之作，祇堪借面弔喪；傚醴陵離別之言，僅可送人作郡。不知六詩三筆，每每以古鬱稱奇；四庫五車，往往以沈雄入妙。徒組紃笙簧之是侈，將風雲月露其奚為？是則刻雲端之木雁，未必能飛；琢箭上之金徒，何曾解舞。成都粉水，弱錦濯而寧鮮；河北花箋，鈍筆描而失麗。益成撏撦，劣得揣摩。此其為弊二也。以茲二弊，足概百家。今吾詎有是乎？惟子知其免矣。[17]

吳綺（字園次，1619-1694），江都延陵人，年輩高於陳維崧，曾任湖州太守，湖州治所吳興，故世稱吳吳興，著有《林蕙堂全集》，所作包含駢文、詩、詞、南曲各體文學。上引的序文段落，乃是陳維崧追憶，在某次聚會的場合裏，被吳綺挽著，聽他批判當時的文學風氣，「吾其語汝」是吳綺所說。由「今吾詎有是乎」的自我創作肯定，可知吳綺的批判所指的對象，乃是涵蓋駢文、詩、詞、南曲各體文學之創作與鑒賞在內的總體文學情境。陳維崧特加轉錄詳述，並宣稱「爰誌揄揚」，除了表達肯定之意，也是出於同感。故可舉吳綺的論見旁證陳維崧的文學觀。

---

[17] 陳維崧：〈吳園次林蕙堂全集序〉，見陳維崧撰，陳振鵬標點，李學穎校補：《陳維崧集．陳迦陵儷體文集》，卷 6，頁 319。清代程師恭註解陳維崧的駢文，詳註典故出處，對於表層文意的理解，助益甚多。以下對陳維崧駢文的語意解讀，多有借助程注，不再贅註。見陳維崧撰，程師恭注：《陳檢討四六》，《文淵閣四庫全書》集部別集第 1322 冊（臺北：臺灣商務印書館，1986 年），卷 3，頁 10-12。

所謂「其為弊一也」係對時人的學養薄弱，不具文采鑒賞的能力，以及偏執的學術心態而發。其所批判的時人，一方面指向那些當朝的為官者，而特以北齊太宰紇庫干（或寫作紇狄干）與汾州刺史斛律金為喻，暗指若干異族統治者，譏其不識文字，如署干字，卻由下向上逆寫直豎，狀如以錐穿物；又署金字，竟不曉得如何結構筆劃，直待旁人示以屋角之形，方能下筆，如此連運筆書寫都不諳規矩，更遑論具備高級的文學才分和素養。另一方面則指某些宿儒、經生，對經典的認識與推崇，失之主觀師心，過於偏重齊家道理、德性修養，以及深奧的宇宙運行規律，如資深望重的宿儒，特尊《禮記・內則》對侍奉父母舅姑應有的婦德所指示的規範，以及古易《歸藏》對天地的運行所開示的規律；至於小儒經生對於《孝經》、《論語》的研治，則專務於章句枝節，所得不過皮毛，這些儒者挾持偏執的觀念闡釋經典的意義，由此樹立的前型模範，實已背離經典的真理。

尤其那些權貴子弟只要達到可以登車不落的歲數，就能輕易高居著作郎；能夠表達問候對方健康與否的應酬語，就可以擔任祕書郎，則「上車不落」、「體中何如」兩句，即暗寓朝廷用人沒有循名課實，適才任用的規諷之意。由這類學養薄弱或不具有文采鑒賞能力的人，對文學所做的評論，不免信口雌黃，妄議高下，甚至以能文為劣，一如「裸民誚霧縠為太華，矉女憎西施之巧笑」。然而，如此之人，竟都能擁有崇高的政治地位與社會聲望，則其對風氣的誤導，流弊滋甚。

所謂「此其為弊二也」則指向時人競逐雕飾，缺少深厚情意的弊端。在這種偏失的寫作風氣下，撰述篇章，如同只求模仿形似的工匠技術，縱有麗句文藻，不過虛有其表，徒然使人對才士能文心生不恥。蓋競逐雕飾，固然也講究文辭，不過卻淪為「僅解蟲鐫，差工獺祭」，而只汲汲於謀篇宅句的形式推敲、苦心經營，與典故的堆垛，故作深奧，作品內在實無感人之處，故難有知音共鳴，然而作者卻往往自傷曲高和寡。此即「悔讀《南華》之卷，不精《爾雅》之篇」兩句之意。蓋前句出自溫庭筠詩，其云：「因知此恨人多積，悔讀《南華》第二篇」[18]，原指令狐綯向溫庭筠詢問典故出處的事，溫庭筠嘆綯竟不知典故出自《莊子》（《南華真經》），且《莊子》不是僻書，故以讀書少譏之。令狐綯因此懷恨，導致溫庭筠仕途坎坷。為此，溫庭筠自謔博學有錯，不該研習《莊子・齊物》。

後句出自《世說新語・紕漏》記載北方人蔡謨渡江，誤將南方彭蜞當作螃蟹，食之生病。遭南方文人謝尚調侃云：「卿讀《爾雅》不熟，幾為〈勸學〉死」[19]，《爾雅・釋魚》所記載的螃蟹與彭蜞同為八足二螯，但有大小之別，彭蜞小，不可食。[20]蔡謨因粗讀堂曾祖蔡邕所撰〈勸學〉云：「蟹有八足，加以二螯」的說法在先，[21]籠統認定彭蜞即可食的螃蟹，卻未再續就

18 此事見錄於多處，如計有功撰，王仲鏞校箋：《唐詩紀事校箋》（北京：中華書局，2007 年），卷 54，頁 1839。

19 劉義慶撰，楊勇校箋：《世說新語校箋》（臺北：正文書局有限公司，1988 年），下卷，頁 682。

20 郭璞注，郝懿行疏：《爾雅義疏》（臺北：藝文印書館，1987 年），下四，頁 13「蟳蟳」。

21 《大戴禮記・勸學》云：「蟹二螯八足」，蔡邕〈勸學篇〉襲之，斷四句為文。荀子〈勸學〉偶誤作「蟹六跪而二螯」，跪，足也。許慎《說文解字》因之。蔡邕為蔡謨先人，故謨誦其語，謝尚以此譏之。見劉義慶撰，劉孝標注，余嘉錫箋疏：《世說新語箋疏・紕漏》（臺北：臺灣

《爾雅》的記載，詳加審辨。

「悔讀《南華》之卷，不精《爾雅》之篇」兩句乃對偶，故主詞應該相同，即指「僅解蟲鐫，差工獺祭」者。吳綺此說，不是稱讚這類作者的文才博學如李商隱一般，據宋代曾慥《類說·談苑》可知李商隱因「為文多檢閱書冊，鱗次堆積，時號獺祭魚」[22]；而是反用此一典故，嘲諷這類作者，只知鋪排堆垛典故，竟還自比溫庭筠而責怪時人讀書少，實則，未必對典故的意涵詳加審辨，往往誤用，其失正深中謝尚對蔡謨的批評。

由於競逐雕飾，以致於對前代典範的認識與模習，也失之不當。如「倣蘭成碑版之作，祇堪借面弔喪；倣醴陵離別之言，僅可送人作郡」，這四句特舉時人模仿庾信（小字蘭成）的碑銘文，文辭雖然富麗，卻千篇一律，虛有其表，故云：「祇堪借面弔喪」。此句乃引《後漢書·禰衡傳》的記載為喻，禰衡批評荀彧（字文若）內在淺薄，一無是處，唯相貌堂堂，故譏其只堪借面弔喪，因為弔喪者面容端正尤佳。[23]又舉時人模仿江淹（南朝梁封醴陵侯）的〈別賦〉，堆垛諸多離別的故實，不過只是供作送別應酬之用，缺乏真實感動，故云：「僅可送人作郡」。此句乃借《渚宮舊事》的記載而偏取敷衍應酬之意。事見晉朝羅友，久無高升的機遇，主事者卻總是徵召他，在別人升官的場合充當陪客送行酬酢，是故羅友曾編造遭受鬼物「只見汝送人上郡（擔

學生書局，2017年），頁912。

22 曾慥：《類說》，《文淵閣四庫全書》子部雜家第873冊，卷53，頁12。

23 范曄撰，劉昭補志，李賢注：《後漢書》，卷110下，頁15。

任郡守），不見人送汝上郡」的揶揄以自嘲。[24]

為了對治這類寫作的偏失，吳綺重新規定「六詩三筆」、「四庫五車」的一切著述，皆因「古鬱」、「沈雄」而「稱奇入妙」，出類拔萃。據《梁書・劉潛傳》云：「孝綽常曰三筆六詩」[25]，則三、六原指劉孝儀、劉孝威的排行，兩人皆能文，孝儀工於筆，孝威工於詩，而後以「三筆六詩」泛指詩、文。又據《新唐書・藝文志》云：「兩都各聚書四部，以甲乙丙丁為次，列經史子集四庫」[26]、《莊子・天下》云：「惠施多方，其書五車」[27]，則「四庫五車」所指，尤在抒情的詩、文作品之外，更擴及經、史、子的學術論著。然則「古鬱」、「沈雄」，不是指「三筆六詩」、「四庫五車」各種著述彼此相別的語言形式或情理內容，而是指其本質同為深蓄恢宏的情感。

據此，吳綺對於一味追求鋪陳堆砌、形似密附，而生命力枯竭的寫作時風，加以撻伐。「徒侈於組訓筌簣」一句，乃引用葛洪《抱朴子》云：「百家為筌簣」為喻，[28]指時人的寫作題材，僅於百家諸子之內搜求組織，此與李諤〈上隋高祖革文華書〉批評南朝文風乃是「連篇累牘，不出月露之形；積案盈箱，盡是風

---

[24] 余知古：《渚宮舊事》，《文淵閣四庫全書》史部雜史第 407 冊，卷 5，頁 10。

[25] 姚思廉：《梁書》（臺北：臺灣中華書局，1971 年），卷 41，頁 7。

[26] 宋祁、歐陽修：《新唐書》，卷 57，頁 2。

[27] 莊周：《莊子・天下》，見莊周撰，郭慶藩編，王孝魚整理：《莊子集釋》（臺北：萬卷樓圖書公司，1993 年），頁 1102。

[28] 葛洪：《抱朴子內外篇》，《文淵閣四庫全書》子部道家第 1059 冊，外篇，卷 3，頁 35。

雲之狀」[29]，競逐自然景物的搜求組織，同一流弊。其技縱能如「木雁」、「金徒」（渾天儀上抱箭指示的偶人）一般，鐫鏤得維妙維肖，終究「未必能飛」、「何曾解舞」，而不具生命精神。這是因為不能像《戰國策》記載的蘇秦一般，能夠把典籍的精髓，融入生活經驗之中，反覆地參讀、體悟，以成「揣摩」之功，[30]徒然流於剽竊割裂古人的文句，一如宋李頎《古今詩話》記載時人譏笑宋初館閣文士的西崑體寫作，不過流於剽竊割裂李商隱的文句而已，足可使亡故的李商隱興起「吾為諸館職撏撦至此」的感慨。[31]

由陳維崧對於吳綺所指出的第二項時弊加以認可，可知陳維崧也認識到不是所有的能文表現，都是文人才士所應為。因此，他對於時人輕視文人才士的批判，主要針對那些不由分說，一概追求不文的偏執言論而發。參酌陳維崧的其他序跋所表述的論見，可以佐證。如陳維崧〈陸麗京文集序〉對「時賢」籠統地視能文乃「耽夫微末」便加以批評，其云：「嗟乎！是殆溺蕢桴之音，而毀咸莖為不足陳；悅齵齒之容，而詆巧笑為不足錄也」[32]，所謂「蕢桴」是一種由蕢草和土塊製成的簡陋鼓槌，太古之樂所用，其音單調。「咸莖」指古樂〈咸池〉和〈六莖〉，據

---

[29] 李諤：〈上隋高帝革文華書〉，收入李昉：《文苑英華》，《文淵閣四庫全書》集部總集第 1342 冊，卷 679，頁 24。

[30] 劉向：《戰國策》（臺北：九思出版有限公司，1978 年），卷 3，秦 1，頁 85。

[31] 轉載於魏慶之撰，王仲聞點校：《詩人玉屑》（北京：中華書局，2007 年），卷 17，頁 519。

[32] 陳維崧：〈陸麗京文集序〉，見陳維崧撰，陳振鵬標點，李學穎校補：《陳維崧集・陳迦陵儷體文集》，卷 6，頁 338。

《後漢書》卷六十五〈張曹鄭列傳．曹褒傳〉「咸莖異調」李賢注云：「咸池，黃帝樂也；六莖，顓頊樂也」[33]，可知咸、莖之樂，同為遠古聖王所製，不過其調隨時損益，已不似太古之樂的單調簡樸，而有古今之別，故李賢稱為「異調」。陳維崧以此典故為喻，批評時賢一味去文返質，不合時宜。

陳維崧所以更加批判「輕視能文」的時弊，實因深刻地覺悟到自己也如劉沛玄一般，受能文才具所累，而遭受社會非議。如陳維崧〈上龔芝麓先生書〉云：「維崧，東吳之年少也，才智誕放，骨肉躁脫，當塗貴游，目之輕狂。嚮者粗習聲律，略解組織。雕蟲末技，猥為陳黃門、方檢討、李舍人諸公所品藻」[34]，「才智」，指內在的原創力，「骨肉」在此非指兄弟血親，而是相對於「才智」，統指外在形體及其行為表現。陳維崧雖以「粗習聲律」、「略解組織」、「雕蟲末技」自謙，實則以自己的能文因此曾獲陳子龍（晚號大樽，1608-1647，崇禎年間任兵部給事中，黃門即給事中的職所）、方以智（字密之，1611-1671，崇禎年間授翰林院檢討）以及李雯（字舒章，1607-1647，入清後任內閣中書舍人）諸公的稱讚為榮。雖以「誕放」、「躁脫」、「輕狂」自責，不無自嘲之意，實則藉此肯認一己的社會身分定位係屬文人才士，並自覺地與價值理念不同的他者群體相互區隔。此意又可見於陳維崧〈與蔣大鴻書〉，蔣大鴻（字平階，1616-1714）早年曾跟從陳子龍習詩詞，文云：「僕才露性

---

33 范曄撰，劉昭補志，李賢注：《後漢書》，卷65，頁9。

34 陳維崧：〈上龔芝麓先生書〉，見陳維崧撰，陳振鵬標點，李學穎校補：《陳維崧集．陳迦陵散體文集》，卷4，頁87-88。

疏，動與物忤，神思誕放，竊為鄉里小兒所不喜」[35]。

陳維崧以文人才士自居，所自覺區隔的他者群體，尤其指向宿儒、經生、道學家。如〈與芝麓先生書〉云：「僕涉筆輕華，持身狂躁。少工聲律，不嫻〈內則〉之篇；長憙詩歌，夙昧《歸藏》之作」[36]，表面上說「不嫻」、「夙昧」宿儒高談的〈內則〉、《歸藏》，其實以「工聲律」、「憙詩歌」，自甘於承受「輕華」、「狂躁」之貶，意在表達非其族類。對於同類的尊長友輩，陳維崧不僅對他們的文才，屢屢表示欽慕愛賞，甚且還為他們遭遇責難不平而辯護，可見於陳維崧〈馬羽長先生傳〉特表馬羽長云：「顧性不喜經生家言，一切周秦兩漢六朝唐宋諸書，靡所不蒐習，操筆而為詩賦古文辭則益工」、「諸君既才先生，而先生亦殊以才自負」[37]、〈邵山人潛夫傳〉云：「山人生即聰敏異常兒，顧授以經生家言，則恚甚，不肯讀；或授詩賦古文辭，則大喜，晝夜疾讀不輟。間操筆為之，則大工」[38]、〈贈徐渭文序〉稱讚徐元琜（一字渭文）云：「乃一旦遘會世變，即屏去經生家言，絕口不事。復少負異才，不自禁制，激昂跳盪，闌入古作者堂，詩歌騷賦，下筆數十萬言不休。出其緒餘，溢為繪

35 陳維崧：〈與蔣大鴻書〉，見陳維崧撰，陳振鵬標點，李學穎校補：《陳維崧集・陳迦陵散體文集》，卷4，頁87。

36 陳維崧：〈與芝麓先生書〉，見陳維崧撰，陳振鵬標點，李學穎校補：《陳維崧集・陳迦陵儷體文集》，卷2，頁193。

37 陳維崧：〈馬羽長先生傳〉，見陳維崧撰，陳振鵬標點，李學穎校補：《陳維崧集・陳迦陵散體文集》，卷5，頁116。

38 陳維崧：〈邵山人潛夫傳〉，見陳維崧撰，陳振鵬標點，李學穎校補：《陳維崧集・陳迦陵散體文集》，卷5，頁119。

事，輒復空蒼秀潤，識者歎為絕作。」[39]則陳維崧對徐元琜文才的肯定，更不止於「詩歌騷賦」等抒情美文，還兼及繪畫藝術。

循此，陳維崧為高才如徐元琜之流的文人，卻遭受俗世之人譏笑為敗壞家業門風、不能克紹箕裘，而深感不平，上引〈贈徐渭文序〉續云：「夫天下無事，公卿之後必為公卿，乃稱克家耳。於此而厭薄世趨，捐棄帖括，遊戲於書畫翰墨者，則宗黨爭姍笑之，群斥為跅弛之子」，「跅弛」，放蕩也。又云：「吾見夫鬪雞走狗，浮沈里閈者矣，將猶不失為王謝家風，況夫才性瑰麗，以詩文書畫自表異者乎！」可知，陳維崧認為俗世所持唯顯宦是高的社會身分認同，不盡可取，文人才士亦足可顯榮家聲。

上述陳維崧對於宿儒、經生、道學家的社會身分認同反抗，亦可見於省思尺牘文風的論述中，如陳維崧〈周櫟園先生尺牘新鈔序〉指出尺牘的寫作良風所以不再，「原其流弊，厥有三端」，其一即是：「且也貴僚雍雅，惟傳論性之篇；華札翩反，爭諱言情之牘。其有擬繁欽應璩之書、效邢邵崔㥄之札者，呵為小子，目以外篇，其所為難一也」，此序一方面批判高官一派雍容和雅，其書信來往，只談性理，不敢言情，故作道學面貌，已失尺牘之體。另一方面則批判是非顛倒的文學價值觀，故對「磊落以見才」、「綈搆之縝密」、「情片語而已該」、「藻繢堪觀」等尺牘良風，卻不獲後人紹繼，深表惋惜；又對於擬效繁欽、應璩、邢邵、崔㥄等文人才士的尺牘佳作，卻遭斥責為不入正統的「小子」、「外篇」，深感不滿。[40]雖然此序乃針對尺牘

39 陳維崧：〈贈徐渭文序〉，見陳維崧撰，陳振鵬標點，李學穎校補：《陳維崧集・陳迦陵散體文集》，卷3，頁77-78。

40 上述引文俱見陳維崧：〈周櫟園先生尺牘新鈔序〉，見陳維崧撰，陳振

寫作而發，然其所指陳的文風流弊，可與上述論詞賦文章呼應貫通。

不過，陳維崧對能文的指涉及才士的認同，實隨著他的閱歷見聞，而有所改變，不是始終如一。因此，他也曾對自己耽於才思，流露悔意，如陳維崧〈與宋尚木（徵璧）論詩書〉云：「幼好玉臺、西崑、長吉諸體，少年才思猥冶，上靈惑溺，既已染指，遂成面牆，深沈思之，不覺自失。」以「面牆」自責，指學問淺薄，一無所知；又云：「益知詩者，先民所以致其忠厚，感君父而饗鬼神也」[41]，看似自貶文才，而向儒士所看重的政教倫理靠攏，實則由文末所云：「然僕以為才情之士，不妨模範」，可見陳維崧念茲在茲，仍是才士的身分認同，只是此時所認可的才情之士及能文表現，已非昔日年少之見。是故，陳維崧的詞論，往往帶著「昨非今是」的自省，這就是動態歷程的展示，在建構他的詞論變遷時，必須注意這個前提。

三、陳維崧的才士認同轉向與詞論變遷

本文優先將論述的焦點集中於展示陳維崧的才士認同及其詞論的對應關係。至於他的詩文論變遷及其所據才士認同的轉向，若可旁證本節的論點，則略作闡釋，其他完整的詮析，將留待日後專題探討。本文一方面就靜態的構成，說明陳維崧詞論的各種

鵬標點，李學穎校補：《陳維崧集・陳迦陵儷體文集》，卷 6，頁 315-316。

41 陳維崧：〈與宋尚木論詩書〉，見陳維崧撰，陳振鵬標點，李學穎校補：《陳維崧集・陳迦陵散體文集》，卷 4，頁 89-90。

面向及其所本的才士認同，另一方面就動態的時間歷程，展示陳維崧的詞論變遷及其所本的才士認同轉向。為了論述的清晰與方便起見，下文區分為數種構面或階段說明，但沒有認定陳維崧的詞論與才士認同之變遷過程，必然呈現為前後階段絕無交集。事實上，多數的文學家終其一生所持的論述與認同，固然會有變動，然於同一時期內不同的論述與認同，應機而發，交疊並行，亦屬常見。據此，本文以為對於陳維崧的詞論詮釋，固然需要區分階段，而標誌各段主軸；不過，也要兼顧各階段在主軸之外，尚有旁支別流的交疊並行。主軸與旁支互有消長，乃因不同詞論的更迭，由發生到強盛，每循漸變的過程，未必皆劈空頓起。由於本文對陳維崧詞學的考察，係以詞論為主，因此所得的變遷歷程，或與先前學者的研究所指出的陳維崧詞創作歷程，未盡一致，不過，這兩項結論並非不可相容。

（一）認同「縱情肆志而為文能工」的才士，據此提倡豔體本色的詞論

此一身分認同和詞論的表述，可見於陳維崧早期的文學活動，包含填詞在內。如上引陳維崧〈與宋尚木論詩書〉曾自供「幼好玉臺、西崑、長吉諸體，少年才思猥冶」，又據陳維崧〈路進士詩經稿序〉云：「若予也，少不如人，幼而輕世，每玩情於技藝，間溺慮於清狂，驅筆所之，徒成雕繪」[42]，可知，陳維崧少年所認同的才思，是自恃「清狂」，而縱情於「技藝」與

---

[42] 陳維崧：〈路進士詩經稿序〉，見陳維崧撰，陳振鵬標點，李學穎校補：《陳維崧集・陳迦陵散體文集》，卷 2，頁 59。

「雕繪」，輕視俗世規範。循此，陳維崧早期所認可的能文表現，乃是「語工」。陳維崧於〈任直齋詞序〉追敘往日的填詞時，曾提及此一傾向，其云：「憶在庚寅、辛卯間，與常州鄒（祇謨）、董（以寧）游也，文酒之暇，河傾月落，杯闌燭暗，兩君則起而為小詞，方是時，天下填詞家尚少，而兩君獨矻矻為之，放筆不休，狼藉旗亭北里間。其在吾邑中相與為倡和，則植齋及余耳。顧余當日妄意詞之工者，不過獲數致語足矣，毋事為深湛之思也」[43]，雖然，後來的陳維崧對於早期曾填寫這類追求「詞工」的「致語」，深感懊悔，表示「頭頸發赤，大悔恨不止」；不過由「當日妄意」，可知他確實曾經熱中於追求「語工」，以此展現「技藝」與「雕繪」的功力。基此，陳維崧對李商隱和李賀的偏好與模習，尤以「奧」與「豔」的語言風格為主，認定二李的技藝在此。鄒祇謨、王士禛合編的《倚聲初集》對陳維崧少年詞作的評論，也指出這一點，其云：「此等其年少作，矜奧詭豔，從昌谷、西崑古詩中變出」[44]，「矜」與「詭」的品評，切中陳維崧早期好於立異而顛覆常規的創作心態。「奧」與「豔」的品評正好呼應陳維崧自述填詞所追求的「致語」，嚴迪昌的論文已指出。[45]

基於如此的才性與能文趨向，使得早期的陳維崧與陳子龍的

---

43 陳維崧：〈任植齋詞序〉，見陳維崧撰，陳振鵬標點，李學穎校補：《陳維崧集·陳迦陵散體文集》，卷 2，頁 52-53。

44 鄒祇謨、王士禛同選：《倚聲初集》，收入《續修四庫全書》集部詞類第 1729 冊（上海：上海古籍出版社，2002 年），卷 1，頁 2，評陳維崧〈荷葉杯〉「所見」。

45 嚴迪昌：《清詞史》，頁 202-203。

相契，更傾向於文才相惜。這不是說陳維崧對於陳子龍以紹承大雅自許的儒士身分認同，絕無仰慕，如前引陳維崧〈路進士詩經稿序〉便推崇陳子龍的地位可比「毛鄭之宗匠」，「毛鄭」，指漢代經學家毛公與鄭玄。不過，相較之下，早期的陳維崧更傾心於陳子龍的文學才情，勝過道德功業。最明顯的表現，在於創作上追求文麗，酷似陳子龍，詩詞皆然；此外，對文體的觀念，也接近陳子龍。前者如鄒祗謨、王士禛《倚聲初集》的評論已經指出，其評陳維崧的詞「以擬大樽諸詞，可謂落筆亂真」、「善偷陳（陳子龍）宋（宋徵璧、宋徵輿）語意」[46]，「擬」、「偷」的這些評語，都意在說明陳維崧早期填詞很受陳子龍等「雲間詞人影響」。蘇淑芬的論文已有專章探討。[47]後者，陳維崧也曾自述少時向陳子龍學詩，所得尤在詩情與聲調，不在於儒士所堅持的宗經諷諫。可見陳維崧〈許漱石詩集序〉云：「憶余十四五時，學詩於雲門陳黃門先生，於詩之情與聲，十審其六七矣。」[48]因此，陳維崧曾偏從「語工」的能文角度，肯定陳子龍衣被後人，如〈與周子俶書〉稱讚友人詩集，因其擅於「雕音」、精於「妍手」，故許為「非陳黃門後一人耶」[49]。

陳子龍固然以紹承大雅的理念自許，而深深認同儒士的社會

---

[46] 鄒祗謨、王士禛同選：《倚聲初集》，卷 6，頁 6，評陳維崧〈阮郎歸〉「咏幔」，卷 12，頁 1，評陳維崧〈錦帳春〉「畫眉」。

[47] 蘇淑芬：《湖海樓詞研究》，頁 80。

[48] 陳維崧：〈許漱石詩集序〉，見陳維崧撰，陳振鵬標點，李學穎校補：《陳維崧集・陳迦陵散體文集》，卷 1，頁 18。

[49] 陳維崧：〈與周子俶書〉，見陳維崧撰，陳振鵬標點，李學穎校補：《陳維崧集・陳迦陵散體文集》，卷 2，頁 197。

身分；不過與一般的宿儒經生不同，對於以能文自許的才士，亦能欣賞。因此，雖然陳子龍主張相應於儒士的身分，則在著述上宜有所矜持不為，故曾於〈王介人詩餘序〉、〈三子詩餘序〉反覆指詞為「小道」，「非獨莊士所當疾，抑亦風人之所宜戒」；不過，由於詞之為體，講究「鏤裁至巧，而若出自然」，「工之實難」，尤可使「世之才人」展其能文之長，而「每濡首而不辭」，是故陳子龍對詞「亦覺其不可廢」[50]。又說「少年有才，宜大作詞」[51]，更明確地把填詞視作文人才士應有的創作行為。基於認可才士的「鏤裁」之功，陳子龍於〈幽蘭草題詞〉規定以「穠纖婉麗極哀豔之情，或流暢澹逸窮盼倩之趣」為詞體本色，[52]並列舉南唐二主、北宋柳永、晏幾道、秦觀、李清照、周邦彥等詞家為典範。

前引〈上龔芝麓先生書〉，陳維崧提及自己「習聲律」、「解組織」曾獲陳子龍的品藻讚賞，可知當緣自陳子龍對於能文才士的認同。是故，陳維崧也曾提出和陳子龍相近的詞論。不過，又因陳維崧對才士的格外看重，是故，其詞論亦有別於陳子龍之處，可見於陳維崧〈金天石吳日千二子詞稿序〉，其云：

---

[50] 上引二序見陳子龍撰，王英志輯校：《陳子龍全集．安雅堂稿》（北京：人民文學出版社，2011 年）中冊，卷 3，頁 1080-1081。

[51] 轉載於彭燕又：〈二宋倡和春詞序〉，見彭賓：《彭燕又先生文集三卷詩集一卷》，《四庫全書存目叢書》集部別集第 197 冊（臺南：莊嚴文化事業有限公司，1997 年，據上海圖書館藏清康熙六十一年彭士超刻本），卷 2，頁 18。

[52] 陳子龍、李雯、宋徵輿同撰，陳立校點：《幽蘭草》（瀋陽：遼寧教育出版社，2000 年），頁 1。

嘗考夫聲音之道，自有淵源；詞賦之宗，遞為泛濫。〈白鳩〉、〈黃督〉，曲調以短斷為工；〈子夜〉、〈莫愁〉，節奏以敏諧稱聖。是知齊梁之樂府，即唐宋之倚聲也。自名花傾國，供奉擅俊逸之才；金縷提鞋，後主秉綺羅之質。教坊簾幕，試豔曲於清狂；平樂樓臺，弄新聲於輕薄。詞有千家，業歸二李。斯則綺袖之耑門，紅牙之哲匠矣。若易安之婉孌清新，屯田之温柔倩媚，雖為風雅之罪人，實則閨房之作者。由斯以降，我無譏焉。[53]

此序題目所指對象之一：金是瀛（字天石，1612-1675），是明季諸生，據現存的陳維崧全集可知，兩人在順治九年（1652）到十年（1653）之間有數次宴集聚會唱和。[54]縱然，不能據此就推斷此序必定撰於宴集當時；不過，序文所表述的「清狂」詞論，實與陳維崧自述早期的創作表現「溺處於清狂」相呼應，故併敘於此。

序文對於南唐後主、北宋柳永、李清照之典範詞家的推崇，與陳子龍為代表的雲間詞學觀點相近。對此，先前學者多有論述，[55]本文不再贅述。此外，這段序文還涵有其他意義，可再進一步闡釋。此即序文將李白、李後主，以及李清照、柳永並列，又將他們置入「才」與「德」對立的語境之中品評，微別於陳子

53　陳維崧：〈金天石吳日千二子詞稿序〉，見陳維崧撰，陳振鵬標點，李學穎校補：《陳維崧集・陳迦陵散體文集》，卷7，頁387。

54　陳維崧和金是瀛的交遊時間，見周絢隆：《陳維崧年譜》，頁131-132、1430。

55　蘇淑芬：《湖海樓詞研究》，頁81。

龍的詞論，如此顯示陳維崧此時論詞所以傾向豔體，另有用意。相較來說，陳子龍無意於並重李白、李後主，而且又援引「風騷之旨，皆本言情，言情之作，必托于閨襜之際」這種比興諷喻的儒家詩學傳統，以闡釋上引南唐北宋詞家的創作意義，見〈三子詩餘序〉。這顯示陳子龍雖然肯認才士可以有別於儒士，不過在身分認同上，仍然以儒士至上，時而導向才士儒士化，界限不甚嚴明。反觀上引陳維崧的序文段落，對於詞史的重構及其所持有的才士認同，實比陳子龍更進一步地劃分才士與儒士的認同分野。

如上引序文的開端，陳維崧明確地指出合樂文學的源頭另有所本，故云：「聲音之道，自有淵源」，詞須合樂，本源在此。至於屈騷，乃是作為後起而未必合樂之一切韻文的情志共源，不宜認作詞體本源。「遞」，有後來更代之意。「泛濫」，此指籠統相混。「詞賦之宗」，本自劉勰《文心雕龍・辨騷》的論述而來，前文已述；不過在此序的用法，已經不是指屈原所體現的「才士」與「博學文麗」對應之原意。則「詞賦之宗，遞為泛濫」這兩句，意指倘若將詞體源頭，代之以屈騷所表徵的情志共源，則不免使詞體的本色喪失，流於泛而不精。據此可知陳維崧曾經並未同意晚明詞壇，為了推尊詞體，便將源頭上溯風騷比興的儒家詩學傳統。

序文接著列舉〈白鳩〉、〈黃督〉與〈子夜〉、〈莫愁〉為喻，指明樂曲不同，所宜調性便相應有別，或為「短斷」，或為「敏聖」，不可一焉。則詞體的源頭，亦當循著詞體特有的性質而推定。由「是知齊梁之樂府，即唐宋之倚聲也」這兩句可見，此時陳維崧明確將詞體源頭上溯至「齊梁樂府」，不是屈騷忠怨。這項肯斷實更趨近興起於明代中期，以豔語為詞體本色以便和儒家的大雅詩學劃清界限的詞論。如王世貞《藝苑卮言》云：「六朝諸君臣，頌酒賡色，務裁豔語，默啟詞端，實為濫觴之始」、「作則寧為大雅罪人，勿儒冠而胡服也」[56]，此段論述，正是將詞體的源頭上溯到包含齊梁在內的六朝君臣所為之「豔語」。陳維崧的序文云：「雖為風雅之罪人，實則閨房之作者」明顯呼應王世貞的詞論。

序文特舉李白與李後主為詞家之宗，是意在表揚豔語或豔體的創作，最能展現文人才士不受拘束的天分，及其敢於蔑視權貴雍雅而尚禮教的個性。據此可知，陳維崧早期傾向豔體本色的詞論，乃是用來表達反抗固執禮教的儒家思想。因此，陳維崧沒有循著宋明以來多舉李白的〈菩薩蠻〉、〈憶秦娥〉、應制〈清平樂〉諸篇為詞調之始的論述，[57]而另是舉李白〈清平調〉三首之三：「名花傾國兩相歡，常得君王帶笑看。解釋春風無限恨，沈香亭北倚闌干」為範作。按〈清平樂〉是長短句的詞，今存四首，不是絕句體的〈清平調〉。其意不似宋明時期的詞學家每因李詞的體製以長短為句，故稱其為「百代詞曲之祖」。而是意在藉此一名篇，凸顯李白「清狂」的文才。是故，序文云：「教坊簾幕，試豔曲於清狂」，這兩句所指涉的故事，早見於前代，如宋代王灼《碧雞漫志》所轉錄的《松窗雜錄》記載：「白承詔賦

56 王世貞：《藝苑卮言》，收入唐圭璋主編：《詞話叢編》，冊 1，頁 385。

57 王世貞云：「昔人謂李太白〈菩薩蠻〉、〈憶秦娥〉，楊用修（慎）又傳其〈清平樂〉二首，以為詞祖」，見王世貞：《藝苑卮言》，頁 385。

詞，龜年以進，上命梨園弟子約格調，撫絲竹，促龜年歌。太真妃笑領歌意甚厚」[58]，其間雖然敘及李白「宿酲未解」、「欣然承詔」的狂態，但是沒有明說「清狂」二字。陳維崧的敘述，特在此事的記載上，增添「清狂」二字，可見有意凸顯、肯定李白以放縱之才，創作豔曲。

同理，也見於序文對李後主名篇〈菩薩蠻〉（花明月暗籠輕霧）的評述。清初文人對於李後主填寫此篇〈菩薩蠻〉大多予以寬待而不呵責，唯對詞中所描述的女性，其不合禮教的意態，頗有微辭。如沈雄《古今詞話・詞品》卷下云：「（清初）孫琮曰：『感郎不羞赧，回身向郎抱』，六朝樂府便有此等豔情，莫呵詞人輕薄。按：牛嶠詞『須作一生拚，盡君今日歡』、李後主詞『奴為出來難，教君恣意憐』，正見詞家本色，但嫌意態之不文矣。」[59]沈雄所評述的李後主詞，即是〈菩薩蠻〉（花明月暗籠輕霧），以為不必呵為輕薄，唯嫌意態不文。相較沈雄的評述，陳維崧不為李後主詞的「輕薄」平反，反而肯定李詞的「輕薄」，序云：「平樂樓臺，弄新聲於輕薄」，是稱讚李後主敢於「輕薄」，才能創作新聲。

至於序文以柳永、李清照「為風雅之罪人」，則明示其作有負聖人經典的教訓，此一評述，有別於陳子龍猶肯認這些北宋詞家，能循「風騷之旨」的論見。對儒士而言，只有「聖賢」才能居「作者」之位，因其受命於天，「制作法度以號令天下」，至

---

58 王灼撰，岳珍校正：《碧雞漫志校正》（北京：人民文學出版社，2015年修訂本），卷5，頁117，清平樂。

59 沈雄：《古今詞話》，收入唐圭璋主編：《詞話叢編》，冊1，頁852。

於聖賢以下的文士只能自居「述而不作」。因此，「作者」一名，在儒士的語境之中，實表徵著神聖的原創能力。[60]縱使「聖賢」書寫「閨房」，也是出於為「齊家治國」立制的用心，意不在於「從俗」或「語工」。反觀陳維崧的序文，卻高舉柳永、李清照為「閨房之作者」，肯定柳、李的「作而不述」。此一評述對儒士理念的顛覆頗見顯露。尤其，李清照的閨詞「清新」，係因善用「淺俗之語」的工巧而來，此一評斷，可見於清初彭孫遹《金粟詞話》[61]。至於柳永的閨詞近俗，宋代以來，已多責備，如嚴有翼《藝苑雌黃》評為「閨門淫媟之語」、「言多近俗，俗子易悅」[62]；清初田同之《西圃詞說》舉「蘭心蕙性」、「枕前言下」的柳詞，指為「不幾風雅掃地」[63]。

上述陳維崧所持的才士認同，以及追求豔體本色的詞論，究竟起自何時，又終於何時，固然難以確斷，不過，由他自述學詩以及填詞的年歲來看，大約形成於崇禎十二年（1639），陳維崧十五歲向陳子龍學詩之時，持續到順治十三年（1656），陳維崧三十二歲左右。前引〈任直齋詞序〉，陳維崧自述與鄒、董唱和，「不過獲數致語足矣」，乃在「庚寅、辛卯」之際，即順治七年（1650）、八年（1651），正在這段期間之內。三十二歲固

---

60 龔鵬程：《文化符號學》（臺北：臺灣學生書局，1992 年），頁 12。

61 彭孫遹：《金粟詞話》，收入唐圭璋主編：《詞話叢編》，冊 1，頁 721。

62 嚴有翼：《藝苑雌黃》對柳詞之評尤見流傳，曾載入胡仔：《苕溪漁隱叢話‧後集》（臺北：廣文書局，1967 年），卷 39，頁 3-4。

63 田同之：《西圃詞說》，收入唐圭璋主編：《詞話叢編》，冊 2，頁 1452。

然已非少年，不過由陳維崧的詞學歷程觀之，仍屬早期。此外，三弟陳維岳指其伯兄陳維崧「中年始學為填詞」[64]的陳述也未必「確切」，這一點嚴迪昌的論文已經指出。

本文以為陳維崧早期持有的詩詞觀，所歷時間，大抵與早期創作同步。嚴迪昌已指出以「順治十三年秋冬」為界。此一才士認同及詞論所以形成，當緣自陳維崧的望族家世及年少詩酒風流的生活。蓋直至順治十三年陳貞慧病逝，家道中落益衰，陳維崧才算開始步上四方浪遊的辛酸經歷。在此之前，陳維崧或跟隨父親的行踪，結識文壇名士，游學於其下。或參與詩酒集會，與眾文士唱和論交，名聲鵲起。[65]此一詩酒風流的生活，即如陳維崧於〈金天石吳日千二子詞稿序〉對金、吳二子的風流生活敘述，其云：「遂迺巧製珊瑚之扇，初成琥珀之牀，流蘇以綵縷為絲，壓角以明珠作柙，被之小令，度以名倡」，乃以「親展銀箋」、「坐移寶柱」為樂，對社會現實的感受不深，頗似六朝清談隱逸的名士，正如陳宗石追述陳維崧少時「以為謝郎捉鼻，麈尾時揮」，頗仰慕謝安高隱而不屑權位的形象；更流連於「聲華裙屐之好」，而陶醉在俊美的人事之中。基此，陳維崧特別看重名士才子「傅粉」、「薰香」的唯美形象，可見〈金天石吳日千二子

64　陳維岳：〈迦陵詞全集跋〉，收入陳維崧撰，陳振鵬標點，李學穎校補：《陳維崧集・附錄》，頁 1828。

65　明思宗崇禎十二年，陳維崧 15 歲，隨父赴金陵，得以謁見方以智、冒襄、侯方域等人，並從陳子龍學詩、向吳應箕學制藝文，崇禎十四年，陳維崧 17 歲，入宜興秋水社，年最少。順治十年，陳維崧 29 歲，參加十郡大會，獲吳偉業譽為「江左三鳳凰」之一。見陸勇強：《陳維崧年譜》，頁 45-104，周絢隆：《陳維崧年譜》，頁 84-169。

詞稿序〉的結語云：「須知天涯落魄，無非傅粉之人；地角流連，總屬薰香之客」。「天涯落魄」、「地角流連」，在此一語境之中，只是泛稱虛寫逆境，用來襯托這類名士才子的珍貴，故其落難格外可憐，不是實指切身流離的經驗。是故，陳維崧此時所肯認的豔體本色，乃以反映這類風流才士的存在經驗為主；不同於後期對綺麗豔詞的觀點。

（二）認同「具備恨人自覺」的才士，據此提倡温庭筠詞為模範的詞論

此一身分認同和詞論的表述，主要見於陳維崧開始經驗四方浪遊的辛酸之後，對知交的自剖及對今人創作的評論之中。在這個時期裏，陳維崧本以風流才士自負的優遊感逐漸失落，「僕本恨人」的存在自覺興起並漸趨強烈。這是在邁向下一階段崇尚超凡才識的存在自覺之前，一段過渡的時期。

陳維崧多次以「僕本恨人」自稱，如〈白秋海棠賦〉「巢民先生齋中有白秋海棠花，余愛其姿制娟靜而神理柔楚，乃為茲賦」云：「僕本恨人，秋多悲氣」、「才人以薄命稱珍，小物以傷心見貴」[66]，巢民先生，即冒襄（1611-1693）的號，在江蘇如皋有水繪園。順治十三年，陳貞慧過世後，陳維崧轉徙於吳越、南京各地，曾在水繪園寓居，約自順治十五年（1658）冬至康熙四年（1665）春，總計八年。得歌童徐紫雲相伴。此賦當作於此時。由「才人以薄命稱珍」一句可見，陳維崧已感知到才高

---

66 陳維崧：〈白秋海棠賦〉，見陳維崧撰，陳振鵬標點，李學穎校補：《陳維崧集·陳迦陵儷體文集》，卷 1，頁 182-183。「見貴」，天藜閣刻本作「自貴」。

與命蹇是一體兩面，由是才人與恨人乃是背反共成的生命型態。此外，〈沁園春〉「贈別芝麓先生即用其題《烏絲詞》韻」三首之三又云：「僕本恨人，能無刺骨；公真長者，未免霑裳」[67]，以及〈上芝麓先生書〉也云：「獨有文人，善於失職」，由前調三首之一的首句自述：「四十諸生，落拓長安」，可知大約撰於康熙七年、八年之交。後書於題下有注：「辛亥」[68]，可知撰於康熙十年（1671）。這些自剖，皆對應於陳維崧的切身流離經驗。離開如皋之後，為謀前途生計，陳維崧於康熙七年（1668）北上京城，尋求政壇名流龔鼎孳的幫助。因龔鼎孳的介紹，同年底離京轉赴河南學政史逸裘處佐幕。其間亦著意參與科考，自順治十七年起，陳維崧參加鄉試，經康熙二年（1663）、康熙五年（1666）、康熙八年（1669），屢試不第。[69]連番困蹇抑鬱的心情，以「僕本恨人」總結自表。

「僕本恨人」語出南朝江淹〈恨賦〉，其云：「於是僕本恨人，心驚不已。直念古者，伏恨而死」[70]，可知原意係對一切才情特出的人物，終不免遭受死亡而飲恨的共命自覺。在陳維崧之

67 陳維崧：〈沁園春〉「贈別芝麓先生即用其題《烏絲詞》韻」，見陳維崧撰，陳振鵬標點，李學穎校補：《陳維崧集・迦陵詞全集》，卷24，頁 1494-1495。

68 陳維崧：〈上芝麓先生書〉，見陳維崧撰，陳振鵬標點，李學穎校補：《陳維崧集・陳迦陵儷體文集》，卷 2，頁 193。天藜閣刻本無題下注。

69 陳維崧佐幕及科考經過，見周絢隆：《陳維崧年譜》，頁 33、325、341。

70 江淹：〈恨賦〉，收入蕭統編，李善等六臣注：《文選》，卷 16，頁24。

前，固也有清初文士援引「僕本恨人」自表，已不盡沿襲〈恨賦〉的語境，不過主要轉向於用來表徵因節令景物的消長而觸發的詩人清愁，如王士禛〈秋柳詩序〉云：「僕本恨人，性多感慨；寄情楊柳，同《小雅》之僕夫；致託悲秋，望湘皋之遠者」[71]。相較之下，陳維崧用以自表，實更傾向於自憐人事流離的恨人際遇及才士身分。

不過，陳維崧的自憐，不可視同平凡文士的遺恨。其才高志大，在庸士之上，如龔鼎孳〈沁園春〉「讀其年《烏絲集》次宋荔裳王西樵曹顧庵韻」就曾以「曠代遇之」推許陳維崧，[72]可是陳維崧所歷的艱困，一倍常人。這種由才人與恨人的強烈背反，而共成一體的生命型態，超越常態，由此所激生的怨懟，自然最深。可知，越是極才高志大之人，才更會遍覺命遇的無情；而最能深刻體認命遇的無情者，往往就是極才高志大之人。此一背反相依的存在感受，屢見於陳維崧對知己的告白。除了前引〈沁園春〉「贈別芝麓先生即用其題《烏絲詞》韻」、尚有〈念奴嬌〉「次夜韓樓燈火甚盛仍聽諸君絃管復填一闋」云：「僕本恨人，公皆健卒，不醉卿何苦」，[73]二詞所分別稱呼的「長者」、「健卒」不是意在指官位的高下，而是特用「長」、「健」二字來讚

---

71 王士禛撰，袁世碩主編：《王士禛全集・詩文集・漁洋詩集》（濟南：齊魯書社，2007 年），冊 1，頁 188。

72 龔鼎孳：《香嚴詞》，收入張宏生主編：《清詞珍本叢刊》（南京：鳳凰出版社，2007 年），冊 1，卷下，頁 22。

73 陳維崧：〈念奴嬌〉「次夜韓樓燈火甚盛仍聽諸君絃管復填一闋」，見陳維崧撰，陳振鵬標點，李學穎校補：《陳維崧集・迦陵詞全集》，卷 17，頁 1322。

許對方因才高志大，故能深契、體會恨人的懷抱。因為知己能夠生命相契的原由之一，就是緣自此一背反相依的存在。

儘管此時陳維崧的生命型態，深具才命相妨的背反性，不過，在表述上，以恨人自覺較為顯著，之後方逐漸轉向超凡才性的肯認。循此，陳維崧所認可的能文表現，已從追求語工的層次，轉向寄託失志斷腸的心情。可見於此時陳維崧對親友作品的評論。如〈徐竹逸詞序〉云：「莫不詞寫《金荃》，句同〈錦瑟〉。三千粉黛，掩周柳之香柔；丈八琵琶，駕辛蘇之感激。詎若牛家給事，行間描楊柳之花；寧徒張氏郎中，字裏寫鞦韆之影。」[74]此序乃為徐喈鳳（字竹逸，1622-1689）的詞集而寫，肯定徐詞的風格同於温庭筠的《金荃》詞及李商隱的〈錦瑟〉詩。由「掩」、「駕」的評斷，可知此時陳維崧對於温、李之體，更加推重，以為高出周邦彥、柳永的「香柔」詞風，也勝過蘇軾以及辛棄疾的「感激」詞作，更不是高居前蜀給事的牛嶠，以及宋初都官郎中的張先，只解體察楊花、鞦韆影的物態，刻意密附的技藝可比。是故，其對徐詞的推重，實非意在兼容各體。根據該序對徐喈鳳的際遇描述，云：「誓拂衣而終老，遂散髮以言旋」，乃指徐喈鳳於順治十八年（1661）後辭官歸隱的生活。可知，順治十八年後，陳維崧曾在喜好李商隱詩的舊習之上，一度新增對飛卿麗句的好感。據程師恭注，則序文又以東漢西鄂文人張衡及蜀太守餘姚人黃昌為喻，描述兩人的身分及處境，云：「嗟乎！西鄂文人，從來失路；餘姚書記，大抵無家」，由「從

74 陳維崧：〈徐竹逸詞序〉，見陳維崧撰，陳振鵬標點，李學穎校補：《陳維崧集・陳迦陵儷體文集》，卷 7，頁 378。

來」、「大抵」的語態，可知此時的陳維崧，應非離家之初，而是已經失路無家許久。

此一併述推重温庭筠、李商隱的語境，又可見於陳維崧〈亦山草堂南曲序〉，其云：「僕本斷腸之輩，怯見《金荃》；余尤失志之人，愁親〈錦瑟〉」。據此序題下自注：「仲弟半雪作。亦山草堂，其堂名也」[75]，可知此序為陳維崧二弟陳維嵋的南曲而寫。由這段自白可知，陳維崧所以對温庭筠詞以及李商隱詩，心生眷慕，乃出於際遇不平的同情共感。已非早期對這兩位文人的技藝嚮慕。由該序首段「公子正離家之日」一句，可知此時陳維崧兄弟正處於飄零，文末復云：「歸之予仲，序以短章」，可知陳維崧藉此短序向兄弟訴情。陳維嵋於康熙十一年（1672）去世，則此序對温李的推重態度，應早在康熙十一年前就已存在，而表徵了陳維崧的詞論歷程階段之一。

（三）認同「具備睿智襟抱」的才士，據此提出反辨體本色的詞論並高倡崇今理念

此一身分認同和詞論的表述，主要見於陳維崧對今詞的編選以及對今人創作的評論。在這段時期裏，陳維崧對才士身分的認同更為高昂，不僅專意填詞，甚至「不作詩」，個中意義，頗堪玩味。

陳維崧「棄詩不作」，大約發生於康熙十二年（1673）到十五年（1676），可見於陳維崧丙辰十二首詩題的追述，題云：

---

75 陳維崧：〈亦山草堂南曲序〉，見陳維崧撰，陳振鵬標點，李學穎校補：《陳維崧集・陳迦陵儷體文集》，卷7，頁362。

「余不作詩已三年許矣，丙辰秋日秬園先生同小阮大年、令嗣天存過訪，且示我明月詩筒一帙，不覺見獵心喜，因泚筆和荔裳先生韻，亦得十有二首，辭旨拉雜，半屬謔語，先生第用覆瓿，慎勿出以示人也」[76]，丙辰，係陳宗石彙編《湖海樓詩集》的繫年，乃是康熙十五年，陳維崧復作詩，和宋琬（荔裳，1614-1673）詩韻。秬園，侯記原字，殉國志士侯峒曾之姪。作詩，對於陳維崧而言，本也屬於才士所為，何以此時「棄詩不作」？其因自非一端。在本文之前，已有學者提出解釋。[77]本文另從才士認同轉向的角度，解釋原因。

陳維崧曾撰詩表述對作詩的看法，可見於〈詠雪用昌黎韻〉。此詩據陳宗石彙編《湖海樓詩集》的繫年，乃撰於康熙十一年（1672）壬子，即棄詩不作的前一年。詩云：「詩獻當塗子，時需燮理才」[78]，由這兩句可知，在陳維崧的認知裏，「詩」在文士社會中，是供作向當權顯宦自薦的媒介。循此，作詩的目的，須以表現時代所需的治國才能為切。所謂的「燮理才」，正指依循調和陰陽的道理，以治理國政的才能。此一認知，已不同於陳維崧早期追求語工的詩論。因此，他對自己所寫的詩，表示自慚之意：「襞績辭空費，艱難志未恢。詩成慚劇胥，聊以鬭嬰孩」。但是無意於改變寫詩的方向，以趨從時風。

76　陳維崧丙辰十二首，見陳維崧撰，陳振鵬標點，李學穎校補：《陳維崧集‧湖海樓詩集》，卷 5，頁 796-800。

77　嚴迪昌以為陳維崧不作詩的原因，乃「除了為避禍外，主要是有意於廓清詞風」，見嚴迪昌：《清詞史》，頁 207。

78　陳維崧：〈詠雪用昌黎韻〉，見陳維崧撰，陳振鵬標點，李學穎校補：《陳維崧集‧湖海樓詩集》，卷 5，頁 785。

這應是他不作詩的消極因素。更積極的原因，則是陳維崧對時人主張辨體的詩論，至為不滿，可見於前引〈今詞苑序〉（一名〈今詞選序〉）。《今詞苑》（一名《今詞選》）由陳維崧、吳逢原、吳本嵩、潘眉四人同選，書前四人各有序文闡述理念，康熙十年（1671）由徐喈鳳刊行，詳徐序。[79]潘序後來誤入陳維崧文集，不見署名。基於後文對照四篇〈今詞苑序〉觀點的需要，本文敘及陳維崧〈今詞苑序〉，僅作關鍵文句的引述，全序引錄則見後文。陳維崧〈今詞苑序〉云：「又見世之作詩者，輒薄詞不為，曰：為輒致損詩格。或強之，頭目盡赤。是說也，則又大怪。」由這段陳述可知，陳維崧不滿時人勉強區分詩與詞的體別，甚至賦加高下的評價，鄙薄填詞的才士。據此，陳維崧選擇「不作詩」，而「喜作倚聲」，實涵有顛覆此一社會成見的意義。

不過，面對時人輕視詞體品格不高的成見，陳維崧不是高舉早期提倡豔體為本色的詞論相抗，也沒有推重溫、李的文風可寄託失志斷腸為辯護。而是轉向提倡一切的創作本原皆出自卓犖的智識與襟抱，藉此推尊詞體，可與經、史、詩並重。可見於陳維崧〈今詞苑序〉云：「鴻文鉅軸，固與造化相關；下而讕語卮言，亦以精深自命。要之穴幽出險以厲其思，海涵地負以博其氣，窮神知化以觀其變，竭才渺慮以會其通。為經為史，曰詩曰詞，閉門造車，諒無異轍也」，由「竭才渺慮」一句，可見陳維崧仍然認為創作應以「才」為本，不過，此時他對於「才」的認

[79] 徐喈鳳：〈今詞苑序〉，收入陳維崧、吳逢原、吳本嵩、潘眉同選：《今詞苑》。

知，已非早期所認定的「技藝雕繪」之「才」，由序文復以「穴幽出險」、「海涵地負」、「窮神知化」諸詞描述此一才性主體，可知陳維崧意在標榜一種兼融後天學養的「超凡」創作本原，不同於常人匹夫的識見。

循此，陳維崧對能文的肯認，就由早期追求「奧」與「豔」的「致語」，轉向敢於「類體越界」而「超越辨體」的創造，所以他於〈今詞苑序〉批評《文心雕龍》等著作「臚載文體，部族大略」的辨體論述，無益創作，其云：「至所以為文，不在此間」；並高舉「東坡、稼軒諸長調」為典範，批判時下流行以《花間》、《蘭畹》之豔詞為本色的詞論，可見於陳維崧〈今詞苑序〉云：「其學為詞者，又復極意《花間》，學步《蘭畹》，矜香弱為當家，以清真為本色。神瞽審聲，斥為鄭、衛」，「香弱」一詞，乃承自明人稱溫庭筠《金荃》以及北宋孔方平編南唐詞《蘭畹集》為「香而弱」的評論。[80]「斥為鄭、衛」一句更將《花間》、《蘭畹》之艷詞，等同鄭風、衛風的淫詩，而加以貶斥。可知，此時陳維崧對溫庭筠詞的好惡，已不同於先前。

為了改造時人鄙視「詞為小道」的成見，陳維崧特別對今人的作品能夠不拘定體，敢於雄放，大加讚賞，沒有追隨陳子龍的詞論，提倡南唐北宋古範，恪守閨襜言情的辨體。可見於前引陳維崧丙辰十二首其六，詩云：「詩律三年廢，長瘖學凍烏。倚聲差喜作，老興未全孤。辛柳門庭別，温韋格調殊，煩君鐵綽板，一為洗蓁蕪」，即有此意。「辛柳門庭別，温韋格調殊」兩句概括當時兩種主要的詞辨體觀：所謂辛、柳之別，固是兩種填詞的

80 王世貞：《藝苑卮言》，收入唐圭璋主編：《詞話叢編》，頁386。

家數，不過此一家數之別，實更表徵了類體的區辨；至於温、韋之殊，乃集中指詞體的家數之辨。由這兩句，可知陳維崧過去或也曾存有辨體之念，不過此時乃以「蓁蕪」為喻，強調這類辨體，流於門庭格調的形式之爭，不是為文之道，應該「一洗之」。如此正呼應〈今詞苑序〉的見解。詩中以「鐵綽板」指稱宋琬的詩，意在表揚雄放不拘的創作主體。「鐵綽板」一詞，在此不止用作柔媚風格的對立，更是用來表徵不受辨體本色規範的拘限，乃承自蘇軾〈念奴嬌〉「大江東去」對詞體成規的顛覆而來。[81]

又可見於陳維崧對同時人梁溪朱幼安的讚許，其〈朱幼安集序〉云：「余昨歲以詞人目生，為未足盡生也。古賢人才士之著名氏者兩幼安：一漢管寧，一宋辛棄疾。管寧為東京高士，繩牀皂帽，其品行甚高，生之為人，庶幾近之。若其發為歌詞，豪頓感激，擬之稼軒，復何多讓。」[82]陳維崧所以將朱幼安類比為「賢人才士」的辛稼軒，係因朱幼安之作能「自闢蹊徑」，展現原創不凡的通才，非步趨古人體格之辨的專家，是故不目為「詞

81 宋代俞文豹《吹劍錄》始載此事，其云：「東坡在玉堂，有幕士善謳，因問：『我詞比柳詞何如？』對曰：『柳郎中詞，只好十七八女孩兒，執紅牙拍板，唱『楊柳岸，曉風殘月』。學士詞，須關西大漢，執鐵板，唱『大江東去』』。」收入施蟄存、陳如江輯錄：《宋元詞話》（上海：上海書店，1999 年），頁 504。明人多援此事，指東坡詞為雄放，如王世貞云：「昔人謂銅將軍鐵綽板，唱蘇學士大江東去。十八九歲好女子唱柳屯田楊柳外曉風殘月，為詞家三昧。然學士此詞，亦自雄壯，感慨千古。」見王世貞：《藝苑卮言》，頁 387。

82 陳維崧：〈朱幼安集序〉，見陳維崧撰，陳振鵬標點，李學穎校補：《陳維崧集・陳迦陵散體文集》，卷 2，頁 46-47。

人」。循此，陳維崧每以今人之作，能凌越各種古範，而高倡今人超越古人，流露強烈的「崇今理念」。

其他陽羨詞人也對時下因模習《花間》、《蘭畹》而偏主定格的復古風氣不滿，因此同意陳維崧的崇今理念，不過，其所表述的詞論，卻不盡同於陳維崧。尤其主張應嚴於「辨體」，而持「齊一看待，不予高下軒輊」的「存異理念」，兼容不同的體格，以破除拘守定格的風氣。這項「存異齊一」的理念，實與陳維崧〈今詞選序〉的詞論所本據的「重造正統同一」理念殊別，而在陳維崧的詞論之外，開展出另一種陽羨詞學的方向，可見於吳逢原、吳本嵩、潘眉的〈今詞苑序〉。四人的〈今詞苑序〉所示陽羨詞人群體內部詞論的差異性，另詳主論之二。

明末清初以來，不少文壇領袖提倡模習《花間》、《蘭畹》的詞風，其所持有的觀點，固然不同於明代中期基於恪守詞體本色，而推崇《花間》、《草堂》與南唐詞的詞論。因為後者主張填詞須和儒家的大雅詩學劃清界限；而前者主張援引儒家經典、聖人，為詞體必以合樂及婉約體格為本色、為準式，尋得本原上的理據。最具代表性的明末清初文壇領袖，即是陳子龍和王士禛。前引陳子龍〈三子詩餘序〉即援引《風》、〈騷〉為據，肯認詞體必以閨襜言情為本。王士禛則援引「尼父（孔子）歌弦」為據，[83]肯認詩詞同源，皆本聲音之道，故必以合樂可歌為本。基此，陳子龍傾向「文以範古為美」[84]，而王士禛則主張「《花

---

[83] 王士禛：〈倚聲初集序〉，見鄒祇謨、王士禛同選：《倚聲初集》，頁4。

[84] 陳子龍：〈佩月堂詩稿序〉，見陳子龍撰，王英志輯校：《陳子龍全集．陳忠裕公全集》，中冊，卷2，頁789。

間》、《草堂》尚矣」[85]，一皆流露「復古」的理念。當陳子龍、王士禛將填詞上接聖人經典，並賦予「端人」或「聖人之徒」的身分認同，則文類的體製辨識，至此乃被收攝在更為廣大的人文體制之下，成為社會身分的外在表徵及社會規範所在的行為儀式。相較之下，陳維崧提倡反辨體本色及追求「崇今」的理念，即涵有與上述復古詞觀相抗的意義在內。儘管，陳維崧〈今詞苑序〉亦引「宣尼（孔子）觚不觚之嘆」的聖人言論為據，卻不同於陳子龍、王士禛基於「審辨體制」尊崇聖人經典的進路；陳維崧乃直指一切人文制度、行為所從自的創造本原，才是聖人經典的真義所在。據此可知，陳維崧此時對儒家思想的反思，已由早期的蔑視禮教而縱情肆志，轉向超越體制儀式而直探超凡本原。

上述陳維崧所持的才士認同以及崇今詞論，究竟起自何時，又終於何時，固然也難以確斷，不過，藉由若干可以繫年的序文及詩詞，可知始於創作風格的改變，如前引蔣景祁〈陳檢討詞鈔序〉曾敘及此時陳維崧的詞風改變，其云：「然刻于《倚聲》者，過輒棄去，間有人誦其逸句，至噦嘔不欲聽，因厲志為《烏絲詞》」，據此《烏絲詞》標誌了陳維崧的詞風由「矜奧詭豔」轉向「悲壯豪放」，不少時人對《烏絲詞》的題詞，都指出這一點。《烏絲詞》不是一時之作，實橫跨「從順治十三年（1656）年底到康熙五年（1666），《烏絲詞》結集，七年（1668）問世，前後共近十二年」，蘇淑芬的論文已經指出。[86]繼而提出觀

---

[85] 王士禛：〈倚聲初集序〉，頁3。

[86] 時人品題《烏絲詞》，如王士祿〈沁園春〉「題其年《烏絲詞》」云：「屈指詞人，咄咄惟髯，跋扈飛揚」、宋琬〈沁園春〉「題陳其年《烏

念宣示，大約以康熙十年至十五年之間為高峰，此乃據〈今詞選序〉及丙辰十二首的撰成時間推定。此一肯定雄放超凡的才士認同論述，與陳維崧益發坎壈滄桑的人生，形成更為強烈的背反。

一方面科考的挫敗，累增無減。自順治十七年起，陳維崧參加歷屆鄉試，經康熙二年（1663）、康熙五年（1666）、康熙八年（1669）、康熙十一年（1672）、康熙十四年（1675）、康熙十六年（1677），共計七次，一皆落第，可見陳維崧〈贈孺人儲氏行略〉自述：「余七試省闈不遇」[87]，儲氏，陳維崧妻。另一方面至親骨肉一一凋零，如康熙十一年二弟陳維嵋因貧病辭世。康熙十二年，陳維崧 49 歲，晚得一子獅兒，旋於康熙十五秋夭折，妻妾不睦，種種磨難，幾令陳維崧「殆無意人間世矣」，可見〈上宋蓼天總憲書〉[88]。宋蓼天，即宋德宜，位居內閣學士。[89]

（四）認同「老於閱歷」的才士，據此提倡以綺麗之體抒發盛世興亡感受的詞論

此一身分認同和詞論的表述，主要見於陳維崧對晚唐、宋末的詞家典範重塑以及對今人創作宮詞、詠物的意義詮釋。前者可

絲詞》」云：「渭南老子，渾脫雄奇」，該集撰作結集時間，俱見蘇淑芬：《湖海樓詞研究》，頁 51-52、58-59。

87 陳維崧：〈贈孺人儲氏行略〉，見陳維崧撰，陳振鵬標點，李學穎校補：《陳維崧集・補遺一》，散體，頁 1653。

88 陳維崧：〈上宋蓼天總憲書〉，見陳維崧撰，陳振鵬標點，李學穎校補：《陳維崧集・陳迦陵散體文集》，卷 4，頁 97。

89 陳維崧的這段人生遭遇，可見周絢隆：《陳維崧年譜》，頁 53-60。

見於陳維崧〈樂府補題序〉，其云：「援微詞而通志，倚小令以成聲，此則飛卿麗句，不過開元宮女之閑談；至於崇祚新編，大都才老夢華之軼事也」[90]。此序乃為《樂府補題》的刊行復出而寫。此一刊行的過程，可見朱彝尊〈樂府補題序〉的陳述，其云：「《樂府補題》一卷」、「予愛而極錄之，攜至京師。宜興蔣京少好倚聲為長短句，讀之激賞不已，遂鏤板以傳」[91]，時約康熙十七年（1678）、十八年（1679）之間，由蔣景祁付梓刊行，陳維崧應蔣景祁之託撰序。

《樂府補題》收錄宋末王沂孫等人以同調同題詠物唱和的詞作三十七首。陳維崧明指為「皆趙宋遺民作也」，卻未如朱彝尊〈樂府補題序〉那般著意宣揚這些易代詞家「皆宋末隱君子」，而是由「才老夢華」形塑這些遺民詞家的形象。由此建構「才老」的詞史系譜，並且上溯溫庭筠、《花間》，由是改造了溫庭筠、《花間》的歷史地位。「才老」一詞未必可以推測為「元老」的筆誤或刊誤。因為各本所錄的陳維崧〈樂府補題序〉俱作「才老」，顯示陳維崧原意如此，則如此遣詞，或別有用意。自唐朝以後，人們多以「老」字命名字號，期許高壽或博聞老成，而可見「崇老」意識。尤其文人學者，每以博聞老成自得，如宋代吳棫（1100-1154），字才老。其人博學好古，深植人心，可

90 陳維崧：〈樂府補題序〉，見陳維崧撰，陳振鵬標點，李學穎校補：《陳維崧集・陳迦陵儷體文集》，卷 7，頁 401。

91 朱彝尊：〈樂府補題序〉，見朱彝尊：《曝書亭集》（臺北：世界書局，1989 年），卷 36，頁 445。

見於朱彝尊《經義考》引陳鳳梧序。[92]循此，陳維崧藉「才老」一詞強化孟元老撰《東京夢華錄》乃出自博聞老成的印象，亦屬合理，不必為誤。不過，此時陳維崧對「才老」的用法，乃於博聞閱歷之上，更加增添因閱歷時代興亡的滄桑而遲暮之意；不完全指才「盡」。「夢華」二字，即特取宋孟元老《東京夢華錄》書名之中，最能表達因追念盛世繁華不再而興起無常感的兩個字。循此，温庭筠詞、《花間集》，對此時陳維崧而言，不再如同徒以語豔稱工的西崑與香奩體，也不止於寄託恨人的失志斷腸而已，更是盛世如夢的哀思吟詠。故以「開元宮女之閑談」、「才老夢華」兩句，重新詮釋温詞與《花間集》的意義；肯認温詞「麗句」與《花間集》「小令」皆是隱寓哀志的微詞。此時對小令的重視，已有別於前期對蘇辛長調的推重。

雖然，早在前階段，陳維崧曾提出眷慕晚唐文風的論述，不過當時主要以晚唐文體抒發恨人自傷，盛世風華如夢的感受還不深。及至康熙十七、十八年左右，陳維崧撰成〈樂府補題序〉，可見他對温詞、《花間集》之「麗製」的推重復起；正好呼應此刻他自陳填詞尤好豔體，如〈浙西六家詞序〉云：「僕也紅牙顧誤，雅自託於伶官；繡幔填詞，長見呵於禪客」[93]。這段文句乃反用宋朝法秀道人責備黃庭堅「作豔詞，當墮犁舌地獄」的典

92 陳鳳梧：〈吳棫毛詩叶韻補音序〉，收入朱彝尊撰，林慶彰等主編：《經義考新校》（上海：上海古籍出版社，2010 年），卷 105，《詩》八，頁 1968。

93 陳維崧：〈浙西六家詞序〉，見陳維崧撰，陳振鵬標點，李學穎校補：《陳維崧集・陳迦陵儷體文集》，卷 7，頁 383。

故，[94]自喻一己好填豔詞。《浙西六家詞》係由錢塘龔翔麟彙刻，時約康熙十八年左右。陳維崧特於此序開頭，提示撰序的時空背景，云：「獅兒去後，大有新亭；燕子飛時，還存空巷」，前兩句陳維崧便以新亭對泣的歷史情境，比喻自己在愛兒夭折之後，唯有痛飲流涕；後兩句乃由一己的興亡，擴大到歷史上一切望族世家的榮枯，而取「王謝堂燕」的共境概括之。此一時空背景指示，陳維崧此刻填寫豔詞，已非同年少詩酒風流的心態。

陳維崧此時的才士認同，乃由前一階段的「僕本恨人」、「超凡睿智」，轉向遍閱興亡的「王孫故老」。循此，其所認可的能文表現，亦由崇尚蘇辛詞的類體越界，轉向抒發盛世風華如夢的感受，而以麗句、豔體為寄託。如前引陳維崧〈樂府補題序〉就著意於鋪敘建構宋朝文人的各種亡國書寫，其云：

> 壽皇大去，已無南內之笙簫；賈相難歸，不見西湖之燈火。三聲石鼓，汪水雲之關塞含愁；一卷金陀，王昭儀之琵琶寫怨。皐亭雨黑，旗搖犀弩之城；葛嶺烟青，箭滿錦衣之巷。則有臨平故老，天水王孫，無聊而別署漫郎，有謂而竟成逋客。飄零孰恤，自放於酒旗歌扇之間；惆悵疇依，相逢於僧寺倡樓之際。盤中燭灺，間有狂言；帳底香焦，時而讕語。[95]

---

[94] 朱彝尊：《詞綜・發凡》轉錄此事，云：「法秀道人語涪翁曰：作艷詞當墮犂舌地獄」，見朱彝尊：《詞綜》（臺北：世界書局，1971年），頁8。

[95] 陳維崧：〈樂府補題序〉，頁401。

「壽皇」與「賈相」在此序中用來喻指歷史上那些主導遊賞風流的當權者。如唐明皇、宋孝宗、賈似道等。「大去」與「難歸」指這些權貴的去位。固然序文對這些權貴不無究責，不過實更偏重於感嘆「無南內之笙簫」與「不見西湖之燈火」所呈現的風華流散。相應於這些權貴的去位，使得依附他們的宮人才士，失去了託身之所。基此，序文進而揣想、鋪述宮廷樂師、嬪妃才女身陷易代的處境及感受。「三聲石鼓，汪水雲之關塞含愁」兩句指汪元量抱琴前往探視拘於北地元軍的文天祥，滿懷愁緒「作胡笳十八拍」。「三聲石鼓」代指元朝滅宋的戰事。「一卷金陀，王昭儀之琵琶寫怨」兩句指宋昭儀王清惠，入元為女道士，只能在琵琶聲中，暗自緬懷如岳飛一般的保國忠臣。「一卷金陀」即岳珂記載祖父岳飛事蹟的《金陀粹編家集》，此代指岳飛。「臨平故老」、「天水王孫」則泛指久慣京城繁華而流落異地的士紳與名門子弟，「皐亭」與「葛嶺」，位於杭州，是昔日帝王權貴宮殿宅第的所在，也是故老王孫昔日盛時在京城詩酒歡聚的樂園，終因「旗搖箭滿」的戰事蹂躪而化為荒城空巷。這些人物在易代之後，或是頓失依靠精神空虛，而放縱聲色；或是存有隱衷，最後成為遁世隱者。所以如此，係因唯有縱情於「酒旗歌扇」，隱身於「僧寺倡樓」，才能藉以逃避孤獨飄零的心酸，而暫得同伴相聚取暖。當此之時，雖然不時發出「盤中燭灺」、「帳底香焦」這類流連享樂的「狂言」和「讕語」，卻都是滿寄哀志的微詞。

「盤中燭灺」、「帳底香焦」乃託閨襜以言情，此一語言形相即為「麗」。序文即因認定溫庭筠詞乃是書寫宮女對昔日君寵的追憶，故概指為「麗句」。不過，此時陳維崧對於詞之託以閨襜，須能出自閱歷皇家興亡的「切身記憶」，頗為看重，已不盡認可「事屬虛無」的讔謎謝詼。可見於〈黃編修庭表宮詞序〉云：

> 越豔為吳娥而製恨，總涉虛無；嬴姬假趙娣以言情，差無事實。徒充漫錄，僅助叢談。雞（一作雖）云作賦之才，未見著書之益。則有運逢典午，身本吳人；官在黃初，生在漢季。會作彼都人士，大有流傳；親為勝國衣冠，能無記憶。[96]

首二句即將「總涉虛無」、「差無事實」，而充滿虛構想像的著作貶為「漫錄」與「叢談」。序文明指這類書寫對於地方名娃與內宮嬪妃的愛恨情節，往往都是泛擬人物，如「越豔」、「吳娥」、「嬴姬」、「趙娣」，無從考實。因此，既不能彰顯博學閱歷的「作賦之才」，也不能發揮寓褒貶、別善惡的「著書之益」。「雞云作賦之才」，程師恭注《陳檢討四六》另作：「雖云作賦之才」，可解為雖然稱得上是鋪張揚厲的文才，不過繫連下句「未見著書之益」，可知陳維崧對這種才分也未予肯認。作賦之才，漢代之時，就有司馬相如的「閎侈鉅衍」[97]，以

---

[96] 陳維崧：〈黃編修庭表宮詞序〉，見陳維崧撰，陳振鵬標點，李學穎校補：《陳維崧集·陳迦陵儷體文集》，卷 7，頁 371。

[97] 漢代揚雄評漢賦為「閎侈鉅衍」，見班固撰，顏師古注：《新校漢書集注·揚雄傳》（臺北：世界書局，1976 年），冊 5，卷 87 下，頁 3575。

及晉朝左思「驗之方志」的兩種賦才，[98]前者不妨「夸飾詭濫」，後者「務本求實」。相對於此，陳維崧尤其肯定，曾經典午鼎革，既食前代之祿，復出仕新朝的見證者。緣此際遇，發而為文，正如《小雅・都人士》的詩人，在「彼都人士」的追憶之中，[99]表達對昔日京城王孫儀容的緬懷，而且，前朝故國的典章斯文，都是切身領會，自然無法遺忘，這類「實有其事」的著述，最能獲得人們的轉錄傳布。「會」，適值也。「大有」，很多。「衣冠」，指文教風化。基此，陳維崧對黃庭表的宮詞創作，大為讚許，續云：

> 猗歟江夏，最擅才情；變彼宮詞，尤推綺麗。以我同官之雅，矧爾齊年；遂於校史之餘，屬之撰序。從來《雅》、《頌》，義仍取乎《春秋》。自昔編摩，事未妨夫吟弄。

黃與堅（字庭表，1620-1701），順治十六年中進士，康熙十八年（1679）中博學宏詞，授翰林院編修，與修《明史》。陳維崧亦於康熙十八年中博學宏詞，故與黃庭表為「同官」。則「遂於校史之餘，屬之撰序」，便指示此序的撰成時間，在康熙十八年之後，陳維崧卒於康熙二十一年（1682），時 58 歲。則此序所表述的詞論，可為陳維崧晚期詞觀的代表。

---

98 左思自陳作賦態度是：「驗之方志」、「貴依其本」、「宜本其實」，見左思：〈三都賦序〉，收入蕭統編，李善等六臣注：《文選》卷 4，頁 13。

99 毛亨傳，鄭玄箋，孔穎達疏：《毛詩正義》（臺北：藝文印書館《十三經注疏本》，1993 年），卷 15 之 2，頁 1-6。

首二句以漢代黃香的文才，比喻黃庭表，意在凸顯黃庭表的博學能文。據《後漢書・黃香傳》云：「香字文強，博通經典，能文章，京師號曰天下無雙、江夏黃童」[100]。此一讚語，固然不免社交應酬，但亦非全無真情。黃庭表的宮詞，究為詩體或是詞體，今已難詳全貌。縱使如此，陳維崧此序對宮詞的認知與論述，本就兼攝詩、詞，下列引文再述。就上述引文「從來《雅》、《頌》，義仍取乎《春秋》」，可知此時陳維崧特重史義為一切創作之本，這是出於應然的規制。因為就實然的發展而言，《雅》、《頌》詩篇撰成在《春秋》之前，因王者采詩之迹熄，《春秋》才繼興。如《孟子》即云：「《詩》亡然後《春秋》作」[101]。所以，據孟子之說，《春秋》的寫作理念在於追跡采詩觀政而振興王道，乃義仍《雅》、《頌》，故《孟子》云：「《春秋》天子之事也」[102]。這是為了彰明《春秋》基於對治「世衰道微，邪說暴行」的實然歷史，而提出的深切卓識，也就是「義」的所在，「義」就是應然的價值理念。反觀陳維崧之說，卻說《雅》、《頌》，義仍乎《春秋》，不合於孟子所述的實然。其意在藉由反向歸本《春秋》之義，重塑《雅》、《頌》之為詩歌創作的本原意義：不是徒作昇平功業的歌頌，而是盛世明君的期待；不管何種著述，其本皆應歸之於此。吟弄的韻文，也不外乎，故云：「事未妨夫吟弄」。這項規制，實不同於把吟弄之事，上溯《國風》的風土之謠。如此顯示，陳維崧對

---

[100] 范曄撰，劉昭補志，李賢注：《後漢書》，卷 110 上，頁 10。

[101] 趙岐注，孫奭疏：《孟子正義・離婁下》，《十三經注疏本》，卷 8 上，頁 12。

[102] 趙岐注，孫奭疏：《孟子正義・滕文公下》，卷 6 下，頁 4。

於出仕新朝的「廟堂之士」此一身分所宜有的詩歌創作行為，給予規定。

循此，陳維崧明確地劃分閨襜書寫史的兩種路線，一是由逐臣隱士慷慨豪士的身分所為，不妨出以「事屬虛無」的讔謎謿詼；一是由朝士宮人的身分所為，宜出以「勝國衣冠」的切身記憶，方能褒貶見義。以詞體記述君王盛衰的宮詞亦含括在內，故前引〈黃編修庭表宮詞序〉續云：

> 屈原忠愛，聊寄興於虙妃玉女之間；陶令清高，姑託言夫翠箄鴛幬之事。豈比中唐王建，競新聲於大曆年間；寧同花蕊夫人，結妍唱於摩訶池上。[103]

「虙妃玉女」，詭異之辭，已見劉勰《文心雕龍・辨騷》。陶淵明寄迹彭澤令，心實嚮隱懷貞，其作〈閑情賦〉「傷雅」，乃繼「《風》、《騷》源委」，可見清初毛先舒《詩辯坻》卷一。[104]「聊寄興」、「姑託言」意指兩人的閨情之作，「事屬虛無」。然而，王建宮詞百首，聞自宮闈內人，事可徵驗，元代楊維楨〈李庸宮詞序〉即云：「建雖有春坊才，非其老璫宗氏出入禁闈，知史氏之所不知」[105]。而朱氏老尼，幼時入宮，曾親

---

103 陳維崧：〈黃編修庭表宮詞序〉，頁 372。

104 毛先舒：《詩辯坻》，《四庫全書存目叢書補編》第 45 冊（濟南：齊魯書社，2001 年，據河南圖書館藏清初毛氏思古堂刻本），卷 1，頁 3。

105 楊維楨：《東維子集》，《文淵閣四庫全書》集部別集第 1221 冊，卷 11，頁 3。

見蜀主與花蕊夫人於摩訶池上作詞，蜀亡後猶能追憶。宋代蘇軾〈洞仙歌〉詞序曾予記載，云：「入蜀主孟昶宮中。一日大熱，蜀主與花蕊夫人夜起避暑摩訶池上，作一詞。朱具能記之。今四十年，朱已死，人無知此詞者」[106]。

陳維崧〈王良輔百首宮詞序〉也有相近的論述，其云：

> 然而白頭宮女，能說開元；隔水商船，善談江左。或緣自佩蘭之誦述，或得諸樊嬺所流傳。西京雜事，譜在琵琶；南部新書，棄之篋衍。則有主文譎諫者，綴以吟謠；驗往察來者，形之比興。語皆寄託，夙工宋玉之微詞；事屬虛無，不繫劉楨之平視。貞夫抱慤，無非自擬其騷愁；誼士懷芳，寧至或傷於怨誹。於今為烈，自古而然。[107]

佩蘭誦述、樊嬺流傳，指出自戚夫人侍兒賈佩蘭與趙飛燕女使樊通德所述宮中之事，則事為親聞。這類係屬宮廷舊事，一如西晉葛洪《西京雜記》采取劉歆的記聞，以為可「補班史之缺」[108]，則獲合樂流傳；相較之下，宋朝錢易（字希白）撰《南部新書》，廣蒐唐五代的軼聞瑣語，雖然也「於考證尚屬有

---

[106] 蘇東坡撰，石聲淮、唐玲玲箋注：《東坡樂府編年箋注》（臺北：華正書局，1993 年），頁 197。

[107] 陳維崧：〈王良輔百首宮詞序〉，見陳維崧撰，陳振鵬標點，李學穎校補：《陳維崧集．陳迦陵儷體文集》，卷 7，頁 384。「流傳」，天藜閣刻本作「傳流」。

[108] 黃訶、黃伯思：《東觀餘論》，《文淵閣四庫全書》子部雜家第 850 冊，卷下，頁 42，〈跋西京雜記後〉。

禪」[109]，然而畢竟屬「小說家言」，又於「朝章國典因革損益」，雜取載錄，未必盡出「勝國衣冠」之慨，故不免「棄之篋衍」，乏人問津。相較於這類宮人的切身記憶，另有貞夫、誼士，出於「自抒騷愁」，情有節制，不欲「傷於怨誹」，故亦擬宋玉微詞寄託，「事屬虛無」，不必親身目睹。「劉楨之平視」一句，乃以劉楨所知的甄妃美貌係出於直視親見為喻，「不繫」，否定之。則貞夫、誼士這類身分，較宮人更長於運用「譎諫」的「比興」。陳維崧以為王良輔出自「七葉金貂，一門繡戟」，家世顯宦，自當循彼宮詞傳統。故列其作於陝州司馬（王建）、孟蜀夫人（花蕊夫人）以及李珣小妹（蜀王王衍後宮昭儀）的宮詞系譜之中。

陳維崧對曹貞吉（號實庵，1634-1698）詠物詞的評述觀點，亦呼應上述，其〈曹實庵咏物詞序〉云：「苟非目擊，即屬親聞」、「僕每怪夫時人，詞則呵為小道。倘非傑作，疇雪斯言。以彼流連小物之懷，無非淘洗前朝之恨」[110]。陳維崧所以認定曹貞吉的詠物，乃以親聞所見，寄託朝代興亡，係因照應曹貞吉於康熙三年進士，歷任戶部員外郎、禮部郎中的朝士身分，故不同意時人由慷慨豪士定位曹貞吉的身分及詞作。可見序文末云：「人言燕市，實悲歌慷慨之場；我識曹君，是文采風流之裔」。

陳維崧對董舜民《蒼梧詞》的評論，肯定其詞乃「事屬虛

---

109 永瑢總裁：《四庫全書總目提要》（臺北：藝文印書館，1989 年），子部小說家類一，卷 140，頁 33。

110 陳維崧：〈曹實庵咏物詞序〉，見陳維崧撰，陳振鵬標點，李學穎校補：《陳維崧集・陳迦陵儷體文集》，卷 7，頁 365-366。

無」的讔謎謿詼，可見於陳維崧〈蒼梧詞序〉云：「子虛亡是，詎常真有其人；暮雨朝雲，要亦絕無之事。然而宋玉以寄其形容，相如以成其比興。固知情難摭實，事比鏤塵。託讔謎以言愁，借謿詼以寫志。凡茲抹月批風之作，悉類詛神罵鬼之章。達者喻之空花，愚夫求之楮葉。」[111]所以如此，正相應於董舜民的謫人處境。董元愷（字舜民），順治十七年中舉，次年因奏銷案被黜。故該序以「亡猿」、「失馬」比喻之，其云：「今有豢龍華胄，繡虎雄才，名已動於春官，身甫偕夫計吏。而楚國亡猿，塞翁失馬，叩丹霄而無路，攀紫闥以誰階」。

〈王良輔百首宮詞序〉、〈曹實庵咏物詞序〉、〈蒼梧詞序〉三文撰寫時間雖然不可確知，不過所涉詞論與〈黃編修庭表宮詞序〉呼應，故併敘於此。

此一才士認同與詞論所以形成，當與陳維崧的際遇及社會身分轉變有密切關係。康熙十七年朝廷下詔開博學宏詞考試，因大學士宋德宜推薦，陳維崧得以參加此一考試，並於康熙十八年四月中選，授檢討，任《明史》纂修官。看似如錦的前途，卻未帶給陳維崧實質的人生幸福。康熙十九年，妻儲氏病故於宜興。這是繼康熙十五年獅兒夭折、十七年長女去世之後的至親悲慟。京城生活，「芒鞋布襪」[112]，經濟困窘，又不諳官場，迭受「厚

---

111 陳維崧：〈蒼梧詞序〉，見陳維崧撰，陳振鵬標點，李學穎校補：《陳維崧集・陳迦陵儷體文集》，卷 7，頁 380。

112 曹亮武：〈陳檢討集序〉，見陳維崧撰，陳振鵬標點，李學穎校補：《陳維崧集・附錄》，頁 1814。

抑」，「竟至淹滯」[113]。可知陳維崧的恨人自傷，當更甚於前時。不過此刻他的社會身分已非昔日寒士，又肩負《明史》纂修的重任，眼界已超越個人得失。「才老」的認同，正展現他洞察歷史苦難的更高層次。

本文指出陳維崧的總體詞學，實為重層而多面，是動態的變遷歷程，未必是並時兼容各體的靜態凝固集合，此一歷程更與他的才士認同轉向互為表裏。這一身分認同和詞論的發生，固然導因於陳維崧所對抗的文學觀及社會身分認同；更和他的人生歷程起伏密不可分。按發展的順序，依次是早期陳維崧得望族世家的背景蔭助，優遊於詩酒風流的生活，由是形成「縱情肆志而為文能工」的才士認同，並傾向豔體本色，而追慕中晚唐詩風。自其父過世，家道益衰，陳維崧因此開始四方浪遊的寒士辛酸歷程。由是，「恨人自覺」的才士認同興起高張，並傾向樹立溫庭筠詞為典範，以寄託失志斷腸。繼之轉入「具備睿智襟抱」的才士認同，而傾向反辨體本色並高倡崇今理念，此時高舉蘇辛的長調為典範。晚年陳維崧高中博學宏詞，纂修《明史》，躋身朝士行列。雖然坎壈的際遇沒有因此消歇，但是他的人生眼界不再局於恨人，而是更臻成熟，此刻認同「老於閱歷」的才士，從而偏重以綺麗之體抒發盛世興亡感受，此時復推溫庭筠詞及《花間》小令為典範。後人對他的詞學，或僅相契於一面，或總結各面概括推崇，因此形成不同的宗之者群體。此即陽羨詞派的眾流構成。

---

[113] 毛奇齡：《西河詞話》，收入唐圭璋主編：《詞話叢編》，冊 1，卷 2，頁 581，「陳伽（一作迦）陵以文字被抑」。

其中以陽羨後學蔣景祁對陳維崧的領袖地位形塑最為著力，詳主論之四。

2019 年 7 月發表於香港珠海學院中國文學系主辦、香港教育局課程發展處中國語文教育組、香港古典詩社「璞社」協辦「古典體詩教學、創作與研究國際學術研討會」。同月增補修訂。

「存異認同」觀念主導下的陽羨詞學

本文繼前篇〈「才士認同」觀念主導下的陽羨詞學〉之後，續就陽羨詞學的另一詞論主軸方向，詳加比較與闡釋，藉此彰明陽羨詞派構成的「前階段」，眾成員的詞學內容因分化而呈現的差異性。茲以康熙十年刊行陳維崧、吳逢原、吳本嵩、潘眉四人同選的《今詞苑》（一名《今詞選》），所錄四篇編者撰寫的序文為主要考察的對象。此一研究成果，亦可為日後詮釋《今詞苑》的編選結果提供必要的參照知識。

一、《今詞苑》的新詮釋：「崇今」詞論的多向重造

在順治、康熙這段時間，除了《今詞苑》之外，尚有眾多以「今」為書名的選本問世，詩類如順治年間魏畊、錢价人所輯《今詩粹》、魏裔介《今詩溯洄集》（一名《溯洄集》），文類如陳維崧、冒禾書、冒丹書合編《今文選》、魏裔介《今文溯洄集》、諸匡鼎《今文短篇》、《今文大篇》，詞類如顧貞觀、納蘭性德所輯《今詞初集》等。此外，與這類選本以「今」為題名

相近者，尚有王晫所編的《今世說》等。

雖然，歷來不乏當代文學的編選；不過，如清初文人一般紛紛指名「今」選，則較為少見，因而成為特殊的文學現象，值得關注。此一現象蘊涵者清初文人對於「今」所表徵的價值認知與重造。本文即據此對《今詞苑》的意義，重新解讀。

晚明以來，文人對「今」的價值認知與肯定，不少指向與「古」別異而彰顯的「獨得」。如孫鑛編《今文選》，主張「不律以漢魏盛唐，但即其有獨得者取之，如此方覺有衡度」[1]。又如卓人月彙選、徐士俊參評的《古今詞統》，力倡「詞固以新為貴」[2]，該書雖然兼取古今詞作，不過，對於所錄詞家的稱讚，每基於能作「不經人道語」的新意為判準，不是秉持獨尊古範的觀點。[3]綜上可知，以「新創」為「今」之價值所在，在晚明文

1 孫鑛：〈與余君房論今文選書〉，見孫鑛：《月峰先生居業次編》，《四庫禁燬書叢刊》集部第 126 冊（北京：北京出版社，2000 年影印明萬曆四十年（1612）呂胤筠刊本），卷 3，頁 35。

2 徐士俊：〈古今詞統序〉，見卓人月彙選、徐士俊參評：《古今詞統》十六卷附《徐卓晤歌》一卷，《續修四庫全書》集部詞類第 1728-1729 冊（上海：上海古籍出版社，2002 年，據上海圖書館藏明崇禎刻本影印），頁 40。該序另引宋代楊纘「立新意」之說為證。詳楊纘：〈雜論・詞家五要〉，收入張炎撰，蔡楨疏證：《詞源疏證》（北京：中國書店，1985 年），卷下，頁 74。該文對「立新意」的解說，正是「須自作不經人道語」。

3 卓、徐二人雖自視己説，能得詞體之正，然書名《詞統》，乃指「統合別格」，而以「新創」為本，不是持「正統」而求「同一」的理念，追求詞體的正宗本色，獨尊古範。見侯雅文：〈《古今詞統》的統觀與蘇辛詞選評析論〉，《東華漢學》第 22 期（2015 年 12 月），頁 77-118。

壇頗見流行。

時至清初，逐漸凝聚而發展出另一種不同於晚明文人所持的「崇今」觀點，由前述列舉的若干「今選」著作即可獲知。如魏畊《今詩粹・自序》陳述編選今詩的動機，乃因不滿「裂雅宗而叛古律」的風氣而來，是故一方面要「朱紫別而分數齊，格律嚴而繩削正」、「不敢稍溢於唐人」，以復返文體正宗，而獨尊古範不逾矩；另一方面，該書〈凡例〉所以對「並時之人」給予「遂臻極盛」的肯斷，[4]乃旨在彰明「古範」之美善，必待當今有識之士的倡導與追摹，方可朗現。藉此，表明「今作」的重要。

《今詞苑》的刊行，在上述兩種「崇今」的觀點流行之後，雖也標榜「崇今」，但既非回歸晚明追求新變的崇今主張，也不同於清初因復古而崇今的選本觀點。其意乃在消解那種對於不同文體所賦予大小、高下、尊卑、正宗旁流的評斷，並對此一評斷所從自的「基源價值」（ultimate value），給予逆轉或改造，據此，肯定今所以為盛。是故，這部選本的意義，除了推尊詞體之外，更在於對晚明清初「崇今」價值的重造。

本文所謂的「基源價值」，是指一切人文社會行為所據最根本的價值理念。就本論題而言，係指「正統」與「存異」這組對立價值。所謂「正統」，最寬泛的意思，指以普遍客觀的基準，衡度萬物，以求「同一」；對於不合此一基準的異端，就給予區分、貶抑，甚至排除。為了確保此一基準的普遍客觀性，每每宣稱本諸天道、經典或聖人所為。如歐陽修〈原正統論〉云：「正

---

[4] 魏畊、錢价人輯：《今詩粹》（清初刊本）。

者，所以正天下之不正也；統者，所以合天下之不一也」、〈正統論上〉云：「所謂非聖人之說者，可置而勿論也」[5]。相反地，「存異」就是包容對立異端或多元殊別的價值理念，不分軒輊，「齊一」對待，是故成為與「正統」相對的另一種「基源價值」。在古代，這種價值意識的運作，始於政治，而後擴及文學等各種人文層面。

如上文所述本色、正宗的文學觀念，本可只作為描述某一文體獨有的特徵，而可與他體區分的用詞，不必涵有褒貶排他的價值判斷在內。[6]不過，不少文人對此一觀念的使用，每由純粹的描述，轉入規範評價，而兼有尊卑褒貶的正統價值判斷在內。如明末沈際飛編選《草堂詩餘別集》，就曾以「嫡統」一詞，[7]指示、發明樹立詞本色的意義。沈際飛之說，固然出於類喻，不過，也正好顯示了明末以來的文人，自覺到追求正宗、本色的詞學行為內在，實受著「正統」基源價值的驅動；縱使未必皆顯題為論述，不過已落實在具體的詞學行為操作之中。

清初，詞人不乏透過宗經、徵聖以推重詞體，〈國風〉、

---

5 歐陽修撰，陳亮輯：《歐陽文粹》，《文淵閣四庫全書》集部別集第1103冊，卷1，頁653、657。

6 「本色」一詞，有描述義，也可兼涵評價義。另需區分兩種面向：一種指以辨類體為基礎而來的類體本色；另一種指以辨家數為基礎而來的家數本色。見顏崑陽：〈文學創作在文體規範下的經緯結構歷程關係〉，《文與哲》第22期（2013年6月），頁569、572、582-586。以下對「類體本色」一詞的用法，即參此文論點而來。

7 沈際飛：〈草堂詩餘別集小序〉云：「國有嫡統、有庶統，固曰：『紫色蛙聲，餘分閏位』」，見沈際飛：《古香岑草堂詩餘四集．別集》（明崇禎間1628-1644太末翁少麓刊本），沈序，頁3。

〈離騷〉與孔子最被稱引，[8]則詞體已獲尊崇。這種論述，不純粹只是明代前期詞體本色說的沿襲；更重要的意義在於援引儒家經典、聖人，為詞體必以合樂及婉約體格為本色、為準式，尋得本原上的理據。循此，或獨尊古代詞典範，或肯認今詞，無不秉持著「正統」的基源價值觀。尤其，經過清初某些文壇領袖的倡導，更加確立這種論述的權威性。可是，《今詞苑》卻還要再次宣示尊詞體。這顯示編者不但不認同詞體本色說，更隱隱地將批判的矛頭指向當時推尊詞體的文壇領袖，以及他們所秉持的理據；藉此端正時人對詞體的認知。蓋如上述時人推尊詞體的論述，對於體式仍有特定的執念，從《今詞苑》編者的立場來看，未必可以有力地破除那些強分詞體與他體高下的成見。書名特稱「今」，用意或在此。

不過，對於如何重造清初的「崇今」價值，《今詞苑》的編者，理念並不完全相同，有的主張重造正統，有的追求「齊一對待」的存異。因此，四篇序文的觀點各有側重，宜分別詮釋。近來，學界對於《今詞苑》的關注不少，或是對該書的編選經過、分卷、選錄詞家與詞作數量，給予介紹。[9]或是對〈今詞苑序〉

---

8 明代溫博〈花間集補序〉、朱一是〈梅里詞序〉、朱日藩〈南湖詩餘序〉、張師繹〈讀書堂《花間》《草堂》合刊本序〉、沈際飛〈古香岑草堂詩餘四集序〉、陳子龍〈三子詩餘序〉等，皆有相關論述，見余意：《明代詞學之建構》（上海：上海古籍出版社，2009 年），頁 159-170。

9 陸勇強、周絢隆皆指出《今詞苑》自康熙八年秋，即已「籌劃編選」。見陸勇強：《陳維崧年譜》，頁 300。周絢隆：《陳維崧年譜》，上冊，頁 360。閔豐一方面敘述該書按小令、中調、長調分卷，各 1 卷；另一方面比對書前目錄，及正文實際選錄結果，指出兩者在內容上，互的編選理念加以闡釋，而且大多以陳維崧所撰的〈今詞苑序〉為中心，著重闡發諸篇序文的觀點向陳維崧趨同的一面。[10]這類研究成果，意在闡明、弘揚陳維崧的〈今詞苑序〉推尊詞體的論見與貢獻，此一詮釋方向固然不錯，但尚未進一步指出，《今詞苑》的用意不止於推尊，更在於辨明推尊之由。

由於對《今詞苑》的詮釋取向已有某種限定，這使得過去學界既有的研究成果，對於這部選本重造晚明清初「崇今」價值的貢獻，認識不多；對於諸位編者觀點歧異的一面，闡釋較少；甚至把潘眉用儷體撰就的〈今詞苑序〉，歸為陳維崧所作，原委參〈緒論〉說明。循此認定陳維崧為《今詞苑》撰寫兩篇序文：一篇是散體，另一篇是儷體，而視這兩篇序文的觀點趨同。如此可能對《今詞苑》整體編選意義的認知，產生若干影響。這些都是本文所以要提出新詮的原因。

在方法上，需要先梳理《今詞苑》所針對的文壇主流詞論，以及該詞論所本據的基源價值，以資對照。由於《今詞苑》不見通行，檢閱不易，兼以坊間轉刊的〈今詞苑序〉，與原書文字有所出入，為了使讀者方便掌握序文全篇，是故論述上採取通讀、

有出入。按正文選錄，則詞人約 109 家，小令選 214 首，中調選 95 首，長調選 152 首，總數 461 首。見閔豐：《清初清詞選本考論》，頁 15、345-346。

10　不少清詞史、詞學史等論著，偏重闡釋陳維崧所撰的〈今詞苑序〉，肯定陳維崧推尊詞體。見嚴迪昌：《清詞史》，頁 193-196。方智範、鄧喬彬、周聖偉、高建中合著：《中國古典詞學理論史》，頁 184-187。另有若干著作，論及陳維崧之外，其他合編者的序文，不過，側重闡發諸篇序文觀點趨同的一面。見陳邦炎：〈評介陳維崧及其詞論詞作〉，頁 47、53，閔豐：《清初清詞選本考論》，頁 15-17。

詮析全文語境，盡量不割裂文句段落，並校對、標示序文異文。按編者序文在原選排列的順序，逐一詮釋各篇觀點。各篇序文分觀之後，再於結論合觀其同異，以豁顯本文的旨意。下文先敘述明清之際文壇流行的詞論，及其所據的基源價值。

二、《今詞苑》所對抗的詞壇風尚：「崇古」詞論及其所據的正統理念

由〈今詞苑序〉的批判乃直指當時獨尊一格的詞壇風尚，可知詞論主流所在。這類詞論主流，多見崇古，進而以此為據，肯定今詞。此一「崇今」的態度，與《今詞苑》不同。通觀序文的批判，可見編者們對當時詞風的省思，在共同的大方向之下，還細分了兩個次方向：其一，乃是消解向來被詞壇奉為準式的特定時代、家數，其所具有的獨尊地位，如吳本嵩〈今詞苑序〉云：

> 然上下一十餘載，約略百四十家。揆諸唐宋，格已軼乎《花間》、《草堂》，絜彼元明，體自勝於《金荃》、《蘭畹》。

「約略百四十家」，乃指《今詞苑》收錄詞家數目的約略總計，此一數目，其實和選本實際選錄的詞家數目不符，前文已詳。「揆諸唐宋」、「絜彼元明」，意指審視唐宋元明的詞風，對《花間》、《草堂》、《金荃》、《蘭畹》一味追摹，相較之下，今詞的體格已然不同，而更超越之。「軼」、「勝」，超越也。由此可見，《今詞苑》意在以「今詞」取代特定「古詞」，

重塑詞典範。此意亦見吳逢原〈今詞苑序〉云：「披是選也」，「俱已妙臻極致，列之南唐北宋諸名公間，直當越駕，何啻比肩哉」。陳維崧〈今詞苑序〉也云：

> 其學為詞者，又復極意《花間》，學步《蘭畹》，矜香弱為當家，以清真為本色。

「極意」、「學步」指專尚、模習之意。「香弱」即依循王世貞「香而弱」的評語指溫庭筠《金荃集》、南唐詞《蘭畹集》。則與「香弱」為對的「清真」，當指周邦彥「清真詞」。綜合上引諸序，可知前述《今詞苑》的編者，對時人填詞風氣的不滿，在於獨尊或拘守下列古範：《花間集》所表徵的晚唐西蜀詞風、《蘭畹集》所表徵的南唐詞風，[11]《草堂詩餘》最推崇的北宋詞風；以及溫庭筠、周邦彥等特定家數。由「當家」、「本色」的評斷，可見這類由古時某一時代的詞人群所共成的風格，可稱時體；以及特定詞人的家數，就是清初詞人據以認知詞體本質的既存典範。

其二，乃是針對若干主流詞論，雖然有見於時體、家數的殊異，卻又將之含混為同一，據此認知詞體的本質，規定詞體的準式，表示不滿。如潘眉〈今詞苑序〉云：「至若詞場，辛、陸、周、秦，詎必疾徐之一致」，從這段序文的反詰語態，可知潘眉

11　楊慎《詞品・序》云：「孟蜀之花間，南唐之蘭畹」，收入楊慎撰，王文才、萬光治等編注：《楊升庵叢書》（成都：天地出版社，2002年），《詞品》，冊 6，頁 305。可見明人曾以《蘭畹集》指稱南唐詞風。

對當時由求同的角度，淡化南宋辛棄疾、陸游，北宋周邦彥、秦觀之詞風差異的詞論趨向，不能同意。

推究這類模習或詞論風氣的興盛，與當時前後幾位文壇領袖的鼓吹，有著密切的關係。如陳子龍最為推崇南唐北宋詞風，曾於〈幽蘭草題詞〉云：「自金陵二主以至靖康，代有作者」，「斯為最盛也」[12]。金陵二主，指南唐中主李璟、後主李煜。靖康作家則指周邦彥、李清照之流。陳子龍的弟子蔣平階，則更推進一步，把理想的詞體，限定於唐五代，在《支機集・凡例》之中，蔣平階的門生沈億年，如此陳述他們對詞體發展的觀點：

> 五季猶有唐風，入宋便開元曲。故專意小令，冀復古音，屏去宋調，庶防流失。[13]

據毛奇齡〈倚玉詞序〉云：「華亭蔣大鴻也，其法宗《花間》」[14]，可知蔣平階等人所提倡的唐風，尤指《花間》。不過，蔣平階固然提倡《花間》詞風，卻未必已是文壇領袖。當時推崇《花間》、《草堂》最力，而有文壇領袖之姿者，以王士禛為代表。他在順治十七（1660）年所撰〈倚聲初集序〉宣稱

12 陳子龍、李雯、宋徵輿同撰，陳立校點：《幽蘭草》。

13 沈億年：《支機集・凡例》，見蔣平階、周積賢、沈億年同撰：《支機集》，收入張宏生主編：《清詞珍本叢刊》，第 22 冊，頁 1。《支機集》係合編，非蔣平階個人別集。見林玫儀：〈支機集完帙之發現及其相關問題〉，《中國文哲研究所集刊》第 20 期（2002 年 3 月），頁 116。

14 毛奇齡：《西河集》，《文淵閣四庫全書》集部別集第 1320 冊，卷 47，頁 406。

「《花間》、《草堂》尚矣」。由是可以推知，《今詞苑》對於上述以定格、定體為模習的批判，應有指向這些領袖人物所以倡導的動機與所持的理念。

陳子龍雖然以「小道」稱詞，不過，屢屢以「覺其不可廢」、「物有獨至，小道可觀」的論述，可見〈王介人詩餘序〉，對詞體表示肯定重視之意，可知不是一味輕薄詞體。由「物有獨至」一句，可見陳子龍相當肯定辨識詞體本色的必要。

在〈三子詩餘序〉以及〈王介人詩餘序〉二文中，陳子龍認定「纖刻之辭」、「婉孌之趣」、「妍綺之境」、「流暢之調」是詞體特有的語言形相，因此可以充分「寫哀而宣志」。陳子龍進一步論述，如此的語言形相與抒情效果，所緣自的主體性情，即「思」、「情」、「志」、「態」，必然相應而為「極於追琢」、「深於柔靡」、「溺於燕媠」、「趨於蕩逸」，所謂「極」、「深」、「溺」、「趨」，都入於淫，不是「溫厚」、「大雅」。根據此一別異的基礎，陳子龍對詞的特質，賦予價值的定位，從而流露了追求同一的正統理念。下文申說。

陳子龍基於文章辨體的立場，就上述詞體的獨至之處，規定詞應有的體格，即類體本色、正宗；並以此為基準，評斷詞史的盛衰。如〈幽蘭草題詞〉所云：「就其本制，厥有盛衰」。據此，他將符合詞體本色的南唐、北宋，評為盛，將不符合詞體本色的南宋、元朝，評為衰。以及〈三子詩餘序〉所謂「〈風〉、〈騷〉之旨，皆本言情。言情之作，必托於閨襜之際」，由「必」的語態，為言情的詩歌作品，尤指詞，用以喻托的題材經驗與表現手法，做了唯一的規定，而將「閨襜」之外，其他的題材經驗，或直敘的表現手法，一概去除。此時對詩歌韻文的本色規定，乃是相對非韻文而來。這類論述，明確訴諸《詩經》、《楚騷》「美人香草」的經典性，藉此將詞體的言情本色納入正統的系譜之中。

由理論觀念，去表述本色的規範，固然可以達到宣示的目的，但是若缺乏典範的印證，則不免空洞。因此，陳子龍標舉特定的時體、家數以為典範，自屬必要。不過，他不是選取與自己同時代的詞人為典範，而是以時代早出的南唐、北宋為「盛」，這種樹立典範的行為，所流露的「崇古」理念，與他的復古詩觀通貫。「古」對陳子龍而言，除了具有時間早出的意義之外，更重要的是指體製的完備與醇熟，已成於前賢之手，後人無可超越。是故，陳子龍在〈佩月堂詩稿序〉云：「文以範古為美」[15]、〈彷彿樓詩稿序〉云：「體格之雅，音調之美，前哲之所已備，無可獨造者也」[16]，皆可為證。

至於蔣平階，雖然是陳子龍的弟子，但持論略有出入。他以唐五代為詞體的唯一理想體式，從而取「小令」，棄「長調」，不是如陳子龍那般講究體製的完備與醇熟，而是更偏向以時間的源初為正的「崇古」理念；由「頗極謹嚴」、「庶防流失」[17]，可見如他這般文人對於後起新變的否定，更為徹底。

王士禎〈倚聲初集序〉不像陳子龍，把詞體的「獨至」，視為唯一準式。因此他肯定詞於正體之外，亦可兼容變格。其云：

---

15 陳子龍：〈佩月堂詩稿序〉，頁 789。

16 陳子龍：〈彷彿樓詩稿序〉，見陳子龍撰，王英志輯校：《陳子龍全集・陳忠裕公全集》，中冊，頁 788。

17 沈億年：《支機集・凡例》，頁 1。

> 詩餘者，古詩之苗裔也。語其正則景、煜為之祖，至漱玉、淮海而極盛，高、史其大成也。語其變，則眉山導其源，至稼軒、放翁而盡變，陳、劉其餘波也。[18]

不過，從「詩餘者，古詩之苗裔」可知，王士禛更著意於從同源的角度，合詩詞為一類，不像陳子龍那般著重詞體與他體的區分。王士禛進而指出，詩、詞所以為一類的原因，在於皆本聲音之道。〈倚聲初集序〉云：

> 夫師曠覘風而識盛衰，季札觀樂而知興廢。非聲音之為道，何以感人如此其深耶。……善讀詩者，由聲以考義，而與聖人之志，庶幾其不遠乎。[19]

「師曠覘風」一句出自《左傳》襄公十八年，晉國樂官師曠，由律管的吹奏，感應到南方風力微弱，從而判斷南方楚國軍力衰弱，不能危害晉國。[20]「季札觀樂」一句出自《左傳》襄公二十九年，季札出使魯國，由聆賞諸國的樂曲，判斷各國的盛衰。[21]上述引文指出「合樂」而「可歌」的「聲音之道」，是詩所以能夠發揮「識盛衰」、「知興廢」之用，進而參贊聖人之志的唯一條件。是故，詩詞必以音節可歌合樂，做為外在體製的唯

---

[18] 王士禛：〈倚聲初集序〉，頁3。

[19] 王士禛：〈倚聲初集序〉，頁2。

[20] 左丘明撰，杜預注，孔穎達疏：《春秋左傳正義》，《十三經注疏本》，卷33，頁15，「南風不競，多死聲，楚必無功」一段。

[21] 左丘明撰，杜預注，孔穎達疏：《春秋左傳正義》，卷39，頁8-19。

一準式。據此，王士禛貶抑不可歌之詩，肯定合樂的詞，〈倚聲初集序〉續云：

> 雖以李白、杜甫、李紳、張籍之流，因事創調，篇什繁富，要其音節，皆不可歌。詩之為功既窮，而聲音之道，勢不可以終廢。於是温、和生而《花間》作，李、晏出而《草堂》興。此詩之餘，而樂府之變也。[22]

這段話主要指出，詩到唐代，因為喪失可歌的特性，走向敘事，使得詩體的功能不彰，故云：「既窮」，因此，詞應運而生，合樂的詞，才能回歸聲音之道。可知王士禛之意，不是在於由可歌、不可歌的區分，對詩、詞進行辨體。所謂「詩之餘」的「詩」指合樂的詩；「餘」、「變」，不是重在別異，而是用來建構詞與詩、樂府之間的源流關係。

是故，王士禛雖然看到詞體在發展的過程之中，因為題材經驗不同而導致語言風格的殊異與變化，但是他更加注重的是這諸多殊異的語言風格，在「可歌」的外在體製上，所呈現的同一。故〈倚聲初集序〉云：

> 上而廟堂宴饗，下而士流贈答。西風白雁、折楊怨別之詞，朔雪黃龍、橫槊臨江之賦，無不屬辭比事，動魄而驚心，依永和聲，投袂而赴節。夫至是聲音之道乃臻極致，

---

[22] 王士禛：〈倚聲初集序〉，頁 2-3。

而詩之為功，雖百變而不可以窮。[23]

「無不」二字，皆同之意。由末句來看，王士禛是把詞視同詩，因此可以延續詩的作用，不使匱乏。至於他屢屢稱讚《花間》、《草堂》，應是認定這兩部選本所選錄的晚唐北宋詞，較諸南宋稼軒、放翁的變體，更能充分實踐「聲音之道」。據此，在王士禛的論述脈絡中，北宋、南宋的詞人，在「可歌」的體製上，只有程度多寡的區分，不存在可不可歌的差異。他稱詩餘是「樂府之變」，而不進一步細辨同屬可歌的詩、樂府與詞，在音樂性質與合樂形式上的差異。因為他的重點，旨在歸本「甚矣，聲音之道，詎不大哉」[24]的唯一價值。並引聖人之作為據，以奠定此一價值的普遍性。〈倚聲初集序〉便云：

因網羅五十年來，薦紳、隱逸、宮閨之製，彙為一書，以續《花間》、《草堂》之後，使夫聲音之道，不至湮沒而無傳，亦猶尼父歌弦之意也。[25]

綜上所述，可知王士禛推崇「可歌」，貶抑「不可歌」，也存有排除異端，樹立正統的理念。雖然他選錄的對象是今詞，但旨在凸顯《花間》、《草堂》的古作，在可歌的標準上，已臻美備，故評《花間》、《草堂》「尚矣」，已見前述。循著他的觀點，今詞所以值得肯定，乃出於紹承古代典範，因此流露崇古的

[23] 王士禛：〈倚聲初集序〉，頁 3。

[24] 王士禛：〈倚聲初集序〉，頁 1。

[25] 王士禛：〈倚聲初集序〉，頁 4。

理念。至於其他不合古律的時風，則需加以批評。故王士禛在《花草蒙拾》中，對「今人不解音律」，提出「欲與古人較工拙於毫釐，難矣」的責難；評卓人月詞，「去宋人門廡尚遠」，而屢舉「宋諸名家」為古範的論見，皆可為證。[26]王士禛雖然曾對陳子龍的詞作，「心摹手追」，但是在樹立正統的理念上，與陳子龍不完全相同。儘管如此，在《今詞苑》編選之前，以陳子龍、王士禛為領袖的詞壇，所流行的詞論，援引《詩》、《騷》、孔子為據，實則普遍體現秉持儒家的文化思想，由崇古以追求同一的正統理念，這正是《今詞苑》的編者們所欲對抗之處。下文，則以本節所述為參照，轉入四篇〈今詞苑序〉的詮釋。

三、四篇〈今詞苑序〉的詞論與所持文化理念的差異展示的流派內部分化

本節旨在詳解四篇序文的詞論及其對基源價值的各自重造。其中陳維崧〈今詞苑序〉雖已見於前文的論述，不過，為了對照其他陽羨詞人的別說，故再次援引，循此解說的重點就不同於前文。茲分四小節陳述：

---

[26] 王士禛：《花草蒙拾》，收入唐圭璋主編：《詞話叢編》，冊 1，頁 684-685。

（一）以卓犖的才識為創作本原，藉此重造詞體所宜本據的新正統基源價值

主要見於陳維崧〈今詞苑序〉的論述，全文如下：

> 客或見今才士所作文，間類徐庾儷體，輒曰此齊梁小兒語耳，擲不視。是說也，余大怪之。又見世之作詩者，輒薄詞不為，曰為輒致損詩格。或強之，頭目盡赤。是說也，則又大怪。夫客又何知。客亦未知開府〈哀江南〉一賦，僕射在河北諸書，奴僕《莊》、《騷》，出入《左》、《國》。即前此史遷、班掾諸史書，未見禮先一飯；而東坡、稼軒諸長調，又駸駸乎如杜甫之歌行與西京之樂府也。
>
> 蓋天之生才不盡，文章之體格亦不盡。上下古今如劉勰、阮孝緒以暨馬貴與、鄭夾漈諸家所臚載文體，僅部族其大略耳，至所以為文，不在此間。
>
> 鴻文鉅軸，固與造化相關；下而讕語卮言，亦以精深自命。要之穴幽出險以厲其思，海涵地負以博其氣，窮神知化以觀其變，竭才渺慮以會其通。為經為史，曰詩曰詞，閉門造車，諒無異轍也。
>
> 今之不屑為詞者固亡論，其學為詞者，又復極意《花間》，學步《蘭畹》，矜香弱為當家，以清真為本色。神瞽審聲，斥為鄭、衛。甚或爨弄俚詞，閨襜冶習，音如濕鼓，色若死灰。此則嘲詼隱庾（編者按：應作「廋」），恐為詞曲之濫觴；所慮杜夔左驥，將為師涓所不道。轉輾

> （編者按：《陳維崧集》作「輾轉」）流失，長此安窮。勝國詞流，即伯温、用修、元美、徵仲諸家，未離斯弊，餘可識矣。
>
> 余與里中兩吳子、潘子戚焉，用為是選。嗟乎，鴻都價賤，甲帳書亡，空讀兩晉之陽秋，莫問蕭梁之文武。文章流極，巧曆難推。即如詞之一道，而餘分閏位，所在成編；義例凡將，闕如不作。僅效漆園馬非馬之談，遑恤宣尼觚不觚之歎。非徒文事，患在人心。然則余與兩吳子、潘子，僅僅選詞云爾乎？選詞所以存詞，其即所以存經存史也夫。

由序文首段，可知陳維崧認為當時的人對於庾徐儷體、填詞，存在著鄙視的態度。此一鄙視的態度，乃基於對文類體式的劃分與限定，並賦加高下評斷的見解而來，如認定儷體必作齊梁語，故體卑於散。復認定詞體必定香弱，格劣於詩，倘若為之，受其薰習，必降低詩格。對於這種見解，陳維松顯然很不滿意。復參陳維崧於〈陸懸圃文集序〉所提出「倘毫枯而腕劣，則散行徒增闒冗之譏；苟骨騰而肉飛，則儷體詎乏經奇之譽」的論述，[27]可知他不能認同時人對散體、儷體的區分與偏執，正可與此處〈今詞苑序〉的論述相呼應。據此，「擲不視」、「不為」，乃指時人透過摒棄創作「儷體」、「詞」的做法，強烈地表達排除異端的態度。對此，陳維崧二次「大怪」，也對這類做法提出強

27　陳維崧：〈陸懸圃文集序〉，見陳維崧撰，陳振鵬標點，李學穎校補：《陳維崧集・陳迦陵散體文集》，卷 6，頁 334。

烈質疑，所謂「客又何知」，實以反詰的語氣，譏諷客的無知。

就陳維崧的觀點來看，這類流露鄙薄的價值判斷，只是暴露評者對文類體式的認知偏狹，甚至用以遮掩技拙的藉口，並非真知灼見。是故，陳維崧接著列舉名篇為證，反覆地批駁，那種拘守於類體的區分及由之而來的高下評價，無法彰明作品的真正價值所在。

他特別舉庾信（513-581，任開府儀同三司）的〈哀江南賦〉[28]、徐陵（507-583，任尚書左僕射）的〈為貞陽侯與太尉王僧辯書〉、〈在北齊與楊僕射書〉、〈在北齊與宗室書〉、〈在北齊與梁太尉王僧辯書〉等文為例，[29]來反駁前人對儷體的輕視。陳維崧以為這類作品多用《左傳》、《國語》的典故，其所表現出來的識與理，時而如《莊子》的洞達睿智，時而似《屈騷》的沈鬱哀怨，能自由地駕馭莊、屈之情，不受其中一端所限，甚至更出其上。何止於齊梁語一般，偏溺於句式工整、藻飾用典、偶對精工、音節和諧、風格綺豔的講究。

是故序文對庾、徐之作給予「奴僕《莊》、《騷》」、「出入《左》、《國》」的稱讚。「出入」可指入於史典，而出以時事新意，則該句乃指作品的題材經驗；「奴僕」可指凌駕其上而不為所限，則該句乃指作品的內容情意。基此，陳維崧乃由庾、徐二人之作，在題材、情意上的表現，肯定他們的儷體文成就卓著；實不遜於以散體撰就的《史記》，或時見排偶的《漢書》，

---

[28] 庾信撰，倪璠注，許逸民校點：《庾子山集注》（北京：中華書局，2000年），上冊，卷二，頁94-169。

[29] 徐陵撰，吳兆宜注：《徐孝穆集箋注》（臺北：世界書局，1984年），卷2，頁22-35、35-39。卷3，頁1-7。

這類素被推重的典籍。如此，儷體文也有佳作，故不可一概輕視。序云：「即前此史遷、班掾諸史書，未見禮先一飯」，意即在此。「禮先一飯」，本指年紀、資歷稍長之意，此指專美於前，「未見」二字，便流露否定的意思。

序文又稱讚東坡、稼軒諸長調，堪比杜甫歌行、漢樂府，自也表示詞中亦有佳篇，非一味香弱，故不能只重視詩，而看輕詞。不過，序文特舉杜甫歌行、漢樂府，而非泛稱「詩」以相對於「詞」，應別有意味。蓋杜甫的歌行，在歷來文人的認知中，每指那些藉著敘述當代的社會事件，而寓含褒貶之意的新樂府詩。如元稹的〈樂府古題序〉已指出「近代唯詩人杜甫〈悲陳陶〉、〈哀江頭〉、〈兵車行〉、〈麗人行〉等，凡所歌行，率皆即事名篇，無復依傍」[30]。此一「緣事而發」的創作精神，即承漢樂府而來，故胡應麟云：「風騷、樂府遺意，杜往往得之」[31]。陳維崧此序並稱杜甫歌行和西京樂府，與這類前說頗見相應。

然而，這類以記時事為主的詩，自宋代以來，就經常遭受不合詩體的批判，如楊慎《升庵詩話》的批評云：「宋人以杜子美能以韻語記時事，謂之詩史」，是「鄙人之見」[32]。王船山的《薑齋詩話》也批評杜甫〈石壕吏〉之類的詩，「終覺於史有

---

30 元稹：〈樂府古題序〉，見元稹撰，楊軍箋注：《元稹集編年箋注》（西安：三秦出版社，2002 年），頁 689。

31 明代胡應麟之說，轉載於杜甫撰，仇兆鰲註：《杜少陵集詳註》（北京：北京圖書館，1999 年），上冊，卷 2，〈兵車行〉詩末，頁 180。

32 楊慎：《升庵詩話》，見楊慎撰，王文才、萬光治等編注：《楊升庵叢書》，冊 6，卷 3，頁 81。

餘，於詩不足」[33]。可是，陳維崧卻給予肯定；此一評價，可能呈現如下意義：此即打破上述文人在辨體的觀念下，對文章體式所作的劃分與規範，尤其彰顯類體的越界，亦有可觀。

循此，陳維崧對「東坡、稼軒諸長調」的推崇，便應涵有肯定蘇、辛二人的詞作，或以詩為詞，或以文為詞，皆能超越單一類體的體式，不受範限，一如杜甫歌行對「詩」、「史」體別的超越。藉此破除時人強分詩、詞，甚而貶抑詞格之說。序文前引庾、徐二人之文的用意，較偏重在儷體本身體式定格的消解，至於肯定由類體越界而超越辨體的意思，到了評論蘇、辛，才相對明顯。陳維崧雖然肯定詞體可以吸納他體的特色，但因意在尊詞體，故取法的對象係以詩、文這種向為文人所看重的類體為主，對於明代文人由「以曲為詞」[34]，所追求的新變，則未必認同。是故序文對於「嘲詼隱庾（編者按：應作「廋」），恐為詞曲之濫觴」的批評，即沿承明代以來，每將「詞曲」並稱，以此指曲體之俗向詞體滲透的慣常現象，及對此一現象所賦加的貶義。[35]

---

[33] 王夫之：《古詩評選》，見王夫之：《船山全書》（長沙：嶽麓書社，2011 年），第 14 冊，卷 4，頁 651，〈古詩〉（上山採蘼蕪）評語。

[34] 吳衡照指出，明代一二才人填詞，「皆以傳奇手為之」、「字面往往混入曲子」。見吳衡照：《蓮子居詞話》，收入唐圭璋主編：《詞話叢編》，冊 3，卷 3，頁 2461。張仲謀據此闡釋明詞的風格特色，指出「至晚明形成一種上不同於宋詞，下不同於清詞的面目或特色」，以及明人評詞，喜「以曲釋詞或以曲證詞」。見張仲謀：《明代詞學通論》（北京：中華書局，2013 年），頁 477。

[35] 陳霆云：「嗟乎，詞曲於道末矣。纖言麗語，大雅是病」，見陳霆：《渚山堂詞話・序》，收入唐圭璋主編：《詞話叢編》，冊 1，頁 347。

當文類取消固定的體式規範，走向越界交融，自然也可能因個別文人的實際操作，而形成不同的語言風格，此種體貌之別，即為家數之分。此時對於不同體貌的分別，未必皆能適用由類體本色所規定的外在形製為判準，有時必須訴諸文人才情的個殊性。這一點陳維崧甚明，故序云：「蓋天之生才不盡，文章之體格亦不盡」。「體格」一詞，在此可指不同的風格類型或範式，亦即不同的體貌類型或體式。只不過，不是指不同「類體」各具的體貌或體式，而是指由個別篇章的「篇體」或是個別文人的「家數」、「家體」，所呈現的不同體式或體貌，因此更顯得殊異眾多。[36]對於這殊異眾多的體貌，乃至可為準則的體式，陳維崧皆給予同等的肯定，並未明顯加諸高下品第。並且還指出不管對這些既有的體貌所進行的分類如何詳細，都無法窮盡文體創造的所有可能。是故，陳維崧接著說劉勰的《文心雕龍》、阮孝緒《七錄》、馬端臨《文獻通考》或是鄭樵《通志》，不管是基於指導創作，或是文獻目錄整理的需要，而羅列的各種不同文體，儘管規模不錯，但未盡全體。

雖然，陳維崧肯定體貌、才情各有殊異，看似流露「存異」的價值理念；但另以「至所以為文，不在此間」這句話，明確表示自己的論述重點，不是止於辨識殊異。若由下文所言，可知他更傾向於規定一切人文創作，所從自的共通本原，將不符合此一創作本原的行為排除在外。那麼，陳維崧所規定的創作本原為何，以下申說。

36　「體格」一詞的意涵及用法，見顏崑陽：〈論「文體」與「文類」的涵義及其關係〉，《清華中文學報》第1期（2007年9月），頁32-37。

自「鴻文鉅軸」，至「諒無異轍」一段，其義學界已多闡述，茲不贅論。大意指基於作者的才情思慮、胸襟氣魄，對宇宙人生、歷史文化有「精深」的觀察與會悟，發而為文，是「經」、「史」、「詩」、「詞」的共同創作本原。此一會通「經」、「史」、「詩」、「詞」的觀點，與清初以來，由箋注杜詩、李商隱詩、李賀詩，而表述的「詩史」觀念，以及徐愛編纂的《傳習錄》記載王守仁宣稱的「《五經》亦史」[37]，這些「經」、「史」會通的論述，彼此的同異為何，值得深究，不過此一論題，非本文的篇幅所能包容，留待日後再專題詳論。

此處，本文要特別指出，陳維崧所標舉的創作本原，固不免得自天賦，故序云：「天之生才」，但實不止於此，由「厲其思」、「博其氣」、「觀其變」、「會其通」，可知陳維崧更注重天生的才情，經過「厲」、「博」、「觀」、「會」的後天修養，而成就的才大識深，這才是陳維崧所認定的理想創作本原。與那種主張回歸常人性情的創作本原不同。所謂「穴幽出險」、「海涵地負」、「窮神知化」、「竭才渺慮」諸語，正是用來凸顯此一創作本原的卓犖不凡。[38]蓋這類詞語，所連結的歷史語境，多見超凡，甚至成聖的意思。

---

37 王守仁述，徐愛等人錄，陳榮捷註評：《王陽明傳習錄詳註集評》（上海：華東師範大學出版社，2009 年），卷上，徐愛錄第 13、14 條，頁 30-31。

38 陳維崧評論當代文人，多以才識卓犖為貴，如〈董文友文集序〉云：「余友董子文友，少負才名，卓犖有奇氣」，見陳維崧撰，陳振鵬標點，李學穎校補：《陳維崧集．陳迦陵散體文集》，卷 2，頁 42。又如〈吳天章蓮洋集序〉云：「才性英奇，辭鋒卓犖」，見《陳維崧集．陳迦陵儷體文集》，卷 6，頁 332，可資呼應。

「穴幽出險」指精深的洞察能力，可以化解危難，如《周易通義》釋「六四需于血出自穴」便云：

> 果能于人情事理，幽隱似穴之處，皆體之而無不到，則心至于穴矣。心至于穴，必能濟險。是穴者，即所由以出險之道也。[39]

「海涵地負」以下三句，在宋人的用法中，每指向成聖的人格。如宋李杞《周易詳解》釋臨卦上六「敦臨吉无咎」象辭云：「聖人之德，海涵地負，舉天下之物，靡所不容」[40]，句中「海涵地負」，指襟懷開闊，無所不容，唯聖人能之。如程頤《伊川易傳》釋「九四貞吉悔亡憧憧往來朋從爾思」云：「窮神知化，德之盛也」乃「聖人能事盡於此」[41]，「窮神知化」指感不測之機，知化育之道的聰明睿知，此一理性的絕對擴充，只有聖人可達。又朱熹釋《論語・子罕》「欲罷不能，既竭吾才」一句云：「欲罷不能，故竭吾才。不惟見得顏子善學聖人，亦見聖人曲盡誘掖之道」[42]，則「竭才」，可以含有引渡眾人盡己之才的聖人智慧之意。陳維崧的序文，對「海涵地負」諸詞的使用，雖未必

---

39 邊廷英輯：《周易通義》，《四庫未收書輯刊》（北京：北京出版社，2000 年）第 7 輯第 1 冊，卷 3，頁 6-7，需卦。

40 李杞：《周易詳解》，《文淵閣四庫全書》經部易類第 19 冊，卷 5，頁 414。

41 程頤：《伊川易傳》，《文淵閣四庫全書》經部易類第 9 冊，卷 3，頁 277。

42 朱熹撰，黎靖德編，王星賢點校：《朱子語類》（北京：中華書局，2004 年），卷 36，《論語・子罕》，頁 967。

逕指成聖，但意在不凡，由此可見。

明末清初以來，縱然主張不同學門知識會通的論述紛紛，但未必皆以卓犖不凡的才識為創作本原。如吳偉業（號梅村，1609-1672）〈且樸齋詩稿序〉論「古者詩與史通」，便云可以為史的詩，不妨出自「野夫游女」，不必英才所為，故云：「雖野夫游女之詩，必宣付史館，不必其為士大夫之詩也」[43]，因此，陳維崧在這篇序文之中，提出以卓犖的才識，做為「經」、「史」、「詩」、「詞」共通的創作本原，在這股學術思潮之中，確有特色。然而，陳維崧不是以單純描述而不帶評價的態度，去界說這項創作本原。由「閉門造車，諒無異轍」一句，所表述的規定之意，可見陳維崧也追求同一的價值判斷；並對不符合此一創作本原的填詞行為，給予貶斥、排除。如序文對於那種只知步趨、拘守香弱、清真以為當行本色的模習行為，十分不滿，認為這種寫作如同民間所為的淫靡之音，有識之士，不屑一顧，故云：「神瞽審聲，斥為鄭衛」，又對「爨弄俚詞，閨襜冶習」，這種屈己以徇俗，及競逐豔詞套語的填詞行為，譏為「音如濕鼓，色若死灰」，責其精神本原委靡不振而枯槁。至於「所慮杜夔、左騏，將為師涓所不道」一句，更翻用典故，藉著雅樂淪亡，靡靡之樂代起的史嘆，寄託對創作本原喪失的危機焦慮。

既然每個時代的文士，都能因其才情、學識，開創新的詞

43　吳偉業撰，李學穎集評標校：《吳梅村全集》（上海：上海古籍出版社，1999 年），下冊，卷 60，頁 1205-1206。張宏生討論清初「詞史」觀念時，已注意到吳梅村的「詩史」觀，但尚未區別陳維崧所論的「詞史」與吳梅村所論的「詩史」，對創作主體的認知差異。見張宏生：《清詞探微》（上海：上海古籍出版社，2008 年），頁 172。

格，那麼就不必片面推崇古人古作為貴。今詞也同樣具有價值。只是，一般人容易基於「崇古賤今」的價值判斷，將今詞的價值，一概抹殺。因此編選今詞，可以存經存史的意義，在於一方面破除盲目「崇古」的成見；另一方面，就是藉著進退褒貶今人今詞，以重塑詞體應有的價值。

這麼一來，編選詞作的行為，就是在「創作」當代的經書與史書。不必務求紹述發揚古聖先賢所撰作的經書或史書，方為可貴。然則，「選詞」之所以能達致上述的目標，必待操選政者，具有卓越的才識。因此，陳維崧所提出的理想本原，不止於作家所有，選家亦宜自許。是故，陳維崧肯認能夠「審聲」，唯有「神瞽」。「神」之一字，乃指向超凡的聰明知能。據此，序文所謂「經」、「史」僅做泛稱，非如陳子龍、王士禛的詞論，必以紹述特定的古代經、史典籍為據；不過，就援引「經」、「史」所表徵的常道為據，藉此樹立自身選詞理念的正統地位之思維而言，則陳維崧所言與陳子龍、王士禛二人異曲同工。

由此來看，所謂「選詞所以存詞」的意義，就不只有保存當世文獻的作用；它還有一個更積極的意義：導正價值本原。故序文末段，乃將感慨的對象，由填詞所據價值本原的淆亂，推擴到一切人文價值本原的淆亂。「鴻都價賤」，乃出自東漢靈帝設置的「鴻都門生」，最初本以「經學相招」，而後擴及「尺牘詞賦，及工書鳥篆」諸流，皆可「封賜侯爵」一事。[44]至此，賢愚莫辨。序云：「價賤」，乃借此典，抒發時下真正的人才不受重

---

[44] 袁宏撰，李興和點校：《袁宏後漢紀集校》（昆明：雲南大學出版社，2008年），卷24，頁298。

視的感嘆。「甲帳書亡」，應出自《漢武故事》，武帝置天下珍寶於「甲帳」[45]，可引申為儲藏珍寶的處所。序云：「書亡」，乃借此典，抒發優秀的圖籍，卻未能獲珍藏而散佚的遺憾。「空讀兩晉之陽秋，莫問蕭梁之文武」，「兩晉」，《陳維崧集・陳迦陵散體文集》作「西晉」。「空讀」、「莫問」，語態有別，前者有徒然耗費心力之意，後者則有應問而未問的遺憾。「蕭梁之文武」，應出自梁武帝「博學多通，好籌略，有文武才幹」的史載，[46]則序文乃將批判的矛頭，指向時下文人對學問的追求，僅止於一般史事的客觀知識累積，忽略才幹的涵養，因此不能真正領會梁武帝這類歷史人物的卓越之處。

「文章流極，巧曆難推」，則指向一切著述事業的幽顯去向，更是變化莫測，再精密的曆書，都難以推算它的運命。故序云：「即如詞之一道，而餘分閏位，所在成編，義例凡將，闕如不作」，這段文句不是工整的駢體。陳維崧此序，亦駢亦散，不被歸入儷體文集。「餘分」義同「閏位」，皆指非正統。「凡將」，即司馬相如所作〈凡將篇〉，與陳維崧〈顧亓山印譜序〉云：「體係〈凡將〉」[47]，意涵相同。司馬相如所作，在體例上，乃效法前人「啟導」、「垂法」的創作精神，而「務適時要」[48]。據此，「義例凡將」，係指以〈凡將〉的創作精神為著

---

[45] 王士禛、張英輯：《御定淵鑑類函》，《文淵閣四庫全書》子部類書第992冊，卷376，頁238。

[46] 姚思廉：《梁書・梁武帝本紀》，卷1，頁1。

[47] 陳維崧：〈顧亓山印譜序〉，見陳維崧撰，程師恭注：《陳檢討四六》，卷12，頁167-168。程注：「司馬相如作〈凡將〉」。

[48] 顏師古：〈急就篇序〉，收入史游撰，顏師古注，王應麟補註：《急就

述的旨趣體例。則上述引文，乃在批判先前詞籍的編纂，所錄多是那些卑靡而不入正統的詞作，看不到理想的編纂體例與應有的標準。

序云：「僅效漆園馬非馬之談，遑恤宣尼觚不觚之嘆」，復將批判的視角，轉進編纂行為的內在，點明人文價值本原的偏失，才是問題的根本。這二句乃將《莊子・齊物論》所云：「以馬喻馬之非馬，不若以非馬喻馬之非馬」[49]，和《論語・雍也》所載：「子曰：觚不觚」[50]相對，藉此感嘆時人在價值的選擇上，執妄迷真。就《莊子》原典而言，意在破除世人因外在形貌的區辨，強分彼我是非，轉而復返超越對立，泯除是非的道心。故郭象注：「將明無是無非」。不過，陳維崧此處不是襲用《莊子》的原意而已；其以「僅效」二字所指的盲從莫辨之意，對時人假託《莊子》之說，棄應辨之責而未辨的含混處世態度，表達不滿。又舉孔子對於禮器一旦使用失禮，則徒具其形，不復為器的感嘆，凸顯審辨並掌握事物內在的真理，才是正道根本。可惜，此一價值自覺，普遍不見時人所有，故慨云：「遑恤」。「非徒文事，患在人心」，則總結上意，所謂「人心」即價值本原之所出。

不過，需要特別指出，追求文學與「經」、「史」的會通，在陳維崧的總體學術裏，除了詞論，亦見於詩論、文論。通觀這類論述，可見陳維崧亦曾如陳子龍、王士禛一般，援引古聖先賢

篇》（臺北：藝文印書館，1967 年）。

[49] 莊周：《莊子・齊物論》，見莊子撰，郭慶藩編，王孝魚整理：《莊子集釋》，上冊，頁 66-69。

[50] 何晏注，邢昺疏：《論語正義》，《十三經注疏本》，頁 54-55。

所撰的經典、史書為據。如〈許九日詩集序〉云：「余雅相歎慕，以為源出於〈小雅〉」[51]、〈蝶庵詞序〉轉述史惟圓的詞論云：「夫作者非有〈國風〉美人，〈離騷〉香草之志意，以優柔而涵濡之，則其入也不微，而其出也不厚」[52]。因此，不能逕以〈今詞苑序〉總括陳維崧對於為文須追求與「經」、「史」會通的全幅意義。不過，由此可見〈今詞苑序〉在陳維崧的總體文學觀之中，呈現的階段意義。

清初，若干遺民、貳臣、謫人對於稼軒詞的模習與倡導，形成了另一種與追摹詞體本色相對的風氣，代表的詞人詞作如吳梅村、丁澎等人所填的長調。[53]不過，其聲勢未能越過由陳子龍、王士禛等人所提倡的《花間》、《草堂》、南唐北宋之風。因此，陳維崧對蘇、辛長調的推舉，表面上看，似乎只是推助清初追摹稼軒詞的風氣，意欲藉此取代由陳子龍、王士禛等文壇領袖所嚴守的詞體本色，實則不止於此。

蓋晚明清初，對「長調」的評價態度不一。有人認為「小令」方能表現詞體本色，至於「長調」則易雜入他體，體格不純，須加以貶抑，如蔣平階等人，對「入宋便開元曲」的非議，便包含興盛於宋代的慢詞長調。受這類詞觀所限，詞風難以產生重大的轉變。有人認為「長調」宜於表現技巧的登峰造極，最為

---

51 陳維崧：〈許九日詩集序〉，見陳維崧撰，陳振鵬標點，李學穎校補：《陳維崧集・陳迦陵散體文集》，卷1，頁19。

52 陳維崧：〈蝶庵詞序〉，見陳維崧撰，陳振鵬標點，李學穎校補：《陳維崧集・陳迦陵散體文集》，卷2，頁49。

53 清初辛稼軒詞的接受，見朱麗霞：《清代辛稼軒接受史》（濟南：齊魯書社，2005年），頁25-159、240-275。

難工，而加以肯定。不過這類詞觀所認可的典範，偏向南宋典雅詞家，不是蘇、辛。如鄒祗謨云：「蓋詞至長調，而變已極。南宋諸家凡以偏師取勝者，無不以此見長。而梅溪、白石、竹山、夢窗諸家，麗情密藻，盡態極妍」[54]。稍後朱彝尊也云：「慢詞宜師南宋」[55]等。

相較於此，陳維崧對「東坡、稼軒諸長調」的推崇，一方面藉此凸顯、肯定長調便於類體越界的性質，以破除時人拘守小令，排斥長調的詞本色觀。另一方面則是對時下所認知的長調典範，加以擴充，不使受限於南宋典雅詞家。與上述鄒祗謨、朱彝尊等人崇尚慢詞長調的觀點不盡相同，故流露重塑的意義。

此外，清初詞人固然也對稼軒詞「運史入詞」而文體越界的表現，有所認知，如顧有孝指出梅村詞，能「得稼軒之雄」，乃因「運史入詞」[56]。不過他們所認知的「史」，著重的是古人古事，是故往往由「博稽載籍」的才學主體，肯認稼軒詞的「美善」，如丁澎〈梨莊詞序〉云：「稼軒才則海而筆則山，博稽載籍一手己口」[57]，與陳維崧另持才識主體的「創作本原」，肯認稼軒詞「自闢蹊徑」的「超凡」不同。綜合上述，則陳維崧投入今詞的編選，實具有改造當時新興的「長調」典範論述，以及稼

[54] 鄒祗謨：《遠志齋詞衷》，見鄒祗謨、王士禛同選：《倚聲初集》，前編卷 3，「詞話」，頁 8。

[55] 朱彝尊：〈魚計莊詞序〉，見朱彝尊：《曝書亭集》，上冊，卷 40，頁 490。

[56] 顧有孝：〈松陵絕妙詞選序〉，收入施蟄存：《詞籍序跋萃編》（北京：中國社會科學出版社，1994 年），頁 817。

[57] 丁澎：〈梨莊詞序〉，收入周在浚：《梨莊詞》（清康熙 1662-1722 刊本）。

軒詞之模習應有理念的多重意義。

陳維崧此序，雖然也和陳子龍、王士禛一樣，流露正統基源價值的追求，不過，不是如陳、王那般，指向題材、表現手法、風格、可歌等語言形製的層面；也與陳子龍論詩之創作本原在於「温厚大雅」的道德主體，[58]以及力求紹聖而「無可獨造」的價值理念不同，因此呈現重塑「新正統」的意義。更與清初推崇稼軒詞的論述，致力於才學主體不同。陳維崧此一主張，與下文潘眉等編者的序，對文體「殊異」的強調與尊重，也不在同一層次。

（二）以存異的價值理念，取代詞體所據的正統基源價值

主要見於吳逢原、吳本嵩、潘眉三人的序文。其中二吳的觀點，偏重於論述詞體的殊異與多元，因此，主要在文體的層面，表現存異的價值理念。潘眉的論點，則更進到文化思想的層面，為詞體的殊異與多元，建構平等齊一的價值依據。以下分節申說。

1、由詞體的殊異與多元，表現存異的價值理念

茲先引錄吳逢原〈今詞苑序〉如下：

> 僕愁人也，少學文，不售，棄去。壯而學詩、學詩餘。大

[58] 陳子龍：〈宋轅文詩稿序〉（一作〈佩月堂詩稿序〉）云：「求其和平而合於大雅」，頁 790，意以温厚大雅的道德主體，做為理想的創作本原。

抵詩貴和平渾厚，雖言愁之作，古今不絕，而纏綿悽惻，如訴如慕，莫若詩餘之言愁，可以繪神繪聲也。唐宋諸名賢，工於詩餘，無論已，勝國亦不乏人，迄乎　昭代，才人鵲起，自廊廟以至山林，自郊畿以至遐陬，下逮高釋名閨，無不攷調諧聲，抉幽摛藻，以相凌競。嗟夫！豈天下盡皆愁人哉！何言愁者之多而且工也。多則卷帙浩繁，難於覽記。多而且工，俾閱者應接不暇，如入鄧林，難於去取，似乎不可無選。

往歲客湖上，與徐野君先輩商確（編者按：應作榷）此事，恨未逾月盤桓，僕遂片帆西去。今秋陳其年歸自中州，家孟天石、潘子元白，亦自燕歸，相聚談心，慫恿為此選。僕尚不曉作詩餘，何敢言選事？但乙夜咿唔，咀華茹英之暇，略加次第而已。披是選也，凡閨襜婉好之詞，舞衫歌扇之句，邸寮寂寞之章，橫江劈山之什，俱已妙臻極致，列之南唐北宋諸名公間，直當越駕，何啻比肩哉。但自僕愁人觀之，雖歡愉述景，妮好言情，終覺默默與愁相會，是以知言愁者之多而且工也。天下固不少愁人，寧有如僕者乎？即謂之選愁也可。

首句「僕愁人也」是吳逢原對自我生命意義的定位，其他編者亦有相同的認知，如潘眉〈今詞苑序〉云：「僕本恨人」。「愁人」、「恨人」都指因為遭受命限、失意、被棄、亂離，因此心中充滿憤懣不平的人。如南朝以來，多見文人以「愁人」、「恨人」定位自我身分。前引的江淹〈恨賦〉云：「僕本恨人」，庾信的詩，也以「愁人」自居。[59]這意味著文人往往因為能夠對命限與苦難有深刻的體悟、對怨情的執著，而認知到一己生命的獨特與價值。陳維崧亦曾自居「恨人」，如前引〈白秋海棠賦并序〉云：「僕本恨人，秋多悲氣」、「才人以薄命稱珍，小物以傷心見貴」，「見貴」，一作「自貴」，所謂「稱珍」、「見貴」，皆可見陳維崧由「薄命」、「傷心」肯定自我生命的意義。不過，在陳維崧所撰寫的〈今詞苑序〉之中，對創作主體的肯認，乃是卓犖的才識，不是這類宣哀的情性。

在「愁人」、「恨人」的視域下，惟有與悖道、無常、不平的人事物，方能相感。誠如陳子龍〈莊周論〉所述「辨激悲抑之人，則反刺詬古先，以蕩達其不平之心」，「古先」，古代先王之道。所以「刺詬」之由，乃是因為對「辨激悲抑之人」而言，「古先」成為後世為惡之根由。[60]

據此推想吳逢原詩、詞辨體的意義，就不是單純的文章辨體而已，而更具深層的存在感受。此一感受表現在逆轉一切由儒家崇古、崇聖、崇經的視域下，對事物賦加「獨尊」的「正統」價值判斷。如序文特別舉「南唐北宋諸名公」，以對顯今詞的優越，言外蘊意正堪玩味。因為推崇南唐北宋詞的領袖人物陳子

59　庾信：〈衛王贈桑落酒奉答〉云：「愁人坐狹邪」，倪璠注：「愁人自謂也」，見庾信撰，倪璠注，許逸民校點：《庾子山集注》，上冊，卷4，頁344。

60　陳子龍：〈莊周論〉，收入杜騏徵等輯：《幾社壬申合稿》，《四庫禁燬書叢刊》，集部第35冊，卷15，頁52。這段引文的意義，見謝明陽：〈從陳子龍的《莊子》詮釋論其詩觀與生命抉擇〉，《清華中文學報》第8期（2012年12月），頁162-168。

龍，所持理念正是復古並獨推南唐北宋詞為盛，貶抑其他時代詞風。則吳逢原對今詞的推崇，便隱涵著背反陳子龍的詞論所據文化理念的意義。

吳逢原以為詞相較於詩，更宜言愁。從強調詞體殊異這一面來看，與陳子龍所言相近。不過，陳子龍雖然對詞體本色，猶能肯定；然而，還不免存著歷來文士以「小道」稱詞的見識。相較之下，吳逢原對詩、詞辨體之後，不僅全無小道之念，反而對詞的地位更加肯定。

吳逢原從「僕愁人也」的自覺出發，指出「愁」的生命經驗，各有不同。所謂「多而且工」，就是並存各種殊異而多元的言愁經驗，深層來看，所操持的文化理念，不是追求正統，而是包容殊異，與陳子龍等文士不同，所以呈現「存異」的基源價值。如序云：「唐宋諸名賢，工於詩餘，無論已，勝國亦不乏人，迄乎昭代，才人鵲起」，對於這段寫愁的詞史，吳逢原不像陳子龍那般獨取南唐北宋詞為盛，而是對古今皆給予肯定。又論及詞體言情所應寄托的題材經驗，也不限「閨襜」，而是廣收「閨襜婉好之詞，舞衫歌扇之句，邸寮寂寞之章，橫江劈山之什」各種經驗，皆與陳子龍之說不同。尤其「雖歡愉述景，妮好言情，終覺默默與愁相會」一段，指出作品真正抒發的情感，往往與言表背反。這一點，唯有「但自僕愁人觀之」，方能察知。是故，對於作品的評斷，不可單憑語言表相；抒情的手法，也無法限於一種。

如前所述，反刺古先，本是愁人、恨人用以表徵身分的作為。因此，當南唐北宋詞，成為代表古盛的唯一典範，就必然成為愁人、恨人貶抑的對象。是故，天下言愁雖多而且工，但必然有所取捨抑揚，於是序文終云：「謂之選愁也可」一句，可以詮釋為抑今詞之類同南唐北宋者，另取越駕南唐北宋者，尤能傳達愁人、恨人悵恨時衰的不平之氣。

其次，引錄吳本嵩〈今詞苑序〉如下：

> 詩詞之道，蓋莫盛於今日矣。婁東、廬江振其宗，長水、鹽官樹其表，雲間則宋、陸方駕，魏唐則錢、曹一門。瑯琊昆季，則奕奕三王；西泠賓從，則翩翩十子。黃金臺畔，沈、李篇章；錦帆涇邊，袁尤標格。黃州則茶村軼宕，青山則耕隖清疎。秉三湘之秀，則黃王軫軌後先；擅大東之奇，則宋趙淵源正變。李翰林寔淮南宗匠，丁儀曹乃浙右名家。華亭則董氏二難，穎川則劉家七頌。顧弘文、錢祕書，薇郎才望；嵇臨安、吳吳興，刺史風流。金粟則婉秀高華，散木則纏綿綺麗。南州陳子，偶涉亦工；錢塘沈郎，窮研逾妙。孫豹人三原豪士，故解新聲；朱錫鬯檇李異才，尤多傑作。二宮掞太史之藻，是有鳳毛；三申振吏部之英，何慚珠樹。鍾山則紀子長兼庾、鮑，梁苑則彭生采擅鄒、枚。延令柱史，閒賦廣平之花；鴛水侍郎，豈乏歐陽之句。柯黃門之澹逸，魏學憲之清妍。禹穴左右，則有方蔣姜黃；邗溝上下，則有宗黃鄧石。雲陽賀老，艷體耑家；湖畔毛生，閑情雅搆。滬水則周郎小隱，驥沙則徐孺僑居。屈指南蘭，尤稱詞藪；倚聲而後，鄒、董猶生。黃計曹伯仲齊名，楊庶常壎篪迭和。吳參軍言情何婉，龔孝廉賦物能工。椒峰則才華健舉，不廢雕蟲；舜民則興致遄飛，時工染翰。對巖實今之淮海，氣更清超；

> 蓀友雖跡比富春，語尤雄麗。若夫彈丸陽羨，不乏傳家，以迨近日閨幃，雅多學者；況復名公新製，採掇不遑，兼之高隱鴻篇，見聞或闕。
>
> 然而上下一十餘載，約略百四十家，揆諸唐宋，格已軼乎《花間》、《草堂》；絜彼元明，體自勝於《金荃》、《蘭畹》，用是忘其聾瞽，晨夕較讐，因與陳子、潘子，暨家季，論而次之，十旬之間，得詞四百六十餘闋。倚聲集內，幸免捃摭之嫌；程邨帳中，恨有沈埋之秘。不及廣搜，遽登梨棗，正欲假為鱗羽，告我同心，便當付以郵筒，廣諸二集。至於調聲、按格、辯體、程材，別派分支，窮流盡變，時賢拈示，異指同歸，不煩雜細，響於洪鐘，贅纖豪（編者按：應作毫）於全錦，而觀其趨舍，則風尚概可見焉，猗歟盛矣。

序文首段首句，就對當前詩壇、詞壇的發展予以肯定。「莫盛」一詞，有晚盛之意，「莫」，遲也。以下所述，固然兼論詩人、詞人，但未必涵有詩詞體源相同的意思。序文次段，旨在說明編選的範圍、今詞的佳處，以及未來還有二集的編選計畫。至於編選理念的闡釋，以首段為詳。

首段一開始，就提出「今作」為「盛」的價值判斷，歸納文中所述，所以為「盛」的理由，有如下幾點：

（1）文人來自全國各地，不限於一方，由序中刻意羅列諸多地名可見，這些地名多屬文人籍貫。計有婁東（蘇州太倉）、廬江（安徽合肥）、長水（浙江嘉興，又名檇李）、鹽官（浙江海寧）、雲間（松江華亭，今上海）、魏塘（浙江嘉善）、瑯琊

（山東青島、臨沂）、西泠（浙江杭州）、黃金臺（北平大興縣）、錦帆涇（吳縣，今蘇州）、黃州（湖北）、青山（安徽當塗）、三湘（湖南）、大東（語出《詩經・小雅・大東》，指泰山以東，臨淄、曲阜一帶）、華亭（松江）、潁川（潁川衛，舊屬河南都指揮司）、南州（江西南昌）、錢塘（浙江杭州）、三原（陝西）、檇李（浙江嘉興）、鍾山（南京）、梁苑（河南）、延令（江蘇泰興）、鴛水（浙江嘉興）、禹穴左右（浙江紹興、慈谿）、邗溝上下（江都、淮安、武進，包含鄰近的泰州、如皋一帶）、雲陽（江蘇鎮江，又稱丹陽）、滬水（上海）、驥沙（江蘇泰州靖江）、南蘭（南蘭陵郡的省稱，江蘇常州武進）、陽羨（江蘇宜興），由北至南，所涉地區甚廣。

（2）文人所屬社會階層多元、性別兼取男女：由序中每每稱呼文人官銜，並刻意指出「閨幃」可見。既有出仕清朝的高階文官、地方首長，亦有曾經臣事大順王國，或是自甘隱居的文人。雖然序文兼指詩人、詞人，又往往不稱姓氏全名，然而比對《今詞苑》所錄詞人姓氏總目記載的里籍、字號，仍可獲知序文所指的文人身分。若遇線索不足者，則暫存而不論。

如「李翰林寔淮南宗匠，丁儀曹乃浙右名家」，前句應指李天馥，《今詞苑》作江南合肥人，合肥，在清順治年間，是江南省廬州府的治所。更早在唐太宗時，合肥隸屬淮南道廬州。李天馥在順治十五年（1658）中進士，入選翰林院庶吉士。則序云：「淮南宗匠」，係指李天馥乃出身歷史要地淮南道的詩詞領袖。後句應指丁澎，《今詞苑》作錢塘人，丁澎於順治十二年進士，官至禮部，故云：「儀曹」。「錢塘」是「浙右」名都，如南宋王暨撰〈先賢堂記〉云：「錢塘為浙右都會」[61]，則序云：「浙右名家」，係指丁澎乃出身浙右都會的詩詞名家。

「顧弘文、錢祕書」一句，應指顧貞觀、錢芳標。顧貞觀於康熙三年（1664）任祕書院中書舍人，康熙五年（1666）中舉人，改任國史院典籍、內閣中書。錢芳標於康熙五年中舉人，任內閣中書。故序云：「薇郎才望」。「薇郎」，即紫微郎。唐時，中書省又稱紫微省，紫微郎即指中書舍人。如白居易〈紫微花〉云：「紫薇花對紫薇郎」，宋本白詩作「紫微郎」。今人謝思煒據《唐會要》、《海錄碎事》注「紫微郎」，中書舍人。[62]序文云：「顧弘文、錢祕書」，不是實指顧貞觀任弘文院中書舍人，錢芳標任祕書院中書舍人，而是用「弘文」、「祕書」兩詞，概指顧貞觀、錢芳標兩人任職中書舍人正值「內三院」復起之時。「內三院」設置於皇太極主政時期，原指內國史院、內祕書院及內弘文院。順治十五年改內三院為內閣。順治十八年（1661）康熙繼位，四位輔政大臣又恢復內三院。及至康熙九年又改內三院為內閣。由上述序文的稱呼，可見文人們崇高的政治地位。

「嵇臨安、吳吳興，刺史風流」，句中「嵇臨安」可指嵇宗孟，順治年間舉人，官杭州知府。「吳吳興」，則指吳園次，曾任吳興太守，據陳維崧〈吳園次林蕙堂全集序〉云：「出作吳興

---

61 王暨：〈先賢堂記〉，轉載於潛說友：《咸淳臨安志》，《文淵閣四庫全書》史部地理類第490冊，卷33，頁13。

62 白居易撰，謝思煒校注：《白居易詩集校注》（北京：中華書局，2006年），冊4，卷19，律詩，頁1516-1517。

之守」之喻可知。[63]「延令柱史，閒賦廣平之花；鴛水侍郎，豈乏歐陽之句」，前句應指季振宜，《今詞苑》作泰興人，曾任廣西道御史。延令，址在泰興。柱史，可指御史。所謂「閑賦廣平之花」，指季振宜的為人與詞風，如唐朝宋廣平一般，雖有著鐵石心腸，卻能作清雅的〈梅花賦〉。後句應指曹溶，可見曹溶為沈雄《古今詞話》所撰之序，自署「鴛水年家弟曹溶撰」。曹溶里籍浙江嘉興秀水，鴛水指嘉興鴛鴦湖，又名南湖，順治十一年（1654）擢任戶部右侍郎。「豈乏歐陽之句」指曹溶的詞，亦如歐陽修一般「遊戲小詞」，非「必崇爾雅」。「驥沙則徐孺僑居」，驥沙，靖江古稱，句中徐孺可能指徐籀，《今詞苑》作長州人（蘇州）。於康熙初年曾任靖江教諭，故曰「僑居」。

「黃計曹伯仲齊名，楊庶常壎篪迭和」，這兩句接在「屈指南蘭，尤稱詞藪」之後，可知所指特為武進詞人。故前句，可能指黃永、黃京兄弟，《今詞苑》皆作武進人。黃永曾官邢部員外郎。[64]後句應指楊大鯤、楊大鶴兄弟。《今詞苑》皆作武進人。庶常，庶常吉士的省稱，大鯤於順治己亥進士，獲授庶吉士，官至山東按察使。

「吳參軍言情何婉，龔孝廉賦物能工」，前句應指吳剛思，《今詞苑》作武進人，曾任李自成大順王國兵政府從事，故云：「參軍」。後句可指龔百藥，龔百藥於順治三年舉人，孝廉，明

63　陳維崧：〈吳園次林蕙堂全集序〉，見陳維崧撰，陳振鵬標點，李學穎校補：《陳維崧集・陳迦陵儷體文集》，卷 6，頁 318。

64　計曹，應指掌管財賦的官員，與刑曹掌管刑獄審理不同。黃永官刑部，而吳序卻以戶部計曹稱之，應非誤記，而別有用意，筆法同「顧弘文、錢祕書」一句。

清時期舉人的美稱。[65]以上文人，分居地方大員、知府、僚屬、舉人等不同的社會階層，與前述高階文官的社會地位不同。

「滬水則周郎小隱」，滬水，指上海。周郎應指周積賢，師事蔣平階，《今詞苑》作松江人。小隱，正切合周積賢遺民隱逸的行跡。由「近日閨幃，雅多學者」一句，可見除了男性詞人之外，吳本嵩也關注到女性作家。他沒有明言所指為誰。若就《今詞苑》的編選結果來看，計有徐燦、賀潔、章有湘、王朗、林韞、葉小紈。綜合上述，序文意在呈現當代投入詩詞創作的文人，遍及各種階層、身分。

（3）多見群體創作，而且群體聚合的原由不止一途。或基於家族關係，如「瑯琊昆季，則奕奕三王」，指王士祿、王士祜、王王禛，並稱「三王」。人才濟濟，序文雖言「三王」，實則入選《今詞苑》只有王士祿、王士禛二人。「華亭則董氏二難」，應指董含、董俞兄弟，《今詞苑》俱作華亭人。「二難」語出《世說新語・德行》云：「元方難為兄，季方難為弟」，此指兩人既為兄弟又詩詞文才相當，難分高下。「二宮」，據《今詞苑》只錄宮姓詞人一名，可知應指泰州宮昌宗手足，然宮昌宗手足多人，序文止言二宮，另一位宮姓文人究指何人，未詳。「三申」指申涵光、申涵昐、申涵煜兄弟。其中只有申涵光入選《今詞苑》。其他如「黃計曹伯仲齊名，楊庶常塤篪迭和」，已見前述。

或基於友朋唱和的社會關係，如「西泠賓從，則翩翩十

---

65 于琨：〈常州重建圓妙觀碑記〉云：「請陳玉堪中翰、龔百藥孝廉二人董其事」，收入陳玉璂纂，于琨修：《常州府志・藝文》（南京：鳳凰出版社，2008 年），卷 36。

子」，十子指陸圻、柴紹炳、張丹、孫治、陳廷會、毛先舒、丁澎、吳百朋、沈謙、虞黃昊。「賓從」指相隨，此指以詩詞創作，相互交往。不過，其中只有丁澎、沈謙、毛先舒入選《今詞苑》。

或基於對地域文風的參與、認同，如「屈指南蘭，尤稱詞藪；倚聲而後，鄒、董猶生」，這段話指出武進一地，是詞人匯聚所在，尤其自順康之際，《倚聲初集》編成以後，詞的創作非常活躍，彷彿稍前分別於康熙八年、九年辭世的董以寧、鄒祗謨還在世時那般。之後，所列黃永、黃京兄弟，楊大鯤、楊大鶴兄弟，吳剛思、龔百藥、陳玉璂、董元愷，《今詞苑》俱作武進人。又如「若夫彈丸陽羨，不乏傳家」，更指出宜興一地雖小，但有諸多家族以詩詞世代相傳，為當地建立文學風範。序文並未指實何人。以《今詞苑》選錄結果來看，陽羨詞人獲選的數量最多，其中尤以陳維崧、陳維嵋、陳維岱、陳維岳一家，以及吳本嵩、吳逢源家族較為凸出。

（4）體格多元，各有所成，因緣不一。如「婁東、廬江振其宗，長水、鹽官樹其表」二句所指吳偉業、龔鼎孳、曹溶、陳之遴等人，都由明朝入仕清朝，同樣都居詩壇、詞壇的領袖，[66] 故云：「振其宗」、「樹其表」，但風格互異。[67]其中，只有陳

66　顧貞觀：〈與栩園論詞書〉云：「香嚴（龔）、倦圃（曹），領袖一時」，見謝章鋌：《賭棋山莊詞話續編》轉錄，收入唐圭璋：《詞話叢編》，冊 4，卷 3，頁 3530。

67　鄭方坤：〈靜惕堂詩鈔小傳〉云：「與龔芝麓宗伯異曲同工，卓然為國初一大家」，收入鄭方坤：《國朝名家詩鈔小傳》，《龍威祕書三集》（臺北：藝文印書館，1968 年），卷 1，頁 9。《靜惕堂詩鈔》，曹溶撰。

之遴未入選《今詞苑》。

又如「秉三湘之秀，則黃王軫軌後先；擅大東之奇，則宋趙淵源正變」數句，指「三湘」、「大東」，各為「秀」、「奇」之地，自有人才。其中，秉三湘地秀的黃周星、王岱，《今詞苑》俱作湖南人，兩人風格前後相繼，如出一轍；相較於此，擁大東之地特有靈性的宋琬、趙鑰，《今詞苑》皆作萊陽人，卻一先一後，承中有變。可見地域不同，文學創作派別的形態也隨之互異。

「南州陳子，偶涉亦工；錢塘沈郎，窮研逾妙」，前句應指陳允衡，《今詞苑》作南昌人。南州，江西南昌的別稱。沈郎，指沈謙，《今詞苑》作錢塘人。「亦工」、「逾妙」指兩人的詩歌藝術成就俱佳，然一為「偶涉」、一為「窮研」，投注的心力不一，可知創作的涵養功夫本無一定。「孫豹人三原豪士，故解新聲；朱錫鬯檇李異才，尤多傑作」，可知如孫枝蔚，《今詞苑》載字號豹人，三原人。朱彝尊，《今詞苑》載字號錫鬯，嘉興人，嘉興，舊稱檇李。能「解新聲」、「多傑作」，乃分別得力於北方人豪邁不羈的性格，與出眾的天賦。這方面屬於天縱的主體性情。

至於，「二宮掞太史之藻，是有鳳毛；三申振吏部之英，何慚珠樹」，指明宮昌宗兄弟、申涵光兄弟，所以文采爛然，稀有而珍貴，是因為他們秉受了家學淵源。「太史」指泰州宮氏祖先宮紫元，曾任太史，申涵光之父申佳胤，曾任明朝吏部文選主事。「鍾山則紀子長兼庾、鮑，梁苑則彭生采擅鄒、枚」，所指乃紀映鍾與彭而述。紀映鍾，號鍾山遺老，《今詞苑》作江寧（今南京）人。彭而述，《今詞苑》作鄧州人，鄧州正位於梁苑所在的河南。[68]這兩人的創作乃是取資於庾信、鮑照、鄒陽、枚乘的麗藻與才辯。綜上所述，不管家學或文學傳統，皆屬後天習染。由是可知創作的本原與條件，不止一端。

「吳參軍言情何婉，龔孝廉賦物能工。椒峰則才華健舉，不廢雕蟲；舜民則興致遄飛，時工染翰」數句，意指同屬武進的文人，創作風格、態度各異，如吳剛思，善於抒發柔婉之情，龔百藥精於描摹外物。陳玉璂（號椒峰）固然才情高拔，但猶能致力於辭章技藝；董元愷（號舜民）雖也神采昂揚，卻未孜孜於技巧的經營，只是有時投入。其他「黃州則茶村軼宕，青山則耕隖清疎」、「金粟則婉秀高華，散木則纏綿綺麗」、「柯黃門之澹逸，魏學憲之清妍」、「對巖實今之淮海，氣更清超；蓀友雖跡比富春，語尤雄麗」，各句所指杜濬（號茶村（邨））的軼宕、唐允甲（號耕塢）的清疎、彭孫遹（號金粟）的婉秀高華、陳世祥（號散木）的纏綿綺麗。柯黃門的澹逸，魏學憲的清妍，秦松齡（號對巖）的清超，嚴繩孫（號蓀友）的雄麗，莫不在在呈現當代詩人、詞人各具家數，風格多元。

綜上所述，序文所敘及的面向，除了文章風格之外，遍及創作本原、學養、階層、地域各方面，總體展現人文的創作，不必限於單一準式，由此可知吳本嵩所認知的「盛」，乃歸本於多元統合，包容殊異的基源價值，與陳子龍將「盛」的價值判斷，導向樹立正統，排除異端的理念不同。吳本嵩這篇序文的意義，不止於相對陳子龍，也可說與宋明以來，儒者每以「盛」指向定於

---

[68] 《今詞苑》作「彭而述，禹峰，江南鄧州人」誤。蔣景祁：《瑤華集·詞人姓氏里爵集》彭而述作「河南鄧州」，頁 160。

一尊的正統觀念作對，如明代霍韜〈與朱貳守論稱謂書〉云：「今天下一統全盛」，句中所謂「一統」，即追求同一，故不「涉二尊之嫌」，乃是「全盛」的理念，[69]與吳本嵩的價值觀，明顯相左。

2、為詞體所宜本據的存異基源價值，建立文化思想上的理據

主要見於潘眉〈今詞苑序〉的論述，全文如下：

> 原夫鐘鳴谷應，截嶰竹以雄雌；暈滿灰飛，緪桑絃於子母。算窮升龠，氣可感乎八風；律準陰陽，根實生乎萬事。八公詠桂，韻同小海之琴；四皓歌芝，聲類始青之曲。此則識在參寥，理由象罔。
>
> 橋陵杳矣，挾伶倫以俱僊；蒼梧邈焉，睠后夔而不見。宗邦乏播鼗之叟，列國無觀樂之賓。自古為難，於今莫再。至若齊王殿內，吹竽者數千；孔氏壇前，鳴絃者十九。秦太史之書東瑟，趙將軍之請西缶，以及謳稱王豹，化被河西。暨夫歌數緜駒，風行齊右，莫不性緣習異，俗以人移，此之音律，大約可覩矣。
>
> 蓋詩首皇娥而下，詞追趙宋而前，歷代相沿，變本加厲，其間因革，畧可參稽。七絕平韻，即名為小秦王；七絕次韻，遂號為雞叫子。瑞鷓鴣便是七言近體，生查子不過五言遺聲。沿至三字九字，在樂府已引其端，况夫柳枝、竹枝，彼唐人夙嫺斯體。攷其祖禰，仍為騷雅之象贒，咀其

---

[69] 霍韜：〈與朱貳守論稱謂書〉，收入黃宗羲：《明文海》（北京：線裝書局，2004年），卷172。

> 雋永，絕非典謨之賸馥也。夫體製匪殊，惟性情各異。絃分燥溼，關乎風土之剛柔；薪是焦勞，無怪聲音之辛苦。譬之詩體，高、岑、韓、杜，已分奇正之兩家；至若詞場，辛、陸、周、秦，詎必疾徐之一致。要其不窕而不槬，仍是有倫而有脊，終難左袒，略可參觀。
>
> 僕本恨人，詞非小道，遂撮名章於一卷，用存雅調於千年。諸家既異曲同工，總製亦造車合轍。嗟夫，生才實難，知音不易，形不畫於麟閣，徒作葉公之龍；姓未掛於鳳洲，恐成荀息之馬。聊日中而秉翟，將道上以吹篪。詎曰公真醉矣，是醒而狂。庶幾國有人焉，倡予和女。

潘眉的序文，旨在論述文各有體，彼此相異，價值齊等。所謂「諸家既異曲同工，總製亦造車合轍」，即指此意。因此，也體現存異的基源價值。第一段及第二段，乃是透過各種人文經驗，反覆闡述這個道理，並引述《莊子》之論做為理據。

首段一開始，指出事物之間必有感應，但形態可以不一。故聲音不同，感應的事物便隨之相異。「鐘鳴谷應」，指山將崩塌，鐘先自鳴，見《世說新語・文學》劉孝標註引〈東方朔傳〉云：「山恐有崩弛者，故鐘先鳴」。[70]殷浩據之云：「銅山西奔，靈鐘東應」[71]。「截嶰竹以雄雌」，指以嶰谷之竹製成的律管，音響各異，可與鳳鳥雄雌，各有鳴聲，相互感應。可見《呂氏春

---

[70] 劉義慶撰，劉孝標注，余嘉錫箋疏：《世說新語箋疏・文學》，頁240-241，「殷荊州曾問遠公」。

[71] 殷浩之說，引自陳維崧〈徵刻吳園次宋元詩選啟〉「所賴鐘鳴谷應」一句程注，見陳維崧撰，程師恭注：《陳檢討四六》，卷17，頁13。

秋・古樂》所載「次制十二筒，以之阮隃之下，聽鳳凰之鳴，以別十二律，其雄鳴為六，雌鳴亦六，以比黃鐘之宮，適合」[72]。

「暈滿灰飛」，指古人以十二律管對應十二月，「暈滿」指月氣至的徵候，則該月律管中的葭灰便相應而消散，由此得到正聲。如宋蔡元定《律呂新書・候氣》云：「以葭灰實其端，覆以緹索，案歷而候之，氣至則吹灰」句下註，引蔡邕之說：「若其月氣至，則辰之管灰飛，而管空也」[73]。「緪桑絃於子母」，意指將琴絃繃緊，使其音調由低升高的變化，可與子生於母的意象類應。所謂「緪」，緊絃也。「桑絃」，空桑所產的琴瑟。清代胡彥昇《樂律表微》云：「九六，陰陽、夫婦、子母之道」句下註引孟康之語：「異類為子母，謂黃鐘生林鐘也」[74]，正見此意。這是出自歷代樂官對樂律損益之道的比擬。

其次，指出總稱之下，可再細分不同的品名，這是人文世界用以歸類事物的通則。但是物件不同，則內含品項的等級與多寡，也就隨之差別，並無一定準則。「算窮升龠」，「算」，量器也，「窮」，究極。升、龠相對於斗、斛，原指容量少的容器。此句指「算」是計量的通稱，因容量多少不等，而可再做斗、斛、升、龠、合，至為精密的分別。「氣」是節氣的通稱，因應八種不同方位的風，呈現為不同的流動型態。

---

72 呂不韋撰，陳奇猷校注：《呂氏春秋新校釋・仲夏季第五・古樂》（上海：上海古籍出版社，2002年），上冊，頁288。

73 蔡元定：《律呂新書》，《文淵閣四庫全書》經部樂類第212冊，卷1，頁30。

74 胡彥昇：《樂律表微》，《文淵閣四庫全書》經部樂類第220冊，卷2，頁2。

「律」是音高的通稱，又可依據陰、陽各六律的區別，細分十二音高以為基準。「根實生夫萬事」，「根」是本原的通稱，卻蘊含創生萬物的各種可能。量器區分為五，音律區分為十二，節氣區分為八，本根可析分千萬，總稱皆為一，但是分項數量各有不同。

那麼，該如何看待宇宙之中各種殊異的經驗？是否可以單用一套標準，評定諸多殊異的現象？序文以下六句，潘眉對此一問題提出解答。「八公詠桂」，此句非指八公有詠桂之作，而是以「八公」代指能夠感動八位高士來歸的淮南王劉安。劉安好道，少曾攀桂，作詩云：「攀桂樹兮聊淹留」。見《藝文類聚》引《淮南子》所載，[75]可知劉安曾作詩，借「攀桂」之句，頌美隱居處所，可供棲止，藉此抒發隱逸之志。「小海之琴」，《陳維崧集・陳迦陵儷體文集》另作「小海之簫」。「小海」，據《晉書・隱逸傳・夏統》所載，[76]乃指吳人悼念伍子胥因忠烈見戮而作的歌，此代指伍員。《史記・范雎蔡澤列傳》載伍子胥「鼓腹吹篪（一作簫），乞食於吳市」[77]。潘眉以「韻同」二字，把抒發高士隱逸與壯士困頓這兩種不同生命情調的詩歌，齊一看待，不予高下評斷。「韻同」之同，此處非指同一，而是齊一。

「四皓歌芝」，據《古今樂錄》所載：「南山四皓隱居，高

75 歐陽詢：《藝文類聚》，《文淵閣四庫全書》子部類書第 888 冊，卷 89，頁 797。

76 房玄齡：《晉書》（臺北：臺灣中華書局，1971 年），卷 94，頁 3，「小海唱」。

77 司馬遷撰，瀧川龜太郎會注考證：《史記》（臺北：洪氏出版社，1986 年），卷 79，頁 975。

祖聘之，四皓不甘，仰天歎而作歌」[78]，「不甘」，不願也。又據《樂府詩集》引崔鴻之說：「四皓為秦博士，遭世暗昧，坑黜儒術，於是退而作此歌」[79]，二說雖然不同，但均指出四皓作歌，係出有意。「始青之曲」，出自《度人經》（全稱《元始無量度人上品妙經通義》）道言所載：「始青者，東方九炁青天也。乃神霄九天之一。此天梵炁所凝，碧霞廓落，故曰碧落。碧霞之炁，凝為瓊林瑤樹，靈風鼓蕩，自成空洞之歌，是曰空歌」[80]。則「空」本無心。潘眉乃以「聲類」二字，把有意之歌與無心之歌齊等看待。

所謂「識在參寥，理由象罔」，指出齊一物類的觀點，來自於《莊子》。「參寥」涵有超越相對的事物、價值，而不執一端的意思。可見《莊子・大宗師》云：「玄冥之參寥，參寥聞之疑始」，唐成玄英疏：「參，三也。寥，絕也。一者絕有，二者絕無，三者非有非無，故謂之三絕也」[81]。「有」、「無」，相對也。「非」指超越，不執一端。此一境界的達成，有賴「象罔」的心靈狀態與性情修養。故《莊子・天地》云：「象罔得之」，成玄英疏：「無心之謂也」[82]。無心，故不強調聰明知能。

---

78 《古今樂錄》所記，轉載於左克明：《古樂府》，《文淵閣四庫全書》集部總集類第1368冊，卷9，頁8，漢四皓〈采芝操〉註。

79 郭茂倩：《樂府詩集》（臺北：臺灣中華書局，1987年），冊2，琴曲歌辭，卷58，頁8-9，四皓〈採芝操〉。

80 陳景元集注：《元始無量度人上品妙經通義》，《中華道藏》（北京：華夏出版社，2004年），第3冊，頁698。

81 莊周：《莊子・大宗師》，見莊子撰，郭慶藩編，王孝魚整理：《莊子集釋》，上冊，頁256-257。

82 莊周：《莊子・天地》，頁414-415。

第二段則承接第一段的理路，對於制定禮樂天下同一的理想，提出質疑。「橋陵杳矣，挾伶倫以俱僊；蒼梧邈焉，睠后夔而不見」，句中「橋陵」，本指唐睿宗之墓，此處兼合黃帝。蒼梧，指虞舜駕崩之處，此指舜帝。傳說黃帝、舜帝兩人在位時，曾分別命樂官伶倫、后夔正律呂、和五聲，使天下權衡歸於同一。此天下同一的功業，有賴於洞徹幽微的神通能力，故伶倫、后夔或被視作聖人。此事除了見於上引《呂氏春秋・古樂》，亦見於應劭《風俗通義》引《呂氏春秋》所載孔子釋「夔一足」云：

> 昔者，舜以夔為樂正，始治六律，和均五聲，以通八風，而天下服。重黎又薦能為音者。舜曰：「夫樂，天地之精，得失之節，故唯聖人為能和樂之本。夔能和之，平天下，若夔一足矣」。[83]

可見舜對后夔能和樂，以平天下，十分推崇，視為聖人，有夔一人，便已足夠，無勞他人為音。然而，潘眉云：「杳」、「邈」、「俱僊（仙）」、「不見」，其意之一指這類聖王、樂正，只存在於傳說，現實社會不可能見到。這是此段序文的意涵之一。此外，這段序文的意涵之二，乃是對歷史上實存的盛世音樂，此即初盛唐所推行的禮樂同一政策，終歸消散而不恆久，提出斷語。初盛唐時期雅樂復興，追求徵聖、復古的理念，在「皇權」的推助之下，蔚成時代的主流思潮。推行最力者是唐太宗。

---

[83] 應劭：《風俗通義》（臺北：臺灣中華書局，1976年），卷2，頁1。

貞觀十一年（637）頒行〈唐禮及郊廟新樂詔〉遵奉先王雅樂，崇尚「同節同和」，唐太宗作〈帝京篇〉云：「用咸英之曲，變爛漫之音」，意圖消弭爛漫之音，凡此都在宣揚正天下之樂以求同一的「正統」思想。太宗之後，此風漸趨消弱，至睿宗一朝雖「頗通遠調」，求同思想猶存餘風。及睿宗歿，玄宗代興，雅樂迎來另一波新變，原求同一的制樂理念至此邈矣，崇尚多元性代起，促成了雅樂的新變。[84]

「宗邦乏播鼗之叟」，原指周朝官制所設瞽矇之徒，精於審音，能準確地依照大師所制定的樂律，演奏鼗、柷等樂器，並歌九德六詩，以為天下準式。如《周禮‧春官‧瞽矇》云：「瞽矇掌播鼗、柷、敔、塤、簫、管、弦、歌。諷誦詩，世奠繫，鼓琴瑟。掌九德六詩之歌，以役大師」[85]。役，聽從。宗邦，指天子京畿。由「乏」一字可知，潘眉否定了《周禮》所載儒家對於天子同一樂律的政教理想主張，故曰即便盛世，朝廷不見精於審音而歌詩的樂官。「列國無觀樂之賓」，原指春秋戰國之時，諸國並列，吳國公子季札，來到魯國聘問，由觀賞魯國樂工演奏、舞蹈、歌唱各國之詩，體察其中或有「其細已甚」、「猶有憾」之偏頗不平處，據此給予政教興亡的評價。[86]由「無」一字可知，

---

[84] 關於初盛唐「皇權」與「禮樂」的關係，見鄧婷：《初盛唐音樂思想與文學》（天津：南開大學文學院博士論文，2013 年），第一章初盛唐禮樂思想與文學，頁 14、25、42、44。

[85] 鄭玄注，賈公彥疏：《周禮注疏》，《十三經注疏本》，卷 23，頁 18。

[86] 左丘明撰，杜預注，孔穎達疏：《春秋左傳正義‧襄公二十九年》，卷 39，頁 11-17。

潘眉也否定經書所載世上存有能夠持和平至理的仲裁者，使各地詩歌獲得適當的褒貶，故曰亂世之際，群雄割據，焉有真正持平觀樂之人。「於今莫再」一句，則強烈表示今日沒有放諸四海皆準的規範。

以下數句，並列各地流行音樂、歌唱的不同情況，進而對風俗移易的本原，重新給予解說。齊王以君主之尊，獎掖吹竽，吸引成千上百的群眾追隨，「數千」，《陳維崧集・陳迦陵散體文集》作「三千」，是誇張的說法，參《韓非子・內儲說上》云：「齊宣王使人吹竽，必三百人」[87]。孔子處困頓之時，猶能鼓琴歌詩，以表樂道之心，事見《莊子・秋水》云：「孔子游于匡，宋人圍之數匝，而絃歌不惙」[88]，《莊子・讓王》、《莊子・漁父》亦有孔子「窮於陳、蔡之間」，「弦歌鼓琴未嘗絕音」[89]之說。因其境界高遠，能紹承者十人不到。十九，十人中有九人。

「秦太史之書東瑟」二句，事見《史記・廉頗藺相如列傳》[90]。原指秦國太史記載趙王為秦王鼓瑟，趙王的侍臣藺相如不甘趙王受辱，以死要脅秦王為趙王擊缶之事。藺相如因此受封為上卿。廉頗妬相如高升，得知實情之後向相如請罪，即稱「不知將軍寬之至此」。這兩句之意不在於秦、趙兩國之間的外交折衝，而是指西秦以擊缶為主，東趙流行鼓瑟，各有所好。至於王

87 韓非撰，陳奇猷校注：《韓非子集釋》（高雄：復文圖書出版社，1987年），卷9，頁557。

88 莊周：《莊子・秋水》，見莊子撰，郭慶藩編，王孝魚整理：《莊子集釋》，下冊，頁595。

89 莊周：《莊子・讓王》、《莊子・漁父》，頁981、1023。

90 司馬遷撰，瀧川龜太郎會注考證：《史記》，卷81，頁992。

豹善謳，影響遍及河西，緜駒善歌，齊右為之著迷，見《孟子・告子下》云：「昔者，王豹處於淇，而河西善謳；緜駒處於高唐，而齊右善歌」[91]，謳者，徒歌；曲合樂曰歌。因王豹、綿駒歌藝各有特色，故造就不同地區的歌唱文化。順著上述，序文得出「莫不性緣習異，俗以人移」的結論。此句在《陳維崧集・陳迦陵儷體文集》文字稍異，作「莫不性由習染，俗以人移」，意思相近，俱指各地人民的性情，總因地域風尚的薰習，而各有不同。社會風氣的動向，乃依循引領一地一隅風氣的常人，而代有移易。現實的世界不一定依循具有神通能力的聖人，所訂立的制度，而走向大一統。序文持此觀點，重新詮釋詩樂的源流。

「詩首皇娥而下」，「首」字，《陳維崧集・陳迦陵儷體文集》作「自」。乃是以傳說中的〈皇娥歌〉為詩的起始，「詞沿趙宋而前」，則言詞體在宋朝之前即已出現。序文說這兩句，主要闡明詩、詞的源頭，雖起點不同，不過有「相仍」之處，亦有「變本加厲」之處，故有「因」，也有「革」。那麼，「相仍」、所「因」的內容為何？「變本」、有「革」的內容又為何？以下，所述「七絕平韻」、「七絕次韻（《陳迦陵儷體文集》作「仄韻」）」等四句，容易讓人聯想起楊慎《詞品》對詞之起源的論述，〈詞品序〉云：

> 若唐人之七言律，即填詞之〈瑞鷓鴣〉也。七言律之仄

---

[91] 孟軻：《孟子・告子下》，見孟軻撰，趙岐注，孫奭疏：《孟子正義》，《十三經注疏本》，卷 12，頁 10。

韻，即填詞之〈玉樓春〉也。[92]

《詞品》卷一又云：

> 唐人絕句多作樂府歌，而七言絕句隨名變腔。如〈水調歌頭〉、〈春鶯囀〉、〈胡渭州〉、〈小秦王〉、〈三臺〉、〈清平調〉、〈陽關〉、〈雨淋鈴〉，皆是七言絕句而異其名。[93]

又云：

> 仄韻絕句，唐人以入樂府。唐人謂之阿那曲，宋人謂之雞叫子。[94]

由上述引文可知，楊慎固然把若干唐絕入樂，視為詞體的源頭之一。不過，這些歌詞，都是齊言。其實，楊慎更著意的是，把長短句的歌詞，上溯六朝填詞之作，以之作為詞體最理想的源頭。是故〈詞品序〉云：

> 詩詞同工而異曲，共源而分派。在六朝，若陶宏景之〈寒夜怨〉，梁武帝之〈江南弄〉、陸瓊之〈飲酒樂〉、隋煬帝之〈望江南〉，填詞之體已具矣。

---

92 楊慎：《詞品・序》，頁 305。

93 楊慎：《詞品》，卷 1，頁 352。

94 楊慎：《詞品》，卷 1，頁 353。

梁武帝〈江南弄〉、隋煬帝〈望江南〉，雖然所倚之聲，不盡為隋唐燕樂，但合樂的形式是倚聲填詞，故字句音節，率有定格；非唐人絕句，多為選詩入樂的形式。因此，所謂「詩詞同工而異曲，共源而分派」，意即詩、詞同為合樂，是共源，然而合樂的形式卻有區別，是分派。

相較之下，潘眉不著重從合樂形式的差別，去論述詩、詞的分派，反而偏就歌詞可與音樂分離，不必然倚聲填寫的角度，去論述詩、詞的相仍處。如楊慎等文人，正是由長短句，去規範詞體的理想源頭，以凸顯詞體倚聲的特色。潘眉反而特別看重齊言。因此，潘眉對詩之源頭，不是追溯合樂的國風，而是舉齊言的謳謠〈皇娥歌〉，對於詞之源頭的追溯，也以唐人的齊言詩歌為主。所舉〈小秦王〉、〈瑞鷓鴣〉、〈雞叫子〉俱是。即使「〈生查子〉」、「三字九字」之調，他也認定不過「五古遺聲」，「在樂府已引其端」，所謂「五古」、「樂府」，或為長短句，固也合樂，但這類作品格律自成，不是倚聲而來。至於〈柳枝〉、〈竹枝〉更是唐人慣作的七絕。

這種論述，明顯背離明代以來，由音樂代興，以及合樂形式的轉變，將詞之源上溯至六朝、五代、宋，由此規範詞體本色，所表現出來的復古觀點。這類明人的觀點，除了見於上舉楊慎之說，俞彥《爰園詞話》所述「五代至宋，詩又不勝方板而詩餘出」、「寧如宋猶近古」[95]均屬之。因此，潘眉對詞體源頭的追溯，非如明人一般停留在六朝，而是上溯到《騷》、《雅》。此一溯源的結果，不是意在強調詞體「倚聲」而「可歌」的特質。

95　俞彥：《爰園詞話》，收入唐圭璋主編：《詞話叢編》，頁400。

蓋王世貞《藝苑卮言·曲藻》已云：「騷賦難入樂」[96]，顧炎武《日知錄》提出「謂之變〈雅〉，詩之不入樂者也」[97]。〈雅〉之與〈騷〉並稱，多指同出於怨，可見《史記·屈原傳》所評「《小雅》怨悱而不亂，若〈離騷〉可謂兼之」[98]。據此潘眉序文所謂《雅》，非指正詩，而是變詩。由於不強調「倚聲」而「可歌」，便與王士禛必以「聲音之道」為準式的論述，不完全相合。

潘眉的序文，不止將《騷》、《雅》視為詞體之源，同時也是詩之源，故云：「攷其祖禰，仍為騷雅之象贒（賢之異體字）」，這段文字在《陳維崧集·陳迦陵儷體文集》稍異，作「俱為騷雅之華胄」，不管是「象贒」或是「華胄」，都是稱讚《騷》、《雅》之為體，尊貴而有德，詩、詞紹承之。如此，便對韻文之體，給出言愁的規定，而與其他非韻文主說理，體有不同。所謂「咀其雋永，絕非典謨之賸馥」，一方面指出詩詞的情深，與《尚書》所載聖王賢臣的常道善政，性質殊異；另一方面，也表示詩詞與典謨兩者地位相當，不可軒輊。上述序文雖然述及詩、詞共源，似有求同的意味，而可以呼應前述「相仍」之意，實則論述的重點，還是放在詩詞與典謨的區別上。以下，便進一步就詩、詞兩者的差異，乃至於詩、詞個別內部又含有的分歧，給予陳述，以呼應前述「變本」之意。

---

96 王世貞：《藝苑卮言》，附錄一，《弇州四部稿》，《文淵閣四庫全書》集部別集第 1281 冊，卷 152，頁 449。

97 顧炎武：《日知錄》，《文淵閣四庫全書》子部雜家雜考第 858 冊，卷 3，頁 1。

98 司馬遷撰，瀧川龜太郎會注考證：《史記》，卷 84，頁 1010。

「夫體製匪殊，惟性情各異」一句，《陳維崧集‧陳迦陵儷體文集》作「夫體製靡華，故性情不異」，兩者語義頗見懸殊。若就「體製靡華」而言，可能指詩詞這類韻文，相對於典謨等經書文體而言，在語言形相上，共同表現出柔靡華美的特色。蓋典謨等經書，以說理為宗，文體簡樸典重。「性情不殊」，指詩詞俱以抒情為體。如此一來，這二句乃承上一段，仍在論述詩詞同質，以便與典謨之體區分。若以「體製匪殊」而言，則指詩、詞俱以《騷》、《雅》為祖禰，用韻以抒情的體製相同，然而，「性情各異」，則指兩者言愁的樣態各不相同。以下四句，則是借用音樂的意象，對詩、詞個別內部又含有的分歧，加以比擬與類推。

「弦分燥濕，關乎風土之剛柔」，意指樂調有「燥」、「濕」相對的不同，是源自所在地域風土本有「剛」、「柔」的性質差別。然而，不管何地生產的木輪車，只要操勞過度，所發出的聲音絕不悅耳，故聲有異，也有同。就像唐詩，以高適、岑參、杜甫、韓愈，呈現詩的體格有「奇」、「正」的分別，而宋詞，也因辛棄疾、陸游、周邦彥、秦觀，而形成南、北宋不同的時代詞風。「已分兩家」、「詎必一致」，可見潘眉肯認這類文體上的歧異。「要其不窕而不摦，仍是有倫而有脊，終難左袒，略可參觀」，所謂「窕」指聲音過細，「摦」指聲音過大。「不」，超越相對的意思。據此，意即不是此非彼，不持對立的價值，來評斷、建立這些不同文體的關係。「仍是有倫有脊」，倫、脊，理也，意指這些相對的文體，皆屬合理，應該齊一對待。

綜上所述，可知潘眉在《莊子》思想的啟發下，意在指明詩詞與典謨，詩與詞，以及詩、詞內部，各自對應或包含不同體格的差別，因此，所操持的文化理念，不是意在正統，而是並存殊異，齊一看待。藉此消解陳子龍等文士，對詞體獨尊一格的主張，與王士禛由「可歌」規範詩詞的同一性質，相對忽視不同體格別異的論斷。也扭轉若干經生、古文家推崇說理，相對貶抑抒情的詞為小道的看法。據此，潘眉的詞論，所根本的基源價值，乃是以存異，取代正統。

《今詞苑》刊刻之前，明末清初的詞壇，不乏對追求詞體本色，獨尊一格的風氣，給予反思。如編選唐至明詞的《古今詞統》，提倡多元詞格的統合；又如選錄今詞的《倚聲初集》，編選人之一鄒祗謨，在序文提出「非前工而後拙，豈今雅而昔鄭」[99]的論述，一皆流露存異的理念。不過，他們的觀點稍涉表面，未能完全脫離追求正統的崇古詞論，他們的影響力，也及不上這些持正統理念的領袖。因此，這類並存多元詞格的論調，未能完全扭轉當時詞風的走向。

《今詞苑》的序文，與這類論見的方向若干相近，但是多了由引述及省思經、史而來的文化深度。四篇序文，分持「新正統」與「存異」的理念。其中，陳維崧所撰序文，以卓犖的才識為創作本原，循此在語言體製的層次上，主張類體越界的獨造，以對抗類體本色的崇古詞論，及其所據的同一價值，而重造新正統基源價值的內容。潘眉等人所撰序文，則以莊子象罔無意的心

[99] 鄒祗謨：〈倚聲初集序〉，見鄒祗謨、王士禛同選：《倚聲初集》，頁4。

靈為創作本原，循此在語言風格、體製的層次上，主張不同家數、類體、韻語和典謨的區分與並重，在在流露存異的意識。編者兩方面之間沒有完全契合。

固然，如《古今詞統》這類的著作，也流露著兼合同一與存異的意識，不過，他們所重的「同一」，乃特指體製格律，至於風格，可以多元。因此，尚見通變。《今詞苑》與之有別。承上所述，對於《今詞苑》一方面兼重「小令」、「中調」、「長調」，一方面凸顯特定詞人家數，以重塑今詞典範的編選方式及結果，恐非單一編者的理念，可以概之。這項論題，必須另就編選結果分析、印證，礙於篇幅只能留待日後詳論。

不過，四篇序文，賦予選詞、填詞深度的文化理念，確使這部選本的意義，有別於前。據此，體味徐喈鳳序文稱讚這部選本「昔年花樣，變本為佳。今日詞壇，開先特勝。此吾里其年、天石、枚吉、元白四子，所以有今詞一選也」，所言也有若干道理。

原刊《中國文化研究所學報》第 64 期，2017 年 1 月。
2019 年 7 月增補修訂。

「存異認同」觀念主導下的通代詞史重構

本文繼前述〈「存異認同」觀念主導下的陽羨詞學〉之後，續就陽羨詞人操持「存異」的基源價值，對「通代詞史」加以重構的結果與意義，提出詮釋。此一重構，指向詞壇既有的權威詞史論述，而涵有改造的意味。是故，需建立相關的詞學背景知識以資對照。陽羨詞人潘眉撰寫的〈荊溪詞初集序〉最為代表。因過去學界對這篇序文闡釋不多，故藉此文詳論。

一、《荊溪詞初集》的新詮釋：「去正統」的詞史觀

（一）潘眉與《荊溪詞初集》

潘眉，字原白（或元白），潘瀛選子，宜興人。其生平另見〈緒論〉。曾與陳維崧、吳逢原、吳本嵩合編《今詞苑》，又名《今詞選》，康熙十年（1671）由徐喈鳳刊行。康熙十七年（1678），受同里曹亮武主編《荊溪詞初集》的邀請，加入合編的行列。能夠兩度參與陽羨重要詞人所主持的編選活動，顯示潘

眉在社群中頗受重視。是故，潘眉的詞論，亦應可被納入陽羨詞學構成的內容。

潘眉的詞論，主要見於他所撰寫的〈今詞苑序〉和〈荊溪詞初集序〉。兩序的理念一脈相承，正好與陽羨詞人陳維崧某些時期所提出的詞論，共成陽羨詞學的兩大主軸。然而，現今研究「陽羨詞派」的專書，以及建構清初詞學史的相關論著，述及「陽羨詞學」時，卻甚少提到潘眉。其因，一方面或與學界對「陽羨詞人群」的認知觀點有關。蓋長期以來，學界偏向把「陽羨詞人群」定位成「是個野遺色彩十分濃重的流派集團」[1]。循此，現今學者所認定的陽羨詞人，大多屬於《重刊宜興縣舊志・人物志》的「文苑」、「隱逸」兩類，只有極少數如徐喈鳳屬於「治績」一類。潘眉，正被歸入「治績」[2]；如此，難以符合現今學者對「陽羨詞人群」屬性的認定，是故少獲關注。

另一方面則與學界偏取陳維崧的詞觀，以界定陽羨詞派詞學中心的片面觀點有關。基於這個觀點，現今學者對於陳維崧之外，其他陽羨詞人的詞觀，較關注其中可見趨近陳維崧的一面，較少看重不同於陳維崧所論的一面。有時，未及分辨，統括認作陳維崧所有。如潘眉〈今詞苑序〉誤入《陳維崧集・陳迦陵儷體文集》，〈緒論〉已辨，以致此序援引《莊子》為據，而創發的詞學理念，長久以來，被陳維崧「存經存史」的主張所掩，沒有

---

[1] 嚴迪昌：《陽羨詞派研究》，頁 205-245。又嚴迪昌：《清詞史》，頁 217-242。嚴迪昌正是以「野遺」認定陽羨詞派的屬性。他所列舉的陽羨詞人名單，為後來學者所遵循，影響甚大。潘眉不在此一名單中。

[2] 胡觀瀾：《重刊宜興縣舊志》，卷 8，「治績」，頁 33、44，「文苑」，頁 100-108，112-114，「隱逸」，頁 41。

得到公評。

至於〈荊溪詞初集序〉，則列舉、評述歷代詞人詞作，儼然一篇微型的通代詞史，是潘眉將前作〈今詞苑序〉所表述的詞論與文化理念，進一步展演的成果。這種宏闊的視野，在以創作為主的陽羨詞人群中不多見。可是，現今學者大多偏重於《荊溪詞初集》係出於陳維崧的倡議，卻對實際參與編選的其他編者、評者：曹亮武、潘眉、蔣景祁、吳雯所持的不同觀點，較為忽視。

《荊溪詞初集》於康熙十七年（1678）始編，同年完成，此乃「初編本」，多年後由蔣景祁復加更定，而有「改編本」。關於此集現存的版本及內容同異，請參〈緒論〉。曹亮武〈荊溪詞初集序〉對此集初編的過程敘述如下：

> 今年春，中表兄其年客玉峰，郵書於余，曰：「今之能為詞遍天下，其詞場卓犖者，尤推吾江浙居多。如吳之『雲間』、『松陵』，越之『武陵』、『魏里』，皆有詞選行世。而吾荊溪，雖蕞爾山僻，工為詞者多矣，烏可不彙為一書，以繼雲間、松陵、武陵、魏里之勝乎？子其搜輯里中前後諸詞，吾歸當與子篝燈丙夜，同硯而論定之。」余許之，而未敢以為然也。……
> 未幾而其年兄奉博學弘詞之召，夏六月，有司趣行，不獲卒業。乃與京少、原白共其事。又數越月，大抵殫終歲之勞瘁，始告成焉。計選詞八百餘首。吳子天篆又從而較讐之、點次之，遂鳩工而付之梓。

上引序文中「乃與京少、原白共其事」一句，抄本作「乃與潘子原白共其事」。據此序可知，《荊溪詞初集》原由陳維崧與曹亮武合作，陳維崧中途入京，「不獲卒業」，後由蔣景祁、潘眉接續，和曹亮武一起完成編選。今日可見《荊溪詞初集》編者、評者序文四篇，其中一篇即由潘眉撰寫。

潘眉雖然以「治績」聞名，但是他的文才，未必遜於「治績」。除了曾經參評武進知名評點家吳見思所著《杜詩論文》[3]；又《重刊宜興縣舊志・人物志》在歷數潘眉「運糧」、「賑饑」而「多稱職」、「卓異」之餘，也對他的文學成就，給予高度的肯定，云：「眉長于詩、古文、詞，嘗與陳其年定《今詞選》行世」[4]，特別表出潘眉參與《今詞選》（一名《今詞苑》）的編輯。下文先就潘眉〈荊溪詞初集序〉所蘊涵的詞史意義及史觀，加以說明。

（二）「去正統」的詞史觀：多焦統合史觀

雖然，《荊溪詞初集》是一部當代地域詞選，不過潘眉撰序，卻非局於敘述荊溪一地詞史的演進，而是超越古今、地域。所以如此，據潘眉的自述，可知此序並非完成於《荊溪詞初集》編成之時，而是在編選的過程，用來邀請荊溪同道詞人「惠我郵筒」、「用登初集，敬俟新篇」的徵詞廣告。為了提供投件詞人在創作上，可資「創變」觀摩的準則，一如序文所言「溯往以迄今，自可窮神而盡變」，是故，廣開詞史的視域。

為了方便後文詳論潘眉〈荊溪詞初集〉之用，是故將此序全

3 潘眉：〈杜詩論文序〉，收入吳見思撰，潘眉、董元愷評：《杜詩論文》。

4 胡觀瀾：《重刊宜興縣舊志・人物志》，「治績」，頁44。

文鋪陳於後。本節的說明，僅摘錄序文的關鍵句為證。潘眉此序由詞體溯源敘起，下接依序為「伊三唐始擅場哉，抑六朝已濫觴矣」、「降及宋元」、「稽之勝國」、「幸際同時」、「洎夫當代」各段，此一語態很明顯地以「通代」時間的歷程，敘述詞體的縱向發展。復自「洎夫當代」以下，遍舉「婁水廬江」、「鹽官長水」、「雲間」、「伍唐」、「荊南」各地，此一語態也很明顯地跨越不同地域，敘述詞體的橫向發展。綜上，潘眉雖未使用「詞史」一語標示此序，然而意圖「溯往以迄今」，便具有「詞史」之實。

此序用以敘史的觀點，因時、因事制宜：或持體源兩重觀，或持體格一元論，或持體格多元／二元並重觀，或暗合倫序等差認同，而不獨尊定體以衡斷詞史的盛衰。所謂「一元論」指僅取單一風格為範式。「多元／二元並重觀」指容許多種風格同為範式。「體格」指可為範式的風格，[5]在本文的論述中，兼有家數、篇體、時體三義。家數，指自成一家的詞人風格；篇體，指由特定詞篇所具現的風格；時體，指由同一時代眾多詞人所共成而具現的風格。因為此一敘史觀點，乃將多重詞觀，統整於動態的歷史進程之中，雖有變易又不失一貫，是故，本文以「多焦統合史觀」稱之。「多元」一詞僅有多樣的客觀描述義；「多焦」一詞才更能符應「史觀」的聚焦所涵有的主觀規制義。這種史觀所本據的「存異」理念，正是潘眉詩詞學的核心價值所在。

潘眉〈今詞苑序〉曾援引《莊子・大宗師》對「參寥」的論

5　本節對「體格」一詞的用法，見顏崑陽：〈論「文體」與「文類」的涵義及其關係〉，頁 32-37。

述，所表達的「超越有無相對，不執一端」而「齊一看待」之理為據，[6]將「詩詞」與「典謨」、「詩」與「詞」、「周秦詞」與「辛陸詞」，因兩兩相對，而被賦予的高下尊卑評斷，加以消解，「齊一」肯認這些相對立的文體，價值齊等。又對杜甫詩的詮釋，主張「杜甫其生平所遇之境，亦甚不一」、「莫不有所感而後通於詩」[7]，據此否定寫詩只有抒窮為工一途，也流露著不執一端的理念。

如此將對立或分立的事物價值，「齊一」看待，不分軒輊，實本自「存異」的「基源價值」（ultimate value）；故與「正統」的「基源價值」對峙。後者乃操持著絕對真理，以區辨萬物，凡不合乎此真理者，便加以貶抑、排除，而務求「同一」[8]。不過，潘眉將「存異」的理念，貫通於詩詞學，所撰〈今詞苑序〉及對杜甫詩的詮釋，多做原理性的表述。及至撰寫〈荊溪詞初集序〉，才據以建構通代詞史。

由於意在殊異與盡變，因此潘序對詞史的建構，以廣聞為基

6　《莊子・大宗師》對「參寥」的論述，通於〈齊物論〉的「齊物」之義。郭象注〈齊物論〉「道通為一」時云：「所謂齊者，豈必齊形狀，同規矩哉」、「各然其所然，各可其所可」。本文對「齊一」一詞的用法，據此而來。見莊周：《莊子・齊物論》，頁 71。另參牟宗三：《名家與荀子》（臺北：臺灣學生書局，1979 年），頁 31、269。

7　潘眉：〈杜詩論文序〉，頁 1-2。

8　「基源價值」（ultimate value）「指一切人文社會行為所據最根本的價值理念」，如「正統」與「存異」，即為一組相對的基源價值，各別指向「普遍客觀基準」的「同一」理念，與「包容對立異端或多元殊別」的「齊一」理念。見〈「存異認同」觀念主導下的陽羨詞學〉。下文對「正統」、「存異」、「齊一」、「同一」諸詞的使用，悉據此註。

礎，而所據以立論的史料來源不一。潘序對明代以前詞人詞作的品評，主要資藉楊慎《詞品》的記聞。蓋晚明以來，約莫萬曆到崇禎這段時期，社會上興起崇尚博學的思潮。[9]彼時士林多認可、推崇楊慎的「博聞」，明引、暗引楊慎之說者不計其數。承此風氣，潘眉援用《詞品》，似有憑藉楊慎博學權威之意；不過徵引的重點與其他文人不同。前時的文人對《詞品》的徵引，多集中於詞體源起、調名源起。[10]潘眉則大量資藉《詞品》對明代以前詞人詞作的評論。固然，《詞品》的記聞，裒集與因襲前人之說不少，[11]不過既經楊慎的選擇與重組，則其為後人提供一套方便廣覽的詞評資料庫之餘，也多少摻入楊慎的個人論見。潘眉撰史據此援例確有便利。雖然潘序未盡註明徵引出處，不過猶能依循《詞品》的原文語脈敘述，是故尚能辨知；此外，潘序對《詞品》的徵引，不是照單全收，其間去取，不少令人玩味。

如楊慎〈詞品序〉很看重李白「〈憶秦娥〉、〈菩薩蠻〉二

---

[9] 呂斌：〈明代博學思潮發生論〉，《中國文化研究》第 2 期（2008 年），頁 143。

[10] 王世貞、周子文、卓人月、徐士俊論李白〈清平樂〉為「調（詞）祖」，都引楊慎《詞品》為據。見王世貞：《藝苑卮言》，《弇州四部稿》，卷 152，「附錄一」，頁 1。下文引用，但於內文註明頁碼，不再附註。周子文：《藝藪談宗》，《四庫全書存目叢書》集部詩文評第 417 冊，卷 5，頁 42-43。卓人月彙選、徐士俊參評：《古今詞統》十六卷附《徐卓晤歌》一卷，「舊序」，頁 6。清初鄒祗謨特別指出「調名原起之說，起於楊用修及都元敬」，以揭發沈際飛「掩楊論為己說」，見鄒祗謨：《遠志齋詞衷》，見鄒祗謨、王士禛：《倚聲初集》，前編卷 3，「詞話」，頁 4。

[11] 張仲謀：《明代詞學通論》，中卷第 3 章「楊慎《詞品》因襲前人著述考」，頁 182-195。

首為詩之餘，而百代詞曲之祖也」[12]，潘序提及詞的起源，卻未徵引此說。《詞品》看重《花間集》詞人，摘錄温庭筠、牛嶠、孫光憲多人的詞句，潘序卻絕口不提《花間集》。《詞品》對南唐二主、周邦彥，不乏稱讚或引詞；然而，潘序也全未著意。這些唐宋詞人，均為明末清初詞壇所尊奉的典範，卻未進入潘眉的詞史敘述之中。若參酌潘眉早先撰寫〈今詞苑序〉即有消解詞壇獨尊《花間集》和「南唐」的論見來看，顯示潘序所以不同於《詞品》之見，不是出於無意，隨筆所至；而是藉此對詞史提出新思考。

又潘眉選用駢體，隱括《詞品》的詞評。駢體以偶句為主，宜於鋪排、對照之用。潘序對歷代詞人的評述，固然循據《詞品》所列舉的特定詞篇，不過，往往對這些詞篇另行摘句，加以拼合或改寫，少數才悉循《詞品》的摘句。又對《詞品》所錄的評語，時作改易。如此摘引拼合改寫詞句，與改易詞評的寫法，也不是隨興所至，或故作「陌生化」以炫人眼目，更不是為了牽就駢體聲律的講究，而犧牲文意；應是藉由選擇、重構《詞品》所錄的詞作與詞評，寄託對詞體的理念。

至於對明末清初詞人詞作的品評，已非楊慎的記聞所盡及，是故潘序對這段詞史的評述，多出於潘眉自身的記聞，亦與清初同時代人對該時期詞風的集體記憶、話語相連，故非專主一家之評，而是出入眾說，以為我用。序文的寫法，至此亦有改變，多泯去拼合與改易的迹轍，趨向渾化，似無依傍。基此，對於這篇

[12] 楊慎：《詞品・序》，頁 305。凡《詞品》抄撮前人之說，編注者皆已逐一校考指明，本文引述《詞品》，不再校考。下文引用《詞品》，但於內文註明卷次、頁數，不再附註。

潘序，不能只做宏觀泛覽，必須逐句考索來歷及寫法，方能「箋釋」文意，從而識其精密。

二、潘眉〈荊溪詞初集序〉的通代詞史敘述

《荊溪詞初集》收藏於中國大陸圖書館，調閱不易。為了方便讀者總覽論述，茲先引錄潘序全文，並加標點、分段如下：

> 詞者，古詩之餘，樂府之變也。伊三唐始擅場哉，抑六朝已濫觴矣。〈飲酒樂〉起於陸瓊；而〈河滿子〉仿是。〈寒夜怨〉倡於弘景，而〈梅花引〉祖之。鬘名菩薩，挼花碎可打人；天喚鷓鴣，家在春遊雞塞。
>
> 舒芳耀彩，梁武江南之弄，舞春心以躊躕；枕隱金釵，隋煬朝眠之詞，投曉籤而笑動。乃至休文〈六憶〉，效風流天子之顰；子野〈街行〉，翻司馬江州之調。崔生豔句，偏歌羅繡舞寒；女子烏衣，曾唱花飛和雨。舞鸞歌鳳，莊宗自度新聲；玉帳鴛鴦，太白清平應制。凡以柔情慧致，溢為麗語清音。
>
> 降及宋元，益多詞曲。歐、蘇豪邁，字咀《文選》之華；秦、柳芳鮮，句擷《楚騷》之秀。密雲龍取，稱學士於蘇門；泛菊杯深，襲吹梅於李格。
>
> 無紋白錦，長春巧詠梨花；多與情絲，永叔善描蓮蒂。軟欹斜之花骨，乃雲龕居士新篇；想深院於月明，豈司馬温公慧業。香和雲霧，英公之富豔爭傳；心字羅衣，小山之幽妍競勝。

招梅魂以璚瀣，迥出穠華；灑珠雨於龍舟，方云古麗。不經人道，儈試鈴晴鴿之腴；無限嬌羞，寄雲膩潘釵之韻。將愁不去，空教扶上蘭舟；何夢可尋，漫道醉歸槐國。婉媚則杏花吹盡，帳餘香嫩之辭；淒清則柳髮晞春，入鏡行天之闋。

西窗暗雨，姜夔音律能諧；雪店酒旗，劉改離情煩惱。堂名玉照，著粉圍香陣之歌；士號解林，按草碧粘天之拍。瓊鰲白馬，吳琚擅勝江潮；玉斧金甌，曾覿工吟秋月。劉叔擬牡丹開過春歸，鶯怨蝶愁；洪叔璵新月清光天印，金鉤寶鏡。發竗音於律呂，雅言有詞聖之名；託清興於倚聲，幼安標詞論之目。唾花何處，春卿之俊語撩人；凭袖香留，君特之曼聲傳世。滕玉霄嘶風捲雪，一串驪珠；姚牧菴傀儡榮枯，十年燕月。翻鶴窗花影之集，錦繡胸腸；檢花綸太史之編，風流淪落。

尋其蹊徑，固有殊途。大約豔態柔聲，宜二八女童，按紅牙而歌柳岸；雄姿浩氣，須關西大漢，執鐵板而唱江東。乃若閨秀能文，蘭姬善怨。花蘂署葭萌之驛，碎心於馬上杜鵑；易安題漱玉之箋，慘戚於梧桐細雨。淑真之淚濕春衫，幾於情蕩；戴女則花箋揉碎，忍寫斷腸。暈潮蓮臉，王昭儀寄恨中原；風捲落花，君寶妻投軀碧沼。海棠開後憶秦娥，誤屬歐陽；羞對鴛鴦一剪梅，情緘易祓。字滴金鈿之翠，句凝綃袂之芬。

他如衲子，間有清謳。銀漢橫天，忘卻來時之路；金襴濕露，債還菩薩之禪。萬壑千巖，菴在微雲生處；梅衣松食，人遊無徑山頭。惟其溯往以迄今，自可窮神而盡變。

稽之勝國，固多纏綿綺麗之音；幸際同時，更饒跌宕風流之致。劉青田滿眼芙蓉，鬢與柳絲同脆；高季迪縈情鶯燕，愁隨團扇俱來。結綺臨春，元美心傷鹿草；玉娥翻雪，用修腸斷翠樓。落梅風為學士之清謳；愁人草亦廣文之佳句。

臥子畫堂紅蠟，惹人花月之愁；舒章飛絮簾鉤，無奈春風之改。淚乾絲絮，雪堂之嗚咽蕪城；深鎖霓裳，日生之朦朧珠斗。存古則大哀，賦罷別離，最恨春深；浪仙則花影，詞成油壁，還疑夢裏。泣寒山之絕調，未付箏琶；弔茗嶺之孤忠，偏遺珠玉。

洎夫當代，鬱起宗工。婁水廬江，不愧朝陽鳴鳥；鹽官長水，差同笙鶴瑤天。雲間之有錢、宋，鵬運九霄；伍唐之有魏、曹，鰲呿大海。

棠村之雄風河朔，笛吹關塞夕陽；金粟之小立朱扉，人靜月明今夜。阮亭之閨思覔路，瀟湘屏上鏡中，慵點口脂；西樵之寄懷辭儂，修竹林西花底，空嗔梁燕。飛濤塞上之吟，則紅翎欲墮寶刀，與朔雪俱飛；荔裳江干之什，則烏鵲還驚絕壁，與帆檣共落。薗次之紅墻垂柳，教人愁殺斜陽；錫鬯之青案藏鈎，嬌態笑含衣帶。俯同群碎，悔菴詼天醉之諧；一杖孤山，伯紫被梅花之誤。檢東江之枕秘，則暗把珊瑚細看，何曾不繡鴛鴦；破蒼水之苔痕，又誰知玳瑁一簾，秖見空梁蛛網。善伯之看朱成碧，燭亦空勞；茶村之向後休愁，痛當還飲。毛子以荊卿寄慨塵埃，老了英雄；鄒君以黃綺慕懷錦繡，歸來殘夢。孝威怨西窗之月，不勸梳頭；野君銷粉黛之魂，似填脂井。成容若紗窗思夢，在一燈新睡之時；顧梁汾野店聞雞，正明月三更之後。砥中之曉眠，鶯語低喚奈何；舜民之午院，楊花輕沾恨去。

大率晉、秦、燕、趙，蔚有瓌才；荊、豫、齊、梁，實多標格。名山大澤，不少登高臨下之歌；春鳥秋蛩，儘供批風抹月之料。鮫宮珠貝，非可數而成奇；碧漢星垣，莫或捫而測象。

即我荊南之僻壤，亦沿騷雅之餘波。吳學憲東山絲竹，譜新聲於五種曲之中；盧司馬北塞刀環，填麗句於十韈詩之後。屑雲著集，吳孝廉如萬斛秋泉；梧館鳴絃，周侍御如晴川爽籟。黃安仁如真人曳履，劍氣騰空；徐司理如仙史歸朝，爐煙惹袖。

蝶庵如蓬萊宮闕，鸞鶴繽紛；迦陵如渤澥波濤，魚龍變駴。緜麗則萬舍人之丰韻，天風環珮鏗然；組纂則史太史之離奇，濯錦明河燦若。青堂如朝霞散采；直木如瓊樹臨風。都梁如昆吾出匣，電閃長虹；南耕如天馬脫羈，驕嘶八極。京少如花前美女，姿態幽妍；天篆如瑤島仙娥，笙璈縹緲。紅友如漢宮鬬舞，弄影飛光；緯雲如幼女新粧，拈珠摘翠。天玉如橫空鐵笛，哀厲彌長；越生如淥水芙蕖，清芬盡致。公瑜如秋鵰薦爽，一瞬遙空；蓉仙如春卉爭菲，千林繞蝶。二隱如翠屏花影，影欲驚鴻；魯望如鳳管秋聲，聲堪落雁。半雪如隔簾鸚鵡；次山如飲海長鯨。孝均之潑墨煙霞；又維之寄情花鳥。

其他冕族，各有才人。或一姓而聯袂騷壇；或同聲而搴芳蓮社。一時作者，俱為天際朱霞。惠我郵筒，何啻雲間赤鳳，用登初集，敬俟新篇。潘眉譔。

（一）詞的體源：「始源」與「近源」兩重觀

自「詞者，古詩之餘，樂府之變也」至「凡以柔情慧致，溢為麗語清音」一段屬之。首三句，從「韻文史」與「歌詩史」的發展，論述詞體起源。第二句，乃由「同質」點明詞與古詩的源流關係。第三句乃由「異質」導出詞與樂府於體有別；循此，推衍詞與六朝、唐五代之風的源流關係，而更加鋪述。故呈現為體源兩重觀。在歷史的過程裏，文人因應不同的詞學情境認知，對這兩種體源觀，確曾出現偏取其一的現象。據此，理解潘序將兩說並陳的敘述，應有用意可玩。稍前，王士禛〈倚聲初集序〉已云：「此詩之餘，而樂府之變」[13]，表面上看，潘序的說法似與王序同。實則，王序偏向追求同一的正統理念，與潘序所據基源價值殊異，詳下節論述。茲分二小節闡釋：

1、詞的始源：古詩之餘

《史記・孔子世家》曾云：「古者詩三千餘篇，及至孔子，去其重，取可施於禮義者……三百五篇。」[14]指出《詩經》乃由「古者詩三千餘篇」刪取選擇而來。循此，若不將「古詩」一詞限定專指漢五言詩，而取其相對於格律嚴整的近體而具有的廣包之意，那麼「古詩」一詞可包含《詩經》在內，如明代徐師曾〈文體明辨序說〉論「四言古詩」，便云：「古詩三百五

13 王士禛：〈倚聲初集序〉，頁3。

14 司馬遷撰，瀧川龜太郎會注考證：《史記》，卷47，頁759-760。

篇」[15]。基此，以「古詩之餘」的說法，去界定詞源，是宋明文人的通論，很難說潘眉抄自何人。

潘序所謂「古詩之餘」的「餘」，其義之一，乃照應序文後段「即我荊南之僻壤，亦沿騷雅之餘波」兩句。由「餘波」一詞，可知「餘」在潘序裏，應有指向文學源流之「流」的意思。循此，潘眉乃將詞體的源頭，上溯〈離騷〉、《雅》。此一觀點，早見於宋代「以詩為詞」的論述，所建構的「體源觀」，《詩經》對此一「體源觀」而言，既是一切韻文時間起點的「源頭母體」，也是作品理想情志所本的「正典母體」[16]。只是，宋人少以「餘」字在內的構詞或組句，顯題表述此意；到了明代，才較為流行。尤其，原本用在標示詞集名稱，或是詩集、詩話附錄的「詩餘」一詞，[17]到了明代，更明確被認做「詩之餘」，而

---

15 徐師曾：〈文體明辨序說〉，見吳訥等撰：《文體序說三種》（臺北：大安出版社，1998 年），「正編」，頁 47。

16 《詩經》因為體現「發乎情，止乎禮義」的理想，即孔子所言的「思無邪」，故可為一切韻文的內容情志最理想的依歸。從本質上說，《詩經》可稱為「正典母體」，從時間起始上說，《詩經》可稱為「源頭母體」。宋代「以詩為詞」的論述，所建構的「體源觀」，正表現了對此一「正典母體」、「源頭母體」的回歸，可稱作「詩母體歸源意識」的發用，其目的在於使創作主體由「失位」到「復位」，不看重辨體殊異。詳顏崑陽：〈宋代「以詩為詞」現象及其在中國文學史論上的意義〉、〈宋代「詩詞辨體」之論述衝突所顯示詞體構成的社會文化性流變現象〉，見顏崑陽：《詮釋的多向視域——中國古典美學與文學批評系論》（臺北：臺灣學生書局，2016 年），頁 314-321、344-355。

17 宋代流行的「詩餘」觀念，其一指向體源流別的意義，不過，以「餘」字在內的構詞或組句，明確表述此意者不多。如劉克莊〈自題長短句後〉云：「別有詩餘繼變風」屬之。然而這類史料甚少。此外，現今學者

涵有體源流別的新義。許多文人對於詞體源流的思辨，就是以如何詮釋「詩餘」展開。其間，又因「源頭母體」所表徵的價值，有著從作品「理想情志」的「正典」，向歌咏合樂的「客觀規範」轉變之歷程，故需稍加分辨。

前者如明代薛應旂代費寀所作〈玉堂餘興引〉云：「詞也者，固六義之餘，而樂府之流也」[18]，此論與宋人黃裳用以定位一己填詞理念的「六義」[19]說相近，皆以儒家的雅正觀，所規範的理想「詩歌情志和語言形式」，認知《詩經》之為「詞體」源頭的意義。不過，薛應旂較黃裳更明確地以「餘」字的組句，表述《詩經》與「詞體」的源流關係。

後者如俞彥《爰園詞話》云：「詞何以名詩餘？詩亡然後詞作，故曰餘，非詩亡，所以歌咏詩者亡也」。「歌咏」在俞彥的語境之中，不是本乎主體情志而已，更要「比之鐘鼓管絃」[20]，具有客觀的合樂屬性。足見，如俞彥一般的明人，所以把

或認為「詩餘」一詞，在宋代多認做「詩集附錄」之義。實則，符合此義之例雖有，但是未及普遍；而是多作詞集名稱，亦用做標示附錄於詩話之末的詞話。見劉少雄：《會通與適變——東坡以詩為詞論題新詮》（臺北：里仁書局，2006年），「宋人詩餘觀念的形成」，頁203-232。

18 薛應旂：〈玉堂餘興引〉，見薛應旂：《方山先生文錄》，《四庫全書存目叢書》集部別集第 102 冊，卷 9，頁 29-30，題下註「代鍾石先生作」。

19 黃裳將「六義」說引入詞論，不僅意在回歸儒家的雅正觀，所「規範了詩歌情志與語言形式的理想性質」，更「引為自己作詞的根本」，詳黃裳：〈演山居士新詞序〉，見黃裳：《演山集》，《文淵閣四庫全書》集部別集第 1120 冊，卷 20，頁 10。另參顏崑陽：〈宋代「以詩為詞」現象及其在中國文學史論上的意義〉，頁 305-306。

20 俞彥：《爰園詞話》，頁 399。

「詩」、「詞」建構成具有源流關係的連貫體，未必意在彰明以作品的「理想情志」為首要價值，而是更著重於「詩」、「詞」共具「合樂」的「可歌性」。

倘若僅由潘序所云：「沿騷雅之餘波」一句，來理解「詞者，古詩之餘」，那麼潘眉的用意，應當比較趨近於宋人把詞溯源《詩經》、《楚辭》所欲開顯的「詩母體歸源意識」，藉此彰明作品理想情志的重要，不是著重於詩詞共具的可歌性。蓋王世貞《藝苑卮言・曲藻》曾云：「騷賦難入樂」，顧炎武《日知錄》亦云：「謂之變〈雅〉，詩之不入樂者也」。如此，也與潘眉〈今詞苑序〉的論調一致，該序肯認詩、詞的共源是〈騷〉、《雅》。

不過，若再由潘序所云：「降及宋元，益多詞曲」句中的「詞曲」之稱來看，其實他沒有忽略詞的合樂性質。尤其，如俞彥之說，確實以「餘」字表述「繼作歌咏」之意。倘若將潘序所云：「詞者，古詩之餘」句中的「詞」置換為「詞曲」，則和俞彥的語境貼切。所以，潘序所云：「古詩之餘」，應可兼有如上以「理想情志」和「歌詠合樂」為本的兩種「歸源」意義。

2、詞的近源：「樂府之變」與「六朝、唐五代之風」

「六朝、唐五代之風」在此泛指到了六朝、唐五代才廣泛流行的事物，包括樂制、文風等等，此即「伊三唐始擅場哉」以下數句所要闡述的內容。由於這數句序文的內容，係上承「樂府之變」一句而來，故合併詮釋。這段序文，涉及詞體本色形成的歷史近源，具有「辨體」的意味，而與明人論述詞體近源的思維相似。前述「古詩之餘」所開示的「始源」，乃以回歸一切韻文的同質為本，不重視殊體別異。因此，分屬兩種不同的體源觀。

由字面比對，潘序這句話正同於王世貞《藝苑卮言》所云：「詞者，樂府之變也」。王世貞在這一段話之後，便續曰六朝「默啟詞端，實為濫觴之始」（頁 1），可見王世貞對詞的近源，正結合「樂府之變」與「六朝之承」兩面考察。王世貞又云：「詞興而樂府亡矣，曲興而詞亡矣。非樂府與詞之亡，其調亡也」（頁 2），這段話係因不滿如何良俊所云：「詩亡而後有樂府，樂府闕而後有詩餘」[21]，這類籠統的「亡闕」論調而發，特由其「調」不再，並非「作品」失傳不在，闡明樂府與詞的「代變」關係。王世貞所謂的「調」，語意頗為含混，由此指認詞對樂府之變，可以涵有樂府和詞「各」具「樂調」、「聲調」和「情調」諸義。可知，王世貞的論說，較偏重「近源」因「辨體」而呈現的「殊性」，不看重「始源」所奠基的「同質」。則王世貞所謂「樂府」，近於宋人所指的「古樂府」，與被當作詞之別稱的「樂府」不同。循此，潘序所云：「樂府」，亦應指「古樂府」。

早在宋代，已從所合之「樂」的角度，考察詞對「古樂府」之變。此「變」係指新興的詞調，因為雜入大量的夷音，已不同於中原舊有音樂的節奏。為了配合這種新興的音樂，因此，詞體往往走向「長短句」；配樂的形式，乃「依樂工拍彈之聲」、

21　何良俊：〈類選箋釋草堂詩餘序〉，收入顧從敬類選，陳繼儒重校、陳仁錫參訂：《類選箋釋草堂詩餘》，《續修四庫全書》集部詞類第 1728 冊，頁 2。原名〈草堂詩餘原序〉。

「被之以辭」[22]，形成「倚聲」的特點。王灼《碧雞漫志》云：「以詞就音，始名樂府，非古也」[23]，「就音」兩字，正是精確地掌握到，做為今曲子代稱的「樂府」與「古樂府」，在合樂形式上的差別。李清照、李之儀、陸游等人，大多在這樣的論述脈絡下，推定詞體的變古，起源於盛唐、唐末，繼而如黃昇《花庵詞選》則以李白〈菩薩蠻〉、〈憶秦娥〉為「百代詞曲之祖」[24]。不過，宋人對於詞體所依據的新興音樂，以及合樂形式，已然變古，未必都能給予正向的肯定，如鮦陽居士斥為「俗」，或陸游嘆其「薄」[25]，便多所批評。然而，明代如王世貞等人論及歷代歌詩的演變時，一方面也如宋人那般，留意到詞體起源於樂制的變化，不過較少如宋人那樣持批判的態度。另一方面，更加肯定詞體的語言風格，「務裁豔語」，殊乖「大雅」，而近於「六朝」文風。

那麼，當潘序將「古詩之餘」與「樂府之變」並列，卻未賦予任何高下評價之意時，其對於詞體本質的認知，便是同時肯認既可回歸一切韻文或歌詩的同質始源；亦可兼顧類體特質所以形成的歷史近源。基此，潘序對詞的體源敘述，便消解上述兩種

---

22 鮦陽居士：〈復雅歌詞序〉，收入施蟄存：《詞籍序跋萃編》，頁658。

23 王灼撰，岳珍校正：《碧雞漫志校正》，卷 1，頁 1。下文引用，但於內文註明頁碼，不再附註。

24 黃昇撰，王雪玲、周曉薇校點：《花庵詞選》（瀋陽：遼寧教育出版社，1997 年），卷 1，頁 1。有關宋人對詞體起源的論述，見謝桃坊：《中國詞學史》，頁 35-36、41、47-48。

25 陸游：〈長短句序〉，見陸游：《渭南文集》，《文淵閣四庫全書》集部別集第 1162 冊，卷 14，頁 11。

「體源觀」，在宋明時期的流傳過程之中，曾經偏重一說，或是被賦予是此非彼的價值區分。

由上可知，「伊三唐始擅場哉」一句，應是沿承宋人基於樂制的變化，考察詞體興起於唐代的論述而來，不過，以「哉」的句尾激問句，表達不限於此的意思。「抑六朝已濫觴矣」，應是沿承明人另外基於語言風格，或是長短句式，考察詞體發端於六朝的論述而來，如楊慎《詞品》卷一便云：「填詞起於唐人，而六朝已濫觴矣」（頁 327）。同時，以「抑」開頭的選擇句，表達亦可兼此的意思。「始擅場」、「已濫觴」都涵有「興起」、「發端」的意思。不過，兩詞在潘序的語脈之中，還以過渡的歷程給予統整。順此，即便宋、明兩代，基於不同的觀點，對詞體興起、發端年代的斷定不一，甚至，明代王世貞對於把詞體的興起、發端，僅推定於唐代，是連隋代文獻都「不知」的無知，而語帶否定。潘序卻將兩說並陳，齊一對待，未置可否，可見「存異」理念的流露。不過，這兩句偏由「樂府之變」的論述傳統，闡明詞體近源；相對忽略闡發「古詩之餘」的論述傳統，對「理想情志」始源的標舉，如此一來，豈非背離他所主張的「存異」理念？

其實，潘眉早先撰寫〈今詞苑序〉，就是偏由「古詩之餘」的論述傳統，闡發詞體始源。該序一方面明確地把詞體的源頭上溯〈騷〉、《雅》，故云：「攷其祖禰，仍為騷雅之象贒」；另一方面又著意把詞體的句式，認作選詩入樂的古樂府遺響，故云：「沿至三字九字，在樂府已引其端」，而不止於明人所述的六朝之作、唐律體。這兩段引文，與此序言「樂府之變」所涉長短句、倚聲就音的意涵，截然不同。這顯示潘眉自覺地在敘述詞體起源的論題上，透過前後兩篇序文的對立辯證思維，來體現自我「去正統」的「存異」理念。可知，潘眉不僅在接受前人的論見上，表現「存異」的態度；對自我學術，也勇於在歷程的變遷中實踐「存異」。

自「〈飲酒樂〉起於陸瓊」以下，皆承「伊三唐始擅場哉，抑六朝已濫觴矣」而進一步詳述。先從「格律句式」的「體製」敘起。王世貞雖曾舉隋煬帝〈望江南〉詞做為詞體早出於隋代的例證，然實不及楊慎從「體製」上，比對六朝之作與詞體相似的成果，來得更周詳、謹慎。是故潘序所述，多本楊慎詞論而來。

《詞品》卷一論陸瓊〈飲酒樂〉云：「唐人之〈破陣樂〉、〈何滿子〉皆祖之」，論陶弘景〈寒夜怨〉云：「後世填詞，〈梅花引〉格韻似之」（頁 326）。基此，楊慎肯定六朝之時，「填詞之體已具」（頁 305）。潘序承之，意指詞體的格律句式，已於六朝發端，不過，比《詞品》更加集中而強調此時乃齊言與長短句並存。是故，特將「〈飲酒樂〉」和「〈寒夜怨〉」兩段文句並列對偶。蓋〈飲酒樂〉為六言六句，〈寒夜怨〉則為長短句。「鬘名菩薩，挼花碎可打人；天喚鷓鴣，家在春遊雞塞」這四句不是意指詞作內容，而是凸顯時至「唐代」，方因胡樂夷音的大量輸入，促使詞體益發趨向長短句式。蓋前兩句，指無名氏所撰〈菩薩蠻〉（牡丹含露真珠顆），《詞品》卷二曾引此詞，評云：「此詞無名氏，唐宣宗嘗稱之，蓋又在《花間》之先」（頁 412）。後兩句，甚至未及詞作，只是解釋詞牌得名的由來，《詞品》卷一云：「〈鷓鴣天〉則取鄭嵎『春遊雞鹿塞，家在鷓鴣天』」（頁 344），為潘序所本。鄭嵎，唐宣宗時進士及第。〈菩薩蠻〉、〈鷓鴣天〉，都是因詞調而長短句。由此可知，潘序以此四句為對句，意在說明詞的體製，以長短句為特徵，到了晚唐才更加顯著。

如此敘述，明顯略去盛、中唐詩人的詞作，對詞的體製形成，所發揮的作用。楊慎《詞品》雖然肯認「六朝」之時，「填詞之體已具矣」，但是，沒有忽略黃昇宣稱盛唐李白〈憶秦娥〉、〈菩薩蠻〉，為「百代詞曲之祖」的既有成說；而且，也關注到中唐詩人填製新詞的貢獻，故〈詞品序〉云：「若韋應物之〈三臺曲〉、〈調笑令〉，劉禹錫之〈竹枝詞〉、〈浪淘沙〉，新聲迭出」（頁 305）。據此，在楊慎的認知裏，詞的體製形成、開展，亦有賴盛、中唐詩人之功。不過，這類中唐詩人的詞作，多襲用現成的近體句式，因詞調而長短句的特徵，還不夠明顯。故《詞品》卷一論「唐人絕句多作樂府歌，而七言絕句隨名變腔」（頁 352）時，便舉〈三臺〉為例。又早在宋代，王灼《碧雞漫志》卷一已指出「唐時古意亦未全喪，〈竹枝〉、〈浪淘沙〉、〈拋球樂〉、〈楊柳枝〉，乃詩中絕句，而定為歌曲」（頁 19）。循此，可知潘眉不提中唐詩人之詞，應是不願過度強調這類形似唐齊言詩的詞體體製。不過，何以對長短句的李白〈憶秦娥〉、〈菩薩蠻〉亦不取呢？

其因一方面應該與詞作的可信度有關。清初沈雄編《古今詞話》，曾收錄蘇鶚《杜陽雜編》對〈菩薩蠻〉調起於「唐大中初」的記載，[26]此說實承王灼《碧雞漫志》卷五考調（頁 120）而來。大中，是唐宣宗的年號。這顯示清初，對於盛唐時期的李白如何能夠填製〈菩薩蠻〉，曾存在著疑問。潘序對這類因可信度

---

26 沈雄：《古今詞話》，詞辨上卷，頁 904。

存疑，而無從推斷寫成年代的詞作，大多不提。故對王世貞曾舉隋煬帝〈望江南〉詞，以為早於李白的說法，潘序也未採納。蓋《詞品》卷一已經對隋煬帝〈望江南〉詞，提出懷疑，其云：「又傳奇有煬帝〈望江南〉數首，不類六朝人語，傳疑可也」（頁330）。另一方面，明代以來，文士基於特定理論的主張，以李白這兩首詞為詞源正統。如以基於「去正統」的理路，理解潘序所以不提的原由，亦應可能。關於這一點，留待第三節再述。

自「舒芳耀彩」以下，至「太白清平應制」數句，乃是由「語言風格」的層面，總結這段時期詞體的特徵，而歸之於「凡以柔情慧致，溢為麗語清音」。這兩句話，一方面指作品的情感性質為「柔」與「慧」。若由潘序所摘取為證的作品來看，則以抒發男女歡好的柔情，或是芳美易逝的妙悟為主。另一方面指作品的語言形相為「麗」與「清」。若由潘序所摘取為證的作品來看，則以描摹「女色」或「妍景」的題材經驗為主。

因此，潘眉的敘述沒有按照時代前後的次序，將梁武帝〈江南弄〉，置於陸瓊〈飲酒樂〉之前。因為他引錄此詞，不是只在著重〈江南弄〉的長短句式，可與齊言的〈飲酒樂〉一同印證詞體的格律句式發端於六朝。而是要以此詞，指認上述「柔」、「慧」、「麗」、「清」的詞體語言風格，始於六朝。是故，刻意將此詞與隋煬帝〈夜飲朝眠曲〉並列，組成對偶句。尤其，《詞品》卷一已由「風致婉麗」（頁 330）評說〈朝眠曲〉。沈雄《古今詞話》也引錄由梁武帝和隋煬帝所撰的這兩首詞，稱皆為「六朝風華靡麗之語」[27]，此與潘序所云：「麗語」，相互印

---

27 沈雄：《古今詞話》，詞話上卷，頁 744。

合。潘序對這兩首詞的摘句，也著重於詞情和語言形相的類似，故於〈江南弄〉摘取「舒芳耀彩」、「舞春心以躊躕」，兩句呈現白日歌女在群花眾卉之中的舞蹈。於〈朝眠曲〉摘取「枕隱金釵」、「投曉籤而笑動」，兩句呈現破曉時分，女子在幽密之處與情人的歡會，兩詞俱寫女子的姿容情態。

潘序意在強調，由六朝所奠定的語言風格，被某些隋唐五代的詞人所繼承；儘管這些詞人的社會身分不盡相同，然其詞作語言卻同趨共相。故云：「休文〈六憶〉，效風流天子之顰」，其意在於讚賞風流天子隋煬帝的〈朝眠曲〉，因為「風致婉麗」，是故遠勝沈約〈六憶〉詩。這兩句，不宜解作「休文〈六憶〉，乃風流天子之所效顰」，蓋如此一來，後文對句亦須相應解作「子野〈街行〉，乃司馬江州之所翻調」，意思不通。可知，潘序此處云：「效風流天子之顰」，有違歷史事實，此一反常之筆，應寄託了貶義。蓋沈約〈六憶〉詩在先，隋煬帝〈朝眠曲〉在後。如清初王奕清編《歷代詞話》就有沈約六憶詩，「已開煬帝之先」的記載，[28]此乃康熙年間時人所共知，斷無沈約效法煬帝之理。潘眉嚴謹，猶對可疑詞作不錄，卻如此敘述，實有意藉著與時論相悖的「詭辭」，表彰煬帝之作，雖然後起，而與先前的沈約詩體同，不過，風致婉麗，更勝沈作，宛如首唱，相較之下，沈作反似後和，故予「效顰」之譏。

「子野〈街行〉，翻司馬江州之調」，句中「司馬江州」，一般多寫作「江州司馬」。這兩句以宋代張先填製〈御街行〉所翻唱的白居易之作為限定，特指白居易〈花非花〉一詞。白詞抒

---

[28] 王奕清：《歷代詞話》，唐圭璋主編：《詞話叢編》，冊 2，頁 1083。

發「好景不常」之感，語言風格與六朝之風甚合。故楊慎《詞品》卷一評此詞云：「雖〈高唐〉、〈洛神〉，奇麗不及」（頁343），認定此詞「奇麗」，勝過〈高唐〉、〈洛神〉，便指明「麗」為此詞的語言特色。只是將此歌辭譜入曲中，或以為出於白居易自為，如楊慎《詞品》卷一便云：「蓋其自度之曲，因情生文者也」（頁 343），或以為後人采入詞中，如王奕清編《欽定詞譜》於調下註：「此本《長慶集》長短句詩，後人採入詞中」[29]。潘序乃以楊慎詞論為據。

「崔生豔句，偏歌羅繡舞寒」，指唐代崔液〈踏歌辭〉二首之一。據唐代《輦下歲時記》與宋代陳暘《樂書》的記載，〈踏歌〉乃是「上御安福門觀燈，令朝士能文者，為〈踏歌〉」的應景之作，而以「隊舞曲」表演。[30]崔液曾任殿中侍御史，這兩首〈踏歌辭〉或為侍上而作。潘序特意對此作「羅繡舞寒輕」摘句，稱為「豔句」，正因句意乃描摹舞女的姿容情態。以「豔」概指六朝的語言風格特色，「默啟詞端」，早見於王世貞《藝苑卮言》。潘眉不循楊慎之見，以「新」（頁 340）評說崔作，而強調「豔」，顯然認為此一評字，才能顯示崔液之作堪為此期詞風代表之由。

「女子烏衣，曾唱花飛和雨」，係出自《詞品》卷一所云：「南宋紹興中，杭都酒肆中，有道人攜烏衣椎髻女子，買斗酒獨飲，女子歌以侑之。歌詞非人世語。或記之，以問一道士。道士

---

[29] 王奕清：《欽定詞譜》（長沙：嶽麓書社，2000 年），卷 1，頁 16。

[30] 佚名：《輦下歲時記》（臺北：藝文印書館，1970 年），頁 2。陳暘《樂書》云：「〈踏歌〉，隊舞曲也。」轉載於王奕清：《欽定詞譜》，卷 2，頁 40。

曰：『此赤城韓夫人作〈法駕導引〉也』。烏衣女子蓋龍雲」（頁 351）的故事。「花飛和雨」，摘自「飛花和雨著輕綃」，句意景色妍美，乃出於赤城韓夫人為水府蔡真人所填製的詞，共三疊，其中的第二疊。韓夫人為修行甚高的女道士。此詞一說陳與義擬作，詳《無住詞》所錄〈法駕導引〉詞序。朱彝尊《詞綜》亦收入此詞，歸為宋詞，[31]應是基於此詞至南宋紹興年間，方因女子傳唱，而廣被人知的事為據，未必確斷赤城韓夫人的年代。潘序此處，雖未明言韓夫人此詞成於唐五代；不過仍據作品風格為判準，認定此作應屬唐五代詞風。

「舞鸞歌鳳，莊宗自度新聲」，指《詞品》卷一所載唐莊宗〈如夢令〉，此詞乃「莊宗自度曲也」（頁 357）。其實，南宋胡仔《苕溪漁隱叢話》早有此事記載，而為楊慎所襲。「舞鸞歌鳳」，係對此詞「一曲舞鸞歌鳳」摘句而來。據陳霆《渚山堂詞話》的評說，莊宗晚年「溺於情慾」，尤見於此作。[32]則此詞意在言「情」，正切合潘序所云：「柔情」。

「玉帳鴛鴦，太白清平應制」，指《詞品》卷一所載李太白應制〈清平樂〉詞二首之二（禁幃秋夜）（頁 341）。「玉帳鴛鴦」係對此詞「玉帳鴛鴦噴蘭麝」摘句而來。此一〈清平樂〉是長短句，非絕句體的〈清平調〉。潘序將此詞置於唐莊宗之後，顯然不認可楊慎以〈清平樂〉為李白所作的說法，而近於明代胡應麟《少室山房筆叢》的推斷，其云：「太白〈清平樂〉，蓋五

31 朱彝尊：《詞綜》，下冊，頁 376。

32 陳霆：《渚山堂詞話》，卷 1，頁 355。

代人偽作」[33]。這首詞雖然作者可疑，但是相較於隋煬帝〈望江南〉、李白〈憶秦娥〉、〈菩薩蠻〉而言，尚有具體寫成年代的推論可供依據，是故潘序援引。又據楊慎《詞品》卷一的記載可知，呂鵬《遏雲集》曾收錄李白〈清平樂〉四首，而黃昇《花庵詞選》止取呂集所錄李白〈清平樂〉二首，所以不錄其他二首的原因是「無清逸氣韻」（頁 341）。基此，可知潘序所錄的〈清平樂〉，即為黃昇認定，具有「清逸氣韻」。是故，此作切合潘序所云：「清音」，而可為代表。

上述數句序文所涉詞人身分，遍及帝王、詞臣、學士、文士、道士，性別兼含男、女，填詞事由或為宴樂、或為應制、或因祀神、或為遣興，卻皆以「柔情慧致」、「麗語清音」一格為宗尚，故潘序云「凡」，有總括之意。

（二）宋元詞體拓宇：「多元分立」和「二元並立」雙重的篇體敘述

自「降及宋元，益多詞曲」至「惟其溯往以迄今，自可窮神而盡變」一段屬之。對於這段時期的風格發展趨勢，潘序以「益多」評之，而和評述前時風格發展趨勢為「凡一」的結論，形成對照。不過，潘眉並未對「凡一」與「益多」的不同趨勢，賦予高下評價，而是「齊一」看待。此外，還依不同社會身分的群體，一一析分各別對應的體格表現。在敘述的形式上，他先詳述「文士」的詞風，而後略及「閨秀蘭姬」、「衲子」，與一般選

33 胡應麟：《少室山房筆叢》（臺北：世界書局，1980 年），卷 21，續乙部「藝林學山」三，「上江虹」調，頁 284。

集列閨秀詞、衲子詞於附錄相似；然而，不似一般選集存有輕視之意。是故，序文既肯認文士詞風走向「多」樣，也看重「閨秀蘭姬」、「衲子」詞風，專主「一」格。這段序文把宋元時期詞體的各種創造與分化，和社會身分的類聚群分對應起來，此一敘述觀點顯然不同於前段序文所採取的敘述觀點：即把詞體體製和風格的起源，對應於樂制與文風的時代變化。不過，潘眉也沒有因此就對唐五代、宋元風氣，施加高下評價，而是「齊一」看待。基此，潘眉所謂「窮神」之「神」，係指向支配這些具體填詞事件表象的內在深層動因，此即由「人情」、「音樂」、「文學傳統」、「社會身分」等等所構成的總體「社會情境」。「窮」，究此根本也。「盡變」之「變」，也就是要創作者，不要固著於單一具體的歷史表象，而是要肯認「社會情境」變動不居，創作也要隨時應變。「盡」，無所不至也。以下，依序解析各句以為印證。

前八句，形成兩組對句，用來指兩宋時期，詞作的「語言形相」不同於唐五代詞風的改變。首先，表現在「字咀」、「句擷」的鍊字琢句之上。如「歐、蘇豪邁，字咀《文選》之華」，雖然承自楊慎之論而來，不過，另有改易。蓋《詞品》卷一記載云：

> 歐陽公詞「草薰風暖搖征轡」，乃用江淹〈別賦〉「閨中風暖，陌上草薰」之語也。蘇公詞「照野瀰瀰淺浪，橫空曖曖微霄」，乃用陶淵明「山滌餘靄，宇曖微霄」之語也。（頁 368）

從這段引文可知，楊慎曾並舉歐陽修的〈踏莎行〉（候館梅殘）和蘇軾〈西江月〉（照野瀰瀰淺浪）兩首為例，說明宋代詞人對六朝之作的繼承。此說僅有並舉歐、蘇的寫法被潘序所肯認。潘序另在楊慎的文本上，新增「豪邁」兩字。如以收錄於《文選》的江淹〈別賦〉而言，[34]實在不類。至於陶淵明〈時運〉，則不見錄於《文選》。可知，潘眉對楊慎所舉的六朝之作不甚同意。即使不確知潘眉屬意之篇為何，然而，由序文所述，可知潘眉也肯認宋代詞人如同唐五代詞人，亦紹承六朝之作；不過，模習的方向已非「柔情」與「麗語」，而是《文選》之中，能表現「豪邁」形相的作風。只是，這並非指潘眉斷定宋代以來，已全無追繼六朝「柔情」與「麗語」的詞作。而是他將這類詞作，歸入前一時期併述。如前引「子野〈街行〉，翻司馬江州之調」即是。

「秦、柳芳鮮，句擷《楚騷》之秀」，特舉秦觀、柳永的詞風為例，顯示北宋詞人對詞作「語言形相」的構造，能超越六朝作風，向更早先的《楚騷》傳統取法，由此所呈現的「芳鮮」，自與「麗」、「清」不同。潘序這兩句話，不是抄自楊慎《詞品》，而是自出新論。又未確指秦、柳篇名，正與「歐、蘇豪邁」兩句，亦未確指篇名切對。不過，或有來歷可考。蓋王灼《碧雞漫志》卷二評柳永〈戚氏〉，曾引「前輩語」，稱此詞為「〈離騷〉寂寞千載後，〈戚氏〉淒涼一曲終」（頁 36）。儘管王灼不同意如此高抬柳詞，但是王灼的引錄顯示在宋代有人曾

34　江淹：〈別賦〉，收入蕭統編，李善等六臣注：《昭明文選》，卷16，頁 242-244。

將柳詞與〈離騷〉並美。王灼轉引的「前輩語」所援引的〈戚氏〉「晚秋天」即有「當時宋玉悲感，向此臨水與登山」兩句，乃化用宋玉〈九辯〉的語境而來。宋玉〈九辯〉，自屬《楚騷》傳統。又秦觀〈臨江仙〉（千里瀟湘挼藍浦）亦有「遙聞妃瑟泠泠」一句，即出自《楚辭‧遠遊》云：「使湘靈鼓瑟兮」。雖未能斷定潘序所指的秦、柳詞篇即此，然至少可證其論不是空言。

「密雲龍取，稱學士於蘇門」，則指蘇軾〈行香子〉「詠茶」，此詞抒寫對廖正一的禮遇，特取北宋貢茶密雲龍相待。詞句為「看分月餅，黃金縷，密雲龍」，即潘序「密雲龍取」一句的由來，係蘇軾以自己厚待蘇門四學士的經驗構句。如楊慎《詞品》卷三云：

> 密雲龍，茶名，極為甘馨。宋廖正一，字明略，晚登蘇東坡之門，公大奇之。時黃、秦、晁、張，號蘇門四學士，東坡待之厚。每來，必令侍妾朝雲取密雲龍。家人以此知之。一日，又命取密雲龍，家人謂是四學士，窺之，乃廖明略也。（頁 449）

「泛菊杯深，襲吹梅於李格」，則指辛棄疾〈柳梢青〉「送盧梅坡」的局部詞句，乃自李清照〈永遇樂〉（落日鎔金）的詞句點化而來。這首辛詞，一作劉過詞。「格」，法也，此指李清照詞的構句之法。如楊慎《詞品》卷二所云：「辛稼軒詞『泛菊杯深，吹梅角暖』，蓋用易安『染柳煙輕，吹梅笛怨』也。然稼軒改數字更工，不妨襲用。不然，豈盜狐白裘手邪」（頁 403）。蘇、辛二詞，所構作的字句，皆取自當代經驗，不僅擺落六朝影響，甚至拋開楚騷傳統。辛詞固非自作語，卻能變化李詞而出以「更工」；至蘇詞則全然創造，毫無依傍。

次十二句，形成三組對句，用來展示同一類型的題材經驗，因為詞人的構思不同，而各具風貌。如「無紋白錦，長春巧詠梨花；多與情絲，永叔善描蓮蒂」，特舉丘處機〈無俗念〉「靈虛宮梨花詞」和歐陽修〈漁家傲〉（葉重如將青玉亞）兩詞對照。「無紋白錦」，摘自「白錦無紋香爛熳」；「多與情絲」摘自「天與多情絲一把」，前者詠梨花，後者詠蓮花，俱為詠花詞。潘序係將楊慎《詞品》卷二對丘處機〈無俗念〉詠梨花的評論，以及同卷對歐陽公〈漁家傲〉詠蓮花的評論，加以重組。前條《詞品》評論云：「長春，世之所謂仙人也，而詞之清拔如此」（頁 407）。後條《詞品》評論云：「工緻」、「古今蓮詞第一」（頁 440）。楊慎評詞，只是隨機排列；潘序重組，則有意對比。丘詞體道，空色無礙，雖天上神仙，亦可「讀書史作詩詞」（頁 407），故假梨花恍如「白錦」的表相，寄託不落形迹的「無文」道境。歐詞密附，描摹藕斷猶絲連，雖極物以寫貌，卻雙關纏綿不已的情執癡念。雖然，兩詞藉由詠花所示旨趣境界不同，但潘序以「巧詠」、「善描」，等價評論，齊一看待。

「軟欹斜之花骨，乃雲龕居士新篇；想深院於月明，豈司馬温公慧業」，特舉李邴〈木蘭花〉「美人書字」和司馬光〈西江月〉（寶髻鬆鬆綰就）兩詞對照。「軟欹斜之花骨」，摘自「花骨欹斜終帶軟」；「想深院於月明」，摘自「深院月明人靜」。兩詞俱詠美人。潘序係將楊慎《詞品》卷二對李漢老詞的評論，以及卷三對司馬光詞的評論，加以重組。前條《詞品》評論云：「李漢老名邴，號雲龕居士。（伯）父昭玘，元祐名士，東坡門生。漢老才學，世其家者也」、「漢老詠美人寫字云：『雲情散亂未成篇，花骨欹斜終帶軟。』亦新美可喜」（頁 434）。後條《詞品》評論云：「世傳司馬溫公有席上所賦〈西江月〉詞」、「仁和姜明叔云：『此詞決非溫公作。宣和間，恥溫公獨為君子，作此誣之，不待識者而後能辨也』」（頁 444-445）。潘序所謂「新篇」、「慧業」，當分別沿用楊慎的「新美」之評，與姜明叔的「君子不為」論。只是，楊慎條列李邴和司馬光之作，旨在顯示時人曾以品性才學，比較詞作的高下。然而潘眉的注意，不在於此；而是既肯定富於才學的居士，能以「花骨欹斜終帶軟」之喻，細膩地捕捉書字輪廓走樣乏型的少女嬌憨，展現新意；也欣賞廟堂巨公，能細訴「想深院於月明」，含蓄地傳達令人朝思暮想，沈迷其間的佳人魅力。潘序只是以「豈」的反詰語態，肯認這類言情的詞句，確與司馬光的儒士君子形象不符；並未明確否定如此吟詠美人的價值不高。

「香和雲霧，英公之富豔爭傳；心字羅衣，小山之幽妍競勝」，特舉夏竦〈喜遷鶯令〉「宮詞」和晏幾道〈臨江仙〉（夢後樓臺高鎖）兩詞對照。「香和雲霧」，摘自「玉輦香和雲霧」；「心字羅衣」，摘自「兩重心字羅衣」。兩詞俱寫賞樂歡會。潘序係將楊慎《詞品》卷三對夏竦詞的評論，以及卷二考察「詞家多用心字香」時，對晏幾道詞的評論，加以改寫重組。前條《詞品》評論云：「姚子敬嘗手選《古今樂府》一帙，以夏英公竦〈喜遷鶯〉『宮詞』為冠」、「富艷精工，誠為絕唱」（頁 445），後條《詞品》評論云：「晏小山詞『記得年時初見，兩重心字羅衣』」（頁 436）。楊慎之記，純屬隨機；潘眉改寫重組，則有意對比。「香和雲霧」係因「三千珠翠擁宸遊」而來，充分體現皇家大型遊樂的氣派，是故「富豔」。「心字羅衣」則因「記得小蘋初見」而來，乃回憶中曾與好友家伎相歡的同好風味，不是眼前盛景，故云：「幽妍」。不過，俱可「爭傳」、「競勝」，顯示潘眉對這兩種書寫方向，齊一看待。

次八句，形成兩組對句，用來呈現詞作各種「出常」之思。「招梅魂以璚瀣，迥出穠華；灑珠雨於龍舟，方云古麗」，特舉蔣捷〈水龍吟〉「效稼軒體招落梅之魂」和秦觀〈望海潮〉「廣陵懷古」兩詞對照。潘序以「迥出穠華」稱許蔣詞，而以秦詞「方云古麗」，乃是對楊慎的評論表示部分不滿與修正。蓋《詞品》卷二評論蔣捷〈水龍吟〉「效稼軒體招落梅之魂」云：「其詞幽秀古艷，迥出纖冶穠華之外」（頁 437）。潘眉認為蔣詞僅當「迥出纖冶穠華之外」，未可視為「古豔」。他另取《詞品》卷三所摘引的秦觀〈望海潮〉云：「紋錦製帆，明珠濺雨，寧論爵馬魚龍」（頁 464）一段，據之評為「古麗」，已非楊慎原意，而是潘眉自己的新解，藉此與蔣詞對照，此乃著眼於兩詞別出心裁一致，不過入路不同。蔣詞擬梅為人，亦有魂魄可招，願梅歸來，已足惜落之意，能有別於以「葬楚宮傾國，釵鈿墮處」為喻的「穠華」，而不落陳套，故可堪「迥出」一評。楊慎以為這是效法辛棄疾〈醉翁操〉（長松）而來，未必確切。今人以為「乃效稼軒〈水龍吟〉『再題瓢泉』押些字」，亦有可取。然潘序所辨意不在此，而是指出蔣詞的創意乃仿效近人辛棄疾而來。相對於此，秦詞的「明珠濺雨」，意指不惜灑落明珠以擬雨霤之聲，其對揚州繁華奢靡的描述，頗能越度「璇淵碧樹」、「魚龍爵馬」的熟詞；此一構思，早見於隋煬帝的逸樂之行，如《詞品》卷三便云：「按《隋遺錄》，煬帝命宮女灑明珠於龍舟上，以擬雨雹之聲，此詞所謂『明珠濺雨』也」（頁 464）。然而，隋煬帝的年代，距離秦觀甚遠。因此，雖然同為仿效而出新，不過，相較於蔣詞，秦詞之意更顯得「古」，故可堪「古麗」一評。這兩首詞例，固然也涉及取法前範，而與上述「歐蘇豪邁」以下八句所論旨意相近，不過，此處詞例，尤著重於超出「陳言熟語」的「出常」之思，非僅意在擺落「六朝」的越度之意，重點不同，故分寫兩處。

「不經人道，膾試鈴晴鴿之腴；無限嬌羞，寄雲膩潘釵之韻」，特舉張先〈滿江紅〉「初春」和宋祁〈蝶戀花〉（繡幕茫茫羅帳捲）兩詞對照。「膾試鈴晴鴿之腴」，摘自「晴鴿試鈴風力軟」，序文則在原詞句之上，另外增寫「膾」、「腴」，顯示潘眉認為張先此句，最可供人品賞的是，鴿子著鴿鈴（或曰鴿哨）低飛於初春微風中的聲音意象。膾，品賞也。「寄雲膩潘釵之韻」，摘自「膩雲斜溜釵頭燕」，序文則另將原詞句改寫為「潘釵」、「寄韻」，顯示潘眉認為宋祁此句，假借了素來對貴婦慵嬾嬌困神態的描摹。潘序云：「不經人道」、「無限嬌羞」，係將楊慎《詞品》卷三對張先詞的評論，以及同卷對宋祁詞的評論，加以重組改寫。前條《詞品》評論云：「清新，自來無人道」（頁 466），後條《詞品》評論云：「分明寫出春睡美人也」（頁 468），潘序另將後條評論改寫為「無限嬌羞」，藉此凸顯兩詞對照的用意。「不經人道」、「無限嬌羞」，俱有「出常」之意。不過，以初春時晴鴿試鈴的鳴音比喻伊人美好的歌聲，係因「實無前例」而「不經人道」。至於，以雲膩潘釵描摹美人睡態，最為傳神，因此「無限嬌羞」。無限，最也，不尋常，卻是由「舊詞活用」而來。

次八句，形成兩組對句，用以呈現詞作所抒的各種無奈悵惘之情。「將愁不去，空教扶上蘭舟；何夢可尋，漫道醉歸槐國」，前二句乃對張元幹〈踏莎行〉（芳草平沙）摘句而來，此詞一作張翥詞。後二句所指詞作，不見於楊慎《詞品》，亦出處不詳。張詞曾獲楊慎評論，《詞品》卷三評張詞云：「唐李端詩：『江上晴樓翠靄間。滿闌春水滿窗山。青楓綠草將愁去，遠入吳雲暝不還。』此詞『將愁不去將人去』一句，反用之」（頁473），則楊慎所留意者，乃是張詞「反用」唐詩的創意。潘眉意不在此，而是著眼於張詞「醉來扶上木蘭舟，將愁不去將人去」這兩句含蓄抒發的情意，因此潘眉另以「空教」兩字評述，而不循楊慎之說。基於前後對句的規律，則「何夢可尋，漫道醉歸槐國」，「漫道」兩字，亦應屬「何夢可尋」、「醉歸槐國」之詞句，所含蓄抒發的情意。前詞摘句，以木蘭舟為尋歡銷憂之具，然而強樂無味，徒留「空教」遺憾。後詞摘句，明知槐夢為空，猶希醉酒尋夢，怎奈和夢也無，頓生「漫道」決絕。無奈悵惘一也，然據以感觸者不同。

「婉媚則杏花吹盡，帳餘香嫩之辭；淒清則柳髮晞春，入鏡行天之闋」，特舉趙鼎〈點絳唇〉「春愁」和史達祖〈萬年歡〉「春思」、〈東風第一枝〉「春雪」為對照。「婉媚」一詞，顯循楊慎之評，《詞品》卷四云：「趙鼎，字元鎮，宋中興名相。小詞婉媚，不減花間、蘭畹」，潘序承之，不過略去「不減花間、蘭畹」（頁 479）之說，又著意摘取趙詞之中，「杏花吹盡」、「帳餘香嫩」兩句為證，一則視覺已空，一則嗅覺猶存，兩句之間勢成反襯，令春去之感在似有若無間。至於上引史達祖兩詞，楊慎亦有評論，《詞品》卷四評「春雪詞」云：「此句尤為姜堯章拈出，『輕鬆纖軟』，元人小令藉以詠美人足云」（頁498）；然潘眉不循，另以「淒清」評述。「柳髮晞春」摘自「春思詞」的「如今但柳髮晞春」一句，乃以稀疏髮絲對比春意盎然。「入鏡行天」摘自「春雪詞」的「行天入鏡」一句，則以鸞鏡、河冰指示春雪，此句係以鸞鳥悲鳴、雪天旅愁之重，對比春雪輕鬆纖軟，亦涵有反襯之勢。雖然趙詞和史詞俱見反襯，然而，趙詞偏顯室內外景色的對比，而史詞則更涉入人事物類凋枯與自然雪景榮華的對照，情態不同，是故潘序一稱「婉媚」，一稱「淒清」。

次三十二句，形成八組對句，與前段不同處，在於每一組對句都出現明確的詞人身分，多為並時之人，聲望相當，際遇相似，寫作材料相近，然成就不同；雖可等價視之，不分軒輊，亦需留心謬體，稍加抑揚。「西窗暗語，姜夔音律能諧；雪店酒旗，劉改離情煩惱」，特舉姜夔（1155-1209）〈齊天樂〉（庾郎先自吟愁賦）和劉過（1154-1206）〈天仙子〉「赴試別妾」兩詞對照。「西窗暗語」，摘自「西窗又吹暗雨」；「雪店酒旗」，摘自「梅村雪店酒旗斜」。姜、劉二人，俱處孝宗、寧宗時，同客名公處。這兩句詞均寫淒冷情景，人爭傳唱，不過品格不同。姜詞固有張炎《詞源》譽為「曲之意脈不斷矣」[35]，不過潘眉以為更因詞句的「音律能諧」而見佳。此評顯循楊慎詞論而來，然有所取捨。潘序只接受《詞品》卷四暗引黃昇之說，對姜夔「善吹簫，自製曲」（頁 500）的評論；不認可《詞品》後來又評姜夔詞云：「傳至今，不得其調，難入管絃，祇愛其句之奇

35　張炎撰，蔡楨疏證：《詞源》，卷下，「製曲」，頁 18。

麗耳」（頁 500），所持徒賞詞語之工的觀點。劉詞佳處不在音律，而是寓託離情煩惱，頗諧俗好，故《詞品》同卷評論劉過詞云：「詞俗意佳，世多傳之」（頁 505）。潘序所述，應參考楊慎詞論而來。

「堂名玉照，著粉圍香陣之歌；士號解林，按草碧粘天之拍」，特舉張鎡〈燭影搖紅〉「燈夕玉照堂梅花正開」和趙文鼎〈菩薩蠻〉（一名〈重疊金〉）「春遊」兩詞對照。「粉圍香陣」，摘自「粉圍香陣擁詩仙」；「草碧粘天」，摘自「玉關芳草粘天碧」。張、趙二人，一為名將張俊曾孫，一為趙宋宗室，家世皆不凡。「著歌」、「按拍」兩語，指示上舉兩詞俱叶音律。不過，兩人興好不同，一擅詠梅花之盛，風味特具；一擅摹春草無邊，渾化為佳。故《詞品》卷四對前詞評為「風味殊可喜」（頁 508）；對後詞概評為「佳」（頁 512），不做點破。潘序所述，應參考楊論而來。

「瓊鰲白馬，吳琚擅勝江潮；玉斧金甌，曾覿工吟秋月」，特舉吳琚〈酹江月〉（玉虹遙掛）和曾覿〈壺中天〉（素飆漾碧）兩詞對照。「瓊鰲白馬」，摘自「白馬凌空，瓊鼇駕水」；「玉斧金甌」，摘自「何勞玉斧，金甌千古無缺」。〈酹江月〉和〈壺中天〉皆為〈念奴嬌〉別名，兩詞俱為南宋孝宗淳熙年間的應制之作，幸獲嘉賞。見《詞品》卷四所記「賜金束帶、紫番羅、水晶盌，上亦賜寶醆」（頁 491）、「兩宮賞賜無限」（頁 492）。不過，一以「瓊鰲白馬」狀江潮偉觀，兼以獻瑞，乃活用前典而來，如唐李華〈含元殿賦〉云：「巨鼇載仙山而出滄波」[36]，侈

36 李華：〈含元殿賦〉，收入李昉：《文苑英華》，卷 48，頁 4 上。

言宮苑山水壯闊；一以「玉斧金甌」傳無缺神韻，暗頌國祚，乃空前創新，據《詞品》所記，上皇聞之大喜，讚云：「從來月詞，不曾用金甌事，可謂新奇」（頁 491）。基此，潘序以「擅勝」、「工吟」兩語，讚美吳、曾各有千秋。

「劉叔擬牡丹開過春歸，鶯怨蝶愁；洪叔璵新月清光天印，金鉤寶鏡」，特舉劉叔擬（名仙倫）〈賀新郎〉「洪守席上詠牡丹」和洪叔璵（名瑹）〈南柯子〉「新月」兩詞對照。楊慎《詞品》卷四著錄兩人詞作，正作一前一後並列。「開過春歸，鶯怨蝶愁」摘自「道此花過了春歸，蝶愁鶯怨」，與楊慎的摘句一致（頁 516），不過字詞略有更動。「清光天印，金鉤寶鏡」摘自「碧天如水印新蟾。一罅清光，斜露玉纖纖」和「寶鏡微開匣，金鉤未押簾」兩段，卻非楊慎摘句（頁 517），乃是由潘眉摘詞拼合。兩詞俱為詠物。不過，前詞摘句係以側寫筆法，藉「春歸」、「蝶愁鶯怨」，反襯牡丹盛開之美；後詞摘詞乃用比喻，舉「清光天印」、「金鉤寶鏡」，正面直接刻劃新月的形影。

「發玅音於律呂，雅言有詞聖之名；託清興於倚聲，幼安標詞論之目」，特舉万俟雅言和辛棄疾為對照，未涉具體詞篇。「詞聖」、「詞論」俱見楊慎《詞品》卷四的記載，可見兩人所呈現的「體式」分歧。「體式」係指用來具現抽象的詞體本質觀，而可為規範的家數、篇體或時體。楊慎引述黃昇對万俟雅言的稱讚，云：「雅言之詞，發妙音於律呂之中，運巧思於斧鑿之外，蓋詞之聖也」（頁 523），據此，則万俟雅言因「精于音律」，而為詞體建立典則，功在超凡，故云：「聖」。又《詞品》引述陳模對稼軒的讚賞，云：「然徒狃於風情婉孌，則亦易厭。回視稼軒所作，豈非萬古一清風哉」（頁 526），則因稼軒抒懷，每藉「全與李太白擬恨賦手段相似」、「乃是把做古文手段寓之于詞」、「脫落故常」的「詞筆」，不受文類邊界所限，隨興所至，故能擺脫習氣傳統，成為創體英傑，乃云：「一清風」。因此，陳模對「近日作詞者」、「以東坡為詞詩，稼軒為詞論」的貶責，不完全認可。綜上可知，潘序兼取黃昇與陳模的評論，對万俟雅言和辛棄疾的體式差別，齊一看待。

「唾花何處，春卿之俊語撩人；凭袖香留，君特之曼聲傳世」，特舉劉伯寵（字春卿）〈雨中花慢〉「春日旅況」和吳文英（字君特）〈聲聲慢〉（檀欒金碧）兩詞對照。「唾花何處」摘自「唾花何處新粧」；「凭袖香留」摘自「猶聞凭袖香留」，兩詞均寫思女心情。不過，前詞化用〈趙飛燕外傳〉所記婕妤合德之語：「姊唾染人紺袖，正似石上花」[37]，藉此遙想逸史傳說中的美人情態。後詞則因詞題為「九日宴侯家園作」，可知乃追憶舊識佳妓的丰姿。「俊語」、「傳世」分別沿用《詞品》卷五（頁 544）、卷四（頁 520）的評論而來，表示齊一肯定。

「滕玉霄嘶風捲雪，一串驪珠；姚牧菴傀儡榮枯，十年燕月」，特舉元人滕玉霄〈百字令〉「寄宋六嫂」和姚牧庵〈醉高歌〉「感懷」諸詞對照。據《朝野新聲太平樂府》所載：〈醉高歌〉本每首四句，明人選錄多將兩首併為一首，指為八句，「如詞之雙疊，殊誤」[38]。楊慎所錄即循此誤，潘眉悉依楊本。「嘶風捲雪」兩句摘自「寒玉嘶風，香雲捲雪，一串驪珠引」；「傀

---

[37] 伶玄：〈趙飛燕外傳〉，梅鼎祚：《西漢文紀》，《文淵閣四庫全書》集部總集第 1396 冊，卷 22，頁 25 上。

[38] 楊朝英輯，盧前校：《朝野新聲太平樂府》（長沙：商務印書館，1939 年），卷 4，「小令」。

儡榮枯」與「十年燕月」分別摘自「榮枯枕上三更，傀儡場中四并」和「十年燕月歌聲」兩首。〈百字令〉猶為詞調，〈醉高歌〉已是元曲，可見《欽定詞譜》卷八註：「（醉高歌）此元人葉兒樂府也」。儘管調異，不過滕、姚兩人皆能承續宋人詞風，只是方向有別。《詞品》卷五評論滕玉霄〈百字令〉便云：「滕玉霄集中，填詞不減宋人之工」（頁 568），泛指宋人；同卷評論姚牧庵〈醉高歌〉，就云：「牧庵一代文章巨公，此詞高古，不減東坡、稼軒也」（頁 569），則特指蘇、辛。潘序承此，並列這兩種習宋路線，不做高下之別。

「翻鶴窗花影之集，錦繡胸腸；檢花綸太史之編，風流淪落」，特舉明代馬洪（號鶴窗）《花影集》和花綸詞對照。兩人的社會地位不等，詞風也相應有別。據楊慎《詞品》卷六云：「馬浩瀾洪，仁和人，號鶴窗。善詩詠而詞調尤工。皓首韋布，而含吐珠玉，錦繡胸腸，褎然若貴介王孫也」（頁 588）。韋布，寒士平民之衣，可知馬洪雖然終身未仕，填詞卻不露寒酸，而宛如王孫。《詞品》卷六記載，花綸因入「黃觀榜及第三人」（頁 593），曾獲「花狀元」之稱，「太史」一詞，即美其有翰林之才。蓋明清兩朝稱翰林為太史，卻因故「謫戍雲南」。據《詞品》所載，馬洪填詞，猶「求二公詞而讀之，下筆略知蹊徑」（頁 586），二公指蘇軾、柳永，其詞風雖各據一端，猶可統歸宋詞。因馬洪仍承宋人之風，故併述於此，不入後述的明人詞。花綸卻已入曲風，故《詞品》評云：「風致不減元人小山、酸齋輩」（頁 594），小山、酸齋指張可久、貫雲石，曲風亦各據一端，而總為元曲表現。潘序承楊慎詞論，比列兩人，卻微露軒輊，蓋馬洪詞雖體兼兩格，猶未卑降詞體；至花綸之作，卻已

「詞」入「曲」俗，而「詞」、「曲」不分，故序文以「淪落」二字，不僅點出詞人「謫戍」的遭遇，也涵有貶抑詞俗的意味在內。這彰顯潘眉雖然持守「存異」的理念，卻未必無條件地肯認所有的越界創體。

綜上可知，潘眉意在由「鍊字琢句」、「題材構思」、「出常手法」、「無奈興感」、「筆法曲直」、「體式正變」，各種構成詞體的諸多要素，舉例詳述詞風多元分立之由；又同一構成要素之下，復舉特定篇體對比，以見詞風二元並立之因，藉此，坐實「詞曲益多」之「多」字的意涵。基於主「存異」的理念，使得潘眉對於過去用以建構宋元詞史的觀點選擇與接受，乃傾向於接受二元對立調和的折衷之說，屏棄二元對立互斥的視角。

自「尋其蹊徑」至「執鐵板而唱江東」，這段序文對於柳永〈雨霖鈴〉與蘇軾〈念奴嬌〉「殊途」的對比敘述，其實早見於宋代筆記。如俞文豹《吹劍錄》云：

> 東坡在玉堂，有幕士善謳，因問：「我詞比柳詞何如？」對曰：「柳郎中詞，只好十七八女孩兒，執紅牙拍板，唱『楊柳岸，曉風殘月』。學士詞，須關西大漢，執鐵板，唱『大江東去』。」公為之絕倒。

上述引文，只是並列兩種不同的歌者分別持有的聲情與詞情，並未明確地賦予高下分判。到了南宋，因為推崇蘇軾，往往舉柳永為對，而「揚蘇抑柳」[39]，明代時更普遍藉由這段故事，

---

[39] 此一現象，見劉少雄：《會通與適變——東坡以詩為詞論題新詮》，

引發詞的體式須諧音律或不受縛於律，須婉媚如婦人或可雄肆若學士的爭辨。於是，不少詞學家，或基於堅守「詞體」重「女聲」、尚「婉媚」的本色觀念，或主張詞牌各有腔拍、聲情，不宜越界破壞，據此對東坡竟將「感慨悲壯」的詞情，填入〈念奴嬌〉一調，曾以「銅琶之譏」責之。如晚明卓人月〈古今詩餘選序〉，便針對東坡〈念奴嬌〉（大江東去）一詞「不合腔拍」，斥為「最不合時宜」，又云：「必以銅將軍所唱，堪配十七八女子所歌，此余之所大不平也」[40]。直至清初，賀裳撰《皺水軒詞筌》云：「蘇子瞻有銅琶鐵板之譏」[41]，尚可看到這類評價流傳。

潘眉沒有接受這類貶抑東坡〈念奴嬌〉（大江東去）的成說，而是肯認蘇詞可與柳詞並重。因此潘眉選擇認同明代那些雖主詞體本色，猶能兼容東坡此詞的詞學家觀點。如王世貞《藝苑巵言》云：「昔人謂銅將軍鐵綽板，唱蘇學士『大江東去』，十八九歲好女子唱柳屯田『楊柳外曉風殘月』，為詞家三昧」（頁3）。前述馬洪亦有類似的說法，其〈花影集序〉正引用上述《吹劍錄》所載柳永與蘇軾比較的故事，據此並「求二公詞讀之」。此外，因為東坡〈念奴嬌〉（大江東去）一詞，特別流傳知名，竟至產生以此篇體概括東坡家數的意見。對此，俞彥《爰園詞話》特加辨駁，云：「其豪放亦止『大江東去』一詞。何物

「宋代詞學中蘇辛詞『豪』之論」，頁175。

40 上引二段文句，見卓人月：《蟾臺集》（明崇禎十年傳經堂刻本），卷2。

41 賀裳：《皺水軒詞筌》，收入唐圭璋主編：《詞話叢編》，冊1，頁696。

袁綯，妄加品隲，後代奉為美談，似欲以槩子瞻生平」、「且柳詞亦只此佳句，餘皆未稱」（頁 402）。俞彥之論，固也存有並重柳永〈雨霖鈴〉和蘇軾〈念奴嬌〉兩詞的觀點，不過，更加張揚詞人家數，所涵風格多元不一的見解。潘序以「豔態柔聲」和「雄姿浩氣」對照，雖也相應於柳、蘇的特定詞篇而來，不過僅供詞體語言形相分類的示例，不是以此概括、區分柳、蘇的家數。故即使稱引柳永，亦有並舉「句擷《楚騷》之秀」、「宜二八女童，按紅牙而歌」兩體，又稱引蘇軾，雖特標「豪邁」，也有來自「字咀《文選》之華」或「須關西大漢，執鐵板而唱」的體分，近乎俞彥的見解。這種著重「篇體」建構的詞史敘述，與稍後敘述清初詞史，卻兼取「家數」與「篇體」的建構進路不同。

潘序雖然肯認宋元詞風因文士階層的創造，而走向多元；不過，沒有因此就抹殺這段時期，另有不同的群體階層，對單一特定詞風形塑的貢獻。是故，續就「閨秀蘭姬」與「衲子」兩類群體階層的詞風，加以敘述。

「閨秀能文，蘭姬善怨」兩句，統指女詞人共有的詞作特色。「能文」，固指辭藻富有文采，不過尤在追求意象妍綺，故序云：「字滴金鈿之翠，句凝綃袂之芬」，特以「金鈿」、「綃袂」喻之；既不同於宋代文士的「字咀句擷」，能兼容豪邁與芳鮮，亦不同於衲子的「清謳」，無意文采。此外，言情專趨「怨」態，既不同於唐五代詞人以「麗語」泛抒柔情慧致；更不同於宋代文士，抒情託興多端。基此，潘序參酌楊慎《詞品》所錄女詞人，就其中選錄可資印證的詞作，摘取詞句並列成段。「花藥署莀萌之驛，碎心於馬上杜鵑」，見《詞品》卷二所錄花蕊夫人填〈采桑子〉半首，該詞書於葭萌驛壁，詞云：「初離蜀道心將碎，離恨綿綿。春日如年。馬上時時聞杜鵑」（頁400）。「易安題漱玉之箋，慘戚於梧桐細雨」，見《詞品》卷二所錄李清照〈聲聲慢〉（尋尋覓覓）一詞（頁 402）。「淑真之淚濕春衫，幾於情蕩」，見《詞品》卷二所錄朱淑貞〈生查子〉「元夕」一詞，楊慎評云：「詞則佳矣，豈良人家婦所宜邪」（頁 403），即潘序「幾於情蕩」一評的由來。「戴女則花箋揉碎，忍寫斷腸」，見《詞品》卷五所錄戴石屏妻〈祝英臺近〉或作〈憐薄命〉（惜多才）一詞（頁 571）。「暈潮蓮臉，王昭儀寄恨中原」，見《詞品》卷六所錄王昭儀（清惠）〈滿江紅〉（太液芙蓉）一詞（頁 579）。「風捲落花，君寶妻投軀碧沼」，見《詞品》卷六所錄徐君寶妻〈滿庭芳〉（漢上繁華）一詞，該詞書於杭州韓蘄王府壁（頁 581）。「海棠開後憶秦娥，誤屬歐陽」，見《詞品・附錄》所載鄭文妻〈憶秦娥〉（花深深）一詞。楊慎為之正名，云：「以為歐陽永叔詞，非也」（頁598），為潘序所本。「羞對鴛鴦一剪梅，情緘易祓」，見《詞品・附錄》所載易祓妻〈一剪梅〉（染淚修書寄彥章）一詞（頁599-600）。

楊慎對上引女詞人之作，除了花蕊夫人僅見殘詞之外，餘皆全詞引錄。潘眉雖悉據楊慎所引之詞，然另以摘句，表述己見，如「碎心」、「慘戚」、「淚濕」、「斷腸」、「羞對」，即取自詞中明確言情之句。縱然，「碎心」因蜀亡入汴而發，「慘戚」因盡失所有而來，「淚濕」為情人不見而生，「斷腸」係受良人別娶思歸之挫，「羞對」為夫婿「功名成遂不還鄉」而寫，際遇不一，不過，所言之情，俱屬「愁」態。又如「杜鵑」、

「梧桐細雨」、「春衫」、「花箋」、「暈潮蓮臉」、「風捲落花」、「海棠開後」、「鴛鴦」，俱為涵有美感的物象。

「銀漢橫天，忘卻來時之路」，見楊慎《詞品》卷二所錄宋代報恩和尚（即法常禪師）〈漁家傲〉（此事楞嚴曾布露）一詞（頁 411）。「金襴濕露，債還菩薩之禪」，見楊慎《詞品》卷二所錄壽涯禪師〈漁家傲〉「詠魚藍觀音」一詞（頁 411）。「萬壑千巖，菴在微雲生處」，見楊慎《詞品》卷五所錄釋惠洪〈浪淘沙〉（城裡久偷閒）一詞。則據《詞品》可知，惠洪曾自述撰作之由，乃出於「浩然有歸志」（頁 540-541）。「梅衣松食，人遊無徑山頭」，未見楊慎《詞品》引錄，出處亦不詳。上述僧人諸詞，如獲《詞品》引錄，俱作全詞，潘眉雖然大多據之，然另以摘句，表述己見。所謂「清謳」之「清」，未與「麗」係聯，如以所摘之句而言，偏取遠離塵俗的意象，如「銀漢橫天」，唐李白〈月下獨酌〉就曾以「相期邈雲漢」之「雲漢」，喻指遠離人間的絕境。「金襴」係指高僧袈裟。「萬壑千巖」、「梅衣松食」，多指隱者的居處飲食。又以所抒之情而言，專主遣執返本之悟。

（三）明代詞體的同趨與遞變：二元並立動態消長的時體敘述

自「稽之勝國」至「偏遺珠玉」一段屬之。「勝國」，前朝也，指明代。「幸際同時」，「幸」，反語，暗指不幸，古文即有反義詞例，如《爾雅・釋詁》下云：「亂，治也」。「際」，值、逢。「同時」，指南明和清順治並行的時期。潘序以「固多纏綿綺麗之音」，概括有明一代詞體的同趨；而以「更饒跌宕風流之致」，點出詞體發展，到了明末清初，所呈現的遞變。尤其「更饒」一詞，可見潘眉認為明末清初的詞體遞變，雖然為時不長，然而其所呈現的價值，實不亞於有明一代，詞人們所同趨之體，故給予等價評論，齊一看待。如此時體，所呈現的前後動態消長歷程，與序文前段敘述宋元時體「多元分立」和「二元並立」的泛時發展，實不相同。以下先就序文如何統括陳述有明一代詞體的同趨方向進行詮釋。

「劉青田滿眼芙蓉，鬢與柳絲同脆（一作悴）」，摘自劉基〈摸魚兒〉「金陵秋夜」。「高季迪縈情鶯燕，愁隨團扇俱來」，摘自高啟〈石州慢〉「春思」。「結綺臨春，元美心傷鹿草」，摘自王世貞〈洞仙歌〉「傷亂」。「玉娥翻雪，用修腸斷翠樓」，摘自楊慎〈瑞鷓鴣〉「詠柳」。「落梅風為學士之清謳」，出自內閣首輔解縉口占〈落梅風〉。「愁人草亦廣文之佳句」，出處不詳。

楊慎《詞品》只於卷一收錄上引高啟詞，其他詞人詞作未收；而且主要著眼於該詞「可為用韻之式」（頁 366）。潘序則認為高啟詞可為明代「多纏綿綺麗之音」的例證，此一觀點與楊慎《詞品》所言不同。其他詞作在明人撰著的詞話，或是明詞選本之中，均為常見。若干前人對這些詞作的評論，可與潘序之說相印證，可見潘眉對於前人評說明詞的見解，曾採取選擇性的接受。如由潘序總括勝國詞風的評語來看，「纏綿綺麗」之「麗」，乃與「學士之清謳」的「清」相係聯，可見潘眉有意指出明代詞人對六朝之作、唐五代詞「語言風格」的繼承。循此，潘序對詞作的摘詞或摘句，亦多見「女色」和「妍景」的意象。如「滿眼芙蓉」摘自「但滿眼、芙蓉黃菊傷心麗」，而特取「芙蓉」以示麗景。「愁隨團扇俱來」，摘自「總有團扇輕衫，與誰更走章臺馬」，而特取「團扇」以指美人。「結綺臨春」，摘自「向時佳麗地，結綺臨春」，此詞原註云：「陳後主二閣名」，可知潘序特取「結綺」、「臨春」，正為瓊樓之故。「玉娥翻雪」、「腸斷翠樓」，摘自「玉蛾翻雪暖風前」、「美人腸斷翠樓煙」，前句乃以雪花比喻柳絮潔白之貌，與「翠樓」，俱屬「妍景」，故潘序取之。

此外，潘序也有意就詞中明確表述「情致」的詞句，加以摘取，或給予改寫，以彰顯諸作「言情」的特徵。如「鬢與柳絲同悴」，摘自「不知衰鬢能多少，還共柳絲同悴」，潘眉的改寫，刻意強調「同悴」。「縈情鶯燕」，摘自「辭鶯謝燕」，潘眉的改寫，特以「縈情」兩字總括「辭」、「謝」心緒，又以「愁」字，點明「與誰更走章臺馬」之恨。復於楊慎詞：「美人腸斷翠樓煙」一句，逕截「腸斷翠樓」。「心傷鹿草」，摘自「道姑蘇臺畔，留却幾叢麋鹿草」，潘眉增寫「心傷」，以點明詞人哀憫荒蕪之意。

上述明代詞人詞作，所呈現的語言形相，固然與六朝唐五代相似；不過，潘眉仍加以選取，並非單純指為擬古。蓋這類作品，多出於作家的現實際遇感受，語言「綺麗」之餘，情思尤多「纏綿」，與六朝唐五代作家的「柔情」、「麗語」，不免出於尋歡、應制，而多泛題習作的空中語，已然不同。如陳霆《渚山堂詞話》卷二評論上引劉基〈摸魚兒〉一詞，已對此作所以「詞意傷感如此」，提出「詳觀首尾，又似未嘗得遇者。竟不知或在未徵召之前否也」的詮釋。[42]卓人月彙選、徐士俊參評《古今詞

---

[42] 陳霆：《渚山堂詞話》，卷2，頁370。

統》選錄上引高啟〈石州慢〉，特附此詞的寫作本事，乃高啟得婦的經過。卓評云：「敘腹心之隱為約」、「長懷詠慕」，顯然認定高詞為懷人而寫，故詞中對妻子知己，萬分思慕。蓋高啟曾應婦翁周仲建之請，以〈蘆雁圖〉為題賦詩，暗寓妻室之想。周仲建知之，「即擇吉以女妻焉」[43]。「腹心」指至誠之求，「隱」，隱詞，含蓄寄意。「約」，指婚約。錢允治《類編箋釋國朝詩餘》曾選入上引王世貞〈洞仙歌〉，並註此詞云：「傷亂者，嘉靖癸丑、甲寅，倭亂海上。公時在刑部。父忬爲御史，守通州，正其時也」[44]，便指明王詞所傷之「亂」，為時事而發。這類詞話、詞選俱於潘序之前流傳，可為潘眉所承。

序文接著另舉詞人詞作，以證「幸際同時」的詞風「遞變」。「臥子畫堂紅蠟，惹人花月之愁」，摘自陳子龍（字臥子）〈浪淘沙〉「憶昔」。「舒章飛絮簾鉤，無奈春風之改」，摘自李雯（字舒章）〈凰凰臺上憶吹簫〉「次清炤韻」。「淚乾絲絮，雪堂之嗚咽燕城」，摘自熊文舉（號雪堂）〈大酺〉「懷古和曹秋岳」。「深鎖霓裳，日生之朦朧珠斗」，摘自吳易（字日生）〈渡江雲〉「中秋無月」。「存古則大哀，賦罷別離，最恨春深」，摘自夏完淳（字存古）〈尋芳草〉「別恨」，夏完淳曾著〈大哀賦〉。「浪仙則花影，詞成油壁，還疑夢裏」，摘自施紹莘（號峰泖浪仙）〈念奴嬌〉「早春送望子閶生游武林，次彥容韵」，施紹莘作品集名《秋水庵花影集》。「泣寒山之絕

43　卓人月彙選、徐士俊參評：《古今詞統》十六卷附《徐卓晤歌》一卷，卷 14，頁 19-20。

44　錢允治類編，陳仁錫箋釋：《類編箋釋國朝詩餘》，《續修四庫全書》集部詞類第 1728 冊，卷 3，頁 30 下。

調，未付箏琶」，指卒葬蘇州寒山的李實。「弔茗嶺之孤忠，偏遺珠玉」，指世居宜興茗嶺的盧象昇。盧象昇因對清之戰而殉難，故獲南明弘光政權追諡「忠烈」。「未付箏琶」、「偏遺珠玉」，乃嘆惜兩人詞作少見流傳。

上引詞作，若干曾獲稍前選本選錄，如《倚聲初集》、《蘭皋明詞彙選》。不過，將這些詞人詞作聚集在一起，以「跌宕風流」總括所摘之句的共通處，卻非援引某人的評論為據，而是潘眉所提出的新解。其間少數評述，或可與前人之評相互照應。由摘句的意象來看，主要以「妍景」為主，所抒之情皆關「傷逝」，似與前述的「勝國」時體，差異不大。不過，細味這些摘句的內容，可知潘序所以評為「跌宕」，意在強調這類詞作所抒情意，以故國之思為主，尤能盡抑揚曲折之態，故與前述「勝國」時體不同，而「更饒風流」。其間，又可因抑揚曲折的手法不同，再做分辨。

如「畫堂紅蠟，惹人花月之愁」，即湊合原詞「當日畫堂紅蠟下」、「誰家花月惹人愁」兩句而來，屬於以「樂景」抒發「哀情」的手法，景與情之間形成反襯，故生波瀾變化。「飛絮簾鉤」，則頗為刻意地自原詞「一庭芳草，半隻簾鉤」、「落花飛絮」諸句，選取「簾鉤」、「飛絮」，組合成句。如此安排，應是考量相較於芳草、落花，飛絮更能標誌春去時節，藉此強化原詞「生怕凝眸難消受」，卻猶留「半簾鉤」，以看盡暮春飛絮的矛盾心情，此乃由行動與情意之間的反襯，形成波瀾變化。「淚乾絲絮，雪堂之嗚咽蕪城」，則湊合原詞上下片兩結「淚乾絲絮」、「鮑照蕪城欲賦」而來，另增寫「嗚咽」兩字，指明詞人意在抒發繁華荒蕪的哀愁。「淚乾」，意指無淚可流，卻任憑淡淡淚痕餘留臉上，以示此心至哀至痛；「淚痕」所表之情極為沈重，而詞人竟以「絲絮」這般精美輕柔之物以喻之，頗見無常翻覆的深刻荒謬。這是透過將對反的事物，混同無別的手法，來呈現波瀾變化。近於朱熹評論「晉宋人物」所云：「雖曰尚清高，然個個要官職。這邊一面清談，那邊一面招權納貨」[45]的人性翻覆荒謬。王士禛《倚聲初集》選評熊文舉〈大酺〉此詞，便特意於「淚乾絲絮」、「見說高門如故。鮑照蕪城欲賦」這類將「繁華」與「荒涼」並列的詞句圈點，肯認「似晉宋間名士語」[46]。潘眉的見解相似，不過「跌宕」之評，較王士禛之說更為具體。「深鎖霓裳，日生之朦朧珠斗」，則自原詞「朦朧。銀河影没，珠斗光收，深鎖霓裳夢」，摘句重組。「霓裳」出自玄宗遊月宮，見素練霓衣仙女數百的典故。詞人由「無月」發想，改寫典故，言月宮仙女失掉君王知音，故「深鎖霓裳」，這是以反用典故的手法，暗寓亡國，以呈現波瀾變化。夏完淳與施紹莘兩詞，則是以無理而妙，呈現波瀾變化。「賦罷別離，最恨春深」，乃摘自原詞「離別又春深，最恨也、多情飛絮」而來，不過另對詞句加以重組，藉此凸顯詞人不說自己傷別多情，卻惱春多情的無理。「詞成油壁，還疑夢裏」，摘自原詞「悵望夢中油壁」，而改寫語態，藉此凸顯詞人之作，本為送友人赴杭州蘇小小名勝之遊而填，行文卻空際轉身，反將離別之「實」事，說成做夢「虛」想的無理，藉此表達不願接受友人離去，卻又必須送別的妙思。

45　朱熹撰，黎靖德編，王星賢點校：《朱子語類》，卷 34，《論語・述而》，頁 874。

46　鄒祗謨、王士禛同選：《倚聲初集》，卷 20，頁 20。

前述宋元人詞，固然也有使用「反襯」手法，以抒發無奈悵惘之情，如前述所引史達祖詞，卻未必寓託故國之思，因此，不盡跌宕風流。

（四）當代詞宗的羣競代雄：暗合「倫序等差」觀點的多元分立詞體敘述

自「洎夫當代，鬱起宗工」至序末屬之。這一大段文字所敘述的詞人，年輩或稍前於潘眉，或為並時，因處於同一文學社會情境之中，故有「切身性」的社會互動，不似前節所敘述的詞人，年代已遠，與潘眉的社會關係淡薄。循此考察這段潘序的筆法，別有意味可玩。

這段潘序，時而如前述一般，列舉詞人的個別篇體；不過，多用作區辨詞人家數的不同，故有以特定篇體總括家數的意味，已非盡如序文前段猶持「家數所涵篇體風格多元不一」的觀點。更多特別的地方在於，編造大量「意象式」的評語，藉此對特定詞人或群體的詞風，給予總括與區辨。這種敘述方式，不是單純出於藝術評價，若由潘序對諸詞人的「社交稱謂」（social appellation），頗見精心措辭來看，還交織了一種對文壇耆老、地方士族、才俊名公，與鄉賢名流等，諸種身分團體的階級定位（class location）與認同（class identity）意識叢聚並重而成的「倫序等差」理念在內。可知，潘序藉此把當代詞風的多元化，歸因於不同等級之文士領袖的倡導與影響。所謂「倫序等差」，是指諸文士領袖基於所擁有的名望、家世背景、職銜地位的不等，而在人際應對的互動上，所形成的位階分差與移俗效應，不是指高下優劣之分的價值等差。這是潘眉身為史家，在面對當代詞史的建構時，自覺流露的存在意識。

故序文以「鬱起宗工」，點明當代詞風興起之由。「宗工」即指在學術或創作上，卓有成就，而為眾人所推崇的人物。「鬱起」喻指諸多人才羣競代雄之狀。序文又云：「晉、秦、燕、趙，蔚有瓌才；荊、豫、齊、梁，實多標格」，「有瓌才」、「多標格」，乃著意指出因為諸多詞壇領袖或以才情見長，或因風度出眾，而各具特色，是故，詞體得以多元發展。如此敘述，指示了這段序文的駢句，所以並列詞人詞作，係出於對比，不是合同。又進一步肯定有才情的詞人，正如「鮫宮珠貝」一般稀貴，「非可數而成奇」，指不會永遠際遇不偶而受到埋沒。當代詞壇的多元成就，堪以「碧漢星垣」為比，宜等價並重，「莫或捫而測象」，執一偏而失多。以下則逐句詮釋之。

如「婁水廬江，不愧朝陽鳴鳥；鹽官長水，差同笙鶴瑤天」，這四句所指的領袖詞人是婁水（江蘇太倉）吳偉業（1609-1671）、廬江（安徽合肥）龔鼎孳（1615-1673）、鹽官（浙江海寧）陳之遴（1605-1666）、長水（浙江嘉興）曹溶（1613-1685）。此四人皆由明入清，詩、詞才名顯著，至《荊溪詞初集》開編之時，年輩已尊，甚或辭世。其為人或能急人之難，或獨厚寒士，或能改變風氣，故從眾甚多，不限一地，而為騷人雅士普遍奉為壇坫。是以稍早，吳本嵩〈今詞苑序〉便以「振其宗」、「樹其表」概括四人的文壇地位。潘序承吳說而來，亦單稱里籍地名為尊者諱，以示推重之意；用「朝陽鳴鳥」、「笙鶴瑤天」兩個意象式評語為喻，除了頌美，亦總括並區辨諸詞壇耆老的詞風。

「雲間之有錢、宋，鵬運九霄；伍唐之有魏、曹，鰲呿大海」，由引文單稱地名姓氏，可知特指地方士族，不是專稱某一詞人。與上四句不同在於，此一領袖地位的形成，得自歷代地方士族英才的功名累積而來的門第聲望。如雲間（江南華亭）的錢姓、宋姓兩大望族，伍唐（柳州亭，浙江嘉善）的魏姓、曹姓兩大望族，各領風騷。錢姓望族名人如錢士貴、錢芳標、錢金甫等。宋姓望族名人如宋存標、宋徵璧、宋徵輿等。魏姓望族名人如魏大中、魏學渠等。曹姓望族名人如曹勛、曹爾堪等。潘序用「鵬運九霄」、「鰲呿大海」兩個意象式評語為喻，除了頌美，亦總括並區辨諸地方士族的詞風。

自「棠村之雄風河朔」至「楊花輕沾恨去」，各句皆標示詞人字號，並繫以特定詞篇，藉此指認諸位才俊名公，體有偏至，分鑣並馳；藉此呼應「名山大澤」至「儘供批風抹月之料」這一段序文的旨意：此即提出諸詞人詞作的興感之由、構思之方，所長、所好各有不同的觀點；復乘駢句之便，並列詞人成對，較其不同。其間，容有潘眉的主觀選擇辨認在內。不過，若核以時人所共享的詞評語境來看，其辨有據。潘序意不在於呈現個別詞人總體風格的多元；而是更加關注諸家體殊，由來不一。這種「置身其中」的撰史立場，及據此建構而成的清初詞史，不同於今日的若干清初詞史論著，因為接受了某些西方學術觀點而傾向「置身事外」的撰史立場，故每以客觀描述個別詞人總體風格的多元化，來建構清初這段詞史。

潘序首先並列梁清標（號棠村，1620-1691）〈望海潮〉「鎮陽懷古」，和彭孫遹（別號金粟山人，1631-1700）〈醉春風〉「私調」兩詞對照。康熙十七年前後，梁、彭兩人俱在京師。潘眉應是基於這項背景，並列二人之詞；不過，另以摘句對比，呈現二人詞風不同。故序文對前詞所摘之句是「雄風河朔」、「戰壘烏啼笛吹，關戍夕陽寒」，此詞涵有思慕英雄之意，早獲時人黃大宗評賞，其云：「懷古情深，有阮生登廣武意」[47]，恰可展現梁清標志慕勳業，亦以此「名天下」的雄才。[48]序文對後詞所摘之句是「小立朱扉裏」、「今夜羅幃，月明人靜」，此詞「擅摹閨閣」，卻不落《花間》的格套。潘眉刻意選入不似《花間》的豔詞做為彭孫遹詞風的代表，實涵有重塑彭孫遹之為「豔詞專家」[49]的意義。

其次並列王士禛（號阮亭，1634-1711）〈浣溪沙〉「春閨」，和王士祿（號西樵，1626-1673）〈菩薩蠻〉「有寄」兩詞對照。二王為兄弟，同慕《花間》、《草堂》。潘眉應是基於這項背景，並列二人之詞；不過，另以摘句對比，呈現二人摹習花、草的進路不同。故序文對前詞所摘之句是「欲覓瀟湘屏上路」、「口脂慵點鏡中朱」，而另加改寫，藉此，彰顯王士禛擅以「瀟湘」這類《楚騷》語境，改造《花間》、《草堂》的語言形相，而與時人徐東癡評此詞云：「阮亭人近騷而地喜楚」的見解，[50]相互呼應。序文對後詞所摘之句是「斜穿脩竹林西路，淺春從此辭儂去」、「空將梁燕嗔」，亦另加改寫，藉此，彰顯作

---

47 梁清標：《棠村詞》，收入張宏生主編：《清詞珍本叢刊》，冊 3，卷下，頁 24。

48 汪懋麟：〈棠村詞序〉，收入梁清標：《棠村詞》，書首序文，頁 1。

49 王士禛曾戲稱彭孫遹（彭十）是「豔詞耑家」。見鄒祗謨：《遠志齋詞衷》，前編卷 3，頁 15 上。時人如尤侗多由似《花間》詞風，稱賞彭詞。另詳第三節。

50 鄒祗謨、王士禛：《倚聲初集》，卷 3，「小令」，頁 12 下。

品乃以「辭儂」的特有語態抒情，可以體現印證王士祿所自述的創作態度，乃是：「漫然隨意」、「其文無謂，其緒無端」，而泯去《花間》、《草堂》之跡。[51]是故，此詞雖不見錄於《炊聞詞》，潘序亦特加選取。

復次並列丁澎（字飛濤，1622-約 1685）〈賀新涼〉「塞上」，和宋琬（號荔裳，1614-1673）〈賀新郎〉「登燕子磯閣望大江作」兩詞對照。丁、宋兩人，中年之後同歷坎壈。潘眉應是基於這項背景，並列二人之詞；不過，另以摘句對比，呈現二人詞風不同。前詞乃丁澎因涉入順治十四年（1657）的科場案，遭受流徒尚陽堡之事而作。潘序摘取「寶刀吹折」、「射雕兒紅翎，欲墮馬蹄初熱」諸句，加以重組，藉此，指明該詞情調激宕，多訴諸豪傑不偶，讀之易興血氣之憤，而與陳維崧評此詞云：「我讀之便覺耳後生風，鼻端生火」的見解，[52]相互呼應。後詞乃宋琬因受人誣陷，兩度入獄，之後旅寓吳越之事而寫。潘序摘取「絕壁啣飛閣」、「早驚起、南飛烏鵲」、「看帆檣、半向青天落」諸句，另加重組改寫，藉此，指明該詞情致雄豪，多訴諸歷史興亡，讀之易起無窮沈思，而與時人鄧漢儀評此詞云：「雄情豪致，繹絡奔趨。俛仰河山，正自百端交集」的見解，[53]相互呼應。

---

51 王士祿：〈炊聞詞自序〉，見王士祿：《炊聞詞》，收入張宏生主編：《清詞珍本叢刊》，冊 4，書前序文，頁 1。

52 丁澎：《扶荔詞》，收入張宏生主編：《清詞珍本叢刊》，冊 3，卷 3，頁 18。

53 宋琬：《二鄉亭詞》，收入張宏生主編：《清詞珍本叢刊》，冊 1，卷下，「長調」，頁 27。

復次並列吳綺（字園次，1619-1694）〈浣溪沙〉「有感」，和朱彝尊（字錫鬯，1629-1709）〈釵頭鳳〉「藏鉤」兩詞對照。吳、朱兩人，詞風俱近南宋。潘眉應是基於這項背景，並列二人之詞；不過，另以摘句對比，呈現二人詞風不同：一尚聲律，一尚用典。故序文對前詞所摘之句是「漢宮垂柳映紅墻。教人愁煞是斜陽」，這二句聲情婉暢，能得南宋詞人追摹聲律之長，在潘序之前，朱彝尊就曾評吳綺詞，云：「薗次之詞，選調寓聲，各有旨趣，其和平雅麗處絕似陳西麓」[54]，特賞吳詞之「調」與「聲」，正可呼應。序文對後詞所摘之句是「玉鉤纖手陳青案」、「含嬌態」、「笑拈衣帶」[55]，這數句，能得南宋詞人「徵典」詠物之長，反映朱彝尊於康熙十七年前後，因獲《樂府補題》，受其影響，轉向詠物創作的改變。

復次並列尤侗（號悔庵，1618-1704）〈念奴嬌〉「和羨門韻」，和紀映鍾（字伯紫，1609-1681）〈清平樂〉「孤山獨坐」兩詞對照。尤侗自稱「狂生」，紀映鍾自號「逸老」，一皆隱士之流。潘眉應是基於這項背景，並列二人之詞；不過，另以摘句對比，呈現二人詞風有別：一尚辛辣，一尚平和。故序文對前詞所摘之句是「歎元龍豪氣，俯同羣碎」、「偶爾乘天醉」，這二句可見尤侗嘲謔賢愚易位，斥天理不彰的世道觀與狂態。序文對後詞所摘之句是「一杖孤山路」、「莫被梅花香誤」，另加

54　王昶：《國朝詞綜》，《續修四庫全書》集部詞類第 1731 冊，卷 4，頁 1 下。

55　此處所摘之句迭用《宋書・符瑞志》、《風土記》、盧綸詩諸典。見朱彝尊撰，李富孫注：《曝書亭集詞注》（臺北：廣文書局，1978 年），卷 5，頁 8 上。

改寫，藉此，彰顯紀映鍾既嚮往隱士林逋的志向，又能超出林逋「梅妻」的痴情之上。

復次並列沈謙（號東江，1620-1670）〈醉花陰〉「客夜詠枕，用沈會宗體」，和董俞（字蒼水，1631-1688）〈玉女搖仙佩〉「望春樓故邸」兩詞對照。時人評說沈詞「言情最為濃摯」[56]，董詞使人「悅於魄而動於魂」[57]，可見兩人同樣精於言情。潘眉應是基於這項背景，並列二人之詞；不過，另以摘句對比，呈現兩人取境不同：沈詞好從男女細碎情事構思，董詞則長於今昔對照。故序文對前詞所摘之句是「鴛鴦繡出偏成對」、「無端要拍珊瑚碎」，另外增寫「暗把」、「何曾」，藉此，凸顯沈謙擅長描摹閨婦表面欲碎珊瑚之恨，實則暗地注目珊瑚、勤繡鴛鴦，而難忘舊情的矛盾深衷。序文對後詞所摘之句是「穿簾玳瑁」、「祇見得、空梁蛛網」，另外增寫「誰知」，藉此，凸顯董俞擅長以故樓景物不在，抒發人事已非的哀愁。不過，上引董詞另作丁澎之詞，董俞另有〈宴清都〉「咏苔」，較切序文「苔痕」。或潘眉誤植。

復次並列陳世祥（字善百，崇禎十二年舉人）〈念奴嬌〉「期紅兒不至，又柬司勳」，和杜濬（號茶村，1611-1687）〈沁園春〉「感興」兩詞對照。陳、杜兩人與世寡諧一也。潘眉應是基於這項背景，並列二人之詞；不過，另以摘句對比，呈現兩人詞風不同。陳世祥為人「素狷介」、「不與庸俗接」，詞風

56 沈雄：《古今詞話》，「詞評」，下卷，頁 1041。

57 曹爾堪：〈玉鳧詞序〉，收入董俞：《玉鳧詞》，收入張宏生主編：《清詞珍本叢刊》，冊 5，頁 1 下。

卻「妍越嫵媚」，一如「風流年少」，如孫介夫所評。[58]杜濬為人「傲慢不求友」，如《今世說》所評，[59]然詞風「軼宕」。早在吳本嵩〈今詞苑序〉，便以「纏綿綺麗」、「軼宕」指明陳、杜詞體有別，為潘序所承。基此，序文對前詞所摘之句是「竟看朱成碧」、「光彩空勞翠燭」，足徵情感纏綿。序文對後詞所摘之句是「向後休愁」、「痛還當飲」，可見似達而鬱。

復次並列毛先舒（字稚黃，1620-1688）〈沁園春〉「荊卿」，和鄒祗謨（號程村，1627-1670）〈蘇武慢〉「述懷，和樂子尹韻」兩詞對照。毛、鄒兩人同主長調須曲折致意，可見於王又華《古今詞論》的轉錄。毛先舒論長調云：「一步一態，一態一變」。鄒祗謨認可朱承爵論長調云：「長篇須曲折三致意」。[60]潘眉應是基於這項背景，並列二人之詞；不過，另以摘句對比，呈現兩人長調的曲折筆法不同。故序文對前詞所摘之句是「塵埃裏，把英雄老了，何用知名」，另外改寫增入「寄慨」一詞，藉此，指明毛先舒抒情，語態抑揚，故詞意表面不求聞達，實則暗諷人才埋沒。序文對後詞所摘之句是「謾學餐芝黃綺」、「到歸來、細數繁華，不過夢中而已」，另外改寫原詞語序，藉此，指明鄒祗謨巧妙鎔鑄商山四皓、黃梁之夢的典故，抒發不羨成仙，反羨無常人間的情思，顛覆成見，使詞意跌宕而曲折。

---

58 孫介夫：〈含影詞序〉，收入陳世祥：《含影詞》，收入張宏生主編：《清詞珍本叢刊》，冊 1，頁 1-2。

59 王晫：《今世說》（臺北：藝文印書館，1967 年），卷 8，頁 2。

60 王又華：《古今詞論》，收入唐圭璋主編：《詞話叢編》，冊 1，「詞評」，頁 603、609。

復次並列鄧漢儀（字孝威，1617-1689）〈小重山〉「金陵，步芝韻」，和徐士俊（字野君，1602-1681）〈小桃紅〉「咏桃花」兩詞對照。鄧、徐兩人在明清易代之際，俱選擇避世著述，而將遺民心態，寄託於詩詞。潘眉應是基於這項背景，並列二人之詞；不過，另以摘句對比，呈現兩人取材不同。故序文對前詞所摘之句是「西窗月，不肯勸梳頭」，另外增寫「怨」，藉此，指明鄧漢儀慣由追憶昔日與所歡繾綣的情事不再，寓寄緬懷故國之情，近似陳子龍等雲間詞人的故國情思。而可與《倚聲初集》評此詞云：「與《湘眞》、《幽蘭》異曲同工」的見解，[61]相互呼應。序文對後詞所摘之句是「算六宮粉黛、總銷魂，似胭脂填井」，藉此，指明徐士俊慣由南朝陳亡國等歷史故事，省思易代。

復次並列納蘭性德（字容若，1655-1685）〈臨江仙〉（長記曲欄干外語），和顧貞觀（號梁汾，1637-1714）〈春夏兩相期〉「宿贛關酒盡不寐」兩詞對照。納蘭、顧氏二人，於康熙十五年（1676）訂交。次年合編《今詞初集》，共持「詞不附庸於樂府、詩」之論。[62]潘眉應是基於這項背景，並列二人之詞；不過，另以摘句對比，呈現二人所好不同。故序文對前詞所摘之句是「西風吹逗窗紗」、「一燈新睡覺，思夢月初斜」，藉此，指明詞人長於摹寫「鍾情之思」。序文對後詞所摘之句是「荒鷄叫落一天霜，獨雁催沉三更月」，藉此，指明詞人長於摹寫「羈旅之狀」。

61 鄒祇謨、王士禛同選：《倚聲初集》，卷3，「小令」，頁23。

62 魯超：〈今詞初集題辭〉，收入納蘭性德、顧貞觀：《今詞初集》，收入張宏生主編：《清詞珍本叢刊》，冊22，頁1。

最末並列張台柱（號砥中）與董元愷（字舜民）二人之詞對照。不過，由於序文對張詞摘句的出處線索不足，無法確斷，故暫闕不論。

自「即我荊南之僻壤」以下，專論荊溪一地詞人，均以「意象式」評語，總括並區辨各人家數，而不列篇體。除了表示推重鄉賢之意，更因此時，《荊溪詞初集》尚屬徵件階段，各家代表詞作，應由操選政者最後審定，不宜輕率雌黃。不過，潘眉仍考量政治地位、文壇履歷等客觀條件，對鄉里諸賢略做分述，以明近時荊溪一地填詞原委。

從「吳學憲東山絲竹」至「爐煙惹袖」，列舉六位荊溪詞人，首列者年輩稍長；皆敬稱官銜，以示推重各人的社會地位。其間，若干詞人雖非以能詞名世，猶不廢填詞。因其文壇成就卓著，故加引述，以彰顯前輩參贊，為荊溪詞壇生輝之意。如吳炳（自稱粲花主人，1595-1648），崇禎年間擔任江西提學副使，負教養學子之責，故潘序敬稱「學憲」。曾因不慣官場陋習，托辭還鄉，居宜興粲花別墅，專力於詩文和戲劇，有《粲花五種曲》傳世，是著名戲劇家。因此，「東山絲竹，譜新聲於五種曲之中」即引謝安歸隱東山為喻，讚美吳炳；而以「新聲」推許吳炳通曉音律，能夠自製新腔。盧象昇（號九臺，1600-1639），崇禎年間累遷兵部侍郎、兵部尚書。潘序稱「司馬」，此為古官名，六卿之一，掌兵事，能切合盧象昇的身分。因盧象昇曾先後擊退李自成、清兵，保衛京師，故潘序讚云：「北塞刀環」。盧象昇早以絕句〈十驥咏御賜千里雪〉聞名，後來亦能樂於填詞，故潘序云：「填麗句於十驥詩之後」，而以「麗」字點明盧象昇的詞風特色所在。

吳洪化（字貳公，崇禎九年舉人），明清時稱舉人為「孝廉」，曾著《屑雲詞》。周季琬（字禹卿，順治九年進士），據《瑤華集》所載，曾任御史，故潘序稱「侍御」，著有《夢墨軒詞》；而以「萬斛秋泉」、「晴川爽籟」，分別兩人詞風。黃錫朋（字楨伯），曾任湖南安仁縣知縣。徐司理，應指徐喈鳳，司理，任刑獄之事。徐喈鳳於順治十八年（1661）任雲南永昌府推官，推官，多掌理司法。徐喈鳳歸田當在順治十八年後。《宜興荊溪縣新志》卷九〈古蹟・遺址・願息齋〉下註云：「徐司理喈鳳」[63]，可以互參。

接著列舉二十二位荊溪詞人，多以詞才名世，與潘眉並時，故大都稱呼字號。茲據《荊溪詞初集》、《瑤華集》所錄宜興作家小傳，逐一指認潘序所述詞人身分、別集。如史惟圓（號蝶庵，1619-1692），陳維崧姻表親，著有《蝶庵詞》。陳維崧（號迦陵），著有《烏絲詞》、《迦陵詞》。萬錦雯（字雲紱，1625-1692），任中書舍人，著有《詩餘初集》。史太史，指史可程（號遽庵，史可法弟），崇禎十六年庶吉士，庶吉士亦稱庶常，屬翰林院，或稱太史院。著有《觀槿詞》。史鑑宗（號遠公，原籍金壇），順治八年舉人，著有《青堂詞》。任繩隗（號青際，1621－不詳），著有《直木齋詞選》。吳本嵩（字天石），著有《都梁詞》。曹亮武（字南耕），著有《南耕詞》。蔣景祁（字京少），著有《梧月詞》。吳雯（字天篆），詞集未獲見錄。萬樹（字紅友，1630-1688），著有《娥鬟餘聲》、

63 張球、英敏、周家楣、吳景牆等撰：《宜興荊溪縣新志》（臺北：新興書局，1965年），卷9，〈古蹟・遺址〉，頁8。

《紅簾豆詞》。陳維岳（字緯雲），陳維崧三弟，著有《紅鹽詞》。儲福宗（字天玉），著有《嶽隱詞》。王于臣（字越生），著有《皃亭詞》。吳玭（字公瑜），著有《夢雲詞》。董儒龍（字蓉仙），著有《柳堂詞》。曹湖（字二隱），客籍武進，著有《青山草堂詞》。陳維岱（字魯望），陳維崧堂弟，著有《石閭詞》。陳維嵋（字半雪），陳維崧二弟，著有《亦山草堂詞》。陳枋（字次山），著有《紉蘭詞》。僧宏倫（號孝均），著有《泥絮詞》。僧原詰（字又維，原籍太倉），著有《紅豆詞》。

三、對治晚明清初「獨尊定體」的詞史敘述

晚明清初的詞壇，有一種發展方向，乃是重塑明朝以來積久的詞體本色觀念，而朝著「經典化」、「聖教化」與「律法化」的方向轉進。循此趨勢，規範「體有定式」，力主同一，不容「存異」，時而流露本諸「正統」的基源價值。復經詞壇領袖的推揚，對詞風的形塑，產生很大的影響，下文將作論述。準此，則潘眉另主「存異」的基源價值，而重構詞史，與之相抗。其意並非想要積極取代，而是消解如上「獨尊」一體，並對各種詞體之變，加以貶抑與排除的詞學觀。

潘眉所據以敘史的「多焦統合史觀」，消解的對象之一乃是：獨尊《花間》、《草堂》為模範的復古詞學觀。晚明以來，詞人率多援引宗經、徵聖的理念推尊詞體，而重塑《花間》之為詞體源頭的意義，例如萬曆年間，温博〈花間集補序〉援「騷人之意」、張師繹〈讀書堂《花間》《草堂》合刊本序〉挾「聖人

孔子」猶存情詩教化為依據，推重《花間》。[64]這是繼稍早的徐師曾、毛晉等人，將《花間》定位成「倚聲填詞之祖」，[65]而更進一步強化《花間》的權威地位，使它得以進入到儒家詩觀的統緒之中，表徵「歷史時程的起點」與「正統價值之所本」，[66]兩者合一的理念。

入清之後，若干文人延續著上述明人的論見，把《花間》的地位，向獨尊的高峰推進，從而形成罷黜他體的詞學觀。如蔣平階等人崇尚「唐風古音」，實即崇尚《花間》。據此主張「屏去宋調，庶防流失」而肯認「溫麗」一格，以為「古人醞藉」；相對貶抑「疎放」之風，為「後習之輕佻」。如此重構詞史，充分流露出排除異端，「以明宗尚」的正統理念。[67]

詞壇領袖王士禛，除了也對《花間》揄揚不已之外，更將普受當時詞人追摹的《草堂詩餘》，加以「聖教化」，使之得與《花間》並列，同為理想古範。所撰〈倚聲初集序〉便高倡「《花間》、《草堂》尚矣」，視二者堪為「聲音之道」樹立極則，而弘揚「尼父歌絃之意」。尼父，聖人孔子也。據此，貶抑「不可歌之詩」與「今人不解音律」之弊；所據理念，亦來自

---

64 余意：《明代詞學之建構》，第五章第二節「《花間》詞統與明代中後期詞之『寄託』說的深化」，頁 161-167。

65 徐師曾：〈文體明辨序說〉，頁 126-127。毛晉：〈花間集跋〉，見毛晉：《汲古閣書跋》（上海：上海古籍出版社，2005 年），頁 112。

66 「歷史時程的起點」指「某一文體在歷史時程上最早出現的作品」。「價值之所本」指「價值判斷上的優先或本原」。見顏崑陽：〈六朝文學「體源批評」的取向與效用〉，《東華人文學報》第 3 期（2001 年 7 月），頁 7。「價值所本」在本文此處指「正統價值之所本」。

67 沈億年：《支機集・凡例》，頁 1。

「排除異端」的「正統」價值。請參〈「存異認同」觀念主導下的陽羨詞學〉第二節。

雖然，王士禛也曾說過「語其正」、「語其變」的話，似比蔣平階等雲間詞人評述詞史的視野，更顯寬容，而能承認「宋調」，不尊一格。實則對詞史的敘述，不重流變殊異，而以歸本《花間》、《草堂》的體式，力求體同可歌為要。由王士禛特將「卓絕千古」的宋人詞作，歸因於「實本《花間》」[68]，而非肯認出自宋代詞人的創變可知。

順此趨勢，評詞者多只留心合乎《花間》之風的詞作。前述彭孫遹詞，尤侗評之，便格外著眼於合乎《花間》語境的詞作。如《延露詞》收錄〈醉春風〉二首，一題「私調」、一題「私會」，同為寫豔。然「私會」一首「索性迴身，恣他憐惜」，近於花間詞人牛嶠〈菩薩蠻〉「須作一生拚，盡君今日歡」的情境，尤侗特別指出，並據此肯認彭詞與《花間》體同，相對忽略不似《花間》的「私調」一詞。[69]學詞者，承此風尚，或專意於《花間》一格，或是遍和《草堂詩餘》中獲選首數居先的周邦彥詞。[70]在這股追和的風潮中，對周詞的獨尊，更勝過李清照，以致陽羨詞人尤其點名周詞、《花間》批評。如陳維崧不滿當時詞風，於〈今詞苑序〉云：「其學為詞者，又復極意《花間》」、「矜香弱為當家，以清真為本色」，後二句為對句，「香弱」，

---

68 王士禛：《花草蒙拾》，頁 675。

69 彭孫遹：《延露詞》，收入張宏生主編：《清詞珍本叢刊》，冊 6，頁 677-678。

70 張玉龍：〈《草堂詩餘》與清初詞學宗尚的轉變：追和角度的考察〉，《中國文化研究所學報》第 57 期（2013 年 7 月），頁 178。

出自明人王世貞對溫庭筠詞集的評語。「清真」便指周邦彥詞。陳維崧此序正指出當日詞壇流行的「本色」觀：獨尊《花間》或周邦彥詞為本色，追求正體，排除變格。這種態勢大約到康熙十七年之後，才逐漸地改變。基此，理解潘序不提《花間》、周邦彥詞，以及刻意選入不似《花間》的豔詞，即涵有消解獨尊定體的詞學觀，以及務求「盡變」的用心。

潘眉所據以敘史的多焦統合史觀，消解的對象之二乃是：獨尊南唐詞、北宋詞為模範的復古詞學觀。對於這種詞學觀倡導最力者，當推雲間詞人陳子龍。今日學界對陳子龍詞學的研究成果，多而且工。不過，大多接受清代詞學家以陳子龍紹承《花間》的詞學觀念，較少注意陳子龍於〈《幽蘭草》題詞〉表述「晚唐語多俊巧，而意鮮深至」一句，對《花間》詞風微露的貶意。[71]實則，陳子龍最推重的是「金陵二主以至靖康」。金陵二主指南唐二主，以至靖康則泛指晏殊、晏幾道、柳永、秦觀、周邦彥、李清照等。故而陳子龍不是獨尊某一詞人家數，而是標舉特定時代諸多詞人的共體，此指以南唐詞與北宋詞為內容的時體。陳子龍以為這兩種時體，才最能體現「《風》、《騷》之旨」[72]。此一論述所表述的詞學觀，已更傾向於崇尚詞體本色的正統，非「歷史時程的起點」，請參〈「存異認同」觀念主導下的陽羨詞學〉第二節。故而涵有取代《花間》典範的意義。循此，陳子龍規定詞體言情，「必托於閨襜之際」，而獨尊「妍貌」、「佻言」為體式。對於不合本色的南宋詞、元詞、明詞之

---

71 陳子龍、李雯、宋徵輿撰，陳立校點：《幽蘭草》，頁1。

72 陳子龍：〈三子詩餘序〉，卷3，頁1080。

時體，陳子龍則以「南渡以還，此聲遂渺」、「元濫填詞，茲無論已」、「明興以來……獨斯小道，有慚宋轍」給予貶責，於是形成以南唐北宋詞為定體，而排除變格的詞學觀，致使填詞者，專意於南唐北宋詞一格。故陳維崧〈今詞苑序〉批判當時詞風，特云：「學步《蘭畹》」，《蘭畹》收錄南唐詞；而吳逢原〈今詞苑序〉乃以清初詞能越駕「南唐北宋諸名公」為由，大為肯定。

由於上述二種獨尊一體的觀念合流，在清初頗為活躍，竟使得早在明代風行的六朝體源論調漸告式微。基此，就可以理解潘序不提《花間》、南唐詞，而另取其他追繼六朝之風的唐五代詞人詞作為代表，據之重構詞體近源的用心。其意僅在於消解獨尊《花間》、南唐詞為代表唐五代時體的詞學觀，以及如此規定詞體近源的觀念，所據的正統理念；不是完全否定《花間》、南唐詞的價值。又潘序雖然仍重北宋詞，但不似陳子龍，以追求北宋詞人的共體為尚，而是力陳北宋詞人的體別殊變。此外，並列唐五代、宋元、明代諸時體，不予軒輊，又詳析各家篇體、家數之「異」，以盡其變，既不限「托於閨襜」、「妍貌」、「佻言」的體式，也未反向獨尊蘇、辛豪放的體式，故與陳維崧重造「正統」的進路不同。凡此，皆呈現消解「獨尊」，發揚「存異」的詞學觀。

潘眉所據以敘史的多焦統合史觀，消解的對象之三乃是：獨尊圖譜格律的詞學觀。圖譜之學，「發軔於明代，確立於順康時期」，表現了明人對於詞體範式的要求，從語言風格的層面，更加聚焦在聲調格律的層面。這是受制於詞體走向案頭化，實際不能「填詞按譜」的歷史機緣，又為便於初學、正體的需要，所發展出來的因應之道。[73]由按「樂譜」到按「格律譜」，使得昔日詞人所重視的「腔律」之協，逐漸轉向合乎「調有定格，字有定數，韻有定聲，至於句之長短，雖可損益，然亦不當率意而為之」的「定體」[74]。

入清以來，這股追求「定體」的風潮，加上「考其真」的實學意識，故用以證譜的詞例，便走上「句櫛字比於昔人原詞，以為章程已耳」的復古方向，[75]這可以萬樹編纂的《詞律》為代表。萬樹批判舊譜，隨意改順，「列調既謬」、「分句尤訛」，後人又盲目遵循；甚至，「按律之學未精，自度之腔乃出。雖云自我作古，實則英雄欺人」。毛奇齡《西河詞話》亦有同樣批評。[76]基此，萬樹於《詞律・發凡》自述：「其篇則取之唐宋，兼及金元。而不收明朝自度，本朝自度之腔」，從而發揚古作，皆本「合律」而填詞。其說不僅駁斥沈際飛「《花間》未有定體」的論見為謬，更延續徐師曾的詞源論，上溯李白〈憶秦娥〉、〈菩薩蠻〉兩首，認為是詞體講究按譜守律的「鼻祖」，由此確立詞體的歷史近源。[77]《詞律》雖然撰成於康熙二十六年（1687），實則於康熙七、八年間即已開端。萬樹〈自敘〉所云

73 江合友：《明清詞譜史》（上海：上海古籍出版社，2008 年），「前言」，頁 4-8。

74 徐師曾：〈文體明辨序說〉，頁 127。

75 吳興祚：〈詞律序〉，收入萬樹：《詞律》（臺北：世界書局，1970 年），書首序文，頁 4。

76 萬樹：〈詞律自序〉，見萬樹撰：《詞律》，書首序文，頁 5。毛奇齡亦云：「近人不解聲律，動造新曲，曰自度曲」，見毛奇齡：《西河詞話》，卷 2，頁 588，「近人妄作自度曲」。

77 萬樹：〈詞律發凡〉，見萬樹撰：《詞律》，頁 7、10、17。

撰書動機出於「志在明腔正格」、「遂多繩正之議」，可代表這類講究「按圖據譜」的詞學家，基於「駁謬糾訛」，排除異見，而自居「正統」的理念。

基此，理解潘序不提李白〈憶秦娥〉、〈菩薩蠻〉兩首，實涵有消解這類持守格律的理念而獨遵李白詞為詞源正統的詞學觀。同時，潘序又另舉自度曲為範式，如前述白居易、唐莊宗、姜夔等詞作，藉此存異，而對「按譜守律」與「自度其曲」齊一看待。這種詞學觀與曹亮武〈荊溪詞初集序〉猶持「按圖據譜，如梓人之引繩定墨，凡合譜而歸為於風雅者登之」的「正統」理念，已然不同。不過，潘眉並非對時人「不解音律，動造新曲，曰自度曲」無知，而是在對治的態度上，不像曹亮武、萬樹，對明朝、本朝「自度曲」，採取「不登」、「不收」，排除異端；而特舉「能諧音律」的「自度曲」為例證，以供時人做為「創變」的準則。

綜合上述，潘眉〈荊溪詞初集序〉代表陽羨詞學之中，持「存異認同」的觀點對通代詞史建構的結果，是陽羨詞學之中一篇重要的文獻。其所開顯的「多焦統合」史觀，不同於晚明詞學家通古今的統合論述，雖非鴻文鉅軸，卻也展現了精深的識見與高超的歷史視野。

「超凡印象」與
陳維崧領袖地位的形成

本文所探討的主題，乃指當陽羨詞派的構成，由群英並起的「前階段」轉向共主中心的「後階段」，此際領袖形成所憑恃的人為機制之一。這項論點沒有否定如陳維崧這類流派領袖的地位形成，乃緣自領袖內在本具的性情與文學成就；而是在肯定此一領袖內在本具的條件基礎上，兼從追隨者認同領袖的角度，詮釋領袖地位的形成，這是一種雙向的思考。因為學界過去對於陽羨詞派追隨者的領袖認同，論述較少，是故，特藉此文加以詳究。此一陽羨詞派領袖形成的例子，亦可供印證中國古代文學流派領袖形成的模式之一。

一、追隨者的認同與陳維崧領袖地位的形成

文學流派是群體的結合，成員彼此對待的關係可有多種。其中一種，乃派內的成員彼此以領袖與追隨者的關係相對待，此時，領袖在流派中自屬核心關鍵，是故當今學界對於文學流派的研究，大多循著領袖與追隨者的關係認定，而集中在領袖本身所持文學觀念、創作風格與自我意識的內容詮釋。此一研究進路及

成果的學術貢獻甚多，其重要性顯而易見；不過，往往把領袖的存在視作理所當然，較少由追隨者的角度，反思領袖形成所憑藉的人為機制。

一名文士能夠成為文學流派領袖，固然與他本身的成就有密切的關係。據此，如欲探究文學流派領袖的形成，理當從領袖本身的內具條件論起，包括他對文學本質、創作、批評所持的觀點與論述，對「文學統系」的建構，乃至於持有「聖賢自居」而欲為眾人師的「盟主」意識、[1]或是擁有利於聚眾的「理想型社會性格」[2]。

不過，即使一名文士具備上述條件，未必就得眾服；如無追隨者明確表態支持認同，則難成領袖事實。基此，本文以為對於文學流派領袖形成原由的詮釋，或可做若干調整：可於先前學界慣持的「領袖內具條件」觀之外，兼顧「追隨者賦加印象」觀，此即轉向考察追隨者對於領袖印象的形塑。所謂「印象」，不等

---

1 陳文新的中國古代文學流派研究指出：「流派盟主或代表作家，必須在創作上舉足輕重」、「足以吸引眾多追隨者」。此類論見，皆由領袖本身的內具條件立說。循此，陳文新論流派的「統系意識」和「盟主意識」，多以領袖的「經典選擇」和「聖賢自居」意識為論據。見陳文新：《中國文學流派意識的發生與發展》（武漢：武漢大學出版社，2003 年），「引言」，頁 8、13，第 2 章「盟主意識的發生和發展」，頁 143。

2 筆者曾以文學流派領袖的「理想型社會性格」和「聚眾效力」兩者的關聯為題，提出「文學流派研究可能的轉向」，其所謂「理想型社會性格」乃由領袖的「社會運動趨向」、「社會交際趨向」以及「文化理想趨向」構成，亦從領袖本身的內具條件立說。見侯雅文：〈從「社會學」的視域論「文學流派」研究的新方向〉，《淡江中文學報》第 16 期（2007 年 6 月），頁 273。

於「形象」，蓋「形象」傾向人物表之於外的客觀樣態，而「印象」則強調此人物的存在樣態，有待旁人的認知體驗而成。又特別指出，此一詮釋觀點的移轉，不是將流派領袖的形成，歸諸追隨者的領袖印象這個單一因素，而是在肯定流派領袖的形成，所據因素多元的前提下，基於「追隨者賦加印象」的因素，過去學界較少深究，故專題論述。循此，省思現今文學流派研究論著對於領袖形成之由的推斷，或有需再商榷之處。茲以清初陽羨詞派為例證，申論此一詮釋轉向之必要。

現今學界大多認定陳維崧是陽羨詞派的領袖，此一看法至少可上溯至晚清譚獻《篋中詞》，其云：「錫鬯、其年出，而本朝詞派始成」，實為有據。循此，今人嚴迪昌將「陽羨詞派真正進入理論建樹和創作實踐的興隆高潮期」，訂於「康熙八年（1669）夏秋開端的那十年」，所據理由乃是陳維崧「僦居里門近十年專攻填詞，學者靡然從風」的創作成就，與陳維崧「心底裏獨樹一幟的流派意識是極為強烈和自覺的」、「陳維崧的號召力、凝聚力外，確與『性之所近』云云有關」[3]的秉賦人格，促使陽羨詞派走向「興隆高潮期」。這類論述，即從陳維崧本身的內具條件，推論他之為陽羨詞派領袖的時期與原由。

姑且先不論上述引文「僦居里門近十年專攻填詞，學者靡然從風」一句的出處，僅由此推論陳維崧之為陽羨詞派領袖的事

3　陽羨詞派研究的學術史，可上溯至民國初年，惟大多屬於宏觀性的概論，缺少精細的體系建構。直到上世紀八〇年代後，嚴迪昌以專書詳論陽羨詞派，請參〈緒論〉，後起學者多循其說，故取為代表。見嚴迪昌：《陽羨詞派研究》，第三章第二節「陽羨詞派的形成及其興衰」，頁 70、78-79。

實，可說於康熙八年（1669）至十八年（1679）間便告確立，即在陳維崧高中博學宏詞之前。[4]這段時間，因陳維崧的倡議，而刊行的詞集，最具代表性者乃是《今詞苑》（一名《今詞選》）、《荊溪詞初集》。前者由陳維崧、吳逢原、吳本嵩、潘眉四人同選，康熙十年（1671）徐喈鳳刊行，書首有編選者及刊行者五人分別撰寫的〈今詞苑序〉五篇。後者由曹亮武、陳維崧、潘眉、蔣景祁同選，吳雯評，初編於康熙十七年（1678）完成。現今流傳有曹亮武、潘眉、蔣景祁所分別撰寫的〈荊溪詞初集序〉以及吳雯賦並序。上述兩種選本編者同為宜興人，宜興別稱陽羨、荊溪。不過，吳逢原、吳本嵩、潘眉所撰寫的〈今詞苑序〉對「詞體的殊異與多元」頗為肯定，其所據「存異」的文化理念，實不盡同於陳維崧〈今詞苑序〉對蘇、辛長調家數的推崇，及所據「重造正統的文化理念」，請參〈「存異認同」觀念主導下的陽羨詞學〉。又曹亮武〈荊溪詞初集序〉也對陳維崧的倡議，明白表達「余許之，而未敢以為然」之不完全認同的態度。[5]這些編者皆為陳維崧的親友，彼此來往密切，此時卻未必追隨認同陳維崧的詞觀，據此較量前述「學者靡然從風」一句所示眾人歸服陳維崧為領袖的敘述，頗見出入。

再者考察「僦居里門近十年專攻填詞，學者靡然從風」一句的出處，可知本蔣景祁〈荊溪詞初集序〉而來，該序十年作「十載」。蔣序後出，由序文內所云：「予復稍為更定之」，可知蔣

---

4 陳維崧生卒年為天啟五年（1625）－康熙二十一年（1682），康熙十八年（1679）四月中博學宏詞，五月授檢討。見周絢隆：《陳維崧年譜》，頁 8、77、595-597。

5 曹亮武：〈荊溪詞初集序〉，頁 1。

景祁曾對《荊溪詞初集》再次改編，則此序撰成時間當在《荊溪詞初集》刊行後數年，[6]而更近於陳維崧歿年前後。故蔣景祁所云：「僦居里門近十載專攻填詞」的敘述，應不乏追念的成分在內，又遽接「學者靡然從風」，其中的時間推移，言之籠統，未必可以視作康熙八年至十八年之間陳維崧既成詞派領袖的絕對客觀事實。不過，可再玩味的是，如此著意描述「靡然從風」的歸服盛況，所隱含強化或形塑陳維崧為領袖印象的用心。據此，若由蔣景祁這類追隨者的認同表態來看，則陳維崧的詞派領袖地位確立，應當遲至陳維崧歿年前後。如上所述陽羨詞派領袖的形成經驗，可證追隨者對領袖印象的形塑，實為文學流派領袖地位形成的重要助力。

「模式」乃原理的說明，需以範例為證。循此，本文的研究方法，一方面詳述文學流派領袖的形成模式之一，另一方面則取具體的流派領袖範例：陽羨文人陳維崧為證，演繹歸納並用，展開事理相即的詮釋進路。

二、蔣景祁等追隨者的領袖論述：超凡印象

（一）「追隨者類型」與「神聖妙才敘述傳統」

基於追隨者與流派領袖之間的關係，實有交往親疏之別，故而對領袖印象的形塑貢獻不一，宜再做分類，可概分為「親誼關係的追隨者」和「私淑關係的追隨者」兩類。前者指追隨者和領

---

6 蔣景祁改編《荊溪詞初集》的時間，以及選作增刪情況，見閔豐：《清初清詞選本考論》，附錄三「荊溪詞初集版本敘錄」，頁 359。

袖之間具有宗親、師生、同袍、世交、密友等關係，彼此並世面交。後者指追隨者和領袖之間沒有明確的社會交往事實，僅憑耳聞神馳，心生追慕，因此雙方或為並世但未面交，或為異代私慕，包括從祖孫、鄉親。其中，「親誼關係的追隨者」，往往是領袖印象初成的重要推手。「超凡印象」，便是這類追隨者用來形塑領袖權威的主要論述之一，如清初陽羨詞派領袖的形塑，即為範例。不過，形塑領袖權威的論述不是僅此一種，如浙西詞派、常州詞派的領袖形成，便另有論述模式。礙於篇幅，只能留待將來系列探討。

「超凡」賦予領袖權威。此源自人們將創造能力，歸諸天縱、天授，唯有具備「睿哲」、「妙才」的「聖人」或「英傑」，方能從事創作。一切人文社會所需的倫理常道秩序，端賴聖人「生知」，能「鑒周日月，妙極幾神」，而撰作「經典」，為萬世立法，故後世「宗經」[7]。至於窮經典之理，極宇宙變態，則端賴英傑發而為「驚采絕豔，難與並能」的「奇文」[8]，啟示後人知所通變。此皆本諸「神聖性作者觀」[9]，然體現為兩種不同的「原創」文心。[10]

---

[7] 劉勰撰，周振甫注：《文心雕龍注釋・徵聖》，頁 17-18。

[8] 劉勰撰，周振甫注：《文心雕龍注釋・辨騷》，頁 64。

[9] 「神聖性作者觀」的內涵，自先秦至漢代逐次擴大，由本指伏羲、文王、孔子等聖王、聖人的窄義，向普遍化的趨勢開放，如《史記・太史公自序》稱「聖賢發憤之所為」，乃包含〈離騷〉等文士的著作在內。見龔鵬程：《文化符號學》，頁 8-28。

[10] 《文心雕龍》所標示的「文心」，可分「聖人文心」與「妙才文心」，前者以「文成規矩」，「可為後世一般才士『沿創』所效法」，後者以「妙才之情志」，開示創變之用，蓋「妙者，變化超奇，才不偏美」。

不過，「聖人」與「英傑」所本具的「神聖性」存在，並非全然獨立自足，而是必須透過旁人的切身「體驗」與「傳述」，才能獲致表現，「切身」必以旁人自身特有的存在處境為基礎；旁人亦因「體驗」與「傳述」聖人與英傑的「神聖性」，而得自證為「信徒」[11]。基此，本文對「領袖者」與「追隨者」的界定，都包含身分動態變化的歷程：這意指流派內成員所形成的「領袖」與「追隨者」對待關係，乃隨成員認知主體的轉移而變動，不是靜態固定。所以一名文士，可因其是否「體驗」與「傳述」領袖的「神聖性」，而產生追隨者身分具足與否的變化。如下節論述蔣景祁、毛先舒等人對陳維崧的追隨觀感，就存在著前後的變化。

與上述「神聖性作者觀」相伴，乃是對作者「神聖性」的勾畫，以及由此所形成的一套「神聖妙才敘述傳統」。文學流派的

兩者同屬「文章原創階段（層位）」而各顯「正奇、常變」的結構與功能。見顏崑陽：〈《文心雕龍》所隱涵二重「文心」的結構及其功能〉，頁 11-16。

11 德國哲學家迦達默爾（Hans-Georg Gadamer，1900-2002）指出藝術真理，非不證自明，而是「只有在被表現、被理解和被解釋時」，才能表現它自己。據此，他認為「真理」的存在必由詮釋者切身的「體驗」所朗現，而詮釋者的「體驗」也必因對真理實有的覺知，而證其自在。因此，對人文意義的見證，只能通過「體驗」，既無法訴諸生命之外，純以數據實證的客體，也不是訴諸絕對主觀唯心。本文非挪借此一理論，而是受迦達默爾之說的啟發，轉用建構聖人英傑的「神聖存在」與信徒追隨者的「體驗敘述」，兩者的因依關係。見（德）迦達默爾（Hans-Georg Gadamer）著，洪漢鼎譯：《真理與方法》（北京：商務印書館，2007 年），〈譯者序言〉，頁 6，第一部分〈藝術經驗裏真理問題的展現〉，頁 96。

追隨者，時而承此傳統，對心所欽慕的領袖，賦加「神聖化」的印象，從而發展為「超凡印象」的敘述模式，主要有下列兩種敘述進路：

1、「敘事蹟證」：即對領袖的超凡表徵與卓犖故事，加以鋪陳，可再析分為兩種敘事進路：其一是「神異敘事」，乃著重於凸顯領袖過人的才識、意志及其所承擔的使命遭遇，來自天授命定的必然。基此，多對領袖的奇特誕生、不凡家世、相貌異表、秉受神祕的天命預言、夢遇神通，加以敘事重構。其二是「偉蹟敘事」，乃著重於鋪陳領袖憑藉過人的才識與意志而達致的成就表現。基此，多對領袖超齡越級的穎俊、兼括眾才的博通、與克難至極的人生經歷，加以敘事重構。這兩類「敘事蹟證」，作用有別，往往互補併用。

2、「意象喻示」：即對領袖超凡，使人心生崇敬的感受，加以喻示重現。此一「崇敬感」難以直言盡意，故往往透過「意象」類喻指示。因此，不同於「敘事蹟證」以傳述領袖事蹟為主，而是傾向追隨者的神聖「感受」自白。這類「意象」多取自文化傳統中，用以表徵至精、非常、特異的神聖事物，如存在於自然界或神話之中，非人力所能馴化、造就的事物，或是史冊載錄的夙昔英傑典型，其所涵具的神聖性已普獲歷代後人肯認。而以這類意象類附領袖，藉此重現領袖的超凡境界，使人同生感動。

此一賦加神聖化印象的敘述模式建立，始於儒士、經生、史家、哲人的「聖人敘述」，如孔門弟子子貢便曾以「仲尼，日月也，無得而踰焉」等「意象喻示」，陳述一己對孔子的賢德超凡之崇敬感受。[12]又如司馬遷以歷數孔子於「困於陳、蔡」、「匡人拘」、「桓魋欲殺」等種種險難之後，發憤撰作《春秋》，為君臣之義立下永世典則的「敘事蹟證」，傳述孔子足當「至聖」的成就。[13]

而後擴及文學群體的領袖塑造，不過，內涵已不盡相同。儒士、經生、史家、哲人所景仰的是「聖人」的「道心」，與「事功」歷險的苦難過程。由於「道心」與「事功」具有普同性，可澤及眾生，而廣被認同，因此「聖人」的地位永續，可不受限於特定的時空條件。相較之下，辭章文士則更欽慕「英傑」的「妙才」，能「氣往轢古，辭來切今」而「莫之能追」、「難與並能」，和「無常」歷遍的苦難過程。不過「妙才」與「無常經歷」，具有個殊性，未必人人皆能同情共感，因此格外有待知音的投契，同聲相應。據此，「英傑」的領袖地位起伏，多受限於

---

12 何晏注，邢昺疏：《論語注疏・子張》，《十三經注疏》，卷 19，頁 174。學界曾對孔門弟子如何形塑孔子為「神聖」加以探討，見朱曉海：〈孔子的一個早期形象〉，《清華學報》新第 32 卷第 1 期（2002 年 6 月），頁 13-16。李隆獻：〈先秦漢初文獻中的「孔子形象」〉，《文與哲》第 25 期（2014 年 12 月），頁 56。不過這類研究，尚未將「超凡印象」的敘述模式內含的各種敘述進路及構派效應，加以統整，從而提出一套適用於詮釋流派領袖形成的原理知識。

13 司馬遷撰，瀧川龜太郎會注考證：《史記・孔子世家》，卷 47，頁 742-765。司馬遷藉由對孔子的卓越事蹟編年，形塑聖人印象，此一「聖人敘事」的意義，見伍振勳：〈聖人敘事與神聖典範：《史記・孔子世家》析論〉，《清華學報》新第 39 卷第 2 期（2009 年 6 月），頁 227、243。不過這類研究，也尚未將「超凡印象」的敘述模式內含的各種敘述進路及構派效應，加以統整，從而提出一套適用於詮釋流派領袖形成的原理知識。

特定的時空條件，而無法脫離「吾輩」、「我群」的辨識認同，是故流派的屬性明顯。

從文學流派追隨者的行為而言，肯定領袖的文學觀念、創作成就，進而模仿之，不乏出自服從領袖權威的結果，復因各追隨者對文類的傾向嗜好不同，而形成不同的追隨方向，是故領袖可相應於特定文類而立，如詩派領袖、詞派領袖。不過，要特別指出，認同「領袖超凡」的意念，往往先於文類意識，乃出於對領袖神聖的「通體印象」而來；因此，不必然局限於專注領袖在特定文類的成就表現。一般文學史論著，往往把領袖的地位框限在特定的文類成就之上，這是出於流派後設研究的立場方便，自有原由；不過，如此框限，卻可能會抹殺在文學流派成員互動的實存情境裏，追隨者實際上對領袖存有的通體印象，而將之窄化為片面。所以，由肯認領袖神聖的「通體」印象，從而聚焦於特定文類方向的追隨構派，乃取決於追隨者的嗜好選擇，這是本文對領袖所以繫屬於特定文學流派的論述所持有的新觀點。

如上述對「聖人」與「英傑」的「神聖性」勾畫，所形成的「神聖妙才敘述傳統」，均與西方的「英雄模式」[14]，有著文化本質上的差異，因此兩者未必可以等同會通，自然不能逕用西方的「英雄模式」套用詮釋。茲以陳維崧的追隨者所形塑的領袖印

---

[14] 西方「英雄模式」的苦難根源來自「亂倫禁忌」，與中國古代「神聖妙才敘述傳統」的苦難根源來自「時命無常」，兩者有著文化本質上的差異。關於西方「英雄模式」，見（美）韓祿伯（Robert G. Henricks），〈英雄模式與孔子傳記〉，收入《中國哲學》編輯部與國際儒聯學術委員會合編：《經學今詮續編》（瀋陽：遼寧教育出版社，2001 年），頁 24-29。

象為例，詮釋其義以資印證。

（二）「超凡陳維崧」在清初追隨者的敘述中形成

縱觀陳維崧一生，自少時便獲得不少來自尊長師執的讚賞，如「江左三鳳凰」之一，[15]不凡之譽，無勞後起追隨者。然而這類讚譽，多出於上對下的提攜之情，未至高其如神，而欽慕歸服。隨著陳維崧晚年高中博學宏詞，榮膺檢討，對他的讚譽，轉而普遍出於同輩後進之口，欽慕之意自然更多。其中，尤以諸弟親族、交誼密切的文友，對形塑陳維崧的超凡，最不遺餘力。

陳維崧歿後數年之間，由他的四弟陳宗石，時任安平吏、三弟陳維岳「搜其遺稿，編次成帙」[16]、「校訂正字」[17]，曹亮武，尊陳維崧為「中表兄」亦為「師」，「謀梓」陳維崧之作，[18]蔣景祁，曾侍陳維崧，「慨然捐貲」、「庀材鳩工」[19]，欲成陳維崧「為不朽」，此多本諸「賢子弟」古風，一如王缙珍重其

15 蔣景祁云：「吳梅村先生有『江左三鳳凰』之目，先生其一也，時未弱冠。」「先生」，指陳維崧。時吳偉業已是江南十郡大會盟主，地位崇高。見蔣景祁：〈迦陵先生外傳〉，收入陳維崧：《陳檢討集》（清康熙二十二年（1683）至二十三年（1684）天藜閣刻本，哈佛大學哈佛燕京圖書館館藏）。下文引用但於內文附註引文頁數，不再加註。

16 李澄中：〈陳迦陵散體文集序〉，收入陳維崧撰，陳振鵬標點，李學穎校補：《陳維崧集・附錄》，頁 1800。

17 陳維岳：〈陳迦陵儷體文集跋〉，收入陳維崧撰，陳振鵬標點，李學穎校補：《陳維崧集・附錄》，頁 1809。

18 曹亮武：〈陳檢討集序〉，頁 1814-1815。

19 曹亮武：〈陳檢討集序〉，頁 1815。

兄王維著作。[20]此外尚有同里姻親如徐喈鳳等人，[21]對陳維崧多以「吾友」、「吾其年」相稱，[22]可見雙方不僅交誼親密，徐喈鳳更將陳維崧劃歸「我群」的態度。故能較其他的追隨者，更加著力宣揚陳維崧的超凡。

他們對陳維崧的推尊，可見於諸篇陳維崧集序跋、外傳等。這類史料文獻，在過去學界所編著的《陳維崧年譜》，已普遍採用，只是多用來建構陳維崧的生平與交遊情況，對其間所涵「超凡印象」形塑的意義，著墨不多。是故，本文由此重新詮釋上述諸序跋、外傳的寫作意義。

其中，以蔣景祁對陳維崧的推尊，最為醒目。因其父蔣永修，與陳維崧俱為宜興「秋水社」社友，緣此父執之誼，蔣景祁曾獲侍陳維崧多年。蔣景祁對陳維崧的情義，除了受陳維崧囑託，「整理遺稿」，並出資付梓，為後來陳宗石患立堂刊刻《湖海樓詩集》、《陳迦陵文集》、《迦陵詞全集》提供精進的基礎。此外，所撰〈陳檢討詞鈔序〉、〈荊溪詞初集序〉、〈迦陵先生外傳〉等篇，俱對陳維崧表露「極為敬佩」之意，進而追和陳維崧的詞作。[23]過去學界對此已有關注，可是尚未把蔣景祁等

---

20 徐乾學：〈陳迦陵文集序〉，收入陳維崧撰，陳振鵬標點，李學穎校補：《陳維崧集・附錄》，頁 1800。

21 徐喈鳳叔父徐蒸是陳維崧的表姑丈。見邢蕊杰：〈清代陽羨文化家族聯姻與詞文學集群生成〉，《蘇州大學學報》第 3 期（2012 年 3 月），頁 104。

22 徐喈鳳：〈陳檢討集序〉，收入陳維崧撰，陳振鵬標點，李學穎校補：《陳維崧集・附錄》，頁 1812-1813。

23 蔣景祁「整理陳維崧遺稿」，係出於「同鄉情誼」、「敬仰陳維崧」，並有「學習陳維崧的填詞手法」，如「問答體」。見蘇淑芬：〈論蔣景

人刻意形塑陳維崧「超凡」的論述，加以顯題，闡發蘊涵在此一論述深層向「神聖性作者觀」歸源的意識及指向當代詞壇的目的。茲就諸人對陳維崧的「超凡印象」，分節申述如下。

1、以「敘事蹟證」形塑陳維崧的超凡印象

從相關史料觀之，兼有「神異敘事」和「偉蹟敘事」。「神異敘事」可以蔣景祁〈迦陵先生外傳〉（以下簡稱〈外傳〉）為主，該文針對陳維崧的家世、誕生、仕途功名的由來，加以傳述。蔣景祁曾自述傳中「軼事」，係緣侍從陳維崧之際，聽聞陳維崧自道平生而得，然因「深恐失傳」，而「謹次數條」。由此撰作動機，可知蔣景祁〈外傳〉實涵有為陳維崧宣傳形象的用意。今日流傳署名蔣景祁所撰的〈外傳〉有兩篇：一收入《陳檢討集》，一收入《碑傳集》[24]，兩篇內容固然差異不少，不過首段俱以下列文字開頭：

> 景祁獲侍先生於里中十有餘載，及（一作祁）客燕臺，往還尤密，文酒過從之暇，先生輒從容為道平生。謹次軼事數條，別為外傳。深恐失傳，都忘固陋云爾。

可見，撰者有意透過這段文字的保留，提示二文同出一人之

祁對詞壇的貢獻〉，《東吳中文學報》第 11 期（2005 年 5 月），頁 226-235。

[24] 蔣景祁：〈迦陵先生外傳〉，收入錢儀吉纂錄：《碑傳集》（臺北：明文書局，1985 年），「內閣・九卿・翰詹・科道」，卷 45，頁 21-22。下文引用但於內文附註引文頁數，不再加註。

手，則其內容的差異，乃因前後修改所致。[25]下列論述所據〈外傳〉的引文，或僅見於《陳檢討集》，或僅見於《碑傳集》，行文時會特別說明。據《陳檢討集》所錄〈外傳〉，不乏彰明陳維崧的家世顯榮、出生即受祖父厚望，尤其著力傳述陳維崧的仕途功名，乃承自神祕的天命預言，其云：

> 東海徐先生視迦陵先生如骨肉。丁巳春，迦陵偕從子枋躡東海於湖上，夜泊石門，夢一峯聳甚，歷級不可上，宋蓼天先生以手援之，遂登。登則宮殿巍敞，煥若神居，天樂盈耳，仙官迭至，多不相識者，惟東海先生三昆季皆在焉。東海謂曰：「君後三年當來此地。」遂寤。已而薦者為宋公。及官翰林，則東海三先生以服闋同時造闕下。……
>
> 先生有一族長者，嘗語先生云：「子必得清貴官，而不由甲乙榜。」問之，曰：「嘻！兆也。」問其兆，曰：「驗，吾自言之。」及先生官而長者已卒，罕知其所由然者。（頁 1-2）

---

25 現今流傳蔣景祁署名同題〈迦陵先生外傳〉兩篇，內文不一，增刪處主要涉及徐乾學形象去留，個中意義，甚可玩味。陳維崧著作全集刊成，歷時數年，直至康熙二十七年（1688）仍進行中。然而，徐乾學的政治形象，自康熙二十六年（1687）起，便每況愈下，多次遭劾涉貪、違例考選。據此，若還持續宣傳陳維崧與徐乾學的關係密切，則對形塑陳維崧的印象不利。〈外傳〉為了避免此一去「徐」手法直露，在修改上，便兼刪他段含蓄之。此一去「徐」手法，亦見於署名蔣永修〈陳檢討傳〉。

「徐先生」，指徐乾學（號健庵，1631-1694），世稱東海先生，顧炎武外甥，江蘇昆山人。家有藏書樓名云：「傳是樓」。故萬斯同（字季野，1638-1702）〈傳是樓藏書歌〉有句「東海先生性愛書」[26]，康熙九年（1670）進士。「昆季」指其二弟徐秉義，康熙十二年（1673）進士，三弟徐元文，順治十六年（1659）進士，三人皆官居高位。康熙十五年（1676）冬，徐母卒，次年徐乾學兄弟返昆山憺園守制三年。至康熙十八年（1679）服喪期滿復職，二十一年（1682）徐乾學受明珠舉薦，充任《明史》總裁官。[27]康熙十八年，陳維崧因獲大學士宋德宜（蓼天，1626-1687）舉薦，高中博學宏詞，上文「東海三先生以服闋同時造闕下」即指此事。

陳維崧在康熙十六年（1677）至十七年之間，曾數次前往憺園讀書應試。丁巳，即康熙十六年，陳維崧已五十三歲，偕族侄陳枋（1656-1692）過訪徐乾學。夜夢獲宋德宜援助，攀登仙宮；又得徐乾學預言必中功名，後果應驗。如此敘述，足可營造陳維崧之功名由來，係天授命定的印象。又引族長對陳維崧獲取功名之途徑的占兆，預斷陳維崧必得朝廷特詔之試錄取，為異等之才，高出甲乙榜的科舉常制功名之上，以此強化陳維崧清貴異常的印象。

此外，蔣景祁又刻意擷取陳維崧的臨終吟句，著力宣揚下引「軼事」的傳奇性，這段「軼事」出自《碑傳集》所錄〈外

---

26 萬斯同：《石園文集》，《續修四庫全書》集部別集第 1415 冊，卷1，頁 7。

27 王逸明：《崑山徐乾學年譜稿》，見王逸明：《新編清人年譜稿三種》（北京：學苑出版社，2000 年），上編，頁 52，下編，頁 61、70。

傳〉，不見於《陳檢討集》，其云：

> 相傳先生為善權（卷）山中誦經猿再世，故其性情蕭淡，不耐拘檢。疾革時吟「山鳥山花是故人」句而逝。凡大智慧人，類有夙根，未可盡斥為不經之論也。（卷 45，頁 22）

以「誦經猿再世」附會陳維崧對山林自然的喜愛，意在轉化此一淡泊性情，為前世修煉而成的靈性慧根，係出於命定，不是凡夫俗子的胸襟可及，藉此形塑陳維崧乃超越常人的大智慧人。

「偉蹟敘事」，則有多位追隨者採用。首先如蔣景祁〈陳檢討集序〉曾對陳維崧超齡越級的穎俊，加以著墨，其云：

> 其年先生幼穎異，甫十齡即代大父少保公撰〈楊忠烈像贊〉，娓娓可誦。[28]

楊漣（字文孺，1572-1625），東林黨六君子之一，曾上疏參奏魏忠賢，與陳于廷同遭閹黨排擠，及至崇禎朝獲諡忠烈。陳維崧甫十歲，受命代祖父為楊漣小像題贊。由「娓娓可誦」，足見陳維崧下筆，能措詞合宜，故獲陳于廷「奇賞」[29]。如此超齡越級的創作，實得自天賦「穎異」的才情。陳宗石〈湖海樓詩集跋〉亦有此意，其云：「伯兄生而穎異，五六歲即能吟，吟即成

---

28 蔣景祁：〈陳檢討集序〉，收入陳維崧撰，陳振鵬標點，李學穎校補：《陳維崧集．附錄》，頁 1812。

29 葉衍蘭、葉恭綽編，黃小泉、楊鵬繪：《清代學者象傳》（上海：上海書店出版社，2001 年）第 1 集〈陳維崧〉，頁 84。

句」[30]。

其次，由兼括眾才，表彰陳維崧的博通。如蔣景祁〈陳檢討詞鈔序〉云：

> 故讀先生之詞者，以為辛蘇可，以為周秦可，以為溫韋可，以為左國史漢唐宋諸家之文亦可。蓋既具什伯眾人之才，又篤志好古，取裁非一體，造就非一詣，豪情艷趨，觸緒紛起，而要皆含咀醞釀而後出。以故履其閾，賞心洞目，接應不暇；探其奧，乃不覺晦明風雨之真移我情。噫！其至矣。向使先生於詞墨守專家，沉雄蕩激，則目為傖父；柔聲曼節，或鄙為婦人。即極力為幽情妙緒，昔人已有至之者，其能開疆闢遠，曠古絕今，一至此也耶！[31]

博通之才，表現在創作行為上，每每不墨守文類體別的規範，也難以專擅一體目之。蔣景祁此序，雖為陳維崧詞集而寫，卻非意在讚賞陳維崧的詞作恪守詞體正宗，而是肯定、傳述陳維崧的詞作成就，得自博通的文才。所謂「讀先生之詞者」有四可之說，即指明陳維崧的創作，奄有眾美，無可類別，「取裁非一體，造就非一詣，豪情艷趨，觸緒紛起」，更就上意，詳為闡述。凡此俱見蔣景祁不汲汲於將陳維崧定位成詞類、詩類或文類的專家。此意又於〈陳檢討詩鈔序〉再三申明，其云：「顧患無才，不患詩與詞異道」，而對陳維崧「大肆其力於詞」、「意擬

30　陳宗石：〈湖海樓詩集跋〉，收入陳維崧撰，陳振鵬標點，李學穎校補：《陳維崧集‧附錄》，頁 1820。

31　蔣景祁：〈陳檢討詞鈔序〉，頁 1832。

於少陵之詩，為詞家雪恥」[32]之以詩為詞的創作態度，大加弘揚。

相較之下，凡性有專嗜，即為「偏材（才）」，格局入小，可以方物，常人皆然。是故，蔣景祁對於墨守「雄詞」或「柔聲」一體，都不能滿意，認為將招來「傖父」、「婦人」之譏。曹亮武更持虔敬之心，尊奉陳維崧為「余師」，並對「前之不學」深表悔悟懊惱，轉而頌讚陳維崧博通的創作成就，其〈陳檢討集序〉盛稱「其年著作甚富，諸體畢備」，作品既工且多，不管「詞」或「儷體」皆「必傳無疑」[33]。

除了文才博通之外，若干追隨者又對陳維崧才思敏捷的創作事蹟，津津樂道，高其如神，如《碑傳集》所錄蔣景祁〈外傳〉云：

> 先生寓水繪園，欲得紫雲侍硯。冒母馬太夫人靳之，必得梅花百詠乃可。雪窗一夕走筆，遂成之。文不加點，眾驚為神助。（卷 45，頁 22）

水繪園，位於江蘇如皋，為冒襄的園林。冒襄與陳維崧之父陳貞慧、方以智、侯方域並稱明末四公子。順治十五年（1658），時陳維崧三十四歲，至水繪園投靠冒襄，客居此地，直至康熙四年（1665）離去。初到之時，與冒襄家歌童徐紫雲（一稱雲郎）相識，愛慕之情日生。雲郎因此受冒襄責備，為了

32　蔣景祁：〈陳檢討詩鈔序〉，收入陳維崧撰，陳振鵬標點，李學穎校補：《陳維崧集・附錄》，頁 1822。

33　曹亮武：〈陳檢討集序〉，頁 1815。

替雲郎解圍，陳維崧乃應冒母要求，作「咏梅絕句百首，成於今夕」，此事亦見康熙二十九年（1700）鈕琇（字玉樵，1644-1704）《觚賸》記載。[34]蔣景祁的敘述，與鈕書的情節一致，唯特增「文不加點，眾驚為神助」，表彰陳維崧的超凡。

再者，由運命困蹇與文才過人的懸殊對比，凸顯陳維崧飽經滄桑的艱辛歷練，實非常人之遭遇。如曹亮武〈陳檢討集序〉云：

> 然其年家貧，數奇蹇，一子獅兒不三歲死，一女甫嫁死，赴召時，獨嫂夫人在耳。既官翰林，無貲挈嫂夫人。無何，嫂夫人又以疾死，而其年黯然神傷矣。其年居京師，前後五年，寓書於余不下數十札，其辭多慘愴，至於芒鞋布襪，清泉白石之言，往往重疊見也。……悲夫古今文人豐於才而薄於福者，未有如其年者也。[35]

「福」者，即受之於天的財祿蔭報，非人力所能希求而得。陳維崧雖然才識過人，卻不獲福報，竟備嘗孤貧之苦。獅兒，是陳維崧於中州商丘所得之妾生育。時乃康熙十二年（1673），陳維崧已 49 歲，始獲一男，幸可補元配儲氏無兒之憾。不料，康熙十五年（1676），獅兒夭折。儲氏所生長女，「嫁為萬家婦」，不數年，於康熙十七年病亡。康熙十九年（1680）冬，儲氏卒於宜興家中。短短 4 年之間，陳維崧迭遭骨肉至親接連凋零

34　鈕琇：《觚賸》，《續修四庫全書》子部雜家第 1177 冊，卷 2，〈吳觚中〉，頁 16。

35　曹亮武：〈陳檢討集序〉，頁 1814-1815。

的厄耗。半生客遊奔波，生活貧困，雖然晚達，不意京宦期間反而過得更加拮据清苦，徒擁虛名。對此，曹亮武序以「未有如其年者」，浩嘆陳維崧所遭遇的不幸，無人可及。徐喈鳳則進一步歸因於天意使然，如〈陳檢討集序〉云：

> 其年取才過奢，而名又最早，天心不無忌矣。忌之則必厄之，厄之一端不已，且多端厄之。……天豈以其年將竭古今之菁英，不得不靳其算，稍留才分為後世人文地歟？嗚呼！其年因才而得名，又因才名而罹厄，人亦何樂乎有才名哉？雖然，庸庸之福在一時，而才名在千古，二者相去為何如？[36]

徐喈鳳一方面肯定，超凡之才來自「天擇」，故而出眾，因此屢稱「其年才出天縱」，另一方面，又認定陳維崧正因秉受天縱之才，是故必承擔多端之厄的命運。可知，上述引文乃假託「天忌」，重新規定「超凡」的本質，就是才命極端相妨。據此，由陳維崧的「因才名而罹厄」，證其卓偉不凡，可以遠超過那些才分平凡，卻享盡福氣的「庸庸」之輩。此一敘述，雖也不免天授命定的意味，不過，仍不忘肯定陳維崧「日在厄中，而其才愈肆」的博通成就，故序文裏既稱讚陳維崧「駢體尤極工麗」，也不忘頌揚陳維崧「詩詞古文不下數千首」的創舉，可見才肆。

---

[36] 徐喈鳳：〈陳檢討集序〉，頁1813。

2、以「意象喻示」形塑陳維崧的超凡印象

如前引蔣景祁〈陳檢討詞鈔序〉不僅傳述陳維崧的創作事蹟，更以「意象喻示」表述一己對陳維崧文才博通，心生崇敬的體驗之感。序云：

> 如是者近十年，自名曰迦陵詞。夫迦陵者，西王母所使之鳥名也。其羽毛世不可得而見，其文彩世不可得而知，劃然嘯空，聲若鸞鳳，朝遊碧落，暮返西池，神仙之與偕，而縹緲之與宅。嗚呼，此其是歟！[37]

「此其是歟」，就是認定唯有迦陵鳥的神聖性，方可類喻陳維崧的創作文才令人油然而生的崇敬感。「迦陵」神鳥，原出自佛典《大智度論》所載「迦陵毘伽鳥」，或作「迦羅頻伽鳥」[38]，早於東晉佛典漢譯時，便傳入中國。其形人面鳥身，於隋唐之交，逐漸與西王母神話的人頭鳥形相結合。[39]蔣景祁所言「西王母所使之鳥名」，即承此傳統而來。佛典描述「迦陵鳥」，多稱其鳴美妙，可比佛音，故又名妙聲鳥。此「妙」何在？即因其鳴兼有眾聲，若天若人，無可類別，故能令萬有聞之，俱起佛

---

37 蔣景祁：〈陳檢討詞鈔序〉，頁 1832。

38 龍樹撰，鳩摩羅什譯：《大智度論・初品中菩薩第八》，收入《大正新修大藏經》第 25 冊（東京：大正一切經刊行會，昭和二年（1927）），卷 4。

39 任平山：《迦陵頻伽及其相關問題》（成都：四川大學藝術學院碩士論文，2004 年），頁 53。

性，宛如佛理不起分別執著的至圓。[40]一如鸞鳳之鳴，「鳴中五音」[41]，能令百鳥咸感來集，而不止於一鳥和之，故為眾鳥之長。蔣景祁序云：「聲若鸞鳳」即為此意。該序於鳴聲之外，又著力摹寫「其羽毛世不可得而見，其文彩世不可得而知」，極寫神鳥毛羽燦爛輝煌，非世間顏色可以識別，「朝遊碧落，暮返西池」，極寫神鳥跡遍淨土，可上達穹蒼碧落，下至崑崙西池，非一地可拘，「神仙之與偕，而縹緲之與宅」，極寫神鳥高上遙遠，不容凡俗親近狎暱；其似居有某地，卻又難以捉摸確指。蔣景祁藉由對「迦陵」的詮釋喻示陳維崧的文才博通超凡，遠出世間知識之上，閱讀其作，只能被動追隨接受，故云：「應接不暇」，又如同順應天道變化，情靈為之搖蕩，故云：「不覺晦明風雨之真移我情」，此即崇敬感的流露。

其他如毛先舒（字稚黃，1620-1688），和陳維崧同師陳子龍（黃門夫子），則藉夙昔英傑的神聖性，類喻陳維崧的文才令人油然而生的崇敬感。如〈陳檢討集序〉云：

---

40 經云：「於此山中，多有白象及伽陵頻迦鳥，出妙音聲，若天若人」，見北魏瞿曇般若流支譯：《正法念處經》，收入《大正新修大藏經》第17冊，經集部4，頁403。又敘「迦陵頻迦」之音，云：「譬如百千種樂，同時俱作。聞是音者，自然皆生念佛、念法、念生之心」見東晉鳩摩羅什譯：《阿彌陀經》，收入《中華大藏經》第18冊（北京：中華書局，1984年），頁676-678。

41 清人據〈孔演圖〉釋「鳳」云：「鳴中五音」；釋「鸞」云：「神鳥也，赤神之精，鳳凰之佐，雞身赤毛，色備五采，鳴中五音，出女牀山」，見張玉書等總閱，凌紹雯等纂修，高樹藩重修：《新修康熙字典》（臺北：啟業書局有限公司，1995年），頁2322、2359。

政如山陰楷書，而具龍跳虎臥之奇；杜陵排律，乃得歌行頓挫之致。蔚乎神筆，詎不然歟。[42]

上文所列舉的「山陰楷書」應指王羲之的書法。自元代趙孟頫用「龍跳天門，虎臥鳳閣」、「世間神物」評王羲之書帖，或指為〈思想帖〉[43]以來，王羲之便因書法被形塑成如神一般的英傑，廣受歷代文士所崇敬。毛先舒之說，本此而來，以王羲之為喻，指示陳維崧之作，令人心生「神筆」之嘆的崇敬感。

陳維崧鬚髯如戟的殊異相貌，實為時人所共知的印象，不過，在上述形塑陳維崧「超凡印象」的初期階段裏，除了蔣永修〈陳檢討傳〉略及「其年少清臞，冠而于思，鬚浸淫及顴準，天下學士大夫號為陳髯」[44]，其他如蔣景祁、曹亮武、徐喈鳳等追隨者未特意強調這點，此間涵有流派正源的效應，下節詳述。

---

42 毛先舒：〈陳檢討集序〉，收入陳維崧撰，陳振鵬標點，李學穎校補：《陳維崧集・附錄》，頁 1805。

43 趙孟頫云：「大德二年廿三日，與周公謹集於鮮于伯幾池上。郭右出右軍〈思想帖〉真跡，有龍跳天門，虎臥鳳閣之勢，觀者無不咨嗟嘆賞神物之難遇也。」見張丑（謙德）：《清河書畫舫》，《文淵閣四庫全書》子部藝術第 817 集，卷 2 下，頁 18。

44 蔣永修：〈陳檢討傳〉，收入陳維崧撰，陳振鵬標點，李學穎校補：《陳維崧集・附錄》，頁 1792。此傳雖署名蔣永修，實由儲欣（1631-1706）代筆，見蘇淑芬：〈論蔣景祁對詞壇的貢獻〉，頁 227。陳維崧妻儲懋學之女，即儲孺人，故與儲欣為姻親平輩。

三、領袖「超凡印象」的社群構派效應

（一）流派正源與追步模擬

文學流派領袖，乃是追隨者用來標榜「吾輩」、「我群」屬性的標誌象徵。因此，對領袖進行「超凡印象」的形塑，往往針對時人賦予領袖的既成印象而來，藉此區隔，宣示「吾輩」、「我群」之流派正統的所在。也唯有當追隨者確立所尊崇的領袖印象與地位之後，流派才告形成。所以形塑領袖的「超凡印象」涵有為流派正源的效用，以及號召響應的目的。

在儒士、經生的價值體系裏，往往認定創作是聖人之事，天下權衡由此而出，是故對聖人的追隨，就是服從聖人創作的「經典」，以注經為務，唯聖人原義是依，務去「自是」之得，[45]此即「述而不作」，尤為經生所信守。循此，由追隨者對聖人的信仰與傳承，所形成的家法與師法，儘管對經義的說解實際不同，不過理念上都堅持當以「普同」的注經體驗為依準。至於對「經典」的「擬」和「續」，因多出於追隨者反求自身的通感體悟，一己獨見的「自是」立場相對顯露。是故，每每招來「非經」、

---

45 朱熹論「傳注」云：「只隨經句分說，不離經意，最好」、「如解聖經，一向都不有自家身己，全然虛心」、「今學者有二種病，一是主私意」，皆指明注經，不在於「獨得」，而是「去私」，見朱熹撰，黎靖德編，王星賢點校：《朱子語類》，卷 11，〈學五・讀書法下〉，頁 180、186、193。此一「注不破經」的意義，見金培懿：〈明治日本的新舊詮解之間——由松本豐多對服部宇之吉的拮抗論注經之本質〉，收入國立政治大學中國文學系編：《第五屆中國經學國際學術研討會論文集》（臺北：秀威資訊科技公司，2009 年），頁 133、135。

「僭越」之謗。[46]

在文士的價值體系裏，對英傑妙才的歸服，也是表現在追隨。不過，此一追隨乃基於知音投契，故不同於對聖人的追隨，反而意在藉由對英傑妙才的「追步摹擬」，以照見自身特有的存在處境，如此方能「切身體驗」領袖超凡所在。漢代文士的「擬騷」即開此端。[47]基此，緣各人的稟賦、際遇不同，追隨的層次也因之而異：依才分稟賦的高低，可分成「才高者菀其鴻裁，中巧者獵其豔辭，吟諷者銜其山川，童蒙者拾其香草」，而遍及構

---

[46] 經學家對「擬經」和「續經」的批評，主要以東漢揚雄和隋末王通為例展開。如司馬光批評王通「續經」云：「續之庸能出於其外乎？苟無出而續之，則贅也，奚益哉？」該文已質疑「續經」有溢出聖人經典原義之病，名為「經」實「非經」，見司馬光：〈文中子補傳〉，收入呂祖謙：《宋文鑑》，《文淵閣四庫全書》集部總集第 1350 冊，卷 149，頁 25。宋代員興宗批評揚雄仿《論語》作《法言》云：「揚雄無得於《論語》而僭《論語》。」見員興宗：《九華集》，《文淵閣四庫全書》集部別集第 1158 冊，卷 21，〈雜著・求心〉，頁 6。這類「擬經」和「續經」，涵有追求「權變」的「釋經立場」意義，見李威熊：〈王通擬經、續經及其「儒風變古」思想析論〉，《彰化師大國文學誌》第 15 期（2007 年 12 月），頁 14。儘管追求「權變」，不過，畢竟出於擬者、續者反求自身而得，故易招致非議。如宋代陸九淵：〈續書何始於漢〉云：「偃蹇僭越，自以為是」，見陸九淵：《象山集》，《文淵閣四庫全書》集部別集第 1156 冊，外集卷四，頁 18。

[47] 漢代賈誼〈弔屈原賦〉、王褒〈九懷〉、劉向〈九歎〉、王逸〈九思〉、揚雄〈反離騷〉等等，或因與屈原同遭放逐的切身經驗，或緣於對時代感受，據此，透過「擬騷」詮釋屈原的情志，亦「反照自身」，「這顯然是一種『互為主體』而訴諸『通感』的創造性詮釋」。詳顏崑陽：〈漢代「楚辭學」在中國文學批評史上的意義〉，見顏崑陽：《詮釋的多向視域——中國古典美學與文學批評系論》，頁 223-229。

思、篇章結構、想像修辭、題材經驗、局部字句各種層級的仿擬。[48]按際遇處境分別，亦可形成「追風以入麗」、「沿波而得奇」之前後不同角度更迭的仿擬。此理，劉勰言之甚明，他論屈原「衣被詞人，非一代也」的權威，[49]不是以歷代追隨者的「普同」體驗為據，而是「多元」摹擬；以追隨者皆各得一端，反現英傑妙才之博通，無所不包。據此，追隨者對領袖的信仰與傳承，所形成的流派群體，內部容許「多元統合」的摹擬體驗。此乃文學流派構成，必要的「摹擬進路」。茲以陽羨詞派為例，申述如下。

（二）形塑陳維崧「超凡印象」的「流派正源」效應

追隨者形塑陳維崧的「超凡印象」，實涵有改造時人對陳維崧既有印象的意義，藉此區隔，宣示「吾輩」、「我群」之流派正統的所在。循此，本節重點在於探討「超凡印象」形成之前，時人對陳維崧的印象，以便與前節對照。

有關陳維崧給時人的印象，在詩話、詞話等「話系」著作，詩選、詞選等「選系」著作，以及筆記、別集、傳記等等史料文獻之中記載甚多，亦可見於論詩詩、論詞詩、論詞詞等。[50]本文

---

48 中國古代文學的模擬形態，主要有三：「宗本型模擬」、「摹體型模擬」和「仿語型模擬」。見顏崑陽：〈論「典範模習」在文學史建構上的「漣漪效用」與「鏈接效用」〉，收入輔仁大學中文系主編：《建構與反思——中國文學史的探索學術研討會論文集》（臺北：臺灣學生書局，2002 年），頁 796-808。

49 三段引文見劉勰撰，周振甫注：《文心雕龍注釋・辨騷》，頁 64-65。

50 清初人對陳維崧的印象，可見於評論文字，尤以康熙年間手抄稿本《迦陵詞》所附評點最為豐富。不過該手抄稿本所錄評點涉及年代橫跨多

暫不一一詳究，而將焦點先集中在康熙十七年（1678），即陳維崧高中博學宏詞之前，釋大汕為陳維崧所繪「迦陵填詞圖」，以及時人依據此圖所撰作的題詠。此圖雖由釋大汕擷取陳維崧的典型相貌而圖成，然而題詠者不一定受限於圖面，另可採對照的方式，反映對陳維崧的印象，且題詠者多為一代名流，足可反映時人對陳維崧的主要觀感印象。

釋大汕（號石頭陀，1637-1705），吳人，年輩小於陳維崧，「工詩及畫，有巧思」，多藝，復「喜結納名士」，然亦有「財貨奔走，交通海國，諸軼軌之事，務在驚世動眾」之舉，[51] 頗招物議。當釋大汕圖成之後，京官名流如梁清標、宋犖、王士禛、納蘭性德等，高中博學宏詞者如朱彝尊、嚴繩孫、尤侗、孫枝蔚等，以及其他文壇名士如毛先舒、毛際可、李符等都曾對此圖題詠。此圖收藏於陳家，乾隆末年，「由陳氏嗣孫藥洲委請翁方綱題簽，袁枚題序，縮本刻印流傳」。陳藥洲復「攜畫自隨委請名流題詠」，形成第二次題詠風潮。陳藥洲（1731-1810），

時，又難以逐一考證撰成的確切時間，不利於此處論題對照之用。見陳維崧：《康熙年間手抄稿本——三色評點《迦陵詞》》（天津：南開大學出版社，2009 年）。此一稿本，據大陸學者江曉敏的核校，當為康熙二十八年（1689）陳宗石「患立堂本《迦陵詞全集》之底本」，其流傳經過與詳細版本價值，見葉嘉瑩：〈記南開大學圖書館所藏手抄稿本《迦陵詞》（代序）〉，收入陳維崧：《康熙年間手抄稿本——三色評點《迦陵詞》》，頁 1-18。又自吳偉業、王士禛以來，文人不乏以絕句體裁評論陳維崧，現今學界已有相關輯錄，如王偉勇：《清代論詞絕句初編》（臺北：里仁書局，2010 年）、孫克強、裴喆：《論詞絕句二千首》（天津：南開大學出版社，2014 年）。

51 三段引文見鄧之誠：《清詩紀事初編》（上海：上海古籍出版社，1965 年），上冊，卷 3，「釋大汕」，頁 342-343。

名淮，字望之，河南商丘人，其父陳履中乃陳貞慧孫。曾任廉州府知府、湖北布政使，貴州、江西巡撫。基此，今日可見的〈迦陵填詞圖〉題詠，包含了橫跨康熙、乾隆以來，文壇對陳維崧「人格形象與詞學評價」的多元接受觀點。[52]本文主要就圖成前後即康熙年間的時人題詠觀察，著重和前述陳維崧的追隨者所形塑的「超凡印象」比較，則此一研究進路對題詞的詮釋結果，便與學界既有相關論著的詮釋觀點不同。

原圖真蹟今已不可見，流傳者乃陳藥洲的「摹刻本」。吳衡照（字夏治，1771-？）曾描述此圖內容云：

> 迦陵填詞圖為釋大汕傳神，掀髯露頂，真有國士風。旁坐麗人拈洞簫而吹，恍唱「楊柳岸曉風殘月」也。[53]

沈初（字景初，1735-1799）也曾觀圖云：

> 陳藥洲中丞出其伯祖迦陵先生填詞圖，沒色橫幅，髯敷地衣坐，手執管，伸紙欲書，若沈吟者，意象灑如。旁一蕉

---

52 有關釋大汕所繪「迦陵填詞圖」圖面，及緣此圖而撰寫的題詠，其刊行流傳的過程、版本館藏，與所流露的畫者、題者用心，見毛文芳：《圖成行樂：明清文人畫像題詠析論》（臺北：臺灣學生書局，2008年），第貳編Ｖ「長鬣飄蕭・雲鬟窈窕：陳維崧〈迦陵填詞圖〉題詠」，頁 356-361、369-379、387-427。據毛文芳所論，此圖與陳維崧四十畫像「天女散花圖」，「彼此互文」或涵有「神聖化的宗教解悟歷程」，而涉及「空色同參」的「佛法」，然非關本文所論「神聖妙才敘述傳統」，而適成對照。

53 吳衡照：《蓮子居詞話》，卷 1，頁 2404。

> 葉坐麗人，按簫將倚聲，雲鬟銖衣，望若神仙也。[54]

「敷地衣坐」即敷地衣而坐，敷，展開也，地衣，鋪地的織品。上述引文除了「真有國士風」、「恍唱『楊柳岸曉風殘月』」，和「若沈吟者，意象灑如（肅敬貌）」、「望若神仙也」，係出於吳衡照、沈初的體會，其他應屬畫面圖像。此圖凸出陳維崧「多髯」的殊相，麗人吹簫在側，涵有指示陳維崧填詞風格傾向的作用。「多髯」，固然是陳維崧的社交識別特徵，然而由此所連結的人格印象，時而為放浪形骸的狂徒（客）、時而為超然禮教之外的風流名士，可見於下列題詠：

毛際可（字會侯，1633-1708）〈望湘人〉上片云：

> 看生綃一幅，踞坐者誰，昨宵杯酒曾接。醉後顛狂，閒時落拓，怎便傳神眉睫。龍尾香浮，兔毫雲湧，欲書還摺。想年來、應詔金門，豫製宮詞三疊。（頁 19）

納蘭性德（字容若，1655-1685）〈菩薩蠻〉下片云：

> 傾城與名士，千古風流事。低語囑卿卿，卿卿無那情。（頁 12）

---

[54] 沈初：〈迦陵先生填詞圖序〉，收入陳藥洲輯：《陳檢討填詞圖附題詞》（宜興陳氏藥洲縮繪合刊本（1794），哈佛大學哈佛燕京圖書館館藏），頁 1，下文引錄題詞俱出此本，但於內文附註引文頁數，不再加註。

毛先舒〈木蘭花慢〉上片云：

> 長髯，飄動數尺，是風塵之外一仙官。卻恨欄邊行盡，應添修竹千竿。（頁 11）

如上諸詞，或將陳維崧的平素生活，概括為「醉後」、「閒時」，勾畫陳維崧的處世態度既不為俗務斤斤計較，亦不小謹自媚，以要名譽，故為「顛狂」、「落拓」，並以肆意酣暢，不與世事，遊於竹林的隱士尊者，塑造陳維崧給人的印象。如毛際可表面以反詰的語態，云：「怎便傳神眉睫」，似嫌如此印象，不宜圖畫傳世，蓋「怎便」，可有怎宜之意，實則意在藉此，傳遞、肯認另一種對陳維崧的印象，此即「顛狂」，而與釋大汕之圖適成反差對照。因此，故意對圖中所繪像主，心中似有壯思無限，下筆卻據案沈吟，琢磨顧忌，一味掛慮迎合應詔所需的模樣，提出「踞坐者誰」的陌生疑問。「龍尾」指龍尾硯，與「兔毫」俱為寫作用具，「香浮」、「雲湧」則指向研墨、構思的寫作情境，而「摺」指中斷，「欲書還摺」，即欲言又止之狀。毛先舒則對畫者未以「修竹千竿」來烘托像主一如「仙官」的隱士風度，深表憾意。或是以「名士」與「傾城」相伴，將陳維崧和身旁麗人形塑成「溺情」的愛侶，為了表其不受禮教所制，日夕親暱，故援引《世說新語·惑溺》記載魏晉王安豐（戎）婦「親卿愛卿，是以卿卿」的故事類喻，[55]為兩人最終不能偕老而嘆，乃云：「無那（奈）情」。

---

[55] 劉義慶輯，楊勇校箋：《世說新語校箋》，頁 691。

又著意凸顯陳維崧詞風豔麗的一面，如鄧漢儀（字孝威，1617-1689）〈過秦樓〉下片云：

應把烏絲麗詞，吹入瓊簫，聲聲低叫。（頁 9）

李符（號耕客，1639-1689）〈洞仙歌〉下片云：

烏絲欄乍展，曲按金荃，寫出花間斷魂句。（頁 20-21）

如上諸詞，或以「烏絲欄」這類編織黑絲格線的細絹填詞，營造陳維崧善於摹寫香豔，近於《花間》温庭筠一體的印象。蓋「烏絲欄」多用來記載男女盟誓之情，早見於唐蔣防〈霍小玉傳〉「越姬烏絲欄素縑三尺」故事。或特指陳維崧詞集《烏絲詞》，但略去集中「忼激」、「風流旖旎」、「渾脫雄奇」等多元風格並存不論，[56]而專以「麗句」一格統括。這類題詠，把陳維崧形塑為豔詞專家。

亦對陳維崧的快意生活，著墨甚多，如朱彝尊〈摸魚兒〉一作〈邁陂塘〉上片云：

56　《烏絲詞》收錄陳維崧自「順治十三年（1656）到康熙五年（1666）」所作，此時他主要寓居如皋冒家水繪園，對早期填詞，已感「嘰嘔不欲聽」，由是「厲志」所為。鄒祗謨評《烏絲詞》所錄〈滿江紅〉「悵悵詞」之五云：「其年以忼激勝之」，汪琬〈沁園春〉「題陳其年《烏絲詞》」云：「似秦郵太史，風流旖旎。渭南老子，渾脫雄奇」。關於《烏絲詞》的成書年代與多元風格，見蘇淑芬：《湖海樓詞研究》，頁 51。又〈《烏絲詞》受廣陵詞壇影響研究〉，《東吳中文學報》第 12 期（2006 年 5 月），頁 236、239-242。

擅詞場、飛揚跋扈，前身可是青兕。風煙一壑家陽羨，最好竹山鄉里。攜硯几。坐罨畫溪陰，裊裊珠籐（一作藤）翠。人生快意。但紫筍烹泉，銀箏侑酒，此外總閒事。（頁4）

宋犖（號西陂，1634-1713）〈摸魚兒〉「次竹垞韻」上片云：

怪髯翁、騷壇馳騁，筆鋒欲斷犀兕。生平擅絕紅牙句，清致碧波千里。移硯几。對按拍蘋雲，一片芭蕉翠。含毫選意。羨白袷纔披，烏絲初展，此際了無事。（頁18-19）

如上諸詞，極力鋪陳「閒適」、「自得」的生活情境，以營造陳維崧及時行樂的印象，故云：「了無事」、「此外總閒事」。此一情境以鄉居為主，卻非意在形塑陋巷安貧之樂，也不是玩物鑒物的品賞之樂，而是著重於不受「名爵羈宦」，以及欣獲美人知音之樂。故所謂「人生快意」一句，乃暗合西晉張翰鍾情於吳中家鄉風味，而追求「人生貴得適意爾」的故事，以此類喻陳維崧亦鍾情陽羨家鄉風味，專好「紫筍烹泉」，紫筍非筍，乃指陽羨茶。又以北宋晏幾道對蘋雲歌女傾心的故事，類喻陳維崧樂得才伎知音相伴，故云：「按拍蘋雲」。

此外，更想像陳維崧青雲得志之狀，鋪陳仔細，除了可見於前述毛際可詞，又如蔣景祁〈丹鳳吟〉下片云：

此際鳳樓宣召，金蓮燦爛特地撤。侍輦陪遊處，有玉環微笑，領取歌闋。文璣錯落，綴上蕊珠宮闕。休憶江南楊柳

岸，唱曉風殘月。洞簫人和，是霓裳舊拍。（頁 31）

毛升芳，與陳維崧同中博學宏詞，其〈眉嫵〉下片云：

金門漏繞，待鳳池、賦奏璚島。曳袍袖爐烟，攜緗帙聽黃鳥。（頁 6-7）

如上諸詞，皆特意暗用歷代蒙受君恩榮寵的詞臣風流故事，頌美並形塑陳維崧得志的印象，如蔣景祁詞引玄宗特命李龜年，「持金花箋宣賜翰林供奉李白，立進〈清平調〉詞三章」、「太真妃持頗梨七寶杯，酌西涼州葡萄酒，笑領歌詞，意其厚」之事，[57]類喻陳維崧就如李白一般，能夠蒙受君王知遇厚待，承旨奉侍宮廷宴會，而進詞佐歡。毛升芳詞則暗合唐詩〈早朝大明宮〉諸首所示館閣詞臣的朝會生活，如賈至〈早朝大明宮呈兩省僚友〉云：「百囀流鶯繞建章」、杜甫〈奉和賈至舍人早朝大明宮〉云：「朝罷香烟攜滿袖」一般，總是置身於黃鶯聲囀，充滿春意的皇宮之中，親近天子，時時參政，故而衣沾御爐香煙。以此類喻陳維崧的京宦生活。

綜上所引諸題詠之詞，少見以「兼括眾才的神通」，與「無常歷遍的苦難過程」去呈現陳維崧的超凡印象；多顯陳維崧「醇酒婦人」、「豔詞專家」或「奉旨填詞」的疏狂至樂處境。雖美其如神仙，不過用以寄託題詠者的羨妬之情，並非視同神聖，而

57 樂史：〈楊妃外傳〉，收入朱勝非：《紺珠集》，《文淵閣四庫全書》子部雜家第 872 集，卷 1，頁 17。

心生欽慕歸服。是故題詠多見調侃、戲謔，甚至衍生取而代之的想念，在這類題詠之中，陳維崧的權威性不夠。如前引毛先舒〈木蘭花慢〉下片云：

> 想填詞未闋，看花眼皺，嚥酒腸寬。含商嚼徵入妙，問此中還有幾聲酸。心惜美人持拍，莫教纖指多寒。（頁 11）

毛際可〈望湘人〉下片云：

> 纖指停餘，朱唇整後，笑把郎肩輕捻。只道是、接鬢長髯，生怕拂人雙頰。（頁 19）

彭孫遹〈浣溪沙〉云：

> 一曲烏絲絕代工。碧簫聲裏見驚鴻。紅么小撥玉玲瓏。幾度牽縈蘅薄夢，怎生消瘦桂堂東。教人妬殺畫圖中。（頁 2）

所謂「心惜」、「生怕」乃擬想陳維崧護惜美人的心情，語帶調侃。而「蘅薄夢」、「桂堂東」乃詞人自思仰慕佳人的心意，如「幾度牽縈」、「怎生消瘦」一般，渴求歡聚而不得。「蘅薄」，語出〈洛神賦〉[58]，以洛神行處香草叢生比喻美人。

---

[58] 曹植：〈洛神賦〉云：「步蘅薄而流芳」，收入蕭統編，李善等六臣注：《文選》，卷 19，賦癸，頁 276。

「桂堂東」語出李商隱〈無題〉云：「畫樓西畔桂堂東」[59]，乃情人密會之所。因此，對圖畫裏的陳維崧得配麗人雙雙，既妬且謔。

延續到雍乾時期，如蔣士銓（字心餘，1725-1784）對陳維崧的其他圖像所撰題詠，甚至表露取代陳維崧之意，如其〈賀新涼〉「陳其年洗桐圖，康熙庚申夏周履坦畫」云：

> 一丈清涼界。倚高梧、解衣盤薄，髯其堪愛。七十年來無此客，餘韻流風猶在。問何處、桐陰不改。名士從來多似鯽，讓詞人、消受雙鬟拜。可容我，取而代。[60]

周履坦，即周道，是畫家，康熙十九年庚申（1680）為陳維崧繪製〈洗桐圖〉，七十年後，蔣士詮睹圖思人，對畫中形塑陳維崧絕去俗欲，不受束縛，手撫美髯的印象，十分企慕。「髯其堪愛」一句，據張德瀛《詞徵》解「本於諸葛武侯答關雲長書」而來，[61]「問何處」則深慨如此風流人物，如今不見。此因時人盲從逐新，故蔣士詮引用東晉人「過江名士多於鯽」之語，暗寓諷意。另讚賞陳維崧才情雖不入俗目之眼，卻能吸引才伎知音的敬愛，歷久不衰。進而，因羨生念，興起欲取代陳維崧而起，續

---

59 劉學鍇、余恕誠：《李商隱詩歌集解》（臺北：洪葉文化事業有限公司，1992 年），頁 389。

60 蔣士詮：〈賀新涼〉「陳其年洗桐圖，康熙庚申夏周履坦畫」，收入張宏生：《全清詞・雍乾卷》（南京：南京大學出版社，2012 年），冊 3，頁 1515。

61 張德瀛：《詞徵》，收入唐圭璋主編：《詞話叢編》，冊 5，卷 6，頁 4181。

其風流，以領受才伎知音的崇敬。

對照上節，可見到了陳維崧歿後，若干與他具有「親誼關係」的文人，紛紛轉變對陳維崧的印象，如上文所舉毛先舒、蔣景祁等，更加崇敬陳維崧，於是致力於形塑陳維崧的神聖性，改造前時「迦陵填詞圖」將陳維崧形塑為狂徒（客）、隱士、名士或館閣詞臣。對於最能表徵此類印象的「鬑戟」，少予著墨；也無意於片面張揚陳維崧金門待詔的榮遇生涯。在此一印象區隔的基礎上，轉變後的追隨者，藉由歸服於超凡陳維崧，為自身所屬的群體精神，找到源頭定位。

（三）形塑陳維崧「超凡印象」的「追步摹擬效應」

追隨者對陳維崧的追步摹擬，實涵有照見自身特有存在處境的意義。此一存在處境，或指與陳維崧相似的切身遭遇，或出於對時代的感受，據此，透過「注」[62]、「選」以及「摹擬」詮釋陳維崧著作的情志與藝術表現，實乃「反照自身」，是為「一種『互為主體』而訴諸『通感』的創造性詮釋」。本節的重點，不在於就所有的追隨者摹擬陳維崧的各種面向皆一一論辨，而是特舉康熙二十年之後的蔣景祁為代表，以證此一「反照自身」的摹擬性質。至於全面梳理的研究，因篇幅有限，只能留待來日。

陳維崧的詞學著作，除了詞別集之外，還有與他人合編的「詞選本」，以及散見於各處的詞評。其中，以《今詞苑》最為

62　康熙三十一年癸酉（1693）程師恭註《陳檢討四六》，王士禛《古夫于亭雜錄》稱讚程師恭為陳維崧的「知己」，以其「平生未面，而收拾護惜其文如此」，王士禛之說，轉載於陳維崧撰，程師恭註：《陳檢討四六》，提要，頁2。

集中地表現出陳維崧追求睿智襟抱的詞觀。如陳維崧〈今詞苑序〉標舉「神瞽審聲」，又以「宣尼觚不觚之嘆」自許編選動機，乃出於紹繼聖人之志，頗有「神聖性作者觀」橫亙胸中。其云：「選詞所以存詞，其即所以存經存史也夫」[63]，即欲藉褒貶今詞，以續聖人之志，近於「續經」，實可見「獨造」之意。此志未獲蔣景祁等追隨者摹擬。蓋蔣景祁以「讀書好古之儒」自居，可見於他所撰寫的〈荊溪詞初集序〉。雖然該序曾以「向所等夷者，尚當拜其後塵」的口吻，認定時人同輩都該歸服陳維崧，不過，在這類儒士的心靈深處，聖人與經典是最神聖的典範，可注而不可擬續。循此，可知蔣景祁基於自身對經生儒士的認同，故未著力弘揚陳維崧所著《今詞苑》的原由，至於〈刻瑤華集述〉評「其年先生向有選本，頗嫌簡略」之說，[64]不過含蓄其詞。

對於經生儒士而言，唯有聖人可以創作「經典」，其他的著述雖亦出自創作，但不可與聖人同等層次。然而，為免文士的創作流於「放蕩」[65]，因此援引「宗經」的理念，以規範創作。此即「經學」與「文學宗經」本質上的不同。

蔣景祁對《荊溪詞初集》改編，即本著「文學宗經」的理念，故其序云：

---

63 陳維崧：〈今詞苑序〉，頁 2。

64 蔣景祁：《瑤華集》（北京：中華書局，1982 年），頁 7。

65 蕭綱：〈戒當陽公大心書〉云：「立身之道與文章異，立身須謹重，文章且須放蕩」，收入嚴可均：《全梁文》，見嚴可均：《全上古三代秦漢三國六朝文》（臺北：世界書局，1982 年），卷 11，頁 1。此一文學觀以為文學當以脣吻遒會，搖蕩情靈為主，不同於教人立身修養的經書。

今生際盛代，讀書好古之儒，方當銳意向榮，出其懷抱，作為〈雅〉、〈頌〉，以黼黻治平。

緣此，蔣景祁對《荊溪詞初集》原選所錄的陳維崧詞多所調整。凡涉及人品道德、政教倫理爭議的詞作，輒予刪除更選，如原選卷七錄陳維崧〈賀新郎〉「弓冶弟出塞省親三年旋里因懷衛叔暨漢槎」、同調「春日拂水山莊感舊」，改編本皆刪除。蓋前詞涉及科場事被流放到寧古塔的吳兆騫，後者涉及改仕新朝的錢謙益。

蔣景祁與陳維崧詞作唱和，雖然早於康熙十二年（1673）便有，不過乃為多人同題共作，[66]未必針對陳維崧詞擬和。然而隨著蔣景祁屢困於「京闈」、「薦舉」、「謁選」[67]，這番歷難漂泊

---

[66] 如康熙十二年，蔣景祁參與徐喈鳳、陳維崧等十六人於東溪雨中修禊，東溪在宜興。諸人調寄〈浣溪沙〉、〈蓦山溪〉、〈永遇樂〉的唱和之作，多涉東晉王羲之等名士的蘭亭修禊，較古今異同，而各抒感觸。見周絢隆：《陳維崧年譜》，上冊，頁 411。如陳維崧〈永遇樂〉「東溪雨中修禊」，乃肯認今時今地修禊，異於昔時的別趣，詞云：「水上麗人，山陰修竹，往事都休記」。然如蔣景祁〈永遇樂〉「癸丑上巳東溪修禊」，卻於「今人勝古」之餘，別饒思古之幽情，詞云：「倩誰寫，茂林修竹，蘭亭再譜」。對陳詞之情，不盡追摹。上引二詞各見陳維崧撰，陳振鵬標點，李學穎校補：《陳維崧集・迦陵詞全集》，卷 22，頁 1440。南京大學中國語言文學系《全清詞》編纂研究室：《全清詞・順康卷》，冊 15，頁 8756。

[67] 蔣景祁自康熙十六年（32 歲）至二十二年（38 歲）之間的考選經歷，詳儲欣：〈蔣京少《東舍集》序〉，見儲欣撰：《在陸草堂文集》，收入《四庫全書存目叢書》集部別集第 259 冊，卷 3，頁 477。另參趙秀紅：〈清初詞人蔣景祁行年簡譜〉，頁 41-42。

的經驗，使得蔣景祁更加專意於對陳維崧詞的唱和，有多首同調同題的和作，尤其傾向「無常」存在感受的摹擬，正和彼時的追隨者多由歷遍無常的苦難過程，形塑陳維崧的「超凡印象」相互呼應。如〈探春慢〉「迦陵太史有雪中憶桐初東遊之作，予亦棲遲未歸，慨然屬和」、〈愁春未醒〉「賦丁香花感舊，和迦陵」[68]。

陳維崧原詞〈探春慢〉「連朝大雪計桐初尚未達東阿也，詞以憶之。索京少、蕺山和」、〈愁春未醒〉「牆外丁香花盛開感賦」[69]，據陸勇強、周絢隆繫年，分別為康熙二十年（1681）、二十一年（1682）。兩詞內容，皆關客愁羈旅和曲終人散之感。如前詞乃憶葉藩，字桐初，杜濬女婿，客遊四方，此時赴「東阿幕」，陳維崧自身客遊閱歷多矣，乃藉此詞想像，申述桐初羈旅艱辛，以及知交離情之苦，詞云：「冷驛搖鞭，亂山卸馱，酒向何村貰取。逼暝投山店，衾似鐵、一燈無語」，後詞乃為暮春傷逝，深慨榮華已盡之哀，詞云：「算開到此花，闌珊春已在長亭」、「悵新來、梁間燕去，往事星星」。此首為陳維崧絕筆之作，可見陳宗石的誌語，其云：

> 此先兄壬戌四月十三日作也。先兄即于五月初七日捐館，讀「算開到此花，闌珊春已在長亭」十二字，竟成詞讖。[70]

---

[68] 上引二詞，收入南京大學中國語言文學系《全清詞》編纂研究室：《全清詞・順康卷》，冊 15，頁 8744、8747。

[69] 上引二詞，見陳維崧撰，陳振鵬標點，李學穎校補：《陳維崧集・迦陵詞全集》，卷 22，頁 1430-1431，卷 10，頁 1178-1179。

[70] 陳宗石的誌語，收入陳維崧撰，陳振鵬標點，李學穎校補：《陳維崧集・迦陵詞全集》，卷 10，頁 1179。

蔣景祁亦就此詞情意加以闡發，其云：

> 此先生四月十三日作，絕筆也。先生三年冷署，人情炎涼，時時托之筆墨，此詞其一也。是時先生索予輩屬和，予草草命筆，實不知先生意指所在。不意此篇而後，遂如廣陵不復彈矣。噫！壬戌端陽後三日，京少記。[71]

由上引「予草草命筆，實不知先生意指所在」的後來自責，正反映蔣景祁先前的唱和，乃出於彼時自身的處境感受，去摹擬體會陳維崧詞之情，如此「反照自身」的通感體驗，自未必窮盡該詞之深。是故，蔣景祁的同調同題和作，所抒發的「羈旅」、「無常」之感，便多融入自身人事感受的描寫，如其〈探春慢〉詞題即說明寫作動機來自「予亦棲遲未歸」的處境同情，詞云：「我亦天涯羈旅，悔此日灞橋，未共凝佇」、「戍壘星星在，幾釀盡、酸風淒雨」，就以第一人稱，自述一己遭遇，而如陳維崧一般同情葉藩。〈愁春未醒〉則於陳維崧詞原題之上增加「感舊」，以一己由少至中年的成長經驗，抒發人事變化的體驗，詞云：「忽憶髫年，斜街西去，曲徑梧楸。有疏疏碎香兩樹，嬉戲淹留。到得如今，倚欄惆悵漫凝眸。」藉此呼應陳維崧詞的春盡之感，故未究「冷署炎涼」之竟。此一摹擬陳維崧詞的進路，自與後來雍乾時期，僅由組詞、押險韻的形式，如尤維熊〈蝶戀花〉「迦陵有記豔十闋，聊復效之」、張塤〈賀新郎〉「題王叔

---

71 陳維崧：《康熙年間手抄稿本——三色評點《迦陵詞》》，上冊，頁281-282。據葉嘉瑩校對，刻本有「京少記」三字，稿本抹去，見葉嘉瑩：〈記南開大學圖書館所藏手抄稿本《迦陵詞》（代序）〉，頁11。

佩詞，用陳迦陵韻」[72]等人仿擬陳維崧詞的進路層次不同。[73]

清初陽羨詞人陳維崧的領袖地位形成，頗能體現文學流派領袖形成所憑藉的人為機制之一，此即領袖「超凡印象」的形塑。此一印象的初成，主要得力於「親誼關係的追隨者」，在源自「神聖性作者觀」而來的「神聖妙才敘述傳統」之基礎上，形成「超凡印象」的敘述模式。其內容可概分為「敘事蹟證」與「意象喻示」兩種進路。據此，陳維崧的追隨者藉由形塑領袖的「超凡印象」，達到「流派正源」與「追步摹擬」的社群構派效應，則陳維崧領袖地位的確立，應在康熙二十一年前後，非學界慣稱康熙十八年之前。此一原理性的詮釋基模建立，乃對學界既有詮釋文學流派領袖形成的觀點，提出轉向：由領袖乃理所當然，轉向追隨者的賦加形塑。此一成果可望為其他文學流派領袖經驗的分析提供參考。

原刊《東華漢學》第 29 期，2019 年 6 月。2019 年 7 月增補修訂。

---

72 上引尤、張二詞，收入張宏生主編：《全清詞．雍乾卷》，冊 9，頁 4935，冊 14，頁 8092。

73 雍乾時期，由組詞、押險韻的形式，仿擬陳維崧詞的進路，見張宏生：〈雍乾詞壇對陳維崧的接受〉，《中國文化研究所學報》第 57 期（2013 年 7 月），頁 208-212。

結論與展望

歷史，必待後人的詮釋，方能產生意義與價值。而詮釋歷史，必然也帶著詮釋者的存在自覺及指向未來的目的。因此，研究陽羨詞派的意義，自不在於增添多少明末清初詞壇發展的客觀知識而已，更重要的是，詮釋此一文學流派經驗，體現了何種詮釋者的存在自覺？又能對未來開展何種希望？

回顧百年來陽羨詞派學術史，可見不同時期的學者多因自身的存在情境，而各有「知識型」的信仰，據此對陽羨詞派或個別陽羨詞人提出詮釋重構，存在情境不同，則詮釋建構的結果也就未必相同。諸說各自對應陽羨詞派的動態歷程之一面；因此各有價值，不必強分是非高下。今日，社會文化情境已不同往昔，學術視野亦該更新，當此之時，再次面對陽羨詞派的歷史經驗，無法複製過去既有的詮釋觀點；因應當前的學術情境，提出重構，實有必要，這是對過去學術史的成就致敬，也是對自己的存在自覺負責。

因此，本書對於過去學術史用來詮釋、建構陽羨詞派所持有的「共主中心」與「一體類同」之觀點，不再複製；而是回歸明末清初陽羨詞人聚合的動態歷程，重新建構陽羨詞派是一個由「群英並起」轉向「共主中心」的文學群體。這個群體內部固然基於「類同性」而連結，然而此一「類同性」的內涵，會隨著時空的移易、派內成員認知的調整，而有所變動，不是穩固如一。如前階段促使派內成員聚合的類同性，乃出於對抗特定文化思想與詞學的態度投契，不在於具體的詞學行為實踐；到了後階段促使派內成員聚合的類同性，才轉向詞學行為的同聲應和。這個群體內部更存在著因分歧而來的「差異性」，此一「差異性」的內涵，表現在眾成員詞學的分化，個別成員詞學更迭的歷程，以及領袖認同的機動選擇。因此，本書對於過去學術史較少關注的陽羨詞學文本，則加以詳釋；對於已經前人評說的陽羨詞學文本，則重新詮明其間隱涵的總體社會文化存在情境感知。

在本書的成果基礎之上，往後擬規劃「陽羨詞派續論」，特就三部詞選：《今詞苑》、《荊溪詞初集》和《瑤華集》的編選結果，印證陽羨詞學的分化及「變遷終界」。這三部詞選，都屬於當代詞選；此外編者選入自作，數量往往居前。因此，涵有建構「當代詞史」及「我群界定」的意味在內，需要專書的篇幅詳加探討。

此一陽羨詞派研究新視域和新方法的提出，不是意在取代前說以樹立唯一的陽羨詞派知識；相反地，乃是希冀為諸多前人之說的紛歧，提供可資會通的觀點，並對未來的文學流派研究提出展望：此即將陽羨詞派研究的新視域和新方法，推擴應用到其他文學流派學術史的反思與重構，建立一套符應當前學術情境與理念的中國文學流派學，以供整合當代文人學者藉由從事文學創作、教學、理論研究、學術研討、吟唱表演、評點、出版及結社等各種文學行為，而得以相互連結為一社會群體的知識參照。彰顯「文人學者社群」此一名號在當代所表徵的高雅社會身分，並參與當代新古典詩學文化的形成與建設。這便是本書所追求與信仰的新「知識型」。

參考書目

一、古籍（按作者時代排列）

（一）陽羨詞派史料舉要

陳維崧撰，陳振鵬標點、李學穎校補：《陳維崧集》，上海：上海古籍出版社，2010年

陳維崧撰，陳宗石輯：《陳迦陵文集六卷，儷體文集一〇卷，湖海樓詩集八卷，迦陵詞全集三〇卷》，民國十八年（1929）上海商務印書館《四部叢刊》影印患立堂本

陳維崧撰，陳淮等編校：《湖海樓全集》，清乾隆乙卯六十年（1795）宜興陳淮浩然堂刊本，普林斯頓大學東亞圖書館館藏

陳維崧撰，任光奇重校：《湖海樓全集》，清光緒癸巳十九年（1893）弇山鐸署刊本，國立臺灣大學圖書館館藏

陳維崧撰，程師恭注：《陳檢討四六》，《文淵閣四庫全書》集部別集第1322冊，臺北：臺灣商務印書館，1986年，一名《陳檢討集》

陳維崧撰，蔣景祁輯：《陳檢討集》，清康熙二十二年（1683）至二十三年（1684）天藜閣刻本，哈佛大學哈佛燕京圖書館館藏

陳維崧：《康熙年間手抄稿本——三色評點《迦陵詞》》，天津：南開大學出版社，2009年

陳維崧撰，冒廣生編：《湖海樓集拾遺》，清宣統元年（1909）刻本，北京國家圖書館館藏

陳維崧、吳逢原、吳本嵩、潘眉同選：《今詞苑》，清康熙十年（1671）徐喈鳳南磵山房刻本重修本

蔣景祁、曹亮武、潘眉同選，吳雯評：《荊溪詞初集》，清康熙十七年

（1678）刻本，北京國家圖書館館藏
曹亮武、陳維崧、潘眉同選，吳雯評：《荊溪詞初集》，清乙未初春酣睡軒抄本，北京大學圖書館館藏
蔣景祁、曹亮武、潘眉同選，吳雯評：《荊溪詞初集》，清康熙十七年（1678）刻本，北京大學圖書館館藏
陳維崧鑒定，蔣景祁、曹亮武、潘眉同選，吳雯評：《荊溪詞初集》，清康熙十七年（1678）刻本，上海圖書館館藏
曹亮武：《南耕詞》，張宏生主編：《清詞珍本叢刊》，南京：鳳凰出版社，2007 年
曹亮武：《歲寒詞》，《續修四庫全書》集部詞類第 1725 冊，上海：上海古籍出版社，2002 年，一名《歲寒唱和詞》、《荊溪歲寒詞》
蔣景祁：《瑤華集》，北京：中華書局，1982 年，清康熙二十六年（1687）天藜閣刊本
蔣景祁：《罨畫溪詞》，百名家詞鈔甲集四十家，日本京都大學人文科學研究所館藏
陳藥洲：《陳檢討填詞圖附題詞》，宜興陳氏藥洲縮繪合刊本（1794），哈佛大學哈佛燕京圖書館館藏
趙式輯，陳維崧等人評點：《古今別腸詞選》，清康熙四十八年（1709）遺經堂刊本，北京國家圖書館館藏

胡觀瀾、阮升基、甯楷纂修：《重刊宜興縣舊志》，臺北：新興書局，1965 年
張球、英敏、周家楣、吳景牆纂修：《宜興荊谿縣新志》，臺北：新興書局，1965 年
陳善謨、祖福廣、徐保慶、周志靖纂修：《光宣宜荊續志》，臺北：新興書局，1965 年

（二）其他古籍

毛亨傳，鄭玄箋，孔穎達疏：《毛詩正義》，臺北：藝文印書館《十三經注疏本》，1993 年

杜預注，孔穎達疏：《春秋左傳正義》，《十三經注疏本》
何晏注，邢昺疏：《論語正義》，《十三經注疏本》
鄭玄注，賈公彥疏：《周禮注疏》，《十三經注疏本》
趙岐注，孫奭疏：《孟子正義》，《十三經注疏本》
屈原撰，洪興祖補注：《楚辭補注》，臺北：臺灣中華書局，1981 年
莊周撰，郭慶藩編，王孝魚整理：《莊子集釋》，臺北：萬卷樓圖書公司，1993 年
呂不韋撰，陳奇猷校注：《呂氏春秋新校釋》，上海：上海古籍出版社，2002 年
韓非撰，陳奇猷校注：《韓非子集釋》，高雄：復文圖書出版社，1987 年
郭璞注，郝懿行疏：《爾雅義疏》，臺北：藝文印書館，1987 年
司馬遷撰，瀧川龜太郎會注考證：《史記》，臺北：洪氏出版社，1986 年
劉向：《戰國策》，臺北：九思出版有限公司，1978 年
史游撰，顏師古注，王應麟補註：《急就篇》，臺北：藝文印書館，1967 年
班固撰，顏師古注：《新校漢書集注》，臺北：世界書局，1976 年
龍樹撰，鳩摩羅什譯：《大智度論》，《大正新修大藏經》第 25 冊，東京：大正一切經刊行會，昭和二年（1927）
應劭：《風俗通義》，臺北：臺灣中華書局，1976 年
葛洪：《抱朴子內外篇》，《文淵閣四庫全書》子部道家第 1059 冊，臺北：臺灣商務印書館，1983 年
袁宏撰，李興和點校：《袁宏後漢紀集校》，昆明：雲南大學出版社，2008 年
鳩摩羅什譯：《阿彌陀經》，《中華大藏經》第 18 冊，北京：中華書局，1984 年
范曄撰，劉昭補志，李賢注：《後漢書》，臺北：臺灣中華書局，1984 年
劉義慶撰，劉孝標注，余嘉錫箋疏：《世說新語箋疏》，臺北：臺灣學生書局，2017 年
劉義慶撰，楊勇校箋：《世說新語校箋》，臺北：正文書局有限公司，1988 年
劉勰撰，周振甫譯注：《文心雕龍注釋》，臺北：里仁書局，1998 年

瞿曇般若流支譯：《正法念處經》，《大正新修大藏經》第 17 冊
蕭統編，李善等六臣注：《文選》，臺北：藝文印書館，1983 年
徐陵撰，吳兆宜注：《徐孝穆集箋注》，臺北：世界書局，1984 年
庾信撰，倪璠注，許逸民校點：《庾子山集注》，北京：中華書局，2000 年
姚思廉：《梁書》，臺北：臺灣中華書局，1971 年
歐陽詢：《藝文類聚》，《文淵閣四庫全書》子部類書第 888 冊
房玄齡：《晉書》，臺北：臺灣中華書局，1971 年
杜甫撰，仇兆鰲註：《杜少陵集詳註》，北京：北京圖書館，1999 年
白居易撰，謝思煒校注：《白居易詩集校注》，北京：中華書局，2006 年
元稹撰，楊軍箋注：《元稹集編年箋注》，西安：三秦出版社，2002 年
余知古：《渚宮舊事》，《文淵閣四庫全書》史部雜史第 407 冊
李昉：《文苑英華》，《文淵閣四庫全書》集部總集第 1342 冊
宋祁、歐陽修：《新唐書》，臺北：臺灣中華書局，1971 年
歐陽修撰，陳亮輯：《歐陽文粹》，《文淵閣四庫全書》集部別集第 1103 冊
程頤：《伊川易傳》，《文淵閣四庫全書》經部易類第 9 冊
蘇軾撰，石聲淮、唐玲玲箋注：《東坡樂府編年箋注》，臺北：華正書局，1993 年
郭茂倩：《樂府詩集》，臺北：臺灣中華書局，1987 年
陳景元集注：《元始無量度人上品妙經通義》，《中華道藏》，北京：華夏出版社，2004 年
黃裳：《演山集》，《文淵閣四庫全書》集部別集第 1120 冊
黃訥、黃伯思：《東觀餘論》，《文淵閣四庫全書》子部雜家第 850 冊
計有功撰，王仲鏞校箋：《唐詩紀事校箋》，北京：中華書局，2007 年
朱勝非：《紺珠集》，《文淵閣四庫全書》子部雜家第 872 冊
曾慥：《類說》，《文淵閣四庫全書》子部雜家第 873 冊
胡仔：《苕溪漁隱叢話》，臺北：廣文書局，1967 年
王灼撰，岳珍校正：《碧雞漫志校正》修訂本，北京：人民文學出版社，2015 年
洪邁撰，孔凡禮點校：《容齋隨筆》，北京：中華書局，2005 年
陸游：《渭南文集》，《文淵閣四庫全書》集部別集第 1162 冊

朱熹撰，黎靖德編，王星賢點校：《朱子語類》，北京：中華書局，2004 年

蔡元定：《律呂新書》，《文淵閣四庫全書》經部樂類第 212 冊

呂祖謙：《宋文鑑》，《文淵閣四庫全書》集部總集第 1350 冊

陸九淵：《象山集》，《文淵閣四庫全書》集部別集第 1156 冊

員興宗：《九華集》，《文淵閣四庫全書》集部別集第 1158 冊

李杞：《周易詳解》，《文淵閣四庫全書》經部易類第 19 冊

魏慶之撰，王仲聞點校：《詩人玉屑》，北京：中華書局，2007 年

黃昇撰，王雪玲、周曉薇校點：《花庵詞選》，瀋陽：遼寧教育出版社，1997 年

潛說友：《咸淳臨安志》，《文淵閣四庫全書》史部地理第 490 冊

張炎撰，蔡楨疏證：《詞源疏證》，北京：中國書店，1985 年

佚名：《輦下歲時記》，臺北：藝文印書館，1970 年

楊維楨：《東維子集》，《文淵閣四庫全書》集部別集第 1221 冊

左克明：《古樂府》，《文淵閣四庫全書》集部總集第 1368 冊

楊朝英：《朝野新聲太平樂府》，長沙：商務印書館，1939 年

楊朝英：《朝野新聲太平樂府》，《四庫全書存目叢書》集部詞曲第 426 冊，臺南：莊嚴文化事業有限公司，1997 年

吳訥等撰：《文體序說三種》，臺北：大安出版社，1998 年

王守仁述，徐愛等人錄，陳榮捷註評：《王陽明傳習錄詳註集評》，上海：華東師範大學出版社，2009 年

陳霆：《渚山堂詞話》，唐圭璋主編：《詞話叢編》，臺北：新文豐出版公司，1988 年

楊慎撰，王文才、萬光治等編注：《楊升庵叢書》，成都：天地出版社，2002 年

楊慎：《升庵詩話》，丁仲祜編訂：《續歷代詩話》，臺北：藝文印書館，1983 年

薛應旂：《方山先生文錄》，《四庫全書存目叢書》集部別集第 102 冊

王世貞：《藝苑卮言》，唐圭璋主編：《詞話叢編》

王世貞：《藝苑卮言》附錄一，《弇州四部稿》，《文淵閣四庫全書》集部別集第 1281 冊

顧從敬類選，陳繼儒重校、陳仁錫參訂：《類選箋釋草堂詩餘》，《續修四庫全書》集部詞類第 1728 冊

錢允治類編，陳仁錫箋釋：《類編箋釋國朝詩餘》，《續修四庫全書》集部詞類第 1728 冊

孫鑛：《月峰先生居業次編》，《四庫禁燬書叢刊》集部第 126 冊，北京：北京出版社，2000 年，影印明萬曆四十年（1612）呂胤筠刊本

梅鼎祚：《西漢文紀》，《文淵閣四庫全書》集部總集第 1396 冊

胡應麟：《少室山房筆叢》，臺北：世界書局，1980 年。

周子文：《藝藪談宗》，《四庫全書存目叢書》集部詩文評第 417 冊

張丑（謙德）：《清河書畫舫》，《文淵閣四庫全書》子部藝術第 817 集

毛晉：《汲古閣書跋》，上海：上海古籍出版社，2005 年

俞彥：《爰園詞話》，唐圭璋主編：《詞話叢編》

沈際飛：《古香岑草堂詩餘四集》，明崇禎間 1628-1644 太末翁少麓刊本

卓人月彙選、徐士俊參評：《古今詞統》十六卷附《徐卓晤歌》一卷，明崇禎間 1628-1644 刊本

卓人月彙選、徐士俊參評：《古今詞統》十六卷附《徐卓晤歌》一卷，《續修四庫全書》集部詞類第 1728-1729 冊，上海：上海古籍出版社，2002 年，據上海圖書館藏明崇禎刻本影印

卓人月：《蟾臺集》，明崇禎十年（1637）傳經堂刻本

陳子龍撰，王英志輯校：《陳子龍全集》，北京：人民文學出版社，2011 年

陳子龍、李雯、宋徵輿撰，陳立校點：《幽蘭草》，瀋陽：遼寧教育出版社，2000 年

杜騏徵等輯：《幾社壬申合稿》，《四庫禁燬書叢刊》集部第 35 冊，北京：北京出版社，2000 年

蔣平階、周積賢、沈億年：《支機集》，張宏生主編：《清詞珍本叢刊》

彭賓：《彭燕又先生文集》，《四庫全書存目叢書》集部別集第 197 冊，上海圖書館藏清康熙六十一年（1722）彭士超刻本

沈雄：《古今詞話》，唐圭璋主編：《詞話叢編》

吳偉業撰，李學穎集評標校：《吳梅村全集》，上海：上海古籍出版社，1999 年

陳世祥：《含影詞》，張宏生主編：《清詞珍本叢刊》
黃宗羲：《明文海》，北京：線裝書局，2004 年
顧炎武：《日知錄》，《文淵閣四庫全書》子部雜家雜考第 858 冊
宋琬：《二鄉亭詞》，張宏生主編：《清詞珍本叢刊》
魏畊、錢价人輯：《今詩粹》，清初刊本
龔鼎孳：《香嚴詞》，張宏生主編：《清詞珍本叢刊》
王夫之：《船山全書》，長沙：嶽麓書社，2011 年
梁清標：《棠村詞》，張宏生主編：《清詞珍本叢刊》
毛先舒：《詩辯坻》，《四庫全書存目叢書補編》第 45 冊，濟南：齊魯書社，2001 年，河南省圖書館藏清初毛氏思古堂刻本
吳見思撰，潘眉、董元愷評：《杜詩論文》，中央民族大學圖書館藏常州岱淵堂刻本，清康熙十一年（1672）
丁澎：《扶荔詞》，張宏生主編：《清詞珍本叢刊》
毛奇齡：《西河集》，《文淵閣四庫全書》集部別集第 1320 冊
毛奇齡：《西河詞話》，唐圭璋主編：《詞話叢編》
王又華：《古今詞論》，唐圭璋主編：《詞話叢編》
王士祿：《炊聞詞》，張宏生主編：《清詞珍本叢刊》
鄒祗謨、王士禛同選：《倚聲初集》，《續修四庫全書》集部詞類第 1729 冊
鄒祗謨：《遠志齋詞衷》，鄒祗謨、王士禛同選：《倚聲初集》
朱彝尊撰，林慶彰等主編：《經義考新校》，上海：上海古籍出版社，2010 年
朱彝尊：《詞綜》，臺北：世界書局，1971 年
朱彝尊：《曝書亭集》，臺北：世界書局，1989 年
朱彝尊撰，李富孫注：《曝書亭集詞注》，臺北：廣文書局，1978 年
萬樹：《詞律》，臺北：世界書局，1970 年
儲欣：《在陸草堂文集》，《四庫全書存目叢書》集部別集第 259 冊
彭孫遹：《金粟詞話》，唐圭璋主編：《詞話叢編》
彭孫遹：《延露詞》，張宏生主編：《清詞珍本叢刊》
董俞：《玉鳧詞》，張宏生主編：《清詞珍本叢刊》
王士禛撰，袁世碩主編：《王士禛全集》，濟南：齊魯書社，2007 年

王士禛：《花草蒙拾》，唐圭璋主編：《詞話叢編》

王士禛、張英輯：《御定淵鑑類函》，《文淵閣四庫全書》子部類書第992冊

王晫：《今世說》，臺北：藝文印書館，1967年

周在浚：《梨莊詞》，清康熙1662-1722刊本

萬斯同：《石園文集》，《續修四庫全書》集部別集第1415冊

張玉書等總閱，凌紹雯等纂修，高樹藩重修：《新修康熙字典》，臺北：啟業書局有限公司，1995年

鈕琇：《觚賸》，《續修四庫全書》子部雜家第1177冊

納蘭性德、顧貞觀：《今詞初集》，張宏生主編：《清詞珍本叢刊》

賀裳：《皺水軒詞筌》，唐圭璋主編：《詞話叢編》

陳玉璂纂，于琨修：《常州府志》，南京：鳳凰出版社，2008年

王奕清：《歷代詞話》，唐圭璋主編：《詞話叢編》

王奕清：《欽定詞譜》，長沙：嶽麓書社，2000年

胡彥昇：《樂律表微》，《文淵閣四庫全書》經部樂類第220冊

田同之：《西圃詞說》，唐圭璋主編：《詞話叢編》

鄭方坤：《國朝名家詩鈔小傳》，《龍威祕書三集》，臺北：藝文印書館，1968年

王昶：《國朝詞綜》，《續修四庫全書》集部詞類第1731冊

永瑢：《四庫全書總目提要》，臺北：藝文印書館，1989年

邊廷英：《周易通義》，《四庫未收書輯刊》第7輯，北京：北京出版社，2000年

嚴可均：《全上古三代秦漢三國六朝文》，臺北：世界書局，1982年

吳衡照：《蓮子居詞話》，唐圭璋主編：《詞話叢編》

錢儀吉纂錄：《碑傳集》，臺北：明文書局，1985年

謝章鋌：《賭棋山莊詞話正續編》，唐圭璋：《詞話叢編》

葉衍蘭、葉恭綽編，黃小泉、楊鵬繪：《清代學者象傳》，上海：上海書店出版社，2001年

譚獻：《篋中詞》，臺北：鼎文書局，1971年，清光緒間仁和譚氏刊本

譚獻：《復堂日記》，唐圭璋主編：《詞話叢編》

陳廷焯：《詞壇叢話》，孫克強主編，孫克強、張海濤、趙瑾、楊傳慶輯校：《白雨齋詞話全編》，北京：中華書局，2013 年
陳廷焯撰，屈興國校注：《白雨齋詞話足本校注》，濟南：齊魯書社，1983 年
張德瀛：《詞徵》，唐圭璋主編：《詞話叢編》

二、近人論著（按作者姓氏筆劃排列）

（一）專書

王易：《詞曲史》，臺北：廣文書局，1997 年
王文進：《仕隱與中國文學——六朝篇》，臺北：臺灣書店，1999 年
王逸明：《新編清人年譜稿三種》，北京：學苑出版社，2000 年
王文顏：《佛典漢譯之研究》，高雄：佛光山文教基金會，2004 年
王兆鵬：《唐宋詞史的還原與建構》，武漢：湖北人民出版社，2005 年
王偉勇：《詩詞越界研究》，臺北：里仁書局，2009 年
王偉勇：《清代論詞絕句初編》，臺北：里仁書局，2010 年
方智範、鄧喬彬、周聖偉、高建中：《中國古典詞學理論史》，上海：華東師範大學出版社，2005 年
毛文芳：《圖成行樂：明清文人畫像題詠析論》，臺北：臺灣學生書局，2008 年
包根弟：《淮海居士長短句箋釋》，臺北：嘉新水泥公司文化基金會，1972 年
牟宗三：《名家與荀子》，臺北：臺灣學生書局，1979 年
朱麗霞：《清代辛稼軒接受史》，濟南：齊魯書社，2005 年
江合友：《明清詞譜史》，上海：上海古籍出版社，2008 年
吳梅：《詞學通論》，臺北：臺灣商務印書館，1988 年
吳宏一：《清代詞學四論》，臺北：聯經出版事業公司，1990 年
吳熊和、嚴迪昌、林玫儀合編：《清詞別集知見目錄彙編》，臺北：中央研究院中國文哲研究所籌備處，1997 年
呂正惠：《抒情傳統與政治現實》，臺北：大安出版社，1989 年

何寄澎：《唐宋古文新探》，臺北：大安出版社，1990 年
沈松僑：《學衡派與五四時期的反新文化運動》，臺北：國立臺灣大學出版委員會，1984 年
沈衛威：《回眸學衡派：文化保守主義的現代命運》，臺北：立緒文化事業有限公司，2000 年
邢蕊杰：《清代陽羨聯姻家族文學活動研究》，北京：中國社會科學出版社，2015 年
余意：《明代詞學之建構》，上海：上海古籍出版社，2009 年
林玫儀：《詞學考詮》，臺北：聯經出版事業公司，1987 年
林玫儀主編：《詞學論著總目（1901-1992）》，臺北：中央研究院中國文哲研究所籌備處，1995 年
林佳蓉：《杭州聲華——以張鎡家族、姜夔、周密之詞為探討核心》，臺北：臺灣學生書局，2011 年
周韶九：《陳維崧選集》，上海：上海古籍出版社，1994 年
周絢隆：《陳維崧年譜》，北京：人民出版社，2012 年
卓清芬：《納蘭性德文學研究》，臺北：國立編輯館，1999 年
屈興國：《詞話叢編二編》，杭州：浙江古籍出版社，2013 年
施議對：《詞與音樂關係研究》，北京：中國社會科學出版社，1985 年
施蟄存：《詞籍序跋萃編》，北京：中國社會科學出版社，1994 年
施蟄存、陳如江輯錄：《宋元詞話》，上海：上海書店，1999 年
馬祖熙箋注：《迦陵詞選》，南昌：江西人民出版社，1986 年
馬祖熙：《陳維崧年譜》，上海：上海古籍出版社，2007 年
柯慶明：《中國文學的美感》，臺北：麥田出版社，2000 年
南京大學中國語言文學系《全清詞》編纂研究室：《全清詞・順康卷》，北京：中華書局，2002 年
侯雅文：《中國文學流派學初論——以常州詞派為例》，臺北：大安出版社，2009 年
胡適選注、劉石導讀：《詞選》，北京：中華書局，2010 年
姚蓉：《明末雲間三子研究》，廣州：廣東高等教育出版社，2011 年
徐珂：《清代詞學概論》，臺北：廣文書局，1979 年

徐照華：《納蘭性德與其詞作及文學理論之研究》，臺中：大同資訊圖書出版社，1989 年
徐復觀：《中國經學史的基礎》，臺北：臺灣學生書局，1990 年
徐復觀：《中國文學論集》，臺北：臺灣學生書局，1990 年
徐信義：《詞譜格律原論》，臺北：文史哲出版社，1995 年
夏承燾：《夏承燾集》，杭州：浙江古籍出版社、浙江教育出版社，1997 年
孫康宜：《抒情與描寫：六朝詩歌概論》，臺北：允晨文化實業公司，2001 年
孫克強、裴喆：《論詞絕句二千首》，天津：南開大學出版社，2014 年
高友工：《中國美典與文學研究論集》，臺北：國立臺灣大學出版中心，2004 年
陳世驤：《陳世驤文存》，臺北：志文出版社，1972 年
陳文華：《海綃翁夢窗詞說詮評》，臺北：里仁書局，1996 年
陳文新：《中國文學流派意識的發生與發展》，武漢：武漢大學出版社，2003 年
陳水雲：《清代詞學發展史論》，北京：學苑出版社，2005 年
陳國球：《抒情中國論》，香港：三聯書店，2013 年
陳國球、王德威合編：《抒情之現代性：「抒情傳統」論述與中國文學研究》，香港：三聯書店，2014 年
黃文吉：《宋南渡詞人》，臺北：臺灣學生書局，1985 年
黃文吉主編：《詞學研究書目（1912-1992）》，臺北：文津出版社，1993 年
黃雅莉：《明清詞學中的體性論——以詞派的遞嬗為論》，臺北：文史哲出版社，2018 年
張淑香：《抒情傳統的省思與探索》，臺北：大安出版社，1992 年
張璋、張驊、職承讓、張博寧：《歷代詞話》，鄭州：大象出版社，2002 年
張璋、張驊、職承讓、張博寧：《歷代詞話續編》，鄭州：大象出版社，2005 年
張宏生：《清詞探微》，上海：上海古籍出版社，2008 年
張宏生主編：《全清詞．雍乾卷》，南京：南京大學出版社，2012 年
張仲謀：《明代詞學通論》，北京：中華書局，2013 年

陸勇強：《陳維崧年譜》，北京：中國社會科學出版社，2006 年
閔豐：《清初清詞選本考論》，上海：上海古籍出版社，2008 年
馮乾：《清詞序跋彙編》，南京：鳳凰出版社，2013 年
賀光中：《論清詞》，臺北：鼎文書局，1971 年
葉嘉瑩：《清詞選講》，臺北：三民書局，1996 年
葉嘉瑩、陳邦炎：《清詞名家論集》，臺北：中央研究院中國文哲研究所籌備處，1996 年
彭玉平：《中國各體文學學史・詞學卷》，太原：山西教育出版社，2012 年
趙士林：《當代中國美學研究概述》，天津：天津教育出版社，1988 年
鄧之誠：《清詩紀事初編》，上海：上海古籍出版社，1965 年
鄧子勉：《宋金元詞話全編》，南京：鳳凰出版社，2008 年
鄧子勉：《明詞話全編》，南京：鳳凰出版社，2012 年
鄭騫：《景午叢編》，臺北：臺灣中華書局，1972 年
鄭毓瑜：《文本風景——自我與空間的相互定義》全新增訂版，臺北：麥田出版社，2014 年
蔡英俊：《比興物色與情景交融》，臺北：大安出版社，1986 年
蔡英俊：《中國古典詩論中「語言」與「意義」的論題——「意在言外」的用言方式與「含蓄」的美典》，臺北：臺灣學生書局，2001 年
蔡英俊：《游觀、想像與走向山水之路：自然審美感受史的考察》，臺北：政大出版社，2018 年
蔡楨：《柯亭詞論》，唐圭璋主編：《詞話叢編》
劉學鍇、余恕誠：《李商隱詩歌集解》，臺北：洪葉文化事業有限公司，1992 年
劉少雄：《南宋姜吳典雅詞派相關詞學論題之探討》，臺北：國立臺灣大學出版委員會，1995 年
劉少雄：《會通與適變——東坡以詩為詞論題新詮》，臺北：里仁書局，2006 年
劉少雄：《詞學文體與史觀新論》，臺北：里仁書局，2010 年
劉少雄：《有情風萬里卷潮來：經典・東坡・詞》，臺北：麥田出版社，2019 年

劉揚忠：《唐宋詞流派史》，福州：福建人民出版社，1999 年
劉昭明：《蘇軾與章惇關係考——兼論相關詩文與史事》，臺北：新文豐出版公司，2011 年
劉東海：《順康詞壇群體步韻唱和研究》，上海：上海古籍出版社，2013 年
錢仲聯：《夢苕盦論集》，北京：中華書局，1993 年
龍沐勳：《中國韻文史》，上海：商務印書館，1934 年
龍沐勳：《龍榆生詞學論文集》，上海：上海古籍出版社，1997 年
蕭鵬：《群體的選擇——唐宋人選詞與詞選通論》，臺北：文津出版社，1992 年
蕭馳：《中國抒情傳統》，臺北：允晨文化實業公司，1999 年
謝桃枋：《中國詞學史》，成都：巴蜀書社，2002 年
顏崑陽：《反思批判與轉向——中國古典文學研究之路》，臺北：允晨文化實業公司，2016 年
顏崑陽：《詮釋的多向視域——中國古典美學與文學批評系論》，臺北：臺灣學生書局，2016 年
嚴迪昌：《清詞史》，南京：江蘇古籍出版社，1999 年
嚴迪昌：《陽羨詞派研究》，濟南：齊魯書社，1993 年
蘇淑芬：《湖海樓詞研究》，臺北：里仁書局，2005 年
龔鵬程：《文學批評的視野》，臺北：大安出版社，1990 年
龔鵬程：《文化符號學》，臺北：臺灣學生書局，1992 年
龔鵬程：《才》，臺北：臺灣學生書局，2006 年
龔鵬程：《近代思潮與人物》，北京：中華書局，2007 年

迦達默爾（Hans-Georg Gadamer）著，洪漢鼎譯，《真理與方法》，北京：商務印書館，2007 年
傅柯（Michel Foucault）撰，莫偉民譯：《詞與物——人文科學考古學》，上海：三聯書店，2001 年

（二）期刊、專書論文

丁惠英：〈陳維崧先生年譜〉，《文藻學報》第 5 期，1991 年 3 月

伍振勳：〈聖人敘事與神聖典範：《史記‧孔子世家》析論〉，《清華學報》新第 39 卷第 2 期，2009 年 6 月
江曉敏：〈手稿本《迦陵詞》校讀記〉，《古籍整理出版情況簡報》第 166 期，1986 年 11 月
朱曉海：〈孔子的一個早期形象〉，《清華學報》新第 32 卷第 1 期，2002 年 6 月
李威熊：〈王通擬經、續經及其「儒風變古」思想析論〉，《彰化師大國文學誌》第 15 期，2007 年 12 月
李保陽：〈胡士瑩錄吳梅《詞選》油印本考述及輯校——兼談《詞學通論》的成書過程〉，《中國文哲研究通訊》第 24 卷第 3 期，2014 年 9 月
李隆獻：〈先秦漢初文獻中的「孔子形象」〉，《文與哲》第 25 期，2014 年 12 月
呂斌：〈明代博學思潮發生論〉，《中國文化研究》2008 年第 2 期
邢蕊杰：〈清代陽羨文化家族聯姻與詞文學集群生成〉，《蘇州大學學報》2012 年第 3 期
林玫儀：〈支機集完帙之發現及其相關問題〉，《中國文哲研究集刊》第 20 期，2002 年 3 月
金培懿：〈明治日本的新舊詮解之間——由松本豐多對服部宇之吉的拮抗論注經之本質〉，國立政治大學中國文學系編：《第五屆中國經學國際學術研討會論文集》，臺北：秀威資訊科技公司，2009 年
胡適：〈南宋的白話詞：國語文學史的第三篇第五章〉，《晨報副刊》第 9 版，1922 年 12 月 1 日
侯雅文：〈從「社會學」的視域論「文學流派」研究的新方向〉，《淡江中文學報》第 16 期，2007 年 6 月
侯雅文：〈《古今詞統》的統觀與蘇辛詞選評析論〉，《東華漢學》第 22 期，2015 年 12 月
黃雅莉：〈明末詞學雅化的苗裔——陳子龍詞學理論及其在詞學史中的地位〉，《海南師範大學學報》2010 年第 4 期
陶禮天：〈略論文學地理學的過去、現在和未來〉，《文化研究》第 12

輯，2012 年
張宏生：〈雍乾詞壇對陳維崧的接受〉，《中國文化研究所學報》第 57 期，2013 年 7 月
張玉龍：〈《草堂詩餘》與清初詞學宗尚的轉變：追和角度的考察〉，《中國文化研究所學報》第 57 期，2013 年 7 月
曹淑娟：〈杜甫浣花草堂倫理世界的重構〉，《臺大中文學報》第 48 期，2015 年 3 月
楊玉成：〈田園組曲：論陶淵明《歸園田居》五首〉，《國文學誌》第 4 期，2001 年 2 月
趙秀紅：〈清初詞人蔣景祁行年簡譜〉，《南陽師範學院學報》第 7 卷第 5 期，2008 年 5 月
廖美玉：〈「歸田」意識的形成與虛擬書寫的至樂取向〉，《成大中文學報》第 11 期，2003 年 11 月
劉漢初：〈清空與騷雅——張炎詞初論〉，《臺北師院語文集刊》第 3 期，1998 年 8 月
劉漢初：〈略論以風格為詩歌辨偽的有效度問題〉，《東華人文學報》第 15 期，2009 年 7 月
劉龍心：〈地志書寫與家國想像——民初《大中華地理志》的地方與國家認同〉，《臺大歷史學報》第 59 期，2017 年 6 月
謝明陽：〈從陳子龍的《莊子》詮釋論其詩觀與生命抉擇〉，《清華中文學報》第 8 期，2012 年 12 月
韓祿伯（Robert G. Henricks）：〈英雄模式與孔子傳記〉，《中國哲學》編輯部與國際儒聯學術委員會合編，《經學今詮續編》，瀋陽：遼寧教育出版社，2001 年
顏崑陽：〈六朝文學「體源批評」的取向與效用〉，《東華人文學報》第 3 期，2001 年 7 月
顏崑陽：〈論「典範模習」在文學史建構上的「漣漪效用」與「鏈接效用」〉，輔仁大學中文系主編：《建構與反思——中國文學史的探索學術研討會論文集》，臺北：臺灣學生書局，2002 年
顏崑陽：〈論「文體」與「文類」的涵義及其關係〉，《清華中文學報》

第 1 期，2007 年 9 月
顏崑陽：〈文學創作在文體規範下的經緯結構歷程關係〉，《文與哲》第 22 期，2013 年 6 月
顏崑陽：〈《文心雕龍》所隱涵二重「文心」的結構及其功能〉，《人文中國學報》第 26 期，2018 年 6 月
蘇淑芬：〈論蔣景祁對詞壇的貢獻〉，《東吳中文學報》第 11 期，2005 年 5 月
蘇淑芬：〈《烏絲詞》受廣陵詞壇影響研究〉，《東吳中文學報》第 12 期，2006 年 5 月
嚴志雄：〈錢謙益之「詩史」說與明清易鼎之際的遺民詩學〉，中央研究院中國文哲研究所《中國文哲論叢》第一號，2005 年

（三）學位論文

白靜：《手抄稿本《迦陵詞》研究》，天津：南開大學中國文學系博士論文，2008 年
任平山：《迦陵頻伽及其相關問題》，成都：四川大學藝術學院碩士論文，2004 年
張琛：《曹亮武詞研究》，重慶：西南大學文學院碩士論文，2012 年
鄧婷：《初盛唐音樂思想與文學》，天津：南開大學文學院博士論文，2013 年

國家圖書館出版品預行編目資料

陽羨詞派新論

侯雅文著. – 初版. – 臺北市：臺灣學生，2019.08
面；公分

ISBN 978-957-15-1809-1 (平裝)

1. 清代詞 2. 詞論

820.9307 108012077

陽羨詞派新論

著作者	侯雅文
出版者	臺灣學生書局有限公司
發行人	楊雲龍
發行所	臺灣學生書局有限公司
地址	臺北市和平東路一段 75 巷 11 號
劃撥帳號	00024668
電話	(02)23928185
傳真	(02)23928105
E-mail	student.book@msa.hinet.net
網址	www.studentbook.com.tw
登記證字號	行政院新聞局局版北市業字第玖捌壹號
定價	新臺幣四〇〇元
出版日期	二〇一九年八月初版
ISBN	978-957-15-1809-1

82057